MATTHIAS P. GIBERT

Paketbombe

MATTHIAS P. GIBERT

Paketbombe

Lenz' 15. Fall

GMEINER SPANNUNG

Bisherige Veröffentlichungen im Gmeiner-Verlag:
Halbgötter (2015), Müllhalde (2014), Bruchlandung (2014),
Pechsträhne (2013), Höllenqual (2012), Menschenopfer (2012),
Zeitbombe (2011), Rechtsdruck (2011), Schmuddelkinder (2010),
Bullenhitze (2010), Zirkusluft (2009), Eiszeit (2009),
Kammerflimmern (2008), Nervenflattern (2007)

Besuchen Sie uns im Internet:
www.gmeiner-verlag.de

Im Ehnried 5, 88605 Meßkirch
Telefon 07575/2095-0
info@gmeiner-verlag.de

1. Auflage 2016

Lektorat: Sven Lang
Herstellung: Mirjam Hecht
Umschlaggestaltung: U.O.R.G. Lutz Eberle, Stuttgart
unter Verwendung eines Fotos von: © Stillfx – Fotolia.com
Druck: GGP Media GmbH, Pößneck
Printed in Germany
ISBN 978-3-8392-1824-2

Personen und Handlung sind frei erfunden.
Ähnlichkeiten mit lebenden oder toten Personen
sind rein zufällig und nicht beabsichtigt.

1

Bruno Rühlemann erhob sich aus der Badewanne, frottierte seinen Körper ab und stieg anschließend in seine aus grauem Filz gemachten Hausschuhe. Mit einem Lied auf den Lippen trat er vor den Kleiderschrank, suchte die Garderobe für den Abend aus und legte sie auf der Kommode ab. Dann ging er zurück ins Badezimmer, wo er sich rasierte und ein Aftershave auftrug. 20 Minuten später war er komplett bekleidet und trat vor den Spiegel in seinem Flur. Mit prüfendem Blick stellte er fest, dass alles so saß, wie er es sich vorgestellt hatte, legte zum Schluss noch einen zu seinem dunkelblauen Wollmantel passenden Schal um und verließ, noch immer das gleiche Lied summend, das Haus.

Beate Schreiber kam zeitgleich mit ihm vor dem kleinen piekfeinen und für Kasseler Verhältnisse teuren italienischen Restaurant an, das er bewusst ausgesucht hatte, um ihr ein wenig zu imponieren.

»Guten Abend«, begrüßte er die 32-jährige Frau ein wenig verlegen, während er ihre Hand schüttelte. »Und sehr schön, dass es geklappt hat mit unserer Verabredung.«

Die Frau sah sich um, wobei ihr Blick auf der hinter ihnen an der Wand angebrachten Speisenkarte hängen blieb. Nach ein paar Sekunden sah sie ihn mit weit aufgerissenen Augen an.

»Du musst verrückt sein, wenn du glaubst, dass ich mit dir in so einem Luxusschuppen essen gehe, Bruno.

So viel, wie hier ein Abend für zwei kostet, verdienen wir in der ganzen Woche nicht.«

»Das lass ruhig mal meine Sorge sein«, erwiderte er verlegen. »Außerdem habe ich dir doch gesagt, dass ich dir was erzählen muss, und das hängt auch mit diesem Restaurant zusammen.«

Ihre Augen wurden erneut ein Stück größer. »Aber du willst mir hoffentlich nicht erzählen, dass du ein Mafioso bist oder so was? Darauf habe ich nämlich nicht die geringste Lust, ehrlich.«

Nun lachte Bruno Rühlemann laut auf. »Nein, ich bin natürlich kein Mafioso. Oder wirke ich so auf dich? Ich bin einfach ein Mann, der sich darauf freut, mit einer tollen Frau zu Abend zu essen, das ist wirklich alles. Und dass wir das hier machen, hängt damit zusammen, dass ich die Leute hier sehr gut leiden kann, und sie mich auch.«

Beate Schreiber trippelte unsicher von einem Fuß auf den anderen. »Heißt das etwa, du bist hier so was wie ein Stammgast?«

»Das nicht gerade, aber ich kenne die Betreiber ganz gut.« Er berührte sie sanft an ihrem rechten Arm und schob sie Richtung der zwei Stufen, die den Eingang vom Bürgersteig trennten.

»Und alle weiteren Fragen werden gern von mir beantwortet, allerdings nicht hier draußen in der Kälte. Geh mit mir rein, und du erfährst alles über mich, was du willst.«

»Na, das hätte ich ja nun nicht erwartet«, murmelte sie leise, bewegte sich jedoch langsam zur Treppe.

»Hier kostet eine normale Suppe schon mindestens acht Euro«, entfuhr es Beate hektisch nach einem intensiveren Studium der Preise. Bereits die Begrüßung durch das komplette Personal des Restaurants inklusive Koch hatte sie mehr als nervös gemacht, aber beim Gedanken an die Preise konnte sie sich ganz und gar nicht beruhigen.

»Nun krieg dich mal ein, Beate, und such dir was Schönes aus. Willst du einen Aperitif, vielleicht einen Aperol oder so was?«

»Meinst du einen Aperol Spritz?«

»Ja, natürlich, wenn du ihn so magst, dann eben auch auf die Art.«

»Was kostet der denn?«

Rühlemann antwortete nicht, sondern nahm ihr stattdessen die Karte aus der Hand und legte sie neben seine auf den Tisch.

»Angelina, wir nehmen zwei Spritz als Aperitif und ein paar Bruschette, bis wir uns für den Rest entschieden haben«, rief er der Frau hinter der Theke zu.

»Subito«, kam es von dort zurück.

»Was ist denn das nun wieder, was du da gerade bestellt hast?«, wollte sie leise wissen. »Und wer sagt dir, dass ich das überhaupt esse?«

»Das werden wir sehen, wenn es auf dem Tisch steht. Wenn du es nicht magst, esse ich es allein und du nimmst einfach etwas anderes. In Ordnung?«

Sie schwieg einen Moment und bedachte ihn dann mit einem wenig schmeichelhaften Blick.

»Ich glaube, du hast recht, du musst mir wirklich ein paar Sachen näher erklären.«

»Das will ich gern machen, aber lass uns doch erst mal was essen.«

»Nein, das will ich nicht. Ich könnte es nicht genießen, wenn ich die ganze Zeit denken würde, dass du dich mit dieser Nummer hier total übernimmst, nur um mich zu irgendwas rumzukriegen.«

»Ich will dich nicht zu *irgendwas rumkriegen*, Beate, so viel kann ich dir auf jeden Fall schon mal sagen. Alles, was hier und heute Abend passiert, ist total harmlos, und wenn es das irgendwann mal nicht mehr sein sollte, dann weil wir beide es so wollen.«

Er rückte nach hinten, weil der Aperitif kam.

»Und jetzt – salute, wie man hier sagt.«

»Prost«, gab sie schnaubend zurück, stieß ihr Glas gegen seins und genehmigte sich einen tiefen Schluck aus dem Strohhalm.

»Und außerdem weißt du ganz genau, dass ich einen Freund habe, und du kannst dich garantiert auch daran erinnern, dass ich dir erzählt habe, wie eifersüchtig er ist.«

Die Frau stockte und sah sich ängstlich um.

»Es wäre schon eine ausgewachsene Katastrophe, wenn er nur wüsste, dass wir beide uns hier getroffen haben, das kannst du mir glauben. Das wäre für uns beide richtig übel, wirklich.«

»Wie meinst du das?«

Wieder eine Pause.

»Das erzähle ich dir, nachdem du mir deine Geschichte erzählt hast. Vielleicht.«

»Schmeckt wenigstens der Spritz?«

Nun musste Beate Schreiber lachen. »Dass du gut ausweichen kannst, habe ich schon gleich zu Anfang gemerkt, aber damit kommst du jetzt nicht durch. Ja, das Zeug schmeckt ausnehmend gut, aber noch viel besser wird es mir schmecken, wenn du mir erklärt hast, wie du dir das hier alles leisten kannst.«

»Alles auf einmal?«

»Alles, und ohne auch nur die geringste Kleinigkeit auszulassen.«

»Dann mal los.« Er griff über den Tisch und berührte ihre Hand leicht mit seiner, doch sie zog den Arm sofort zurück.

»Es geht auch ohne, hoffe ich.«

»Gut, dann fange ich mal an.« Rühlemann nahm einen weiteren Schluck von dem orange schimmernden Drink. »Als ich vor acht Wochen bei Everest angefangen habe, konnte ich natürlich nicht ahnen, dass du mir über den Weg laufen würdest, Beate. Aber das ist nur eine der wirklich beeindruckenden Sachen, die ich seitdem erlebt habe.«

Der 41-jährige Mann rollte noch einmal die gesamten Ereignisse auf, die sich in den vergangenen beiden Monaten abgespielt hatten. Er beschrieb sein kurzes Vorstellungsgespräch und seinen ersten Arbeitstag, der gleichzeitig der Tag war, an dem er Beate zum ersten Mal gesehen hatte. Erzählte ihr, wie sehr es ihn gefreut hatte, dass sie in seiner Abteilung war und dass es ihn fast vom Stuhl gehauen hatte, als sie ihm vorschlug, doch eine Fahrgemeinschaft zu bilden, um Kosten zu sparen.

»Von da an habe ich mich auf jede Schicht gefreut und bin immer mit ein wenig Herzklopfen aufgewacht«, erklärte er ebenso freimütig wie sichtbar verlegen. »Aber das war gar nicht das Wichtigste, das war nämlich, als du mir zu verstehen gegeben hast, dass du mich auch ganz gut leiden kannst. Das war in den vergangenen acht Wochen ohne Zweifel das Highlight in meinem Leben.«

»Aber …«

»Ich weiß, ich weiß, du bist vergeben und hast einen Freund und so weiter, ja. Aber jetzt sitzen wir beide hier und freuen uns auf …«

Er brach ab, weil Manglio, der Koch, mit einem Teller auf sie zu hielt.

»Die beste Bruschette, die isch je gemacht habe«, radebrechte er, »für die ssönste Paar, das jemals in die *Via Fontana* gegesse hat.«

»Du alter Charmeur«, lächelte Rühlemann, wobei er dem Italiener zuzwinkerte.

Manglio präsentierte ihnen in seinem italienisch gefärbten Deutsch die Spezialitäten des Tages, woraufhin sich die beiden für gegrillten Seewolf und das Rinderfilet mit Trüffelsoße entschieden.

»Vornewegge vielleicht eine Vitello tonnato, habe isch 'eute Mittag frische gemacht, die Kalbsnuss.«

»Sehr gern«, erwiderte Rühlemann.

»Ich befürchte«, nahm Beate den Faden wieder auf, nachdem der Koch sich entfernt hatte, »dass du mir heute Abend ein paar Sachen sagen wirst, die mein Leben irgendwie durcheinanderbringen könnten. Stimmt das?«

»Wenn du denkst, dass ich dir sage, dass ich mich in dich verliebt habe, dann hast du auf jeden Fall recht.«

Beate wurde rot. Es war, als hätte Bruno eine Bombe auf den Tisch geknallt, die im gleichen Moment explodiert wäre. Sie nahm mit zitternden Fingern ihr Glas in die Hand und trank es in einem Zug aus.

»So, das hatte ich befürchtet, um ehrlich zu sein.« Sie schob das Glas in seine Richtung. »Kriege ich noch so einen?«

»Klar.« Er bestellte und wandte sich dann wieder seiner Begleitung zu. »Ich weiß, dass du mich magst, natürlich weiß ich nicht, wie sehr du mich magst, aber das ist mir heute Abend auch ziemlich schnuppe. Ich wollte, dass du weißt, wie meine Gefühle für dich aussehen, mit dem Rest musst du leider selbst klarkommen.«

»Na, du bist mir ja ein Kavalier«, lachte sie auf. »Nach der Offenbarung kommst du ohne Umschweife zu den wirklich schwierigen Dingen.«

»Was sind die *wirklich schwierigen Dinge*? Dein Freund?«

»Du kennst ihn nicht, sonst würdest du nicht so einfach über ihn reden. Er ist, wie ich dir ja auf unseren Fahrten zur Arbeit schon ausführlich geschildert habe, total eifersüchtig und dazu auch noch extrem jähzornig. Und das wirkt halt manchmal wie Nitro und Glycerin, nämlich ziemlich explosiv.«

»Aber jeder Mensch ist frei in seinen Entscheidungen, Beate. Du bist nicht mit ihm verheiratet, und selbst wenn, nicht mal das wäre ein unüberwindbares Hindernis.«

»Du kennst ihn nicht, wie gesagt«, winkte sie ab.

»Und ich will ihn auch gar nicht näher kennenlernen, aber dich, dich will ich noch besser kennenlernen. Ich kann nicht mehr schlafen und nicht mehr essen, seit ich dich kenne, und wenn du mich verschmähst, sterbe ich unter der Bar einer Kasseler Spelunke.«

»Mach darüber keine Witze, bitte.«

»Über das Sterben?«

Sie nickte. »Thomas, so heißt mein Freund, hat mir schon viele böse Sachen gesagt, die ich gleich wieder vergessen habe. Aber eine Sache, die er mir in einem Streit mal gesagt hat, werde ich nie vergessen.«

»Und was war das?«

»Wenn du mich mal verlässt oder betrügst, machst du mich zum Witwer.«

»Ach du Scheiße.«

»Jetzt hast du hoffentlich eine Ahnung davon, was mich erwarten würde, wenn ich …«

»Niemand kann so mit einem anderen Menschen umgehen, Beate.« Seine Hand fuhr erneut nach vorn und diesmal zucke sie mit ihrer nicht zurück.

»Ich weiß trotzdem nicht, wie das gehen sollte«, flüsterte sie.

Er sah sie unsicher an. »Würdest du denn wollen, dass es geht?«

Ein kaum wahrnehmbares Nicken. »Ich mag dich, Bruno, echt, und es ist immer so schön und unbeschwert, wenn ich mit dir zusammen bin. So ganz anders als zu Hause.«

»Das heißt …?«

»Das heißt zunächst mal, dass ich dich gut leiden kann. Aber es heißt leider auch, dass es nicht möglich ist. Ich kann es nicht machen, weil er uns beide umbringen würde.«

Bruno Rühlemann schüttelte fassungslos den Kopf. »Das ist nicht dein Ernst, oder? Du willst dir dein gesamtes restliches Leben von so einem Menschen kaputt machen lassen?«

»Ich kann nicht anders, glaub mir.«

»Ich glaube dir, dass du meinst, nicht anders zu können, aber ich sage dir, dass es Mittel und Wege gibt, sich zu wehren. Du musst diese Drohungen und diese Bevormundung nicht länger hinnehmen.«

Er holte tief Luft.

»Ich habe Verbindungen, gute Verbindungen, und ich kann dafür sorgen, dass er dir nichts tut. Dass er dir nichts tun kann.«

Sie hob erstaunt den Kopf. »Aus dir werde ich nicht schlau, Bruno. Du erzählst mir seit zwei Monaten, wie froh du bist, endlich wieder einen Job gefunden zu haben, auch wenn es ein echt mieser ist, und führst mich dann in ein Restaurant, das du dir unmöglich leisten kannst. Dann setzt du dich einfach so hier hin und erklärst mir, dass du dich in mich verliebt hast, wobei das nicht schwer zu erraten war, so wie du dich in den letzten Wochen verhalten hast. Und zu guter Schluss meinst du, du hättest *Verbindungen*. Wer bist du, Bruno?«

Rühlemann biss in eine der mittlerweile kalt gewordenen Bruschette und kaute eine Weile. »Ich habe dir doch gesagt, dass ich eine Überraschung für dich hätte, als ich dich gefragt habe, ob du mit mir essen gehen willst.«

Sie nickte. »Ich dachte, die hätte ich schon gehört.«

»Nach deiner Aussage eben dachte ich, das sei keine wirkliche Überraschung für dich gewesen?«

»Auch wieder wahr«, gab sie sich in diesem Punkt geschlagen. »Und was ist dann die *wirkliche* Überraschung?«

»Das sind mehrere. Zum Beispiel, dass ich morgen meinen Job hinschmeißen werde.«

»Du willst was?«

»Ich werde fristlos kündigen, so wie ich es seit Längerem geplant habe. Dass es ausgerechnet morgen passiert, ist Zufall, aber vielleicht auch der Tatsache geschuldet, dass wir beide uns heute Abend sehen und ich es dir sagen kann.«

»Mensch, Bruno, das ist ja schrecklich.«

Nun sah er sie erstaunt an. »Warum das denn?«

»Weil … weil …«

»Weil du ab jetzt wieder allein zur Arbeit fahren musst?«

»Ja. Nein. Ach, ich weiß nicht.«

»Vielleicht, weil ich dir fehlen werde?«

Sie nickte stumm.

»Das muss nicht sein. Wir können ab sofort ...« Er brach ab, weil nun Angelina mit dem Vitello tonnato anrückte.

»Wir können ab sofort ...«, fuhr er kurz darauf fort, stoppte jedoch erneut seinen Satz, weil er sah, dass eine Träne über ihre rechte Wange lief.

»Ich verstehe das alles nicht«, schluchzte sie leise.

»Gut, dann werde ich dir jetzt alles erklären, und zwar von Anfang an. Ja?«

Wieder ein stummes Nicken, wobei sie sich mit der Serviette die Träne wegwischte.

»Ich bin kein Studienabbrecher, wie ich es dir erzählt habe, Beate, und ich muss dich auch an dieser Stelle gleich um Entschuldigung bitten für ein paar weitere Flunkereien, die ich dir zugemutet habe, aber die waren wichtig und unabdingbar für meine Tarnung.«

»Deine *Tarnung*? Wie darf ich das denn verstehen?«

»Ich bin weder Studienabbrecher noch der arme Schlucker, den ich dir vorgespielt habe. Ich bin, ganz im Gegenteil, ein ziemlich erfolgreicher Journalist und Buchautor. Und wenn du es genau wissen willst und wir ohnehin gerade dabei sind, meine Eltern besitzen mehrere große Autohäuser in Frankfurt und Umgebung und sind ziemlich wohlhabend. Man könnte auch sagen, dass sie ziemlich reiche Säcke sind, aber das lassen sie zum Glück nicht raushängen.«

Beate Schröder schluckte. »Das heißt dann ja wohl auch, dass du ein ziemlich reicher Sack bist, oder?«

»So könnte man es sagen, ja.«

»Und warum hast du dir dann den Job bei Everest angetan? Das verstehe ich nicht.«

»Den Job habe ich gemacht, weil ich an einem Buch über die Arbeitsbedingungen und das Unternehmen allgemein arbeite. Der größte Teil davon ist fertig, es hat eben nur noch der Blick ins Innere des Unternehmens gefehlt.«

»Du willst mir ernsthaft erzählen, dass du zwei Monate als Picker bei Everest gearbeitet hast, nur um darüber ein Buch schreiben zu können?«

»Genau deshalb, ja. Und es tut mir aufrichtig leid, dass ich dich deswegen anschwindeln musste, aber das war für meine Tarnung absolut wichtig.« Er senkte den Kopf und sah eine Weile die Tischdecke an. »Heute weiß ich, dass ich dir vom ersten Tag an hätte vertrauen können, aber …«

»Ja, was aber?«, fragte sie mit mehr Schärfe in der Stimme zurück, als sie es vermutlich beabsichtigt hatte.

»Ich wollte auf keinen Fall meine Recherchen gefährden, deshalb habe ich den Mund gehalten und auch dir diese Komödie vorgespielt, so wie allen anderen.«

Es entstand eine kleine Pause, in der Beate das Tonnato probierte.

»Lecker, was ist das?«

»Eine Thunfischcreme.«

»Und darunter?«

»Gekochte Kalbsnuss.«

»Ich wusste gar nicht, dass Kälber Nüsse haben«, erwiderte sie zweideutig.

»Ja, aber vermutlich nicht da, wo du sie jetzt vermutest.«

Wieder eine Pause.

»Du weißt«, fuhr sie schließlich fort, »dass ich ziemlich sauer sein könnte wegen dieser Lügerei, oder?«

»Dessen bin ich mir voll und ganz bewusst, aber …«

Beate Schröder stoppte ihn mit einer kurzen Handbewegung. »Um was geht es in diesem Buch, das du schreibst?«

»Um Everest als Konzern, als Steuerzahler, als Arbeitgeber und ein paar weitere Sachen.«

»Was bedeutet, dass ich meinen Job verlieren könnte, weil viele Leute es lesen und deswegen nicht mehr bei Everest bestellen?«

»Das könnte eine Folge sein, ja, obwohl meine Hoffnung dahingehend nicht wirklich groß ist.«

»Warum?«

»Weil die Leute im Allgemeinen, und speziell die Everest-Kunden, bequem sind. Und weil es den Everest-Kunden egal ist, ob ein Konzern Steuern in dem Land bezahlt, in dem es Geld verdient, und unter welchen Bedingungen und für welches Geld die Mitarbeiter schuften müssen, solange nur ihre Bestellung pünktlich ankommt.«

»Aber es bleibt dabei, dass es auch um meinen Job geht?«

»Im Endeffekt bleibt es schon dabei, ja. Wobei mein Ansatz eher der ist, dass sich das Unternehmen verändern sollte, damit man mit einem besseren Gefühl dort seine Waren ordern kann.«

»Daran glaubst du, spätestens nach diesen acht Wochen, aber nicht mehr wirklich, oder?«

»Nein, leider nicht.«

Sie nickte. »Damit habe ich absolut nicht gerechnet, Bruno, dass du ein Journalist bist. Deine Liebeserklärung hatte ich irgendwie erwartet, wobei ich mir nicht ganz sicher war, ob dein Mut letztlich dafür reichen würde;

aber da hast du mich ja nun eines Besseren belehrt. Bleibt nur die Frage, was wir jetzt mit dieser Geschichte anfangen sollen. Was soll aus uns werden, Bruno, der kleinen Everest-Pickerin und dem erfolgreichen Journalisten und Buchautor, der nach eigener Aussage zudem noch aus ziemlich wohlhabendem Haus ist?«

Rühlemann lehnte sich zurück, nahm einen Schluck vom Aperitif und sah sie lächelnd an. »Na ja, ich denke, wir werden ein glückliches Paar, das in Kassel leben wird, heiratet, ein paar Kinder in die Welt setzt und angesehen und im hohen Alter stirbt.«

»Wenn das mal kein Plan ist …«, bestätigte sie belustigt und mit gleichzeitig strengem Blick auf das Vitello tonnato. »Aber zuerst sollten wir dafür sorgen, dass dieses Zeug hier nicht noch zu kommt, sonst ist dein Freund in der Küche am Ende noch ernsthaft sauer auf uns.«

»Wenn er hören könnte, dass du es *Zeug* nennst, wäre er vermutlich auch nicht gerade glücklich«, erwiderte Rühlemann lachend.

Zwei Stunden später stoppte Bruno Rühlemann seinen Wagen etwa einen halben Kilometer von dem Haus entfernt, in dem Beate mit ihrem Freund lebte. Die Frau sah auf ihre Armbanduhr.

»Er hat Spätschicht und ist etwa in einer halben Stunde zu Hause. Und wenn ich dann nicht mindestens vor dem Fernseher sitze oder im Bett liege, macht er mir eine Szene, die sich gewaschen hat.«

»Unglaublich« war das Einzige, was dem Mann auf dem Fahrersitz dazu einfiel.

»Ja, da gebe ich dir recht, aber was soll ich machen?«

»Ich meine es ernst, wenn ich sage, dass …«

Weiter kam er nicht, denn sie zog seinen Kopf heran und küsste ihn lang und intensiv.

»Wow«, machte er, nachdem sie sich von ihm gelöst hatte. »Damit hätte *ich* nun nicht gerechnet.«

»Ich weiß auch nicht, was mich im Augenblick reitet, Bruno, aber mir geht es, glaube ich, gar nicht so viel anders als dir. Allerdings mit der Einschränkung, dass bei mir jemand im Spiel ist, der nicht einfach so klein beigeben wird, wenn ich ihn verlasse.«

Sie hob den Kopf.

»Warte mal, ob bei dir nicht auch jemand wartet, haben wir bisher einfach ausgeklammert.«

»Stimmt, aber ich kann dich beruhigen. Bis auf jede Menge dreckiges Geschirr in der Spüle wartet bei mir niemand.«

Beide lachten und küssten sich erneut, diesmal noch inniger und etwas fordernder.

»Ich glaube, wenn wir so weitermachen, landen wir beide auf dem Scheiterhaufen«, gluckste sie.

»Wenn du willst, kannst du mit zu mir kommen«, erklärte er ihr.

»Ja, das hättest du bestimmt gern, und ich vermutlich auch, aber das würde mir wirklich ein bisschen schnell gehen. Lass mich jetzt lieber nach Hause marschieren und darüber nachdenken, wie mein Leben weitergeht, ich habe nämlich auch ein paar Seiten an mir, die du besser nicht kennenlernen solltest.«

»Ich freue mich darauf, es trotzdem zu wollen.«

»Was macht dich so optimistisch, dass aus uns wirklich ein Paar wird, Bruno?«

Er gab ihr einen Kuss auf die Nase. »Ich spüre, dass du

mich magst, wobei ich mittlerweile glaube, dass du dich auch ein bisschen in mich verliebt hast.«

Sie zog den Kragen ihres Mantels hoch und griff nach dem Türöffner.

»Hast du?«, hakte er leise nach.

»Hast du mir zugehört in den letzten fünf Minuten?«

»Ja.«

»Dann weißt du es doch.«

»Ich würde es aber gern hören.«

»Vielleicht, vielleicht sogar ganz sicher, könntest du das noch öfter hören, wenn du jetzt nicht drängelst. In Ordnung?«

»Auf jeden Fall, ja.«

»Vielleicht sollte ich dir zum Schluss noch mit auf den Weg geben, dass ich mich in den letzten Wochen auch immer auf die Arbeit, oder besser den Weg dorthin, gefreut habe. Capito?«

»Absolut capito, ja.«

»Und jetzt muss ich wirklich los. Das Schlimmste, was uns nämlich passieren könnte, ist meine Nachbarin, die ihren stinkenden Köter direkt an diesem Auto vorbei Gassi führt, wenn ich mich mit einem Kuss von dir verabschiede.«

»Das heißt, dass es das jetzt mit dem Küssen war?«

»Für heute ja, aber nicht für immer. Versprochen.« Damit riss sie die Tür auf und stieg aus dem Wagen. Nach etwa fünf Metern drehte sie sich noch einmal um und warf ihm einen Handkuss zu. Die dabei kondensierende Luft sah aus wie ein Herz, zumindest für Bruno Rühlemann.

*

20 Minuten, für ihn jedoch gefühlte Stunden später, stand sein Wagen nach wie vor an der gleichen Stelle, und selbst der Journalist hatte sich nicht einen Millimeter auf seinem Sitz bewegt. Nun spürte er die Kälte mit aller Macht seine Beine hinaufklettern und seine Zähne hatten schon mehrmals laut klappernd aufeinandergeschlagen.

Gähnend ließ er den Motor an, schlängelte sich aus der Parklücke, fuhr langsam durch die verlassene Straße, hob an dem Haus, in dem Beate wohnte, kurz den Kopf und nahm dann Kurs auf die nächste Tankstelle, wo er eine Flasche Sekt kaufte und dem jungen Nachtarbeiter ein außergewöhnlich hohes Trinkgeld gab.

»Wow, danke«, antwortete der von schlimmer Akne geplagte Tankstellenmitarbeiter. »Sieht aus, als hätten Sie was zu feiern.«

»Das habe ich, das habe ich wirklich«, rief Rühlemann, der schon die Tür erreicht hatte. »Ich fange ein neues Leben an, und das ist wirklich ein guter Grund zum Feiern.«

Die Antwort des Jungen, sofern es denn eine gab, hörte er nicht mehr, denn er lief mit schnellen Schritten zu seinem Auto, stieg ein, drehte die Musik laut auf und machte sich auf den Heimweg.

Er fuhr bis zum Ende der ruhigen Seitenstraße, in der sein Haus direkt am Feldrand stand, drückte kurz auf den Garagenöffner und wartete, bis das Tor ganz in die Waagerechte gefahren war. Dann parkte er neben seinem Cabriolet ein, vor dem ein geduckt wirkendes Motorrad stand, grinste erneut, nahm die Sektflasche vom Beifahrersitz und schwang sich ins Freie.

Normalerweise betrat er sein Haus durch den Zugang von der Garage, doch in dieser Nacht konnte er nicht anders, er musste an die frische Luft gehen und in den Himmel schauen. Und wie auf Bestellung erschien zwischen einer Wolkenlücke der kreisrunde Vollmond, der strahlend hell einem grinsenden Kindergesicht glich.

Wenn das kein Zeichen ist, dann weiß ich es auch nicht, dachte er voller Glückseligkeit.

Die Kälte kroch dem Enthüllungsjournalisten erneut die Beine hoch, doch er konnte sich nicht von dem Anblick losreißen. Erst als sich wieder eine Wolke zwischen sich und den Erdtrabanten schob und die ersten Schneeflocken um sein Gesicht tanzten, drehte er sich langsam um, ließ das Garagentor nach unten fahren und machte sich auf den kurzen Weg zur Haustür.

An dem Punkt, an dem eigentlich der Bewegungsmelder das Licht hätte einschalten müssen, blieb er kurz stehen und wartete, doch es geschah nichts. Die LED-Leuchten, die rund um den Eingangsbereich verteilt waren, blieben dunkel.

Vermutlich zu kalt, ging es ihm durch den Kopf.

Rühlemann wandte sich nach rechts und kramte mit der linken Hand in der Jackentasche nach dem Schlüsselbund, als er meinte, neben sich ein leises Rascheln gehört zu haben. Wieder blieb er ruckartig stehen, sah in Richtung der mächtigen Koniferen neben der Hauswand und musste dabei unwillkürlich auflachen.

Die Liebe kann einen Menschen wirklich um den Verstand bringen, dachte er und setzte mit leisem Pfeifen seinen Weg fort. In seiner Hand hielt er bereits den Schlüssel und bewegte seinen Arm Richtung Türschloss, als ihn wieder ein Geräusch irritierte. Doch bevor er die Möglichkeit hatte, sich umzudrehen, traf ihn ein Schlag am Hinterkopf, der ihn nach vorn schleuderte und sein Gesicht auf die Waschbetonplatten knallen ließ. Der Schmerz, der sich in seinem Kopf ausbreitete, war unmenschlich, und in seinem Mund fühlte es sich an, als hätte er auf eine Eisenstange gebissen. Wie durch Watte hörte er die Sektflasche neben sich aufschlagen, dann traf ihn der nächste Hieb, diesmal auf das rechte Ohr. Nach einem weiteren Schlag, diesmal direkt ins Gesicht, wurde er bewusstlos, und alle Sorgen und Schmerzen waren mit einem Mal ganz weit weg.

Bruno Rühlemann kam kurz vor seinem Tod noch einmal für ein paar Augenblicke zu Bewusstsein. Mit blutverklebten und brennenden Augen tastete er um sich. Er konnte nichts sehen, hatte Schmerzen und fror, doch all das löste nicht im Mindesten Furcht in ihm aus, ganz im Gegenteil.

Mit zitternden Fingern tastete er langsam, wie in Zeitlupe, nach dem frisch gefallenen Schnee, mit dem sein Körper bedeckt war. Vor seinem geistigen Auge tauchte das lachende, wunderschön anzuschauende Gesicht von Beate Schreiber auf, die ihm etwas zu sagen schien, doch leider konnte er nichts davon verstehen.

Es hätte schön werden können mit uns, dachte er, bevor sein Herz aufhörte zu schlagen.

Es hätte wirklich schön werden können.

2

»Wenn du jetzt auch noch anfängst mit: ›Mensch, Uwe, was machst du denn für Sachen‹, dann schmeiße ich dich auf der Stelle hochkant hier raus«, brummte Uwe Wagner, der Pressesprecher des Polizeipräsidiums Nordhessen, und sah dabei seinen Freund Paul Lenz, den Leiter der Mordkommission, müde an.

»Na, Junge, für einen gerade überstandenen Herzinfarkt bist du aber ganz schön angriffslustig.«

»Das täuscht. Ich habe nur echt keine Lust mehr darauf, mich wie ein Verbrecher zu fühlen, nur weil meine Pumpe vorübergehend schlappgemacht hat.«

Lenz schloss die Tür hinter sich, trat neben seinen Kumpel und fuhr ihm sanft über das in alle Richtungen abstehende Haupthaar. »Wenn ich den Doc richtig verstanden habe, dann waren es eher deine zugeschnürten Arterien, die für den Infarkt gesorgt haben. Deine Pumpe selbst scheint noch ganz gut zu funktionieren.«

»Was weiß ich. Auf jeden Fall fühle ich mich, als wäre ich gerade noch mal dem Sensenmann von der Schippe gesprungen.«

»Das trifft die Sache wahrscheinlich voll und ganz, Uwe. Und wenn deine beiden Mädchen nicht so großartig reagiert und sofort den Notarzt gerufen hätten, wäre die Sache vermutlich auch ganz und gar unerfreulich ausgegangen.«

»Ich weiß.« Wagner beugte sich nach vorn und zog sich an dem Griff über seinem Bett ein wenig hoch. »Ich bin 52, Paul, das ist doch kein Alter, in dem man einen Infarkt kriegt«, bemerkte er nachdenklich. »Und wenn du mir letzte Woche gesagt hättest, dass ich ein Kandidat dafür wäre, dann hätte ich dich laut und schallend ausgelacht.«

»Ich wollte es zuerst auch nicht glauben, aber als es dann feststand, habe ich mir so meine Gedanken darüber gemacht, das kannst du glauben.«

Der Hauptkommissar ging auf die andere Seite des Krankenbettes, zog sich einen Stuhl heran und setzte sich.

»Wie geht es denn jetzt weiter mit dir?«

»Nach Auskunft der Ärzte ist eine kleine Operation nötig, ist aber nichts Schlimmes. In zwei Wochen geht's in die Reha und dann sehen wir weiter.« Er schnaufte durch. »So wie es mir heute geht, kannst du mich als Polizisten komplett vergessen, aber die Jungs mit den weißen Kitteln sagen alle, dass sich das innerhalb der nächsten Wochen bessern wird. Ob ich allerdings ganz der Alte werde, kann und will mir niemand versprechen.«

»Das wäre drei Tage nach diesem Treffer auch zu viel verlangt, was meinst du?«

»Vielleicht, ja.«

»Haben die irgendwas gesagt, warum das so gekommen ist?«

Wagner nickte. »Zu viel Stress, zu wenig Sport und eine deutlich falsche Ernährung. Noch Fragen?«

»Nö.«

»An der Sportfrage und der Ernährung kann ich drehen, da will ich wirklich was machen, aber der Stress rührt hauptsächlich vom Job her, und da weiß ich absolut nicht, wie ich den eindämmen könnte. Aber wem sage ich das.«

»Ja, wem sagst du das.«

Es entstand eine kurze Pause, während die beiden Männer ihren Gedanken nachhingen.

»Wo ist eigentlich dein Schatten?«, wollte Wagner schließlich wissen.

»Der wollte noch in der Cafeteria vorbei und Kaffee für uns besorgen. Also nur für ihn und mich, nicht für dich natürlich.«

Wie auf Kommando klopfte es leise an der Tür, die im gleichen Augenblick geöffnet wurde.

»Mensch, Uwe, was machst du denn für Sachen?«, wollte ein gut gelaunter Thilo Hain wissen, in dessen Händen sich jeweils ein Pappbecher befand.

»Schmeiß ihn raus«, forderte der Pressemann von seinem Freund, der sich das Grinsen nicht verkneifen konnte.

»Nimm's ihm nicht übel, er weiß es nicht besser.«

»Verrät mir jemand, wovon ihr sprecht?«

Wagner winkte matt ab. »Lass stecken, und reich mir meinen Kaffee, Thilo.«

»Am Arsch hängt der Hammer. Du kannst dich auf den Kamillen- oder Pfefferminztee kaprizieren, der vermutlich hier gereicht wird, aber von den wirklich harten Sachen solltest du in der nächsten Zeit die Finger lassen, wie man hört.«

»Arschgeige.«

»Gern. Wenn du wirklich über den Jordan gehüpft wärst, hätte mir glatt was gefehlt«, gab der junge Oberkommissar grinsend zurück, während er seinem Kollegen den Kaffeebecher reichte.

»Viel hat nicht gefehlt«, klärte Lenz ihn auf.

»Echt? Dann höre ich auf der Stelle auf, Witze darüber zu …«

»Nee, lass mal«, wurde er von Wagner unterbrochen,

»das tut schon ganz gut, wenn man solche Knochen wie euch am Bett hat, die auch mal Tacheles reden. Meine beiden Mädels und die sonstige Mischpoke flennen fast die gesamte Zeit ihres Besuchs, da kommt ihr beiden mir schon ganz gelegen.«

»Gern. Sag Bescheid, wie viel du willst, wir können dich auch so richtig fertigmachen.«

»Passt schon.«

»Trotzdem wirst du vermutlich was gegen deine Plauze tun müssen in den nächsten Monaten, oder?«, vermutete Hain. »Und deine heiß geliebten Chips und die fetten Schokoladentafeln kannst du dir wahrscheinlich auch vom Speisezettel streichen.«

»Wenn du so einen zum Freund hast«, bemerkte Wagner mit Blick auf Lenz, der gerade an seinem Kaffee nippte, »dann musst du dir um deine Feinde keine Sorgen machen.«

Der junge Polizist lachte laut auf. »Cooler Spruch. Aber wo wir gerade in so trauter Runde sitzen und stehen, auf dem Weg zu euch hat mich der Kollege Haberland angerufen und mir was von einer Leiche an der Hasenhecke erzählt. Es würde aber nicht eilen, sagt er, weil der Verschiedene eh tiefgefroren ist.«

»Ist das alles, was du weißt, oder gibt es schon mehr Informationen?«, wollte Lenz wissen.

»Nein, nur dass wir eine Leiche haben, die ein Postbote vor einem Haus entdeckt hat. Haberland wusste bisher nur, dass es wahrscheinlich keine natürliche Todesursache sein dürfte und dass der arme Kerl vermutlich die ganze Nacht an der Stelle gelegen hat, wo er aufgefunden wurde. Es soll sich eine ziemlich dicke Schneeschicht auf ihm aufgetürmt haben.«

»Scheiße«, murmelte Lenz.

»Ja, so ein Herzinfarkt hat ganz am Ende vielleicht doch etwas Gutes«, warf Wagner ein. »Da kann der arme Betroffene einfach im Bett liegen bleiben und seinen Kollegen einen schönen Tag wünschen, was immer das auch heißen mag.«

»Draußen hat es vier Grad unter null«, erwiderte Lenz mit gerunzelter Stirn. »Aber hilft ja nichts, wir müssen uns die Sache ansehen.« Er verabschiedete sich von seinem Kollegen im Bett, versprach, ihm bei seinem nächsten Besuch die neuesten Hi-Fi-Zeitschriften mitzubringen und verließ kurz darauf mit Hain im Schlepptau und dem Kaffeebecher in der Rechten das Krankenzimmer.

»Wenn jemand, der uns nicht kennt und nichts von unserem Job weiß, so ein Gespräch mit anhört, wie wir es eben bei Uwe im Zimmer geführt haben, der dürfte uns für ziemlich gefühllose, abgestumpfte Mistkerle halten«, bemerkte Lenz im Fahrstuhl nach unten.

»Das mag schon sein, aber jeder Mensch hat in seinem beruflichen Umfeld seinen Umgang mit den Dingen des Lebens festgelegt. Wir reden so über Leichen, weil wir nun mal regelmäßig mit ihnen zu tun haben. Ich darf gar nicht daran denken, wie Bestatter oder Gerichtsmediziner mit dem Thema umgehen.«

»Da magst du sicher recht haben, Thilo.«

»Und wer sagt uns überhaupt, dass nicht gestern Abend ein alleinstehender Rentner unglücklich vor seiner Bude ausgerutscht ist und sich dabei das Genick gebrochen hat? Hatten wir alles schon, und dann stehen wir zwei Stunden im Schneetreiben, bis unsere Füße sich wie Eisklumpen anfühlen und die Nase einmal um die Erdkugel gelaufen ist.«

Er verließ mit schnellen Schritten den Lift und stellte den Kragen seiner Daunenjacke hoch.

»Ich kann mich gut an letztes Jahr erinnern, als dieser Selbstmörder im Schnee lag. Mein Gott, als ich später zu Hause in die Badewanne gestiegen bin, hatte ich das Gefühl, mein Körper würde genau die gleichen knackenden Geräusche machen wie Eiswürfel, wenn man sie in den Drink wirft.«

»Jetzt übertreibst du schon, oder?«

»Vielleicht. Aber nur ein ganz kleines bisschen.«

Die Scheiben des Mazda MX5, den Hain noch immer als Leihgabe eines Freundes fuhr, waren von einer etwa fünf Zentimeter dicken Pulverschneeschicht bedeckt, die der Oberkommissar jedoch mit dem Ärmel wegwischen konnte. Als die beiden saßen und der Motor lief, atmete Lenz hörbar ein und wieder aus.

»Ich bin wirklich froh, dass ich letztes Jahr meinen Rücken hab machen lassen. Seitdem geht es mir deutlich besser und beweglicher bin ich auch geworden.«

»Das könnte allerdings auch an den zehn Kilo unerfreulicher, stark fetthaltiger Körpermasse liegen, die du dir abgehungert hast.«

»Auch möglich. Und wenn ich an Uwe und seinen Infarkt denke, dann werde ich in Zukunft wieder öfter, regelmäßiger und gewissenhafter Sport treiben.«

»Ach, das denkt man doch immer, wenn es in der unmittelbaren Nähe einen Einschlag gegeben hat, und dann wird es Sommer und Herbst und wieder Winter, und die Lebkuchen schmecken wieder und das Geschwätz von damals interessiert nicht mehr. Also: Es passiert rein gar nichts.«

»Vielleicht, aber meine guten Vorsätze sind auf jeden

Fall vorhanden, und das ist ja schon mal die halbe Miete.«

»Wenn du meinst …«

»Jep, genau so meine ich das.«

Das Haus, vor dem der Tote lag, war schon wegen der vielen Streifenwagen und dem Leichenwagen, die davor parkten, nicht zu verfehlen.

»Morgen, die Herren«, wurden die beiden Kripobeamten von einer jungen Uniformierten begrüßt.

»Guten Morgen, Frau Ritter«, erwiderte Lenz freundlich.

»Hallo, Pia«, kam es von Thilo Hain.

Der Hauptkommissar drehte sich zu seinem Kollegen um, sah ihn irritiert an und wandte danach den Blick wieder zu der Polizistin mit den langen, dunkelblonden Haaren. »Ich wusste gar nicht, dass Sie beide per Du sind«, bemerkte er mit hochgezogenen Augenbrauen in ihre Richtung.

»Doch, sind wir. Seit der Weihnachtsfeier der Sitte letztes Jahr, um genau zu sein.«

»Die Sitte hat eine Weihnachtsfeier gemacht?«

»Ja, klar, wie jedes Jahr«, belehrte Hain seinen Boss grinsend.

»Sie waren ja nicht da, sonst hätte ich Ihnen vielleicht auch das Du anbieten können«, flötete Pia Ritter mit leicht rotem Kopf. »Aber was nicht ist, kann ja noch werden«, schob sie schnell hinterher.

»Ja, das sollten wir machen, unbedingt«, murmelte der Leiter der Mordkommission. »Und am besten gleich, finde ich.«

»Klar. Dann bin ich ab jetzt die Pia.«

»Und ich der Paul.«

»Schön.«

»Ja, das finde ich auch.«

»Wissen Sie … weißt du schon, was wir hier haben?«, wollte die Polizistin wissen, um die für sie offenbar ein wenig peinliche Situation zu überspielen.

»Nun, der Kollege Haberland hat uns darüber informiert, dass es hier eine Leiche zu bestaunen gibt, mehr nicht.«

Pia Ritter drehte sich um und deutete auf einen bunten Stoffhaufen, der mitten auf dem Weg lag. »Da vorn, das ist er. Es handelt sich um eine männliche Leiche, und …«

Lenz legte ihr die rechte Hand sanft an den linken Oberarm und schüttelte dabei den Kopf. »Unser Herr Haberland steht direkt daneben, und weil ich mir das, was du mir jetzt berichten willst, nicht zweimal anhören möchte, gehe ich rüber und lasse ihn mal erzählen. Ist das in Ordnung für dich?«

»Klar, auf jeden Fall.«

»Dann bis später. Ich denke, wir sehen uns noch, du läufst ja nicht weg.«

»Nein, nein, ich bleibe auf jeden Fall hier.«

Kurz darauf traten die beiden Kommissare auf Bernd Haberland zu, der mit dem Rücken zu ihnen dastand und eine in dick wattierte Klamotten steckende Frau von etwa 55 Jahren befragte, über deren Gesicht dicke Tränen liefen und die immer wieder völlig verstört zu dem Leichnam ein paar Meter neben ihren Füßen schaute.

»Morgen, Herr Haberland«, brummte Lenz.

Der Mitarbeiter unterbrach die Befragung kurz und reichte seinem Boss die Hand.

»Guten Morgen, Herr Lenz. Wenn Sie sich noch einen Moment gedulden, ich bin gleich für Sie da.«

Damit wandte er sich wieder der Frau zu. Lenz und Hain traten zur Seite und betrachteten die Szenerie zu ihren Füßen.

»Wenn der die ganze Nacht hier gelegen hat, dann sollte er wirklich steinhart gefroren sein«, bemerkte Thilo Hain mitleidig, während er sich nach unten beugte und die Verletzungen des Mannes näher begutachtete. »Sieht aus, als hätte ihn jemand mit einem stumpfen Gegenstand bearbeitet«, fuhr er nach ein paar Sekunden fort. »Und es sieht weiterhin so aus, als wäre das alles mit großer Brutalität oder auch ziemlicher Wut abgelaufen.«

Der junge Oberkommissar zog ein paar Einweghandschuhe aus der Jackentasche, streifte sie über und wollte den Kopf des Toten ein wenig anheben, was ihm jedoch nicht gelang.

»Steif wie ein Brett«, ließ er seinen Chef wissen, kam hoch und zog sich die Handschuhe wieder von den Fingern. »Wenn du mich fragst, war spätestens der dritte Schlag Leichenschändung, so massiv wie die Verletzungen sind.«

Lenz sah sich um und deutete auf eine Koniferenreihe. »Wenn es direkt hier passiert ist, hat der Täter ihm vermutlich hinter den Büschen da aufgelauert.«

»Das ist anzunehmen, ja.«

»Wir brauchen die Techniker mit den Heißluftgebläsen, die müssen den Schnee schmelzen, damit wir die möglicherweise darunterliegenden Spuren sichern können.«

»Aber gestern Abend war der Boden doch auch schon tief und fest gefroren, Paul. Was sollen sich denn da für Schuhabdrücke in den Untergrund gedrückt haben?«

Lenz rieb die Handinnenflächen aneinander und sah seinen Kollegen selbstbewusst an. »Vertrau mir einfach, Thilo. Ich weiß, dass es eine Heidenarbeit ist, aber ich bin mir sicher, dass es sich lohnen wird.«

»Dein Wort ist mir Befehl, Boss.«

Etwa eine Minute später hatte der junge Oberkommissar dem technischen Zug des Polizeipräsidiums Nordhessen den Auftrag erteilt.

»Läuft«, brummte er trotzdem ein wenig missmutig.

»Mensch, Thilo, du tust ja gerade, als müsstest du selbst dafür sorgen, dass der verdammte Schnee …« Der Leiter der Mordkommission brach ab, weil Bernd Haberland die noch immer schluchzende Frau stehen gelassen hatte, auf seine Kollegen zutrat und ohne irgendwelche Umschweife zur Sache kam: »Also, bei dem Toten handelt es sich ohne Zweifel um den Bewohner des Hauses hier, nämlich um einen gewissen Bruno Rühlemann.« Er deutete auf das zitternde Häufchen Elend, das sich ein Taschentuch vor den Mund presste und immer wieder kopfschüttelnd zu der Leiche blickte. »Sie ist so etwas wie seine Haushälterin, wobei ich nicht ganz sicher bin, ob das nicht ein wenig übertrieben ist. Ihr Name ist Elena Robusa, und sie wollte heute Morgen hier nach dem Rechten sehen. Als sie ankam, waren die uniformierten Kollegen aber schon in Mannschaftsstärke vor Ort.«

»Hat sie einen Schlüssel für das Haus?«

Haberland griff in seinen Mantel und zog einen einzelnen Schlüssel aus der Tasche. »Ja, den habe ich mir schon geben lassen. Und den Code für das ultramoderne Zugangssystem, das hier zusätzlich eingebaut ist, ebenfalls.«

»Was für ein Zugangssystem?«

»Man kann das Haus nur betreten, wenn man nach dem Aufschließen einen sechsstelligen Code in ein Tastenfeld neben der Tür eingibt, sonst entriegelt das Schloss nicht.«

»Gut gemacht.«

»Danke. Gefunden wurde der Leichnam von einem Postler, den ich aber schon wieder hab wegfahren lassen, weil er mir glaubhaft versichern konnte, dass er außer dem Schneeberg mit dem Körper darunter nichts gesehen hat und außerdem einen Riesenärger mit seinem Arbeitgeber bekommt, wenn er seine Tour nicht termingerecht abarbeitet.«

»Was für ein armes Schwein«, bemerkte Thilo Hain trocken.

Alle drei nickten.

»Gehen Sie davon aus, dass die Tat hier geschehen ist?«, wollte Lenz wissen.

»Darüber habe ich mir, offen gestanden, noch gar keine Gedanken gemacht, Herr Hauptkommissar.«

»Das macht nichts.«

Er wandte sich Thilo Hain zu und bedachte ihn mit einem fragenden Blick.

»Klar ist das hier passiert«, erklärte der Oberkommissar überzeugt.

»Warum?«

»Weil die Körperhaltung des Toten gar nichts anderes zulässt. Wenn man ihn nach seinem Tod hierher gebracht hätte, wären die Arme und die Beine in einer komplett anderen Haltung. So wie er daliegt, das ist typisch für einen, der aufrecht stehend k. o. geht und schutzlos auf den Boden knallt.«

»Wenn der Täter ein Profi ist, könnte er ihn auch für uns so drapiert haben«, gab Lenz zu bedenken.

Hain fing an zu grinsen. »Das würde ich jetzt mal kategorisch ausschließen, dazu ist es gestern Abend oder in der Nacht viel zu kalt gewesen.«

»Wenn alle Mörder so faul wären wie du, hätten wir bei der Aufklärung viel weniger Arbeit.«

»Deshalb bin ich ja auf der anderen Seite gelandet.«

»Wir haben«, wandte Lenz sich wieder Bernd Haberland zu, »den technischen Zug bestellt, der soll dafür sorgen, dass der Schnee auf dieser Seite des Hauses komplett weggeschmolzen wird. Können Sie sich darum kümmern, wenn die hier sind?«

»Selbstverständlich. Und was machen Sie?«

»Wir beide gehen jetzt mal ins Haus und schauen, was für ein Mensch dieser Bruno Rühlemann gewesen ist und ob es irgendwelche Hinweise darauf gibt, dass sein Leben in Gefahr gewesen sein könnte.«

»Wenn ich dich eben richtig verstanden habe«, warf Hain von der Seite ein, »dann gibt es wohl eher keine Frau Rühlemann, oder?«

Haberland schüttelte energisch den Kopf. »Nein, da war sich die Zugehfrau ganz sicher. Ihr Chef war auf keinen Fall mit irgendjemandem ...« Er hielt inne, weil sich direkt neben ihm ein Telefon mit durchdringendem Ton meldete, und sah zuerst Lenz und dann Hain an, die jedoch beide signalisierten, dass es sich nicht um ihr Gerät handelte.

Lenz lauschte, hob den Kopf etwas, senkte ihn dann und sah auf den weißen Haufen vor ihren Füßen. »Das muss das Mobiltelefon unseres Schneemanns sein.«

3

Beate Schreiber hatte im Verlauf der Nacht gemerkt, dass sich gesundheitlich etwas bei ihr zusammenbraute. Thomas, ihr Freund, war um kurz nach halb eins zu Hause angekommen, hatte sie mit einem kurzen Kopfnicken und einem mehr als halbherzigen *Hallo* begrüßt, sich eine Dose Energy-Drink aus dem Kühlschrank geholt und dann vor den Fernseher gehockt.

Eine Weile hatte sie überlegt, ob sie sich zu ihm setzen und ihn fragen sollte, warum er deutlich später als üblich von der Arbeit gekommen war, ließ es jedoch bleiben. In diesen Minuten war der jungen Frau zum ersten Mal das Kratzen in ihrem Hals aufgefallen, und irgendwie fühlte sie sich müde und auch ein wenig fiebrig.

Thomas würde noch ungefähr zwei Stunden vor der Glotze verbringen, dann ins Bett kommen, sie hoffentlich in Ruhe lassen und am Morgen noch tief und fest schlafen, wenn sie sich für ihre Schicht fertig machte.

Diese Planungen wurde allerdings im Verlauf der Nacht komplett durcheinandergewürfelt, weil sie sich bereits zwei Stunden nach dem Einschlafen, also etwa um halb drei, von Schüttelfrost und Brechreiz gequält im Bett wälzte. Kurz darauf stand sie auf, ging in die Küche, kramte die nach Gummi riechende Wärmflasche aus dem Schrank und setzte den Wasserkessel auf.

Verdammt, hoffentlich habe ich mir keine Salmonellen eingefangen, ging ihr dabei durch den Kopf. Das war ihr vor Jahren schon einmal passiert, und die Symptome jetzt waren durchaus vergleichbar mit denen damals. Obwohl das Kratzen im Hals und die Schmerzen dort eigentlich mehr auf einen grippalen Infekt hin deuteten. Oder vielleicht sogar eine ausgewachsene, richtige Grippe.

Die habe ich mir garantiert in Brunos kaltem Auto geholt, als wir uns …

Trotz ihrer wirklich desolaten gesundheitlichen Verfassung huschte ein Lächeln über ihr Gesicht.

Ich bin verliebt, dachte Beate. *Ich bin ernsthaft verliebt.*

Sie zuckte zusammen, weil aus dem Schlafzimmer ein Geräusch herüberdrang, aber es war nur ein kurzes Schnarchen von Thomas.

Die Züge der jungen Frau entspannten sich ein wenig.

Thomas Pertuleit, 34 Jahre alt, Schichtarbeiter im VW-Werk in Baunatal und seit knapp zwölf Jahren ihr Freund. Eishockeyfan, Fußballfan, Fan von lauter Musik im Auto und Kindern gegenüber absolut negativ eingestellt; sowohl möglichen eigenen wie auch anderen.

Ihre Gedanken schweiften ab zu dem Treffen ein paar Stunden zuvor.

›Na ja, ich denke, wir werden ein glückliches Paar, das in Kassel leben wird, heiratet, ein paar Kinder in die Welt setzt und angesehen und im hohen Alter stirbt‹, hatte Bruno Rühlemann im Restaurant gesagt, während sie das ihr bis dahin unbekannte Vitello tonnato probiert hatte. Ihm konnte unmöglich klar gewesen sein, wie groß ihre Freude über seine Worte war.

Natürlich hatten Thomas und sie schon öfter über Kinder gesprochen. Von Zeit zu Zeit hatte sie ihn immer mal wieder davon in Kenntnis gesetzt, dass sie ihre biologische Uhr immer lauter ticken hörte, doch seine Reaktion darauf war immer die gleiche. Er reckte den Kopf nach vorn, in ihre Richtung, und tat, als würde er angestrengt lauschen, gefolgt von einem Schulterzucken und unterlegt mit einem desinteressierten: ›Ich hör absolut nichts.‹

Es war ihr absolut nicht möglich, mit ihm eine ernsthafte Diskussion über ihren tief verwurzelten und sehnsuchtsvollen Kinderwunsch zu führen.

Obwohl, wenn sie es recht bedachte, konnte man mit ihm eigentlich *gar keine* Diskussion über *irgendwas* führen.

Sie ertappte sich dabei, dass sie trotz ihrer miesen körperlichen Verfassung anfing zu grinsen, während ihre Gedanken erneut zu dem Restaurantbesuch und Brunos Liebeserklärung abschweiften. Und erneut zu seinen Worten, dass er sich Kinder mit ihr vorstellen könnte. Vor ihrem geistigen Auge tollten drei davon durch einen Garten, zogen vergnügt am Schwanz eines gutmütigen, kinderlieben Hundes und liefen auf sie und Bruno zu, die sie zum Abendbrot gerufen hatten.

Ich wusste wirklich nicht, wie sehr ich mir eine solche Idylle wünsche, dachte sie beseelt und auch ein bisschen verzweifelt.

Wie soll das nur alles klappen?

Mit großer Verwunderung hatte Beate ein paar Stunden zuvor registriert, dass sie beim Nachhausekommen ernsthaft darüber nachdachte, ein paar Klamotten in ihre Reisetasche zu werfen, sich ein Taxi zu rufen und zu Bruno zu fahren. Doch dann war ihr klar geworden, dass sie ja nicht einmal genau wusste, wo er überhaupt wohnte.

Irgendwo an der Hasenhecke, das hatte sie noch im Kopf, weil er einmal davon gesprochen hatte, aber das war auch schon alles.

Ich könnte mich in die Stadt bringen lassen, vielleicht zum Bahnhof, ihn anrufen, mich von ihm abholen lassen und dann mit zu ihm nach Hause fahren.

Ein paarmal hatte sie sich das alles ausgemalt, dann jedoch hatte die junge Frau der Mut verlassen.

»Kannst du vielleicht mal den verdammten Kessel vom Herd nehmen?«, schrie Thomas Pertuleit ebenso genervt wie verpennt aus dem Schlafzimmer. »Sag mal, weißt du eigentlich, wie viel Uhr es ist?«

»Ja, ich habe wohl gerade geträumt«, rief sie beschwichtigend, riss das Aluminiumgefäß von der Platte und zog die Pfeife vom Ausguss. Sofort verstummte der helle Ton.

»Was machst du eigentlich da?«, wollte er wissen. »Hast du deine Tage, oder was?«

Das solltest du eigentlich wissen, du Blödmann, dachte Beate Schreiber genervt, *wo du doch vor knapp zwei Stunden in der dir eigenen, höchst sensiblen und mitfühlenden Art noch schnell vor dem Einschlafen über mich drübergerutscht bist. Und von Menstruation war da doch keine Rede, oder?*

»Nein«, erwiderte sie halblaut, »ich befürchte, dass ich mir eine Erkältung eingefangen habe. Mir ist furchtbar schlecht, und Schüttelfrost habe ich auch. Und es kratzt ganz furchtbar im Hals.«

»Mannomann, was bist du denn für ein Weichei? Machst hier einen Megaaufstand mitten in der Nacht, nur weil es ein bisschen im Hals kratzt. Komm ins Bett oder leg dich auf die Couch, das ist mir egal, ich will auf jeden Fall in Ruhe weiterschlafen können.«

»Du hast recht, es ist bestimmt besser, wenn ich den Rest der Nacht im Wohnzimmer verbringe. Wir sehen uns morgen Abend, ich lass dich dann nachher, wenn ich mich für die Arbeit fertig mache, schlafen.«

Aus dem Bett kam ein kurzes, mehr gebrummtes »Gut«. Sie betrat den Flur, zog leise die Schlafzimmertür zu, brühte sich mit dem noch immer dampfenden Wasser einen Pfefferminztee auf und verzog sich ins Bad, wo sie eine lange, heiße Dusche nahm. Sie duschte, bis sie schließlich das Gefühl hatte, dass alles, was sie jemals mit Thomas Pertuleit verbunden hatte, und alles, was er jemals auf ihr abgeladen hatte, durch den Ausguss verschwunden war.

Den Rest der Nacht verbrachte sie halb dösend und halb von ihrer Zukunft mit Bruno Rühlemann träumend, unterbrochen nur von zwei Besuchen auf der Toilette, wo sie sich übergab. Und auch hierbei hatte die Frau das ebenso merkwürdige wie befreiende Gefühl, dass sie Dinge abstieß, die sie mit ihrem Freund verbunden hatten. Als sie sich um halb sechs mit Rückenschmerzen, hustend und schniefend und fiebrig von dem völlig unbequemen Sofa erhob, war ihr klar, dass sie nie wieder auch nur eine Nacht in dieser Wohnung verbringen wollte.

Vor der Tür und auf dem Weg zu ihrem auffälligen, pink lackierten französischen Kleinwagen atmete sie die kalte Morgenluft tief und bewusst ein, obwohl ihr das wie verrückt in der Lunge und den Bronchien stach. Für einen Moment überlegte sie, einfach nicht zur Arbeit zu fahren, sondern irgendwo einen Kaffee zu trinken und dann mit Bruno zu telefonieren, verwarf den Gedanken jedoch. Was auch immer die nächsten Tage, Wochen und Monate bringen würden, ihren Job wollte und konnte sie nicht so einfach aufs Spiel setzen. Immerhin musste sie damit rechnen, dass Bruno es sich vielleicht anders überlegen könnte. Obwohl …

Nein, das macht er nicht. Er ist genauso in mich verliebt wie ich in ihn. Und ich freue mich auf ihn und darauf, nach der Arbeit ein paar Sachen aus meiner Wohnung zu holen und mit zu ihm zu nehmen.

Noch bevor sie jedoch die Stadtgrenze von Kassel erreicht hatte, wurde ihr klar, dass sie einen wirklich schweren Tag vor sich hatte und mit der Fahrt zur Arbeit auch vielleicht die falsche Entscheidung getroffen hatte. Immer wieder wurde sie von Schüttelfrostschüben geplagt und es fiel ihr schwer, nicht einfach das Telefon zur Hand zu nehmen, Bruno anzurufen und umzudrehen. Aber so genau sie wusste, dass sie sich Hals über Kopf in Bruno Rühlemann verliebt hatte, so genau wusste sie auch, dass ihr Arbeitgeber rein gar nichts davon hielt, wenn sich Mitarbeiter krankmeldeten. Außerdem hatte es, wenn man nach der Arbeitsunfähigkeit wieder zurück im Auslieferungszentrum war, ein ziemliches Spießrutenlaufen zur Folge.

Auf der A 7 hinter dem Dreieck Kassel-Süd hatte sie die Befürchtung, sich erneut übergeben zu müssen, doch es blieb bei dem unangenehmen Gefühl, das sich ein paar Augenblicke später wieder legte.

Erneut schweiften ihre Gedanken ab zum heutigen Morgen, das Aufstehen, die Zeit im Bad und den letzten Kontakt mit Thomas.

Insgeheim hatte sie gehofft, dass er seiner Ankündigung folgen und im Bett bleiben würde, doch dazu war es leider nicht gekommen, denn er war genau in dem Moment in die Küche getreten, als sie sich auf den Weg machen wollte.

»Du bist ja noch hier«, hatte er mit einem schnellen Blick auf die Uhr über der Spüle gesagt.

»Ja, ich bin spät dran und mache mich jetzt los.«

»Geht es dir wieder besser?«

»Ein bisschen, ja.«

Ihr zukünftiger Exfreund hatte sich kopfschüttelnd abgewandt und war Richtung Toilette davongetrabt. »Sag ich doch, du hast gar nichts. Wir sehen uns heute Abend.«

Zu gern hätte sie ihm ins Gesicht gesagt, dass er sich das aus dem Kopf schlagen könne, unterließ es aber besser, weil sie am Nachmittag ihre Sache ausräumen und dies nicht gefährden wollte. Außerdem hütete sie sich davor, Thomas wütend zu machen. Und wenn sie ihm offenbart hätte, dass sie nicht mehr mit ihm zusammenleben wollte und sich in einen anderen Mann verliebt hatte, wer weiß, was dann passiert wäre.

Warum habe ich das alles nur so lang ertragen?, fragte sie sich in Gedanken. *Und warum ist mir Bruno nicht schon viel früher über den Weg gelaufen?*

Vor der Ausfahrt Guxhagen musste sie in einer langen Schlange warten. Offenbar hatte es weiter vorn einen Auffahrunfall gegeben, der dazu führte, dass sich der Verkehr weit zurückstaute. Sie sah auf die Uhr, atmete tief ein und schüttelte entschlossen den Kopf.

Verdammt, was mache ich hier eigentlich? Ich will ein neues Leben anfangen, ein völlig neues Leben mit einem Mann, der es richtig gut mit mir meint. Und das Einzige, was mir an diesem Tag einfällt, ist pünktlich bei der Arbeit zu sein. Sollen sie mich doch sonst wo besuchen mit ihrem ewigen Druck und den ständigen Schikanen, ich habe einfach keine Lust mehr darauf.

Beate Schreiber sah kurz in den Rückspiegel, setzte den Blinker und fuhr langsam auf den Standstreifen. Von hinten kam kein anderes Fahrzeug, also beschleunigte sie vorsichtig, steuerte ihren Kleinwagen bis zur Ausfahrt und verließ schließlich die Autobahn. Dann griff sie zum Telefon und wollte Brunos Nummer wählen, überlegte es sich jedoch im letzten Moment anders und drückte auf die Kurzwahltaste, die sie mit ihrer besten Freundin Julia verband.

»Hi, Julia, hier ist Beate. Bist du im Laden?«

Offenbar wurde die Frage am anderen Ende positiv beantwortet.

»Dann komme ich gleich mal auf einen Kaffee bei dir vorbei. Und halt dich fest, es gibt wirklich wichtige Neuigkeiten in meinem, wie du immer sagst, tristen und ach so langweiligen Leben.«

Julia Schiffer betrieb einen mehr oder weniger gut gehenden Schmuckladen am Bebelplatz, was ihr aber keine Sorgen bereitete, da ihr Mann bei einer Bank arbeitete. Sie konnte Beates Bericht kaum glauben, freute sich aber über alle Maßen für ihre ehemalige Klassenkameradin, längste und beste Freundin und Vertraute für Probleme und Freuden aller Art.

Nach dem dritten Kaffee verlief sich tatsächlich eine Kundin in den kleinen Laden, was Beate zum Aufbruch nutzte. Vor der Tür schnäuzte sie sich, griff zu ihrem Telefon, wählte Brunos Nummer, die sie mittlerweile auswendig kannte, nahm das kleine Gerät ans Ohr und wartete. Nach dem siebten Klingeln ertönte seine Stimme und wollte bekannt geben, dass er zurzeit nicht erreichbar wäre und der Anrufer etwas hinterlassen könne, was die junge Frau jedoch nicht wollte und deshalb das Gespräch kurzerhand unterbrach.

4

Lenz sah sich in Bruno Rühlemanns modern eingerichteten Wohnzimmer eine Weile um.

»Hier sieht es nicht gerade aus wie bei einem, der sein Geld als Hilfsarbeiter bei Everest verdient«, bemerkte er schließlich leise.

»Den gleichen Gedanken hatte ich auch gerade«, stimmte Thilo Hain zu. »Aber vielleicht hat seine Zugehfrau da ja auch was durcheinandergebracht, als sie mit Haberland über seinen Job gesprochen hat.« Der junge Oberkommissar stellte eine CD, deren Cover er sich angeschaut hatte, zurück ins Regal. »Außerdem war sie erst seit drei Wochen bei ihm beschäftigt. Wer weiß, vielleicht gab es da wirklich eine Lücke in der Informationskette.«

Hain verließ den Raum und betrat einen kleineren, der direkt daneben lag. Dort klappte er ein Laptop auf, drückte die Power-Taste und wunderte sich, wie schnell das Gerät hochfuhr. Was ihn jedoch noch mehr wunderte, war die Tatsache, dass weder der komplette Computer noch einzelne Ordner Passwortgeschützt waren. Also sah er sich ein wenig auf der Festplatte um und öffnete nach und nach ein paar Dateien. »Komm mal bitte rüber, Paul«, bat er ein paar Minuten später seinen Chef, der jedoch gerade in diesem Moment ohnehin den Raum betreten hatte.

»Hast du was gefunden?«

»Glaub schon.«

Es vergingen ein paar Sekunden, dann deutete Hain auf das Display. »Hier, sieh mal. Dieser Ordner heißt *Everest-Recherche*, und die einzelnen Dateien zum Beispiel *Arbeitsbedingungen*, *Hintergrundgespräche* oder hier: *Arbeitsanweisungen, die gegen geltendes Recht verstoßen*. Scheint gerade so, als wäre unser Herr Rühlemann ein Maulwurf oder zumindest so etwas in der Art.«

»Wie meinst du das, ein *Maulwurf*?«

»Na ja, bei Everest wird ja derzeit öfter mal gestreikt, vielleicht wurde er von der Gewerkschaft auf die angesetzt, was weiß ich?«

»Hast du schon mal seinen Namen in eine Suchmaschine eingegeben?«

»Nein, aber das ist eine gute Idee.« Thilo Hain zog sein Telefon aus der Tasche und drückte ein paar Tasten. »Ist mir lieber, ich mache das mit meinem eigenen Material, sonst gibt es garantiert wieder Ärger mit der Kriminaltechnik, wenn die sehen, dass und wann ich an der Kiste war.«

»Kluge Entscheidung.«

Es dauerte keine 15 Sekunden und der Oberkommissar hatte ein brauchbares Ergebnis.

»Bruno Rühlemann, hier haben wir ihn.« Thilo Hain schnalzte mit der Zunge. »Wow, der Mann scheint richtig bekannt gewesen zu sein. Er hat schon mal ein Buch geschrieben, wenn ich das hier richtig deute. Und er hat einen Preis bekommen, einen Journalistenpreis.«

»Dann«, bemerkte Lenz mit Blick auf den Laptop, »ist er wohl kein Maulwurf einer Gewerkschaft, sondern eher so etwas wie ein Enthüllungsjournalist.«

»Das könnte wohl hinkommen, ja. Aber die Everest-Leute haben es nach meiner Einschätzung absolut nicht nötig, einen unliebsamen Mitarbeiter, und sei er auch ein noch so erfolgreicher Enthüllungsjournalist, einfach totzuschlagen oder von mir aus auch totschlagen zu lassen; die beschäftigen doch garantiert Unmengen von juristischen Koryphäen, die solche Sachen im Rahmen der Legalität für sie regeln.«

»Nun mal ganz langsam, Thilo«, bemühte Lenz sich, die Fantasie seines Kollegen ein wenig zu bremsen. »Zunächst ist es noch überhaupt nicht ausgemacht, dass unser Toter wegen seines Jobs das Zeitliche segnen musste. Wir wissen, was er beruflich gemacht hat, aber das muss noch lang nicht bedeuten, dass ihm deshalb jemand die Birne eingeschlagen hat.«

»Ich wollte ja auch nur darauf hinweisen, dass …« Hain brach ab, weil sich hinter ihnen ein uniformierter Kollege mit einem Klarsichtbeutel in der rechten Hand räusperte.

»Der Doktor lässt ihnen ausrichten, dass er schon seit einer Viertelstunde draußen an der Leiche am Arbeiten ist. Außerdem denkt er, dass das Telefon hier sie interessieren könnte. Es hat geklingelt, als wir draußen standen.«

»Das ist doch mal eine richtig gute Idee«, antwortete Lenz. »Ist es Dr. Franz?«

Der Streifenpolizist nickte.

»Dann sagen Sie ihm bitte, dass wir gleich rauskommen. Und bis dahin bedanken wir uns ganz herzlich für sein Mitdenken.« Er griff sich den Beutel und nickte dem Kollegen zu, der sich umdrehte und den Raum verließ. Lenz zog sich Einweghandschuhe über und nahm das Telefon in die Hand. »Erstaunlich, dass so ein Ding bei den derzeitigen Temperaturen eine Nacht im Freien ohne zu mucken durchsteht.«

»Na ja, in den ersten Stunden wurde es ja noch von einem auskühlenden menschlichen Körper gewärmt. Und dann, glaube ich, halten moderne Mobiltelefone und die zugehörigen Akkus noch ganz andere Minustemperaturen aus als die der letzten Nacht in Kassel.«

»Ich finde es trotzdem erstaunlich.« Der Hauptkommissar betrachtete das Gerät in seiner Hand ein wenig unsicher.

»Deine Mimik sagt mir, dass du ziemlichen Schiss hast, was Falsches mit dem Ding anzustellen«, deutete Hain den Blick seines Kollegen durchaus richtig.

»Wenn ich es jetzt aus Versehen ausschalte, haben wir vermutlich Probleme, die wir uns eigentlich ersparen könnten.«

Hain drückte ein paarmal auf dem Display seines eigenen Mobiltelefons herum, legte es auf dem Tisch vor sich ab und streckte den rechten Arm aus.

»Dann wollen wir mal sehen, ob dieser ermittlungstechnische Super-GAU zu verhindern ist«, brummte er grinsend.

Er nahm das Gerät in die Hand und drückte auf einen Knopf am unteren Ende des Geräts. Sofort wurde der kleine Monitor hell.

»Jetzt wird es spannend«, flüsterte er.

»Was wird spannend?«

»Unser Mordopfer hat einen Wischcodeschutz zwischen uns und sein Mobiltelefon gestellt.« Der junge Polizist sah seinen mittlerweile neben ihm stehenden Boss von unten an. »Du weißt doch, so etwas, wie ich es auch auf deinem Telefon für dich eingerichtet habe.«

Ohne auf eine Regung seines Freundes und Kollegen zu warten, legte Hain das Telefon mit der Rückseite in seine offene Hand und betrachtete das Display von der Seite.

»Könnte gehen«, murmelte er und fing an, sich ein paar Zahlen in den nicht vorhandenen Bart zu murmeln.

»Schreib mal mit«, forderte er schließlich von Lenz.

»Zwei drei. Fünf sechs. Acht neun.«

»Das ist die Kombination?«

»Nein, das sind nur die Zahlen, die gewischt wurden. Und es kann durchaus sein, dass er zuletzt mit fettigen Fingern eine Nummer gewählt hat, die aus diesen Ziffern bestand.«

Er begann, die erste Kombination auszuprobieren, der Versuch schlug jedoch fehl, und die auf dem Display angewählten Ziffern färbten sich rot.

»Das war's schon mal nicht.«

»Wie viele Versuche hast du denn? Drei, wie beim PIN?«

»Nein, glücklicherweise nicht. Wir können es unbegrenzt weiterprobieren, wobei nach ein paar Fehleingaben eine Zeitsperre greift.«

Die von Hain angesprochene Zeitsperre von 30 Sekunden wurde nach der fünften Fehleingabe aktiv.

»Wie, und das ist alles?«, zeigte Lenz sich zutiefst irritiert. »Du wartest 30 Sekunden und hast fünf neue Versuche? Das war es?«

»Jep, genau so läuft das.«

Er wartete, bis das Gerät eine weitere Eingabenserie annahm, und setzte seine Versuche ungerührt fort. Nach einer Viertelstunde beschlich den Oberkommissar der Verdacht, es könnten wirklich ein paar Fettfinger sein, denen er hinterherprobierte, doch kurz darauf wurde die von ihm gewischte Kombination grün.

»Bingo«, rief er laut auf.

»Wie Bingo? Du verarschst mich doch, oder etwa nicht?«

Hain hielt Lenz das Display hin und deutete auf den Blumenstrauß, der als Hintergrundbild zu sehen war.

»Das sieht doch auch für einen solchen Blindfuchs wie dich jetzt anders aus als eben, oder?«

Ein Nicken. »Schon, ja.«

»Und deshalb können wir uns jetzt auch anschauen, wer vorhin mit dem guten Bruno telefonieren wollte, der leider mausetot und ziemlich tiefgekühlt da draußen neben seinen Koniferen lag und deshalb den Anruf nicht entgegennehmen konnte.« Er bewegte den Finger ein paarmal hin und her und sah dann wieder zu seinem Boss auf. »Lust auf ein Telefonat?«

»Klar.«

Hain reichte dem Hauptkommissar das Gerät. Es klingelte viermal, dann erklang die Stimme einer Frau, die ganz offenbar die Nummer des Anrufers erkannt hatte.

»Hallo, Bruno, schön, dass du dich endlich meldest. Ich dachte schon, dir sei etwas passiert oder du hättest es dir irgendwie anders überlegt.«

Lenz war nicht in der Lage, dem Redefluss der Frau auch nur das Geringste entgegenzusetzen, deshalb schwieg er auch dann noch, als sie längst geendet hatte.

»Bruno, hallo, bist du noch dran?«

»Hier spricht Hauptkommissar Paul Lenz von der Kriminalpolizei Kassel. Darf ich fragen, wer Sie sind?«

Es entstand eine längere Pause.

»Warum … wollen Sie das wissen? Und warum … was machen Sie an Brunos Telefon? Von der Polizei?«

Lenz holte tief Luft. »Es wäre sehr hilfreich, wenn Sie mir sagen würden, wer Sie sind. Dann kann ich Ihnen auch sagen, warum ich an Herrn Rühlemanns Telefon gegangen bin.«

»Ist etwas passiert mit Bruno? Geht es ihm gut? Hatte er einen Unfall? So sagen Sie mir doch, was los ist, bitte.«

»Herr Rühlemann wurde leider letzte Nacht das Opfer eines Verbrechens. Und jetzt muss ich Sie wirklich bitten, mir Ihren Namen …« Er stoppte, weil am anderen Ende die Verbindung unterbrochen wurde und nur noch ein rhythmisches Tuten zu hören war.

»Was, verdammt noch mal, war denn das jetzt?«, fluchte er laut.

»Mann oder Frau?«, wollte Hain völlig unbeteiligt wissen, während er zu seinem eigenen Telefon griff und wählte.

»Frau.«

5

Beate Schreiber war nicht fähig, auch nur den belanglosesten Gedanken zu fassen. Sie hatte ihren Renault Twingo während des Telefonats einfach an den Straßenrand gelenkt, war dort knapp vor einem Schild zum Stehen gekommen und saß nun zitternd und weinend hinterm Lenkrad.

Das kann doch alles gar nicht sein, dachte sie schluchzend. *Das kann nicht sein!* .

Ihr Herz pochte, ihr Kopf fühlte sich an, als würde er im nächsten Moment platzen, und über allem lag das zutiefst bedrohliche Gefühl, sich in eine Situation begeben zu haben, aus der es keinen Ausweg mehr gab.

Was ist mit dir passiert, Bruno?

›Herr Rühlemann wurde leider letzte Nacht das Opfer eines Verbrechens‹, hatte der Mann zu ihr gesagt, ein Polizist.

Was bedeutet es, wenn man das Opfer eines Verbrechens geworden ist? Ist man dann tot oder vielleicht nur schwer verletzt? Vielleicht ist Bruno ja ausgeraubt oder überfallen worden und es geht ihm sonst ganz gut. Aber warum sollte dann ein Polizist mit Brunos Telefon bei ihr anrufen?

Beate versuchte, irgendwie Ordnung in ihre Gedanken zu bringen, doch es war einfach nicht möglich. Alles, was sie dachte, fiel durcheinander, sie bekam es einfach nicht zu fassen. Dann erinnerte sie sich an den Abend zuvor, an die merkwürdige Situation, als Thomas zu Hause angekommen war. *Viel zu spät* zu Hause angekommen war.

Könnte es sein, dass Thomas …?

Nein, das war unmöglich. Er konnte mitnichten etwas von dem Abendessen mit Bruno erfahren haben, wie denn auch? Von dem Restaurant, in das Bruno sie ausgeführt hatte, wusste ihr Freund garantiert nicht einmal, dass es existierte. Und gesehen hatte sie auch niemand zusammen, da war sie ganz sicher.

Vielleicht einer seiner Kumpels?

Wieder wurde sie von einem Heulkrampf geschüttelt und langsam wurde ihr unangenehm kalt. Sie schnäuzte sich, warf das Papiertaschentuch zu den anderen benutzten auf den Beifahrersitz und schlug dann unvermittelt mit der rechten Faust auf das Lenkrad.

Herrje, was soll ich denn jetzt machen? Ich will nicht mehr nach Hause, und zu Bruno kann ich auch nicht, weil ich ja nicht mal weiß, wo er überhaupt wohnt. Vielleicht liegt er ja im Krankenhaus?

Sie griff nach ihrem Telefon auf dem Beifahrersitz unter dem Berg von Papiertaschentüchern und wollte gerade eine Seite im Internet aufrufen, als das Gerät gleichzeitig anfing zu vibrieren und zu summen.

›Thomas ruft an‹, konnte sie in großen, unheilvoll wirkenden Lettern auf dem Display lesen. Und sie hatte das Gefühl, sowohl das Summen als auch das Vibrieren würde von Sekunde zu Sekunde bedrohlicher.

Sie wusste nur zu genau, dass er es, egal was sie tat, immer wieder klingeln lassen würde, bis sie den Anruf entgegengenommen hatte. Also holte sie tief Luft, nahm das Gespräch an und führte das Telefon zum Ohr.

»Hallo, Thomas«, sagte sie mit belegter, kratziger Stimme.

»Wo zum Teufel steckst du?«, brüllte ihr Freund ohne Begrüßung los. »Die Everest-Leute haben gerade bei uns angerufen und mich aus dem Bett geschmissen, weil du nicht bei der Arbeit aufgetaucht bist und dich noch nicht mal gemeldet hast. Stimmt das?«

Sie dachte kurz nach. »Ja, klar, das stimmt«, erwiderte sie schließlich kleinlaut. »Aber ich bin beim Arzt …«

»Es ist mir scheißegal, wo du gewesen bist, bist oder noch hinwillst. Der Typ, der angerufen hat, lässt dir ausrichten, dass du fristlos gefeuert bist, wenn du dich nicht innerhalb der nächsten 15 Minuten bei ihm meldest. Eine Viertelstunde, und fünf Minuten davon sind schon rum, hast du das?«

»Weißt du, wie er hieß?«

»Nein, das weiß ich nicht, und ich bin auch nicht dein Sekretariat, verdammte Scheiße. Ruf da an und sieh zu, dass du deinen verdammten Hintern in Bewegung setzt, sonst kriegen wir echt richtigen Ärger miteinander, verstanden?«

»Aber ich …«

»Verschon mich mit deinem Aber-Gelaber und leg los. Und wenn ich heute von der Nachtschicht komme, will ich mit dir reden. Klar?«

Beate Schreiber schluckte so laut, dass sie befürchtete, ihr Freund könne es hören. »Worüber willst du denn mit mir reden, Thomas?«

»Das wirst du schon sehen. Sei einfach zu Hause, wenn ich komme.«

»Meinst du, du kommst heute früher als gestern?«, hakte sie nach in der Hoffnung, dass er etwas zu seiner Verspätung vom Vorabend sagen würde.

»Das wirst du sehen, wenn ich da bin.« Damit brach er das Gespräch ab.

Die junge Frau holte erneut tief Luft, hustete dabei röchelnd und wollte das Telefon zurück auf den Sitz werfen, behielt es jedoch in der Hand und nahm ihre Recherche nach *Bruno Rühlemann* wieder auf.

Erstaunt stellte sie fest, dass es Hunderte von Einträgen zu ihm gab und dass er ein ziemlich bekannter Mensch war, was sie mehr als nur insgeheim freute. Allerdings war nirgendwo ein Telefonanschluss, geschweige denn eine Adresse verzeichnet.

Gerade als sie entnervt aufgeben wollte, fiel ihr seine Bemerkung vom Vorabend ein.

›Meine Eltern besitzen mehrere große Autohäuser in Frankfurt und Umgebung.‹

Sie ging zurück zur Suchseite und gab ›Autohaus Rühlemann‹ ein. Sofort erschienen mehrere tausend Einträge, wobei der des Hauptgeschäfts in der Frankfurter City der für sie interessanteste war. Sie übernahm die Telefonnummer und wählte.

»Autohaus Rühlemann in der City, Bracht, guten Tag. Was kann ich für Sie tun?«

»Müller, guten Tag«, erwiderte sie so freundlich wie möglich. »Kann ich bitte mit Herrn Rühlemann sprechen?«

Es entstand eine kurze Pause.

»Das tut mir leid, aber Herr Rühlemann ist in einem Meeting. Kann Ihnen vielleicht ein anderer unserer Berater weiterhelfen?«

»Das denke ich nicht, es handelt sich um etwas Privates. Es geht um Bruno, Herrn Rühlemanns Sohn.«

»Oh, hoffentlich ist ihm nichts passiert.«

»Nein, nein.«

Beate überlegte. »Sagen Sie, Frau Rühlemann ist nicht zufällig auch im Haus?«

Wieder eine kurze Pause, in der die Mitarbeiterin des Autohauses offenbar mit zugehaltenem Mikrofon bei einer Kollegin nachfragte.

»Doch, Sie haben Glück, die Chefin ist gerade zurückgekommen. Warten Sie, ich versuche, Sie zu verbinden.«

In den nächsten 15 Sekunden hörte Beate Schreiber irgendeine Computermusik, dann ertönte eine helle Stimme, die mit starkem südhessischem Akzent sprach.

»Rühlemann, guten Tag.«

»Hallo, hier spricht Müller«, log Beate. »Ich bin eine Arbeitskollegin von Bruno, Ihrem Sohn, und hätte eine dringende Bitte an Sie.«

»So, so, eine Arbeitskollegin«, antwortete Frau Rühlemann freundlich. »Und wie kann ich Ihnen helfen, was genau ist Ihre dringende Bitte?«

Nun war es wieder Beate Schreiber, die ein wenig überlegen musste. »Das klingt jetzt bestimmt irgendwie komisch, aber Bruno ist gerade an einem Projekt, und da haben wir uns kennengelernt. Um genau zu sein, sind wir immer zusammen dorthin gefahren, wo Bruno sich … also, worüber er schreiben will. Schreibt.«

»Und was genau ist jetzt mein Part an der Geschichte?«, kam es vom anderen Ende der Leitung. Beate konnte sich des Gefühls nicht erwehren, dass Brunos Mutter der Sache ein wenig belustigt gegenüberstand.

»Um es kurz zu machen, ich bitte Sie, mir Brunos Adresse zu geben. Er hat mir zwar seine Telefonnummer gegeben, aber da erreiche ich ihn nicht.«

»Haben Sie denn nicht seine Mobilnummer?«

»Nein … doch, klar, die habe ich, aber im Augenblick erreiche ich ihn da nicht. Und ich muss ihm etwas ganz Wichtiges sagen, was vermutlich … was vermutlich die gesamte Story verändern wird.« Sie bemerkte, wie ihr wieder Tränen in die Augen schossen. »Es ist wirklich sehr, sehr wichtig für Bruno und mich«, fügte sie leise hinzu.

»Es erscheint mir zwar etwas merkwürdig«, erwiderte Frau Rühlemann, »aber sie klingen nicht wie eine Stalkerin oder so was, die unserem Bruno das Leben schwermachen will. Also …«

Im Hintergrund wurde offenbar gekramt.

»Also gebe ich Ihnen seine Adresse und hoffe mal, dass Sie ehrlich zu mir waren und keine unlauteren Dinge mit Bruno vorhaben.« Sie las eine Adresse in Kassel vor, die Beate kurz wiederholte. »Nein, die Hausnummer ist 17, nicht 7«, korrigierte Bruno Rühlemanns Mutter.

»Ah, ja, das hatte ich falsch verstanden.«

»Schon in Ordnung.«

»Ich danke Ihnen vielmals«, gab die Frau im Auto erleichtert zurück, »und verspreche Ihnen hoch und heilig, dass ich mit Bruno nichts Unlauteres vorhabe, ganz im Gegenteil.«

»Das wiederum klingt irgendwie geheimnisvoll«, bemerkte die Autohauschefin. »Und richten Sie ihm aus, dass ich mich freuen würde, wenn er sich selbst auch mal wieder bei uns meldet, ja?«

»Das mache ich, ganz bestimmt.«

Nach einer kurzen Verabschiedung nahm die Everest-Mitarbeiterin das kleine, alte Navi aus dem Handschuhfach, gab die Adresse ein und klemmte es in den Halter.

›12,7 Kilometer Entfernung, 15 Minuten Fahrzeit‹, las sie aufgeregt.

Aufgeregt war sie noch immer, als sie knapp 20 Minuten später in den Grenzweg einbog, der Verbindungsstraße zum kleinen, abgelegenen Stadtviertel Hasenhecke. Dort wurde sie schon etwa 200 Meter vor der Abzweigung zu der Straße, in der Bruno wohnte, von einem Polizisten in Uniform zur Seite beordert.

»Sind Sie Anliegerin?«, wollte er wissen.

Sie zögerte.

»Ich möchte gern eine Freundin besuchen, die dort hinten wohnt«, erklärte sie schließlich nasal.

»Das geht erst heute Nachmittag wieder, zumindest mit dem Auto. Die Straße ist wegen Polizeiermittlungen gesperrt.«

Beate schluckte. »Polizeiermittlungen? Ist was passiert?«

Er nickte.

»Was genau passiert ist, dürfen Sie mir vermutlich nicht sagen, oder?«

Wieder sein Nicken.

Die junge Frau sah ihn mit großen Augen an. »Und das alles, wo ich doch so furchtbar neugierig bin. Schrecklich, diese Marotte, nicht wahr?«

In seinem Gesicht blitzte kurz ein Lächeln auf, das jedoch sofort wieder verschwand. »Das Gleiche sagt meine Frau auch immer, wenn sie mich nach irgendwas ausfragt, das ich ihr nicht sagen kann oder will.« Er beugte sich ein wenig nach vorn und kam ihr dadurch etwas näher. »Es handelt sich um ein Tötungsdelikt«, flüsterte er ihr mit einem Anflug von Verschwörung zu. »Ein Mann ist, wie es aussieht, vor seinem Haus, der Nummer 17 dort hinten, wo die ganzen Kollegen stehen, erschlagen worden. Ziemlich blutrünstig die ganze Sache, aber von mir haben Sie das nicht.« Er richtete sich wieder auf und deutete in die Richtung, aus der Beate gekommen war. »Und jetzt müssen Sie bitte wenden und irgendwo dort vorn parken, zu Fuß können Sie nämlich zu Ihrer Freundin gehen.«

Beate Schreiber brauchte keinen Spiegel, um genau zu wissen, dass ihr Gesicht so weiß war wie der Schnee, der ganz Kassel bedeckte. Wie in Trance schaltete sie in den Rückwärtsgang, nickte dem Polizisten kurz zu und fuhr langsam los.

6

Erich Zeislinger wartete, bis der ICE zum Stillstand gekommen war, drückte auf den Türöffner und wollte den Kasseler Fernbahnhof Wilhelmshöhe betreten, was von einer unruhig zum Einstieg drängenden Menschenmasse vor der Tür zunächst verhindert wurde. Verärgert verschaffte der ehemalige Oberbürgermeister der Stadt Kassel sich Platz, indem er die Wartenden einfach zurückschob. Gleichzeitig fluchte er leise.

»Was haben Sie gesagt?«, wollte ein gut gekleideter Mann von ihm wissen, obwohl er vermutlich genau verstanden hatte, was Zeislinger gemurmelt hatte.

»Ach, gehen Sie einfach zur Seite und lassen mich in Ruhe«, brummte der ehemalige Politiker und jetzige Privatier.

»Ihr Verhalten ist unverschämt«, rief ihm der Geschäftsmann hinterher, fand jedoch kein Gehör mehr bei dem Davonstürmenden.

Schon mehr als einmal hatte Zeislinger sich mit Wehmut an die Zeiten zurückerinnert, als ihm noch eine großzügig bemessene Dienstlimousine zur Verfügung stand und er es nicht nötig hatte, in vollgestopften DB-Zügen von A nach B zu reisen.

Und weil er gerade dabei war, sich an diese glorreichen Zeiten zu entsinnen, fielen ihm auch die anderen Privilegien ein, die er hatte genießen dürfen. Große Spesenabrechnungen zum Beispiel oder auch die vielen Einladungen zu Tafelfreuden, die er nur zu gern angenommen hatte.

Gut, diese Jahre des Genießens und der Völlerei hatten sich natürlich in seinem ausufernden Körpergewicht, das aktuell bei knapp 140 Kilo lag, niedergeschlagen, doch das störte ihn nicht. Nicht mehr allerdings, denn in früheren Jahren hatte er noch schamhaft versucht, seine Leibesfülle durch eine geschickte Garderobenauswahl zu kaschieren, was er nun nicht mehr für nötig hielt.

Wenn man es emotionslos betrachtete, hatten seine Parteifreunde Erich Zeislinger alles genommen, was ihm jemals wichtig gewesen war. Einfluss, Macht, Beliebtheit, Reisen zu exotischen, angenehmen Zielen und eine Menge Geld.

Ja, natürlich hatten Sie ihm auch finanziell geschadet, diese Pharisäer. Er bekam nun zwar ein Ruhestandsgeld, über das sich jeder Normalverdiener wundern und ganz sicher auch erfreut zeigen würde, aber es war natürlich weniger als seine vorigen Bezüge.

Deutlich weniger.

Aber was den Expolitiker am meisten wurmte, war die Tatsache, dass ihn seine Partei auch noch mit Schimpf und Schande vom Hof gejagt hatte. Krisensitzungen, Rechtfertigungserwartungen, Vorwürfe, ungerechtfertigte Vorwürfe und schließlich ein Parteiausschlussverfahren, das nach etwas mehr als vier Monaten damit geendet hatte, dass er gehen musste.

Nach mehr als 45 Jahren Mitgliedschaft!

Der seit etwa einem Jahr amtierende neue Ministerpräsident des Landes Hessen hatte sich quasi in ihn verbissen und ihn zum ersten Bauernopfer in einer Affäre werden lassen, die schließlich den vorigen MP auch noch den Posten gekostet hatte.

Nun also war Erich Zeislinger Privatier. Ein Privatier mit deutlich zu viel Zeit und noch ein paar offenen Rechnungen im Portfolio, und er war felsenfest davon überzeugt, dass er diese Rechnungen noch stellen würde.

Zeislinger hatte, wie jeder politisch erfolgreiche Mensch ab einer gewissen Hierarchieebene, Informationen über ehemalige Mitstreiter ebenso im Hinterkopf wie über ehemalige Kontrahenten, egal ob aus seiner Partei oder aus der des politischen Gegners. Allerdings hatten seine ehemaligen ›Parteifreunde‹ auch eine gehörige Portion Munition im Arsenal und sie würden nicht einen Moment zögern, sie gegen ihn einzusetzen, wenn er es auf eine Auseinandersetzung ankommen lassen würde. Das hatten sie ihm bereits mehr als deutlich zu verstehen gegeben. Also galt es, an dieser Front einstweilen die Füße stillzuhalten, bis der richtige Moment gekommen war. Und er würde kommen, das war so sicher wie das Amen in der Kirche.

An einer anderen Front hingegen war er wesentlich aktiver, und diese Rachelinie beschäftigte sich mit dem Mann, der ihm ein paar Jahre zuvor Maria, seine Exfrau, weggenommen hatte.

Deshalb hatte er sich in Wiesbaden aufgehalten und einen Termin mit einem Staatssekretär im Innenministerium wahrgenommen, ein rein informelles Gespräch mit einem ehemaligen Parteigänger, wenn irgendjemand einmal danach fragen würde. Allerdings war ihm dieser Mann, der wie Zeislinger aus Kassel stammte und unter der Protektion des ehemaligen OB zuerst in den Hessischen Landtag und dann auf einen Staatssekretärsposten gesegelt war, noch etwas schuldig. Sie waren übereingekommen, dass es an der Zeit war, diese Schuld nunmehr zu begleichen.

Zeislinger hatte angeregt, dem Ersten Hauptkommissar Paul Lenz sehr, sehr intensiv auf die Finger zu schauen bei allem, was er als Leiter der Kasseler Mordkommission unternahm. Und der Staatssekretär, in dessen Zuständigkeitsbereich genau das fiel, hatte zugesagt, sich mit allen ihm zur Verfügung stehenden Mitteln und Möglichkeiten darum zu kümmern.

Lenz, der Kerl, der ihm die Frau ausgespannt hatte, stand von nun an unter verschärfter Beobachtung, und Zeislingers ehemaliger Parteigänger hatte ihm mehr als unverblümt erklärt, dass, wenn man nach etwas suche, auch immer etwas finde.

Auf der Zugfahrt von Wiesbaden nach Kassel hatte er öfters an Maria denken müssen, die nun mit Lenz verheiratet war und mit ihm in einer Wohnung im teureren Teil von Wilhelmshöhe lebte. Bis vor ungefähr ein, zwei Jahren hatte er noch davon geträumt, sie zurückzugewinnen, doch diese Vision war ihm spätestens seit seinem erzwungenen Rücktritt im letzten Sommer abhandengekommen. Natürlich dachte er beim Onanieren noch manchmal an ihren gut erhaltenen Körper, zumindest war er in seiner Erinnerung noch gut erhalten, und natürlich hätte er noch einmal das Bett mit ihr geteilt, hätte sie gern noch einmal nach allen Regeln der Kunst durchgefickt, aber nur, um sie damit zu demütigen, ihr klar zu machen, was sie damals, vor fünf Jahren, verlassen hatte und was sie niemals mehr zurückbekommen würde.

Mittlerweile wollte er nur noch eins: Rache. Und dieser Lenz würde das erste Opfer seiner neuen Gelüste werden.

Als er den Ausgang erreicht hatte und unter das riesige, charakteristische Vordach des ICE-Bahnhofs Kassel-Wilhelmshöhe trat, wurde er von einem unangenehmen, stürmischen und kalten Windstoß erwischt. Und obwohl er vorgehabt hatte, Geld zu sparen und mit öffentlichen Verkehrsmitteln zu seinem Haus im Stadtteil Oberzwehren zu fahren, trat er an ein Taxi, öffnete die hintere rechte Tür, ließ sich auf die Sitzbank fallen und nannte dem Fahrer die Adresse.

»Und keine Umwege, Freundchen, ich war nämlich mal eine angesehene Größe in dieser Stadt und kenne mich demzufolge gut aus hier.«

7

»Die Nummer, mit der du telefoniert hast, gehört zu einer Prepaidkarte, die 2007 an einen gewissen Holger Schmadtke verkauft wurde«, berichtete Hain seinem

Boss, nachdem er von einem Kollegen im Präsidium über dieses Faktum informiert worden war.

»Und seitdem dürfte sie durch mindestens ein halbes Dutzend Hände gegangen sein, wie es üblich ist bei diesen Dingern. Sie wird von Zeit zu Zeit aufgeladen, aber auch da ist eine Rückverfolgung absolut unmöglich. Ich habe eine Anschlussortung veranlasst, damit wir wenigstens wissen, wo sie sich zum Zeitpunkt des Anrufs aufgehalten hat, aber das Ergebnis ist noch nicht da.«

»Ja, das alte Problem mal wieder«, stimmte Lenz ihm resigniert zu.

Hain nahm das Telefon des Toten vom Schreibtisch und drückte ein wenig auf dem Display herum. »Diese Nummer gehörte aber eindeutig zu den bevorzugten unseres seligen Verblichenen«, stellte er schließlich ohne Gemütsregung fest, während er sich wieder dem Gerät zuwandte. »Er hat in den letzten sechs Wochen so oft mit diesem Anschluss telefoniert wie mit keinem anderen.«

»Vielleicht eine Informantin bei Everest oder so was. Oder eine Kollegin.«

»Alles denkbar, aber nicht beweisbar, zumindest im Augenblick nicht. Wie alt schätzt du sie der Stimme nach?«

Lenz dachte eine Weile nach. »Zwischen 30 und 40, vielleicht aber auch jünger. Und sie hat, als sie noch dachte, Rühlemann würde anrufen, so etwas gesagt wie: Hast du es dir vielleicht anders überlegt? Was könnte Rühlemann sich anders überlegt haben?«

»Viele Fragen, aber keine naheliegenden Antworten«, gab Hain zurück und stand auf.

»Und die werdet ihr hier auch nicht finden, zumindest in den nächsten Stunden nicht«, kam es von der Tür her, wo Tillmann Beckert, der neue Leiter der Spurensicherung, formatfüllend aufgetaucht war, »weil ich euch nämlich jetzt hier rausschmeiße und mit meinen Leuten zusammen sehe, ob es hier irgendwas gibt, was euch weiterhelfen könnte. Es ist zwar nicht der Tatort, aber vielleicht finden wir ja etwas, das Hinweise zum Hintergrund der Tat gibt.«

»Klar, macht das mal«, nickte Lenz und trat auf den Kollegen zu.

»Den Computer nehme ich mit und werde im Büro noch ein bisschen darin herumschnüffeln«, meinte Hain, während er den Rechner zuklappte, das Netzteil mit Kabel einrollte und sich alles unter den Arm klemmte.

»Habt ihr schon herausgefunden, ob und wo es Hinterbliebene gibt?«, wollte Beckert wissen.

Lenz schüttelte den Kopf.

»Die einzige Informationsquelle war bisher seine Putzfrau, und die hat, nach eigener Aussage, erst seit drei Wochen für ihn gearbeitet. Eine aktuelle Frau Rühlemann oder eine feste Freundin gibt es definitiv nicht, aber mehr war aus ihr nicht herauszubekommen.«

Der Mann von der Spurensicherung rückte sich die Kapuze seines Tyvekanzugs zurecht und wollte zu einer Erwiderung ansetzen, als hinter ihm ein Telefon zu summen begann. Alle im Raum Versammelten wandten die Köpfe in die Richtung des Geräuschs.

»Wer geht dran?«, wollte Thilo Hain wissen.

»Ich mach schon«, beantwortete sein Boss die rhetorisch gemeinte Frage, schob sich an seinem Kollegen von der Spurensicherung vorbei und griff nach dem in der Ladeschale stehenden Mobilteil.

»Ja, bitte«, meldete er sich.

»Bruno, bist du das?«, wollte eine Frauenstimme, jedoch eine andere als ein paar Minuten zuvor und mit starkem südhessischem Akzent wissen.

»Nein, das tut mir leid. Ich habe zwar Ihren Anruf für Herrn Rühlemann angenommen, bin jedoch ein Mitarbeiter der Kriminalpolizei Kassel.« Er zögerte. »Und mit wem spreche ich, bitte?«

»Hier spricht Evelyn Rühlemann, guten Tag. Was macht die Polizei im Haus meines Sohnes?«

»Sie sind die Mutter von Bruno Rühlemann?«, hakte Lenz überflüssigerweise nach, um etwas Zeit zu gewinnen.

»Ja, das sagte ich doch. Und jetzt erklären Sie mir bitte …«

Der Hauptkommissar konnte ihr Schlucken durch die Telefonleitung hören. »Können Sie vielleicht hierher zu seinem Haus kommen? Ist das möglich?«, wollte er vorsichtig wissen.

»Nein, das geht nicht, zumindest nicht so einfach und auf die Schnelle. Mein Mann und ich leben in Frankfurt und sind beruflich sehr eingespannt.« Die Frau wirkte nun außerordentlich beunruhigt. »Ist mit Bruno etwas nicht in Ordnung? Oder … er hat doch nicht etwa was ausgefressen?«

»Nein, Frau Rühlemann, er hat nichts ausgefressen. Aber ich muss Ihnen leider mitteilen, dass er in der letzten Nacht das Opfer eines Verbrechens geworden ist.«

»Oh nein!«, stöhnte sie auf. »Das konnte ich doch nicht wissen. Wie schlimm ist es? Können wir ihn besuchen?«

Nun musste Lenz schlucken. »Es tut mir sehr leid, Frau Rühlemann, aber ich muss Ihnen mitteilen, dass Ihr Sohn tot ist.«

In den nächsten Sekunden konnte der Polizist ausschließlich ihr sich beschleunigendes Atmen hören.

»Wenn das ein Scherz sein soll«, sagte sie dann ebenso leise wie bestimmt, »dann ist es ein wirklich widerlicher, das muss ich Ihnen sagen. Und wenn nicht, dann …«

Sie brach ab.

»Es handelt sich nicht um einen Scherz, so schwer es mir auch fällt, Ihnen das sagen zu müssen. Ihr Sohn ist in der letzten Nacht vor seinem Haus das Opfer eines Gewaltverbrechens geworden.«

In diesem Augenblick schien das Gehörte tatsächlich in Evelyn Rühlemanns Gehirn angekommen zu sein, denn sie begann, laut und hemmungslos zu weinen. Lenz gab ihr eine Weile Zeit, bevor er seine nächste Frage stellte.

»Wissen Sie etwas über mögliche Feinde, die Ihr Sohn gehabt haben könnte?«

Es dauerte einen Moment, bevor sie sich so weit unter Kontrolle hatte, ihm antworten zu können.

»Bruno hat eigentlich immer mit irgendjemandem über Kreuz gelegen, das hat seine Arbeit mit sich gebracht. Auch bei uns hat schon mal jemand angerufen und uns mitgeteilt, dass es besser wäre, wenn er etwas nicht veröffentlichen würde.«

»Um was genau ging es dabei?«

»Das weiß ich wirklich nicht mehr«, schluchzte die Frau.

»Wäre es Ihnen unter diesen Umständen vielleicht doch möglich …?«

»Ich werde sofort mit meinem Mann sprechen«, unterbrach sie den Kommissar, seinen Wunsch antizipierend. »Wir sind in etwas mehr als zwei Stunden in Kassel, wenn es der Verkehr zulässt.«

»Vielen Dank dafür.«

Wieder ein nur mühsam unterdrücktes Schluchzen.

»Eine Frage hätte ich noch, Frau Rühlemann. Ihr Sohn war nicht verheiratet, wenn wir recht informiert sind?«

»Nein, er ist … er war, was Frauen angeht, eher zurückhaltend und hatte … die Richtige noch nicht gefunden.«

»Vielleicht so etwas wie einen besten Freund, von dem Sie wissen?«

»Auch da kann ich Ihnen leider nicht helfen. Er ist zum Studium nach Kassel gegangen und dann dort geblieben, seitdem war der Kontakt zu uns natürlich nicht mehr so intensiv. Über Freunde weiß ich demzufolge gar nichts. Er hat, wenn wir uns gesehen haben, öfter über seinen Verleger gesprochen, der im gleichen Alter ist wie er, aber wie tief das Verhältnis nun genau war, kann ich Ihnen nicht sagen.«

»Das war es dann auch bis hierher, Frau Rühlemann. Wir sehen uns dann in etwa zwei Stunden.« Der Hauptkommissar war mehr als froh, als er das Telefonat beenden konnte. »In zwei Stunden sind seine Eltern hier«, gab er an seine Kollegen weiter. »Wir übertragen es Haberland, sich um sie zu kümmern und zu schauen, ob sie vielleicht doch irgendetwas wissen, das uns weiterhelfen kann.«

»Und wir fahren ins Präsidium?«, wollte Hain wissen.

»Nein, noch nicht gleich, Thilo. Lass uns zuerst mal zu der Firma fahren, wo er die letzten Wochen gearbeitet hat. Vielleicht erfahren wir dort etwas mehr über ihn.«

»Zu Everest?«

»Ja, natürlich zu Everest.«

»Das ist in Homberg«, bemerkte der Oberkommissar ein wenig irritiert.

»Und wenn schon. Dass er undercover dort gearbeitet hat, ist bis jetzt das Einzige, was wir gesichert über ihn wissen, also sollten wir dorthin fahren und mit seinen Kollegen und den Vorgesetzten sprechen. Vielleicht hat er ja doch mal etwas erwähnt, das uns jetzt weiterhilft.«

»Gut, wie du willst. Nöl mir aber nicht die Ohren voll, wenn es wegen des miesen Wetters draußen länger dauert, bis wir dort sind.«

»Das mache ich nicht, versprochen.«

Ein paar Minuten später war Bernd Haberland instruiert, dass die Eltern des Opfers nach Kassel kommen würden, um die er sich zu kümmern hatte. Auch hatte er die Arbeiten des Technischen Zugs wegen der Spuren im Außenbereich zu überwachen. Lenz und Hain saßen in Hains kleinem Japaner und rollten in Richtung Autobahn.

»Bestellst du eigentlich bei Everest?«, wollte der Oberkommissar wissen, als er in die Ysenburgstraße einbog.

»Ja, manchmal, warum?«

»Na ja, das traut man einem wie dir so auf den ersten Blick gar nicht zu.«

»Aha. Was traut man so einem wie mir denn dann zu? Dass er sich sein Zeug im Tante-Emma-Laden kauft?«

»Nun sei doch nicht gleich angepisst, Paul. Ich hab doch nur gefragt, weil ich es eben nicht wusste. Wir beide haben halt noch nie darüber gesprochen.«

»Schon gut, ich bin nicht angepisst. Aber du solltest vielleicht dein Bild von mir ein wenig auf den Prüfstand stellen; seit ich mit Maria lebe, hat sich da wirklich viel getan.«

»Also hat sie dich dazu verführt, bei denen zu bestellen?«

»Nein, das nun ganz sicher nicht, denn sie ist eine erklärte Gegnerin dieses Geschäftsmodells. Sie kauft, was immer geht, im lokalen Handel, und ihre Aversion gegen diesen Internethändler geht sogar so weit, dass sie es ablehnt, für die Nachbarn Päckchen entgegenzunehmen, wenn sie von Everest kommen.«

Hain sah ungläubig nach rechts. »Du willst mir jetzt aber nicht ernsthaft erklären, dass sie erst schaut, von wem das Zeug für die Nachbarn kommt und dann entscheidet, ob sie es annimmt oder nicht.«

»Glaub's oder lass es, aber genau so läuft's bei meiner Frau.«

»Wie krass ist das denn? Wenn das mal keine Zensur oder so was ist.«

»Na ja, sie kann immer noch selbst entscheiden, wie groß ihr Entgegenkommen den Nachbarn gegenüber ist. Und weil alle wissen, dass sie es so macht, ist das auch kein Problem. Und wenn ich es recht überlege, hat sie mit ihrem Verhalten schon den einen oder anderen davon überzeugt, eben nicht mehr bei denen zu bestellen und stattdessen den lokalen Handel zu stärken.«

»Und das klappt?«

»Ich denke schon.«

Der Hauptkommissar sah eine Weile den tanzenden Schneeflocken vor dem Seitenfenster zu, während sein Kollege darauf wartete, in den großen Kreisel einfahren zu können. »Und wie ist das bei euch zu Hause? Bestellt ihr viel bei Everest?«

»Jede Menge, und das mit Freude im Herzen und voller Überzeugung. Wenn, wie bei Carla und mir, beide Elternteile arbeiten und sich noch dazu um zwei kleine Ungeheuer von Kindern kümmern müssen, dann ist es eine unfassbare Erleichterung, seine Einkäufe nach Feierabend und bei einem Glas Rotwein abzuwickeln. Glaub mir, Paule, auch du würdest es nicht wirklich genießen, mit einem Zwillingspaar im Kinderwagen oder an den Händen ziehend durch die Supermärkte dieser Welt zu streunen.«

»Stell dir vor, das habe ich alles in meinem Leben schon durchexerziert und gestorben bin ich daran auch nicht.«

Hain verzog leicht das Gesicht. »Stimmt, das vergesse ich immer wieder, dass du ja auch mal Vater gewesen bist.«

Er zog übertrieben laut die Nase hoch.

»Aber damals waren die Versuchungen für Kinder in den Geschäften garantiert noch nicht so ausgefeilt platziert wie heute. Und es gab ja auch viel weniger, wonach sich die Racker damals verzehren konnten.«

Nun lachte sein Boss laut auf. »Vielleicht erinnerst du dich, dass ich nicht im Ostblock gelebt habe, was dir hoffentlich klar macht, dass die Bedürfnisse bei Kindern schon immer gern geweckt wurden von denen, die irgendeinen Krempel in Form von Spielzeug oder Süßkram an den Mann bringen wollten. Und ich, das kann ich dir versichern, habe das gesamte Programm durchgemacht, inklusive Ehefrau, die nur sehr schwer Nein sagen konnte. Also glaub mir, dass ich durchaus weiß, wie *angenehm* es sein kann, mit seinen Kindern einkaufen zu gehen. Aber ich habe es immer genossen, ob du das nun glaubst oder nicht.«

Den Rest der Fahrt, die wegen der winterlichen Straßenverhältnisse noch knapp eine Stunde dauerte, tauschten die beiden ihre Erfahrungen mit quengelnden Kindern aus. Hain gab dabei immer wieder zu bedenken, dass sich die Zeiten durchaus geändert hätten und sein Chef und

Kollege es überhaupt nicht abschätzen könnte, wie abgefeimt die heutigen Marketingmethoden wären, speziell diejenigen, die Kleinkinder zu ihren Komplizen machten.

Als sie die Autobahnausfahrt Homberg erreicht hatten, nahm Hain Kurs auf die Kreisstadt. Nach etwa vier weiteren Kilometern tauchte rechts das auf einem ehemaligen Acker errichtete, riesige Gebäude des Everest-Auslieferungslagers auf.

»Wow, ist das gigantisch«, fasste Lenz seinen Eindruck passend zusammen, während er verwundert zur Kenntnis nahm, dass sie nun in die Everest-Straße einbogen.

»Kommt vermutlich auch nicht jeden Tag vor, dass die Zufahrtsstraße nach seinem Unternehmen benannt wird«, bemerkte er.

»Wenn Umsatz und Gewinn stimmen, und damit die abgeführte Gewerbesteuer, warum nicht?«

Hain folgte der Beschilderung ›Besucherparkplatz‹ und stellte den Mazda neben einem von etwa 200 wie Pilze aussehenden, jedoch nicht wirklich genau zu definierenden Objekten ab.

»Das sind alles Solarmodule«, stellte er überrascht fest, nachdem beide ausgestiegen waren und er das schneebedeckte Ding etwas näher unter die Lupe genommen hatte. »Bewegliche, garantiert sündhaft teure Solarmodule.«

Die beiden Kommissare hielten auf ein großes Stahltor zu, an dessen rechter Seite sich ein unauffälliges, jedoch trotzdem Respekt einflößendes, containerähnliches Gebäude befand, über dem ein großes Schild darauf hinwies, dass man nun im Begriff war, Everest-Land zu betreten. Dieser Eindruck wurde außerdem dadurch verstärkt, dass rings um den Parkplatz und die Eingangssituation außergewöhnlich große, beleuchtete Werbeschilder und Fahnen mit dem ins Auge springenden, orangefarbenen E angebracht waren. Irgendwie war bei Everest alles mindestens sehr, sehr groß.

Als Lenz und Hain noch etwa fünf Meter vom Eingangstor entfernt waren, flog die Tür des Empfangsgebäudes auf und ein untersetzter, etwa 1,95 Meter großer Mann in schwarzer Uniform und langen, zum Zopf zusammengebundenen hellroten Haaren trat auf den Bürgersteig.

»Na, wo wollen wir denn hin?«, wollte er mit deutlich sächsischem Akzent von den beiden Polizisten wissen.

»Wo Sie hinwollen«, gab Lenz trocken zurück, »weiß ich nicht, und offen gesagt, interessiert es mich auch nicht die Bohne.« Er griff zu seinem Dienstausweis und hielt ihn dem Mann unter die Nase.

»Ach, äh … konnte ich ja nicht ahnen, dass Sie von den … von der Polizei sind.«

»Ja, das steht uns glücklicherweise nicht direkt ins Gesicht geschrieben«, erwiderte Hain süffisant und hob ebenfalls seinen Ausweis.

»Wir würden gern mit jemandem von der Personalabteilung sprechen.«

»Personalabteilung? Warum das denn?«

»Wir wollen gern den Job wechseln und denken, dass Everest ein viel besserer und lukrativerer Arbeitgeber ist als das Land Hessen.«

Sein Gegenüber schluckte, blickte ein wenig verkrampft von dem einen Kripomann zum anderen und fing dann unsicher zu lachen an. »Sie wollen mich verarschen, stimmt's? Sie würden doch nie bei der Polizei in den Sack hauen, um hier bei Everest anzufangen.« Wieder flog sein gehetzter Blick von links nach rechts und zurück. »Oder?«

»Wir denken wirklich ernsthaft darüber nach«, forcierte Lenz die Räuberpistole noch ein wenig, bevor er den Werkschutzmann, der ganz offenbar den tiefen Teller nicht erfunden hatte, ernst ansah. »Und jetzt erklären Sie uns, wie wir zur Personalabteilung kommen, und es kann ruhig schnell gehen.«

»Ich kann Sie nicht reinlassen, wirklich, da gibt es ganz klare Regeln, an die ich mich halten muss.« Er wischte sich mit dem Handrücken über die Stirn, auf der sich, trotz der Minustemperaturen, ein paar Schweißperlen zeigten. »Es ist nicht persönlich gemeint, ehrlich nicht, aber ich hab meine Anweisungen.«

»Und wie läuft das dann, wenn wir ein paar Fragen zu einem Mitarbeiter haben?«

»Sie können eine Mail schicken.«

Lenz und Hain tauschten einen kurzen Blick der Marke ›Jetzt reicht's!‹ aus.

»Soso, eine Mail sollen wir schicken«, sinnierte Lenz gefährlich ruhig, trat auf den Mann zu, so dicht, dass sich die Nasen der beiden Männer fast berührten, und drückte seinen rechten Zeigefinger ein wenig zu fest auf dessen Sternum. »Und jetzt sage ich Ihnen, wie das hier laufen wird. Wenn es nicht möglich sein sollte, dass wir aufs Werksgelände dürfen, was ich Ihnen ganz und gar nicht abkaufe, aber das nur am Rand, dann werden Sie auf der Stelle dafür sorgen, dass innerhalb der nächsten fünf Minuten hier jemand auftaucht, der uns genau die Auskünfte geben kann, die wir brauchen.«

Der Druck seines Fingers verstärkte sich so weit, dass Hain deutlich das Weiße zwischen den Gelenken sehen konnte.

»Wenn die fünf Minuten um sind und niemand hier

aufgetaucht ist, werden mein Kollege und ich ohne weiteres Wort verduften. Aber Sie können schon mal nach drinnen melden, dass wir in weniger als einer Stunde mit jeder Menge Kollegen und einer Horde Journalisten im Schlepptau wieder hier sind.«

Er nahm die Hand weg und massierte so unauffällig wie möglich seinen schmerzenden Zeigefinger.

»Ist das so weit bei Ihnen angekommen?«

Der nun völlig verunsicherte Wachmann holte tief Luft, drehte sich auf dem Absatz um, murmelte so etwas wie: »war ja nicht zu überhören«, und war keine Sekunde später verschwunden.

»Na bitte, geht doch«, brummte Lenz genervt.

»Du hast manchmal etwas wirklich zutiefst Autoritäres an dir, Paul, das man dir auf den ersten Blick so gar nicht zutrauen würde«, stellte Hain grinsend fest. »Wenn ich dich nicht so lang und so gut kennen würde, hätte selbst ich eben Angst vor dir gekriegt.«

»Na, dann scheint mein Auftritt seine Wirkung ja nicht verfehlt zu haben.«

»Nein, das ganz sicher nicht.«

Es dauerte nicht einmal drei Minuten, bis eine etwa 25-jährige, südländisch wirkende Frau im dunkelgrauen Business-Kostüm hinter dem Zaun auftauchte, eine Chipkarte durch den Schlitz eines Geräts zog und sich im Anschluss durch das langsam zur Seite gleitende Rolltor schob. Sie sah die beiden Kommissare freundlich an und trat auf sie zu.

»Guten Tag, mein Name ist Rosa Marquez, ich bin die persönliche Assistentin von Herrn Schüttler, unserem Standortpersonalchef. Was kann ich für Sie tun?«

Lenz stellte sich und seinen Kollegen vor, schüttelte

die ihm hingehaltene Hand und kam ohne Umschweife zur Sache.

»Wir sind wegen eines Mitarbeiters von Ihnen hier, der in der letzten Nacht einem Gewaltverbrechen zum Opfer gefallen ist, und hätten ein paar Fragen zu ihm.«

Die Frau sah traurig von einem der Männer zum anderen und stellte sich dabei ein paarmal auf die Zehenspitzen. »Ich fürchte, da kann ich Ihnen leider keine andere Auskunft geben als der Werkschutzmitarbeiter, mit dem Sie eben gesprochen haben. Wir geben grundsätzlich keine Informationen über unser Personal an Dritte.«

Lenz musste tief durchatmen, bevor er zu einer Replik ansetzte. »Wir ermitteln in einem Mordfall, Frau Marquez, und wollen sicher keine unmöglichen Dinge wissen. Ebenso wenig sind wir an Informationen interessiert, die unter den Datenschutz fallen. Aber ein paar Antworten zur Länge der Betriebszugehörigkeit und den Kollegen werden doch wohl möglich sein.«

Sie schüttelte übertrieben bedauernd den Kopf. »So leid es mir tut, aber was das angeht, haben wir unsere eindeutigen Direktiven. Keine Informationen an Dritte.«

Hain trat ein wenig nach vorn und beugte sich der Frau entgegen. »Immerhin sind wir nicht irgendwelche *Dritte*, sondern Mitarbeiter einer Mordkommission. Sollte das die Sachlage nicht ein wenig verändern?«

»Nein, leider nicht.« Sie sah dem Kommissar fest in die Augen. »Wenn Sie ein offizielles Papier hätten, das unser Unternehmen zu irgendetwas auffordern oder verpflichten würde, sähe die Sache natürlich ganz anders aus; allerdings vermute ich, dass Sie ein solches Papier nicht vorlegen können.«

»Im Augenblick nicht, nein«, gab der Oberkommissar ruhig zurück und wiederholte im Anschluss die Ankündigung seines Bosses gegenüber dem Wachschutzmann von zuvor.

»Wenn ich ehrlich bin, klingt das doch sehr wie eine Drohung«, gab Frau Marquez, nun doch ein wenig verunsichert wirkend, zurück.

»Wir sind von der Polizei, wir drohen nicht. Wir kündigen nur manchmal unsere nächsten Schritte an, das ist etwas gänzlich anderes.«

Sie schluckte. »Wenn Sie mich entschuldigen würden, ich will kurz telefonieren.«

Die Polizisten nickten, die Frau ging ein paar Meter zur Seite, griff nach ihrem Mobiltelefon und nahm das Gerät ans linke Ohr. Es folgte ein knappes Gespräch, bevor das Telefon wieder in der Sakkotasche verschwand.

»Herr Schüttler lässt Ihnen ausrichten, dass unser Unternehmen sich niemals einer Erpressung beugen wird, auch nicht einer solchen durch die Polizei. Allerdings macht er in Ihrem Fall eine Ausnahme und wird in etwa zehn Minuten hier sein, um Ihre Fragen, soweit es ihm möglich ist, zu beantworten.« Sie wies mit dem rechten Arm auf die Eingangstür des Empfangsgebäudes und ging los. Hinter der Glastür bog sie nach rechts ab, trippelte, wegen des engen Rocks, bis zum Ende eines langen Flurs und schob dann eine Tür auf.

»Wenn Sie bitte hier Platz nehmen, es wird wirklich nicht lang dauern. Möchten Sie etwas trinken, einen Kaffee vielleicht?«

Die beiden Kommissare schüttelten synchron den Kopf, ließen sich auf die bequemen Besprechungsstühle fallen und sahen ihr dabei zu, wie sie die Tür hinter sich ins Schloss zog und sich mit schnellen, leiser werdenden Stakkatoschritten entfernte.

»Vermutlich muss man der Papst oder die Kanzlerin sein, damit man als Nichtmitarbeiter aufs Werksgelände darf«, stellte Hain mit einem Blick auf das gegenüberliegende Hauptgebäude grinsend fest.

»Ja, oder der Dalai Lama, aber dann hört es garantiert auch schon auf.«

»Ich fand es schon immer merkwürdig«, nahm Lenz den Faden nach ein paar Sekunden des Schweigens wieder auf, »dass diese ganzen modernen Internetfirmen zwar immer die große Freiheit propagieren, sich selbst aber wie die Irren abschirmen.«

»Wie meinst du das?«

»Na ja, es ist doch immer das Gleiche. Jedes dieser Unternehmen, egal ob wir nun von Google, Facebook oder sonst einem der Großen im Internet reden, will für sich selbst immer die größten Freiheiten, sei es bei den Mitarbeitern, der Besteuerung oder auch den Mitspracherechten der Aktionäre. Wusstest du, dass Everest in fast keinem Quartal bisher einen Gewinn gemacht hat?«

Hain schüttelte den Kopf.

»Wenn der Aktienkurs«, fuhr Lenz fort, »in den letzten Jahren nicht so rasant gestiegen wäre, wie er das getan hat, wären denen die Investoren schon in Scharen davongelaufen. So aber reicht es den Shareholdern, sich ihr Stück vom Kuchen über die Kursgewinne zu holen und das Versprechen, dass in Zukunft alles besser wird.«

»Was machen die dann mit dem ganzen Gewinn, wenn sie ihn nicht ausschütten oder ausweisen?«

Wieder blickte der Hauptkommissar auf das gegenüber liegende Gebäude. »Praktisch jeder Cent, meist sogar noch mehr, wird in das Wachstum gesteckt. Wachstum, Wachstum, Wachstum, das ist die heilige Kuh dieser Unternehmungen. Und mit dem Wachstum kommen dann zwangsläufig die Marktanteile und die daraus resultierende Marktmacht, mit der, wie im Fall von Everest, zum Beispiel den Verlagen die manchmal fast ruinösen Bedingungen diktiert werden. Niemand erhält so viel Rabatt von den Verlagen wie dieser Laden hier.«

Er wollte seine Erklärungen gerade fortsetzen, als auf dem Flur gedämpfte Schritte erklangen, im Anschluss die Tür geöffnet wurde, ein etwa 35 Jahre alter, sehr schlanker Mann im modernen Einreiher den Raum betrat und den Beamten nacheinander die Hand reichte.

»Roger Schüttler, guten Tag. Ich bin der Leiter der Personalabteilung von Everest am Standort Homberg. Was kann ich für Sie tun?«

Lenz hätte in die Tischkante beißen können bei dem Gedanken, dass Frau Marquez ihm garantiert schon alle Details durchgegeben hatte, die er jetzt umständlich wiederholen musste. Deshalb ging er die Sache ein wenig offensiver an.

»Wir haben ein Paar Fragen wegen eines Mitarbeiters von Ihnen. Sein Name ist Bruno Rühlemann. Wir wüssten gern, wie lang er bei Ihnen gearbeitet hat, in welcher Abteilung, und dann hätten wir natürlich auch gern noch mit ein paar von seinen Kollegen gesprochen.«

Schüttler, der noch immer stand, knetete ein wenig nervös seine Hände. »Tja, viele Fragen, auf die wir normalerweise keine Antwort geben. Und Ihr Anliegen mit den Kollegen muss ich deshalb auch gleich und als nicht verhandelbar zurückweisen. Unser Unternehmen würde niemals einem solch datenschutzrechtlich angreifbaren

Begehren stattgeben. Die anderen Fragen beantworte ich im Lauf des Tages, wenn Sie mir Ihre E-Mail-Adresse dalassen.«

Lenz sah den Mann an, als hätte er sich verhört. »Sie wollen uns die Fragen per Mail beantworten? Warum gehen wir nicht hinein, Sie schauen im Computer nach und in Nullkommanichts sind wir wieder weg. Die Rücksprache mit Herrn Rühlemanns Kollegen würden wir uns dann über eine richterliche Anordnung organisieren.« Lenz wusste nur zu genau, dass er sich mit dieser Drohung auf ultradünnes Eis begab, doch das war ihm völlig egal.

Allerdings konnte er ein wenig befriedigt zur Kenntnis nehmen, dass Schüttlers Gesichtsfarbe plötzlich mit der des frisch gefallenen Niederschlags konkurrierte.

»Richterliche Anordnung …«, paraphrasierte der Everest-Mitarbeiter unsicher.

8

Beate Schreiber stellte ihren französischen Kleinwagen auf einem freien Parkplatz vor dem Haus ab, stieg aus und hielt auf die Eingangstür zu. Mit schnellen Schritten hatte sie keine 15 Sekunden später die drei Treppen hinter sich gebracht und stand nun vor der Wohnungstür. Noch immer waren ihre Augen feucht, und noch immer saß der quälende Schmerz so tief in ihr, dass sie kaum atmen konnte.

Alles an der jungen Frau drängte Richtung Bett, sie wollte sich nur noch die Decke über den Kopf ziehen und nichts mehr sehen und hören von der Welt.

Mit zitternden Fingern schloss sie auf und trat in den Flur. Alles roch so vertraut und doch irgendwie fremd. Und bedrohlich.

Sie schloss leise die Tür hinter sich, legte ihre Tasche ab, ging ins Bad und öffnete den Badewannenhahn.

Vielleicht hilft mir ein Bad ja gegen den Schüttelfrost und auch alles andere, dachte sie mit geschlossenen Augen, zog die dicke Jacke aus, dann den Pulli und schließlich das T-Shirt. Als ihre Finger den obersten Knopf der Jeans ertastet hatten, klopfte es hinter ihr laut an der Tür. Beate fuhr erschrocken zusammen, musste sich am Badewannenrand abstützen, um nicht hinzufallen, und sah mit weit aufgerissenen Augen ihren Freund an, der nur in Unterhose vor ihr stand.

»Thomas, was machst du denn hier?«, wollte sie mit einem schnellen, wirren Blick auf ihre Armbanduhr wissen. »Du müsstest doch längst an der Arbeit sein.«

»Das Gleiche könnte ich auch von dir sagen«, gab er schnippisch zurück.

»Und …?«

»Mir ist vorhin, als ich mich fertig machen wollte, auf einmal ganz flau im Magen geworden, und ich musste kotzen. Außerdem hab ich bestimmt Fieber, mir ist ziemlich heiß.« Thomas Pertuleit bedachte seine Freundin mit einem vorwurfsvollen Blick. »Wahrscheinlich hab ich mich bei dir angesteckt oder so was. Verdammte Scheiße.«

»Das täte mir echt leid, aber ich kann doch auch nichts dafür, dass ich mir was eingefangen habe.«

»Ja, ja, hör auf, mir die Ohren vollzuheulen.« Er hob erneut den Kopf und sah sie mit zusammengekniffenen Augen an. »Wo kommst du eigentlich her? Und hast du mit Everest telefoniert?«

»Ja, klar«, log sie. »Es ist alles in Ordnung. Ich war beim Arzt und habe eine Krankmeldung, die schicke ich gleich nachher los. Aber erst will ich noch baden, ich fühle mich wirklich elend.«

»Das glaube ich dir ausnahmsweise mal, weil du nämlich auch so aussiehst.«

Irgendwie lag ihr ein ironisches Danke auf der Zunge, doch sie schluckte es hinunter. »Und du bleibst heute auf jeden Fall zu Hause?«, wollte sie stattdessen wissen.

»Logo, ich hab schon im Betrieb angerufen, da ist alles klar.« Wieder schwang ein unausgesprochener Vorwurf in seinen Worten mit.

Im gleichen Moment traf Beates Blick den Spiegel über dem Waschbecken und sie registrierte, dass sie die gesamte Zeit über mit vor der Brust verschränkten Armen dagestanden hatte. Schnell griff sie nach dem vor ihren Füßen liegenden T-Shirt und streifte es wieder über.

»Wenn du gebadet hast, will ich mit dir reden«, schnaubte Thomas.

»Worüber denn?«

»Das wirst du dann sehen«, gab er kurz angebunden zurück, wobei er sich Richtung Schlafzimmer in Bewegung gesetzt hatte und schließlich darin verschwand. Beate war zwar jegliche Lust aufs Baden vergangen, trotzdem schloss sie die Tür wieder hinter sich, zog sich vollständig aus und ließ sich zitternd in das viel zu heiße Badewasser gleiten.

In ihrem pochenden Kopf kreisten die Gedanken, ihr Hals schmerzte und es kam ihr vor, als müsse sie sich ein weiteres Mal übergeben. Doch trotz allem wurde ihr in den nächsten Minuten, zum ersten Mal an diesem furchtbaren Tag, warm. Es fühlte sich an, als würde ihr Körper von einem dicken Eispanzer befreit und langsam auftauen.

Aus dem Schlafzimmer drangen leise Geräusche an ihre Ohren, offenbar hatte ihr Freund ein Eishockeyspiel auf DVD gestartet, was er meistens tat, wenn er ins Bett ging. Manchmal lief sogar ein Eishockeyspiel im Hintergrund, wenn er und sie sich …

Nein, lieben kann man das nicht nennen, schoss es ihr durch den Kopf. *Er steigt auf mich drauf, rammelt auf mir herum, kommt und rollt sich zurück auf seine Bettseite, das ist alles.*

Während sie an Bruno Rühlemann denken musste, mit dem das sicher ganz anders gewesen wäre, liefen ihr dicke Tränen über die Wangen. Sie vermischten sich mit dem Schweiß, der sich dort ausgebreitet hatte.

Immer wieder musste sie an den Abend zuvor denken, den Restaurantbesuch, das leckere Essen, die Liebeserklärung. Und nun war der Mann, der sie ausgesprochen hatte, tot.

Wäre sie allein gewesen, hätte sie sicher laut schluchzend in der Wanne gelegen, aber das ging jetzt nicht. Es ging nicht, weil im Schlafzimmer ihr *Freund* lag, auch ein Mann, der jedoch während ihrer gesamten gemeinsamen Zeit zusammengenommen nicht so freundlich und liebevoll zu ihr gewesen war wie Bruno an einem einzigen Abend.

Wieder schoss ihr der Gedanke an Thomas' verspätete Ankunft gestern Abend durch den Kopf.

Vielleicht hat er ja doch etwas mitbekommen?

Aber nein, das war unmöglich.

Das kann einfach nicht sein.

20 Minuten später stand die junge Frau vor dem beschlagenen Spiegel, wischte mit dem Handrücken etwas Kondenswasser beiseite und betrachtete ihr Gesicht. Ihr Gesicht, das ein paar Stunden zuvor, am Morgen, noch verliebt ausgesehen hatte. Krank zwar, aber sehr, sehr verliebt. Das ein neues Leben anfangen wollte mit einem anderen Mann, das einen Traum hatte, der jedoch innerhalb von Minuten ausgeträumt worden war.

Sie wandte sich ab, rieb sich den Rücken und den Rest des Körpers trocken, stieg, weil sie nicht an den Kleiderschrank im Schlafzimmer wollte, in ihre verstreut auf dem Boden liegenden Klamotten und ging langsam in die Küche. Kurz vor der Tür fiel ihr Blick auf den schwarzen Rucksack, in dem Thomas seine Brote und sein Obst mit zur Arbeit nahm. Aus dem rechten Seitenfach lugte ein schmuddeliges, vergilbtes Tuch, was insofern merkwürdig war, weil ihr Freund diesen Rucksack, den er auf einer Tombola seines Eishockeyvereins gewonnen hatte, liebte und wie einen Augapfel behandelte. Beate Schreiber trat darauf zu, beugte sich nach unten und öffnete so langsam ein Stück des Reißverschlusses, dass es kaum zu hören war. Dann zog sie das zerknitterte Tuch aus dem Fach und hätte beinahe laut aufgeschrien, hielt jedoch die Luft an und unterdrückte einen schlagartig aufkommenden Brechreiz.

Die junge Frau blickte auf einen alten, teilweise verölten Lappen, der nahezu komplett mit Blut besudelt war. Es musste eine große Menge Blut im Spiel gewesen sein an dem Ort, wo er zum Einsatz gekommen war. Sofort fielen ihr die Worte des Polizisten ein, der sie eine Weile zuvor an der Fahrt zu Brunos Haus gehindert hatte.

›Ziemlich blutrünstig die ganze Sache, aber von mir haben Sie das nicht.‹

Neben dem Stofffetzen entdeckte sie einen etwa 40 Zentimeter langen, wuchtigen Stiel aus Hartholz. Sie griff danach und wollte ihn ebenfalls aus dem Rucksack ziehen, überlegte es sich dann aber anders, weil sie sich nicht dazu überwinden konnte.

Trotzdem wurde ihr schlagartig alles klar. Natürlich war Thomas gestern zu spät von der Arbeit nach Hause gekommen, weil er vorher noch Bruno erschlagen hatte. Und natürlich konnte er heute nicht zur Arbeit gehen, weil er vermutlich viel zu sehr mit der Tat, mit diesem fiesen, heimtückischen Mord, beschäftigt war. Und aus diesem Grund wollte er mit ihr sprechen, warum auch sonst?

Sie schob den Lappen vorsichtig neben den Holzprügel zurück in den Rucksack, ließ, wie zuvor, einen kleinen Teil herausschauen, schloss langsam den Reißverschluss und richtete sich schwer atmend auf.

Wie in Trance sah sie zur angelehnten Schlafzimmertür. Noch immer lief das Eishockeyspiel, doch im Hintergrund konnte sie auch das rhythmische, leise Schnarchen ihres Freundes hören. Auf Zehenspitzen schlich sie sich nach vorn, lugte durch den Schlitz, sah, dass er tatsächlich auf der Seite lag und schlief, und holte tief Luft. Eine Minute darauf saß sie schwitzend und keuchend in ihrem Wagen, ließ ihn an, rollte aus der Parklücke und trat das Gaspedal bis zum Bodenblech durch.

9

Roger Schüttler bot den beiden Kripobeamten jeweils einen Platz vor seinem Schreibtisch an, setzte sich auf die andere Seite und drückte eine Taste seines Notebooks. Seine arrogante Attitüde war komplett verschwunden und es hatte ernsthaft den Anschein, als wollte er Lenz und Hain die gewünschten Informationen zugänglich machen.

»Also, von wem genau sprechen wir, meine Herren?«

Hain nannte Rühlemanns Namen.

Es dauerte keine zehn Sekunden und Schüttler wurde erneut blass.

»Es übersteigt leider meine Kompetenzen, mit Ihnen über diesen Mitarbeiter zu sprechen«, erklärte er bedauernd und stand auf. »Wenn Sie mir bitte folgen wollen.«

Die beiden Polizisten tauschten einen irritierten Blick aus.

»Was ist denn jetzt schon wieder?«, wollte Lenz verärgert wissen.

»Kommen Sie, ich bringe Sie zu Frau Dr. von Probst,

unserer Justiziarin. Nur sie ist befugt, mit Ihnen über Herrn Rühlemann zu sprechen.«

›Dr. Maximiliane von Probst‹ stand auf dem Türschild, vor dem die drei sich kurz darauf befanden. Schüttler klopfte an, woraufhin von drinnen ein leises »ja, bitte« erklang.

»Wenn Sie bitte kurz warten würden, meine Herren, ich werde Frau Dr. von Probst über Ihr Anliegen informieren.«

»Aber das können wir gern …«, wollte Hain einen Einwand vortragen, doch der Personaler war schon durch die Tür geschlüpft und verschwunden. Es dauerte eine Weile, bis sie sich wieder öffnete und Schüttler die Beamten ins Innere bat. Dort saß hinter einem spartanisch wirkenden, aufgeräumten Schreibtisch eine etwa 30-jährige Frau mit hellblonden Haaren und dezent geschminktem Gesicht. Sie stand auf und streckte den Polizisten die rechte Hand entgegen.

»Von Probst, guten Tag. Was kann ich für Sie tun, meine Herren?«

Lenz begrüßte die Frau, stellte auch hier sich und seinen Kollegen vor und nahm den angebotenen Platz ein. »Wie Ihr Kollege Ihnen sicher schon mitgeteilt hat, sind wir wegen einem Ihrer Mitarbeiter hier, sein Name ist Bruno Rühlemann. Er wurde in der vergangenen Nacht das Opfer eines Gewaltverbrechens, und wir hätten ein paar Fragen zu ihm.«

Maximiliane von Probst legte die Stirn in Falten, verzog dabei bedauernd das Gesicht und holte bedeutungsvoll Luft. »So leid es mir für Sie tut, aber Herr Rühlemann ist nicht mehr Mitarbeiter unseres Unternehmens. Wir haben uns heute Morgen von ihm getrennt.«

Hain beugte sich ein wenig nach vorn. »Darf ich fragen, warum?«

»Fragen dürfen Sie, aber eine Antwort bekommen Sie nicht.«

»Warum nicht?«

Über das Gesicht der Frau huschte die Andeutung eines Lächelns. »Aus Datenschutzgründen.«

»Ausschließlich aus Datenschutzgründen?«

Sie nickte.

»Ach, kommen Sie, da steckt doch garantiert ein bisschen mehr dahinter, Frau Dr. von Probst.«

Der junge Oberkommissar hatte auf das ›Dr.‹ etwas mehr Betonung gelegt, als es notwendig gewesen wäre.

»Jemand wie Sie sollte es eigentlich nicht nötig haben, sich hinter dem Datenschutz zu verstecken. Wir haben fast Ihre halbe Personalabteilung kennengelernt, bevor wir zu Ihnen durchgedrungen sind, und Sie verschanzen sich jetzt hinter dem Datenschutz? Das kann und will ich nicht glauben.«

»Glauben Sie es oder lassen Sie es, Herr Kommissar, ich mache die Gesetze nicht in diesem Land. Herr Rühlemann wurde von uns fristlos gekündigt, und, so viel kann ich Ihnen sagen, etwas Derartiges machen wir nicht, wenn der Mitarbeiter sich immer korrekt verhält und die eingeforderte Arbeitsleistung erbringt.« Die Frau legte den Kopf ein wenig schief und sah den Polizisten ausdruckslos an. »Was natürlich kein großes Problem ist«, fügte sie hinzu. »Und damit habe ich Ihnen mehr gesagt, als ich eigentlich darf. War es das also?«

»Nein, noch nicht ganz«, mischte Lenz sich wieder ein. »Wir möchten gern kurz mit Herrn Rühlemanns Kollegen sprechen, weil wir uns von deren Aussagen …«

»Auch das müssen Sie sich leider aus dem Kopf schlagen«, ging Frau Dr. von Probst dazwischen. »Selbst wenn wir es wollten, was definitiv nicht so ist, wir dürfen es nicht.«

»Aus Datenschutzgründen nehme ich an«, gab Lenz nach einer kurzen Bedenkzeit verärgert zurück.

»Genau.«

»Tja, dann werden wir wohl mit einem von einem Richter ausgestellten Papier in der Hand zurückkommen müssen, Frau Dr. von Probst, mit dessen Hilfe es uns möglich sein wird, unsere Ermittlungen selbst gegen den ausdrücklichen Willen von Everest und Ihnen zu führen.« Er stand auf, während Maximiliane von Probst auffällig lässig sitzen blieb und ihn mit einem geradezu provozierenden Lächeln bedachte.

»Es hat die Runde gemacht«, teilte sie den Kommissaren herablassend mit, »dass Sie damit gedroht haben, sich der Unterstützung der Medien zu bedienen. Vor einer solch unüberlegten Handlung kann ich Sie nur in aller Form warnen, meine Herren.« Sie stand nun ebenfalls auf und ging gemessenen Schrittes zur Tür. »Es ist nie gut, sich in eine rechtliche Grauzone zu begeben, die der Erpressung oder Nötigung nahe kommt. Ich bin Juristin und kann dazu fundierte Aussagen machen, also unterlassen Sie bitte in Zukunft unseren Mitarbeitern gegenüber solche unqualifizierten und selbstverständlich juristisch überaus bedenkliche Aussagen.« Mit einer schnellen Bewegung hatte sie die Tür geöffnet und war auf den Flur getreten, wo sie sich aufstellte und die rechte Hand nach vorn schob. »Und nun leben Sie wohl, meine Herren.«

*

»Junge, Junge, die hat uns aber mal so richtig lecker eingeseift«, bemerkte Thilo Hain nicht ohne eine gewisse Hochachtung, jedoch trotzdem genervt. »Vielleicht haben wir es auch tatsächlich übertrieben mit dem Hinweis auf die Journaille.« Er steckte den Zündschlüssel ins Schloss, startete den Mazda und schob den Heizungsregler auf die Maximalposition.

»Ja«, stimmte Lenz ein wenig widerwillig zu, »das kann gut sein, aber es ist schon erstaunlich, wie aufgeregt die alle sind, wenn man den Namen Rühlemann in den Mund nimmt.«

»Meinst du, die wissen, was er hier abgezogen hat?«

»Darauf kannst du deinen süßen Arsch verwetten, dass die vollumfänglich Bescheid wissen. Warum sonst sollten die ein solches Affentheater aufführen?«

»Letztlich aber können wir denen nicht die Bohne …« Der Oberkommissar brach ab, weil sich das Telefon seines Kollegen meldete. Lenz nahm den Anruf an, hörte eine Weile zu, stellte ein paar Fragen und verabschiedete sich von dem Anrufer. »Das war Herbert. Es gibt Spuren an Rühlemanns Haus, die darauf hindeuten, dass man versucht hat, die Haustür aufzubrechen. Anscheinend ist das aber nicht gelungen.« Der Kripomann steckte das Gerät zurück in die Jacke. »Und er ist vorhin von einem Staatssekretär des Wirtschaftsministeriums in Wiesbaden angerufen worden, der ihn eindringlich gebeten hat, die Ermittlungen zum Mordfall Rühlemann Everest gegenüber mit der gebotenen Diskretion und Zurückhaltung durchzuführen.«

»Scheiß die Wand an«, entfuhr es Hain empört, »die gute Frau Dr. von Probst hat aber auch nicht eine Sekunde verplempert, uns so richtig ans Bein zu pissen.«

»Oder pissen zu lassen.«

»Ja, von mir aus auch das.«

»Vermutlich war das schon erledigt, bevor sie uns die Audienz gewährt hat.«

Die Rückfahrt nach Kassel dauerte mehr als zwei Stunden, weil immer wieder Autos vor ihnen nicht mehr weiterkamen. Offenbar war noch nicht bei allen angekommen, dass Schnee lag. Ein paar Unbelehrbare hatten sich mit Sommerreifen auf die Straße gewagt und blockierten nun jede Strecke mit ein bisschen Steigung.

Auf der Höhe des Kasseler Südkreuzes griff Lenz zum Telefon und wählte Haberlands Nummer. Der Kollege meldete sich nach dem ersten Klingeln.

»Hier Lenz, Herr Haberland. Sind die Eltern des Opfers schon eingetroffen?«

»Nein. Vermutlich kämpfen die mit dem schlechten Wetter und den widrigen Straßenverhältnissen. In Südhessen soll es noch katastrophaler sein als bei uns.«

»Macht nichts. Haben sich die Kollegen schon gemeldet wegen der Anschlussortung?«

»Ja. Zum Zeitpunkt des Telefonats war die SIM-Karte in der Innenstadt eingeloggt. Also genauer gesagt im Vorderen Westen. Und nach Aussage der Telefongesellschaft bewegt sich das Gerät aktuell immer noch durch Kassel. Mehr weiß ich bisher nicht.«

»Macht nichts. Was ist mit dem Einbruchsversuch? Gibt es da schon Näheres?«

»Die Kollegen von der Spurensicherung sind noch dabei. Wie es scheint, haben der oder die Täter auch an zwei anderen Stellen probiert, ins Haus zu kommen.«

»Interessant. Wir sind in einer halben Stunde zurück, dann sehen wir uns das mal an.«

»Gut, bis …« Er stockte. »Da kommt gerade ein Wagen mit Frankfurter Kennzeichen, vermutlich die Eltern. Soll ich mit der Befragung warten, bis Sie zurück sind?«

»Nein, fangen Sie ruhig an, Sie machen das schon.«

»Danke, Herr Lenz.«

Der Hauptkommissar steckte das Telefon zurück, holte ein paarmal tief Luft und informierte seinen Kollegen über die neuesten Entwicklungen.

»Die Frau, Thilo, die Frau mit dem Prepaid-Anschluss, die müssen wir finden. Wenn wir die haben, sind wir ein richtig gutes Stück weiter, da bin ich mir sicher.«

»Gut möglich, aber vielleicht würde es ja auch helfen, wenn ich mich im Büro ein wenig um Rühlemanns Laptop kümmere, das im Kofferraum vor sich hin gammelt.

10

Beate Schreiber konnte nicht ahnen, dass sie ein paar Kilometer entfernt das Objekt eines Gesprächs war. Sie konnte ebenfalls nicht ahnen, dass im gleichen Augenblick in ihrem bisherigen Schlafzimmer ihr Freund wach wurde, sich aus dem Bett rollte und lautstark nach ihr zu suchen begann.

Dann jedoch, gerade als sie an der Ampel Wilhelmshöher Allee und Schönfelder Straße warten musste, klingelte ihr Telefon. Mit einem kurzen Seitenblick erkannte die junge Frau, dass es Thomas war, der versuchte, sie zu erreichen. Sofort liefen ihr wieder Tränen aus den Augen, sie schluckte und warf das Telefon mit einer entschlossenen Bewegung gegen das Armaturenbrett, wo es sich krachend in seine Bestandteile auflöste. Als der Verkehr langsam wieder zu rollen begann, ordnete sie sich rechts Richtung Auestadion ein, um kurz darauf die Stadt auf der A 49 in Richtung Süden zu verlassen.

Mit einem zögerlichen Blick sah sie in den Fußraum auf der Beifahrerseite in der Hoffnung, ihr Mobiltelefon vielleicht doch wieder in Betrieb nehmen zu können, denn ihr wurde nach und nach klar, dass sie ohne deutlich schlechter dran sein würde als mit. Allerdings leuchtete auch einer technisch eher weniger interessierten Person wie Beate Schreiber beim Anblick der trostlosen Einzelteile ein, dass mit diesem bunten Potpourri in Zukunft weder ein Telefonat noch eine SMS, geschweige denn irgendwelcher Datenverkehr mehr möglich sein würde.

Während auf der rechten Seite das riesige VW-Werksgelände an ihr vorbeiglitt, überdachte sie ihre finanzielle Situation. Auf dem Girokonto befanden sich Ende letzter Woche knapp 1.000 Euro, allerdings waren ein Einkauf und eine Überweisung abgegangen. Sie hatte außerdem ein Sparbuch, so etwas wie die letzte Rettung, auf dem etwas mehr als 1.700 Euro lagen. Im Portemonnaie hatte sie gut 100 Euro, also alles in allem ungefähr 2.600 Euro.

Wirklich nicht die Welt, dachte sie. *Aber immerhin besser als gar nichts.*

An der übernächsten Ausfahrt verließ sie die Autobahn, stellte den kleinen Franzosen auf dem riesigen, aber größtenteils leeren Parkplatz eines Einkaufszentrums ab, ging hinein und kaufte sich bei einem Kaffeeröster ein neues Telefon inklusive SIM-Karte.

Einen Moment lang hatte sie darüber nachgedacht, ihre alte zu benutzen, die Idee jedoch schnell wieder verworfen, weil sie auf keinen Fall für Thomas erreichbar sein wollte. Und sie wollte um keinen Preis sehen oder mitbekommen, wann und wie oft er versuchte, sie anzurufen.

Nachdem sie die neue Karte freigeschaltet hatte, gab sie die Nummer ihrer Eltern ein und führte das Gerät ans Ohr.

»Hallo, Mama, ich bin's«, sagte sie zur Begrüßung mit belegter Stimme. »Ich bin auf dem Weg zu euch und wollte Fragen, ob ihr zu Hause seid und Lust habt, einen Abend mit mir zu verbringen.«

Die Mutter freute sich und versprach, noch schnell die Zutaten für Beates Leibgericht einzukaufen, »damit der Abend auch kulinarisch zu einem Erfolg wird.«

Die Eltern lebten in einem kleinen Dorf zwischen Marburg und Gießen, wo auch Beate geboren und aufgewachsen war.

»Ich bin in eineinhalb Stunden da, das Wetter und die Straßen sind nämlich wirklich schmuddelig«, verabschiedete sich die junge Frau und machte sich auf den Rückweg zu ihrem Wagen. Während sie an der am Einkaufszentrum angeschlossenen Tankstelle Benzin auffüllte, tauchte wie ein Blitzlicht der blutgetränkte Lappen vor ihren Augen auf. Der blutgetränkte Lappen, an dem sich Thomas die Hände abgewischt hatte, nachdem er Bruno ermordet hatte.

Erneut schossen ihr Tränen in die Augen und sie musste sich zusammenreißen, um nicht von einem Heulkrampf durchgeschüttelt zu werden.

»Alles in Ordnung mit Ihnen?«, wollte die ältere Frau an der Kasse nach einem Blick in Beates Gesicht mitfühlend wissen, doch die junge Frau nickte nur stumm, steckte ihre Kreditkarte zurück ins Portemonnaie und verließ schnell das kleine Kassenhäuschen. Im Auto brachen jedoch alle Dämme und sie ließ den Tränen freien Lauf. Als sie sich nach gefühlten Stunden, die allerdings nur knapp fünf Minuten gedauert hatten, wieder gefangen hatte, lehnte sie sich zurück und ließ den Kopf in die Innenflächen der Hände sinken.

Ich sollte auf der Stelle zur Polizei gehen und Thomas anzeigen. Er hat Bruno umgebracht. Er hat ihn einfach umgebracht!

Wieder und wieder ließ sie sich das Für und Wider dieser Idee durch den Kopf gehen und entschied sich schließlich dagegen, weil ihr Mut dafür einfach nicht ausreichte. Wenn sie ehrlich zu sich selbst war, und das war sie in diesem Augenblick, dann hatte sie viel zu viel Angst vor Thomas und seinem Jähzorn und seiner möglichen Rache. Also drehte sie den Zündschlüssel um, ließ den Motor an und machte sich auf den Weg.

Die Zufahrt zur Autobahn war komplett schneebedeckt, die Schnellstraße selbst war auf der rechten Seite nahezu frei. Trotzdem fuhr Beate nicht schneller als 70 Stundenkilometer, manchmal auch 80, aber wenn der Wind den Schnee auf die Autobahn geweht hatte, was auf längeren Abschnitten der Fall war, dann zeigte die Tachonadel auf 50 oder 55.

Während sie ebenso langsam wie sicher vor sich hin zuckelte, kam ihr immer wieder Bruno in den Sinn. Wie er ihr am Abend zuvor seine Liebe gestanden hatte und wie glücklich er beim Abschied gewesen war. Und wie es geschmeckt hatte, ihn zu küssen. Ihr fiel ein, mit welch schlechtem Gewissen sie nach Hause gegangen war und dann dort auf Thomas gewartet hatte, der in genau dieser Zeit Bruno erschlagen hatte, dessen Kuss sie noch immer auf den Lippen fühlen konnte.

Verdammt, wie konnte ich nur so lang mein Herz an dieses Arschloch, diesen Mörder, verschleudern?

Rechts tauchte im wieder stärker gewordenen Schneefall das blaue Schild mit dem Hinweis auf den Parkplatz Scharfenstein auf, doch Beate hatte keinen Bedarf mehr an Stopps. Sie wollte, sofern man ob ihres Tempos davon sprechen konnte, so schnell wie möglich zu ihren Eltern, in die Heimeligkeit ihres Kinderzimmers eintauchen und die letzten 24 Stunden so weit wie möglich hinter sich lassen. Aus dem Augenwinkel nahm sie im Rückspiegel wahr, dass sich hinter ihr ein Wagen mit hoher Geschwindigkeit näherte, jedoch offensichtlich keine Anstalten unternahm, auf die Überholspur zu wechseln.

Hallo, Blödmann, ich bin auch noch da. Sie wandte den Blick kurz von der Straße ab und sah in den Rückspiegel.

Genau in diesem Moment schaltete der Fahrer hinter ihr sein völlig überdimensioniertes Fernlicht ein und blendete sie damit fast bis zur Schmerzgrenze.

Mensch, was soll denn das? Bist du denn komplett plemplem?

Beate Schreiber richtete ihren Blick wieder auf die Straße vor sich, doch natürlich nahm sie das Fernlicht des Hintermanns in allen Spiegeln wahr. Sie umklammerte das Lenkrad immer fester, zog hektisch die Nase hoch und überlegte auf den Parkplatz abzubiegen, um diesem Irren hinter ihr die Chance zu geben, jemand anderem mit seiner saublöden Fahrerei auf die Nerven zu gehen.

Nein, jetzt ist es zu spät, ich schaffe es nicht mehr auf den Parkplatz.

Sie nahm den Fuß komplett vom Gas, drückte auf den Knopf der Warnblinkanlage und schaltete einen Gang herunter.

Soll er doch überholen, der Idiot.

Genau in diesem Augenblick wurde ihr Kleinwagen von dem wesentlich größeren Fahrzeug mit voller Wucht am Heck getroffen. Die junge Frau schrie gellend auf und stellte den rechten Fuß voll auf das Bremspedal, jedoch ohne damit auch nur die geringste Wirkung zu erzielen. Ihr Twingo wurde nach vorn katapultiert und immer weiter beschleunigt, was sie mit hektischen Lenkmanövern beenden wollte, allerdings fruchteten auch diese Versuche nicht einmal im Ansatz. Ihr Auto wurde schneller, war nicht zu lenken und driftete zunehmend in Richtung der Abbiegespur zum Parkplatz ›Am Scharfenstein‹ ab. Hektisch trat sie immer wieder das Bremspedal bis zur Schmerzgrenze durch, nahm die Regelimpulse des Anti-Blockier-Systems im Fuß wahr und wurde trotzdem immer schneller. Wie durch Watte hörte sie das Röhren des Motors hinter ihr, ohne zu verstehen, was hier vor sich ging. Dann hob sie erneut den Blick und sah in den Rückspiegel, doch das Glas zitterte so stark, dass sie darin nichts erkennen konnte. Nun war das unfreiwillige Gespann nahezu komplett auf die Abbiegespur abgedriftet und Beate konnte schon die Werbung auf einem Lkw erkennen, der auf dem Parkplatz stand.

Das klappt nie, dachte sie zutiefst erschrocken mit Blick auf die leichte Biegung vor ihr.

Dann jedoch ging ein erneuter Ruck durch den Twingo, das Geräusch von hinten wurde noch einmal lauter, und im gleichen Augenblick verschob sich die Richtung des kleinen Franzosen um ein paar Grad. Beate war panisch und völlig überfordert. Sie blickte auf und nahm zum ersten Mal die in einigen Metern über die Autobahn gespannte Fußgängerbrücke wahr. Eine Fußgängerbrücke aus grauem, massivem Beton mit unzerstörbar wirkenden Pfeilern auf jeder Seite, und auf den rechten davon bewegte sie sich nun mit atemberaubender Geschwindigkeit zu. Sie ließ das ohnehin wirkungslose Lenkrad los, drehte den Kopf nach hinten und wollte sehen, wer sie dieser Tortur aussetzte. Doch die Windschutzscheibe des Wagens hinter ihr war deutlich höher als ihre Heckscheibe. Sie warf den Kopf wieder herum, zerrte an ihrem Sicherheitsgurt und griff nach dem Türöffner.

Höchstens noch 70 Meter!

Die Idee, aus dem Wagen zu springen, wurde mit dem zeitgleichen Verlassen der Fahrspur ad absurdum geführt, denn nun begann der Twingo wie verrückt auf der Grasnarbe auf und ab zu springen. Ihr linker Arm wurde, genau wie ihr gesamter Körper, haltlos hin und her geschleudert, und Beate hatte nur noch den Wunsch, aus diesem Albtraum zu erwachen, was jedoch leider nicht geschah.

Scheiße. Nur noch 30 Meter!

Sie war gefangen im Feldstück zwischen der Autobahn und dem Parkplatz, bewegte sich mit knapp 90 Stundenkilometer auf den Stützpfeiler der Brücke zu und schloss in diesem Moment mit den Leben ab.

Das wird nichts mehr. Ich werde an diesen Betonpfeiler klatschen und sterben.

Plötzlich verstummte das Motorengeräusch hinter ihr,

der von den hektischen Bremsvorgängen schmerzende rechte Fuß stemmte sich ein letztes Mal auf das Pedal, während die junge Frau mit einem eher unbeabsichtigten Reflex noch einmal ins Lenkrad griff und es nach links riss.

Auf dem letzten Meter vor dem Brückenpfeiler tauchte vor Beate Schreibers geistigem Auge der freundliche junge Mann aus dem Reifenladen auf, der ihr den neuen Winterreifensatz verkauft hatte. Dabei hörte sie ihn noch einmal den Satz sagen, der sie vom Erwerb der teuren Pneus überzeugt hatte.

›Mit diesen Reifen, Frau Schreiber, werden Sie perfekt durch den Winter kommen und nicht ein einziges Mal in Schwierigkeiten geraten.‹

11

Evelyn und Martin Rühlemann saßen mit Bernd Haberland in der Küche ihres Sohnes Bruno. In der Spüle stand, wie der Tote es am Abend zuvor Beate Schreiber erzählt hatte, ein wenig schmutziges Geschirr. Ansonsten gab es keinen Hinweis, dass es sich hier um einen Junggesellenhaushalt handelte, denn alles wirkte sauber, aufgeräumt und bis ins Detail geschmackvoll eingerichtet.

Die Eltern des Toten machten einen sehr gefassten Eindruck, als Lenz und Hain den Raum betraten, sich vorstellten und ihr Beileid zum Ausdruck brachten.

»Vielen Dank«, gab Bruno Rühlemanns Vater zurück. »Obwohl es uns sicher angenehmer wäre, wir hätten uns unter weniger tragischen Umständen kennengelernt.« Er hob den Blick und sah dem Kommissar direkt in die Augen. »Ihr Kollege Haberland hier hat mir eben erklärt, dass Brunos Tod vielleicht etwas mit seiner neuesten Arbeit zu tun haben könnte. Sind Sie auch dieser Meinung?«

»Es ist leider noch zu früh, um über eine Täterschaft oder auch nur ein Motiv zu spekulieren, Herr Rühlemann. Da muss ich Sie um Verständnis bitten. Wir haben ein paar Spuren, die wir verfolgen, aber ein klares Bild zeichnet sich noch nicht ab.«

»Aber Sie wissen, womit er gerade beschäftigt war?«

Lenz nickte.

»Immerhin sind Sie damit besser dran als wir. Wir wussten bis vor einer halben Stunde nicht einmal, in was er sich diesmal verbissen hatte.«

Evelyn Rühlemann ergriff sanft den Arm ihres Mannes und streichelte ihn. »Das bringt doch jetzt nichts mehr, Martin. Bruno ist tot und er wird auch nicht dadurch wieder lebendig, dass du jetzt wieder dieses Fass aufmachst.« Sie wandte sich den Kommissaren zu. »Mein Mann hätte es gern gehabt, wenn Bruno wieder nach Frankfurt gekommen wäre und sich in unserem Geschäft eingebracht hätte, aber er wollte das einfach nicht. Er war zufrieden mit seinem Leben und er hat das gemacht, womit er sich am besten und am wohlsten gefühlt hat.«

»Und?«, blaffte ihr Mann sie an. »Wohin hat es ihn geführt? Ins Leichenschauhaus, dahin hat es ihn gebracht.«

»Aber niemand kann doch zum jetzigen Zeitpunkt mit Sicherheit sagen, ob das wirklich mit seiner Arbeit zusammenhängt, Martin. Vielleicht gibt es ja einen ganz anderen Grund dafür, dass er …« Sie nahm sich ein vor ihr liegendes Stofftaschentuch und wischte sich eine Träne von der Wange.

»Wenn ich Sie richtig verstehe, dann hatten Sie in der letzten Zeit eher wenig Kontakt zu Ihrem Sohn?«, wollte Thilo Hain wissen.

»Ja«, gab sie dem Oberkommissar recht, »in den letzten Jahren war es schon so, dass Bruno sich ein wenig rar gemacht hat, ob das nun Besuche bei uns waren oder auch Anrufe, aber das ist doch auch nicht so schwer zu verstehen. Er hat sein Leben hier in Kassel gelebt und uns immer wieder darauf hingewiesen, dass er mit den Autohäusern nichts zu tun haben wollte. Warum also sollte er sich jede Woche oder vielleicht sogar jeden Tag bei uns melden?«

»Frau Rühlemann hat mir«, bemerkte Bernd Haberland ein wenig unpassend von der Seite, »eben übrigens noch eine interessante Begebenheit erzählt.« Er warf der Frau einen aufmunternden Blick zu.

»Ach, ja, das hatte ich vorhin, als wir telefoniert haben, ganz vergessen, Herr Kommissar.«

Dann erzählte sie sehr detailgenau von dem Anruf der jungen Frau, was sie gewollt und wie sympathisch sie gewirkt hatte.

»Aber die Telefonnummer haben Sie sich nicht zufällig aufgeschrieben?«, wollte Hain wissen.

»Nein«, ging Haberland dazwischen, »aber ein kurzer Anruf in Frankfurt hat das natürlich geklärt.« Er reichte seinem Kollegen einen kleinen Zettel, der einen Blick darauf warf und nickte.

»Die gleiche Nummer. Ich geh mal kurz raus und versuche herauszufinden, was die dazugehörende Überwachung macht.«

»Gut.«

Der junge Oberkommissar verließ den Raum, während Haberland den Inhalt seines Gesprächs mit den Eltern von Bruno Rühlemann in deren Beisein zusammenfasste. Dabei erwähnte er auch, dass Evelyn und Martin Rühlemann sich nicht besonders intensiv mit der Arbeit ihres Sohnes beschäftigt hatten und demzufolge auch nichts über mögliche Bedrohungen oder Konflikte sagen konnten.

Lenz bedankte sich trotzdem bei dem Ehepaar.

»Wie geht es jetzt weiter?«, wollte der Vater wissen. »Wir müssen uns mit der Beerdigung und den damit verbundenen Dingen beschäftigen.«

»Zunächst wird, das ist bei einem gewaltsamen Tod die Regel, der Leichnam Ihres Sohnes von einem Rechtsmediziner obduziert. Wenn von dieser Seite keine Einwände vorliegen und auch der Staatsanwalt keine solchen vorbringt, wird die Leiche freigegeben, und Sie als nächste Angehörige können bestimmen, wie es weitergeht.« Er legte die Stirn in Falten, bevor er fortfuhr, und dachte dabei an den tiefgefrorenen Bruno Rühlemann. »Aber auf jeden Fall wird es zwei, eher drei Tage dauern, bis darüber abschließend entschieden ist.«

»Das macht nichts. Wir werden uns ein Zimmer hier in Kassel nehmen und so lange warten.«

»Könnten wir nicht auch hier bleiben, in seinem Haus?«, wollte seine Frau unsicher wissen.

»Das möchte ich nicht, Evelyn.« Er warf ihr einen schwer zu definierenden Blick zu. »Aber das können wir auch unter vier Augen klären, was meinst du?«

»Wie auch immer«, warf Lenz schnell ein, »wenn unsere Untersuchungen hier beendet sind, und davon gehe ich jetzt aus, können Sie über das Haus verfügen und auch darin wohnen.«

Bernd Haberland nickte. »Die Spurensicherung ist noch an den Außenseiten der Fenster beschäftigt, hier drinnen sind unsere Arbeiten erledigt.« Der Leiter der Kasseler Mordkommission reichte Martin Rühlemann eine Visitenkarte. »Falls Ihnen noch irgendetwas einfallen sollte, das uns weiterhelfen könnte, bitte ich Sie, mich anzurufen.«

»Das machen wir.«

*

»Unsere mysteriöse Anruferin hat ihr Telefon abgeschaltet«, berichtete Hain seinem Boss ein paar Minuten später, nachdem der vor der Haustür neben ihn getreten war.

»Scheiße.«

»Das stimmt. Aber das ist noch nicht alles, sie hat vermutlich sogar die SIM-Karte aus dem Telefon genommen.«

»Sieht aus, als würde sie sich mit diesen Dingen ganz gut auskennen.«

Thilo Hain schüttelte den Kopf.

»Nein, vergiss es. Wenn sie sich, wie du sagst, mit diesen Dingen so gut auskennen würde, dann hätte sie schon längst die Nummer aus dem Verkehr gezogen, spätestens aber, nachdem sie mit dir telefoniert hat. Und auf gar keinen Fall hätte sie dann über diesen Kanal auch noch mit der Mutter telefoniert. Ich vermute, es gibt einen anderen Grund, warum sie das gemacht hat, aber sicher nicht den, dass sie so ausgeschlafen ist.«

»Kein schlechter Einwand.«

»Danke. Deshalb habe ich auch veranlasst, dass weiter nach ihr Ausschau gehalten wird für den Fall, dass sie sich wieder einloggt.« Der junge Oberkommissar trat einen Schritt zur Seite und wies auf die kaum zu erkennenden Beschädigungen am Türrahmen. »Die Jungs von der Spurensicherung haben mir erzählt, dass es sich bei dem Verursacher um jemand gehandelt haben dürfte, der sein Handwerk versteht. Er ist mit seinem Aufbruchversuch nur gescheitert, weil Rühlemann eine wirklich ausgeklügelte Sicherungsstrategie gefahren hat. Sie sagen, dass es, sofern man den Zugangscode nicht hat, nahezu unmöglich ist, ins Haus zu kommen.«

»Ist schon ungewöhnlich, diese Kombination von Schloss *und* Codesicherung.«

»Die Kombination von sehr gutem Schloss und nahezu unknackbarer Codesicherung, um es genau zu formulieren.«

»Vielleicht hat ihn das auch so entspannt gemacht, was die Sicherung seines Computers angeht? Du hast dich doch heute Vormittag so verwundert darüber gezeigt, dass er das gesamte Material darauf unverschlüsselt gelassen hat.«

Hain hob anerkennend die Augenbrauen. »Der Punkt geht jetzt an dich, mein lieber Paule. Da könntest du nämlich ausnahmsweise mal recht haben. Und weil das ein so schöner Umstand ist und ich außerdem böse kalte Füße und einen Bärenhunger habe, werde ich jetzt mit dir oder ohne dich, das hängt von dir ab, zuerst irgendwohin was essen und danach ins Büro fahren.«

»Na, wenn das mal kein perfekter Plan ist.«

Eine knappe Stunde darauf trafen die beiden Polizisten aufgewärmt und satt im Polizeipräsidium Nordhessen ein, wo Hain sich sofort daranmachte, die Dateien und Ordner auf Bruno Rühlemanns Notebook detailliert zu sichten. Lenz setzte sich an seinen Computer und gab in einer Suchmaschine den Namen des Getöteten ein. Sofort erschienen mehrere tausend Treffer.

›Kasseler Journalist Bruno Rühlemann mit Preis für herausragenden investigativen Journalismus ausgezeichnet‹, lautete der erste Eintrag. Es gab darüber hinaus jede Menge weiterer Hinweise auf seine Arbeit und seine Veröffentlichungen, darunter auch auf sein zwei Jahre zuvor erschienenes Buch ›Die Glyphosat-Lüge‹, für das er offenbar über Verstrickungen von Politikern und der Chemieindustrie recherchiert hatte mit der Erkenntnis, dass für die Hersteller des Pflanzenschutzmittels unliebsame wissenschaftliche Erkenntnisse bewusst unterdrückt wurden und werden. Ein wenig schmunzeln musste Lenz darüber, dass schon der erste Hinweis zum Buch ihn direkt auf die Internetseite von Everest führte.

Tja, die digitale Welt ist ein Dorf, sinnierte er.

Während der nächsten eineinhalb Stunden tauchte der Kommissar immer tiefer in Rühlemanns Leben ein und fand dabei heraus, dass der schon als Schüler eines Frankfurter Gymnasiums Reportagen in der Frankfurter Rundschau und ein paar weiteren lokalen Zeitungen untergebracht hatte. Außerdem hatte er mit der von ihm geführten Schülerzeitung zwei renommierte Preise abgestaubt. Während seiner ersten Jahre in Kassel hatte er sich offenbar sehr intensiv dem Studium gewidmet, denn im Verlauf einer Zeitspanne von knapp fünf Jahren gab es nahezu keine Veröffentlichungen. Dann jedoch hatte er sowohl für die Süddeutsche Zeitung wie auch den Tagesspiegel und vor allem den Stern gearbeitet.

»Unser guter Bruno hat, wie es aussieht, nach der Devise – viel Feind, viel Ehr – gelebt«, berichtete Lenz seinem Kollegen nach Abschluss seiner Recherche. Der Oberkommissar beendete ebenfalls seine Arbeit und legte die Beine auf dem Schreibtisch ab.

»Was hast du herausgefunden?«

Thilo Hain bekam einen kurzen Abriss von Bruno Rühlemanns Arbeitsleben.

»Er hat es sich mit nahezu jeder Branche in Deutschland verdorben, weil er über nahezu jede berichtet hat. Und wenn man den Rezensionen Glauben schenkt, dann hat er immer sauber und gewissenhaft gearbeitet und recherchiert. Das geht von der Jurisprudenz über die Autoindustrie bis hin zum Chemie- und Pharmazweig.«

»Und jetzt, so scheint es«, steuerte Hain die Erkenntnisse seiner Arbeit bei, »hatte er es offenbar auf Everest abgesehen. Es gibt so etwas wie ein angefangenes Manuskript, auf jeden Fall aber eine Gliederung für ein Buchprojekt, das die Geschäfte von Everest zum Inhalt hat. Ein großes Augenmerk hat er dabei auf die Steuervermeidungsstrategien und die Arbeitsbedingungen gelegt, und ich bin sicher, dass denen das auf jeden Fall ungelegen kommt.«

»Aber du glaubst doch nicht ernsthaft, dass das Unternehmen etwas mit seinem Tod zu tun haben könnte, oder?«

»Wenn ich einfach mal so frei raus spinnen könnte, dann würde ich auf jeden Fall Ja dazu sagen. Aber das wäre definitiv eine, wie gesagt, wilde Spinnerei. Solche Firmen haben so was nicht nötig, weil sie Heerscharen der besten Anwälte ins Gefecht schicken können und außerdem ihren Fortbestand mit so etwas auf das Schärfste gefährden würden.« Er schüttelte den Kopf. »Also, lassen wir das Spinnen und wenden uns den Dingen zu, die realistischer sind, und das ist auf jeden Fall die Frau. Und weil eine Frau im Spiel ist, könnte Eifersucht ein Motiv sein.« Er fing an zu grinsen. »Eifersucht ist in einem Mordfall *immer* ein Motiv, wenn du mich fragst.«

»Jetzt kriegst du aber wieder ein paar von den Bonuspunkten abgezogen, die du dir vorhin erarbeitet hast«, stellte Lenz kühl fest.

»Warum das denn?«

»Weil zur Eifersucht nach meinem Verständnis gehört, dass da vorher mal was gewesen sein müsste.«

»Und was, meint der Guru der Mordkommission, spricht dagegen, dass da vorher mal was gewesen sein könnte?«

»Denk doch mal nach, Thilo. Warum sollte unsere Unbekannte bei seiner Mutter anrufen und nach seiner Adresse fragen, wenn sie mal was mit ihm gehabt hat? Das ist unlogisch.«

Hain dachte eine Weile nach. »Vielleicht war es ja ein One-Night-Stand bei ihr.«

»Klasse, du Vollpfosten. Und deshalb ruft sie bei der Mutter an und fragt nach der Adresse, nachdem sie ihn nachts vor seinem Haus erschlagen hat?«

»Das wiederum gibt leider einen fetten Punkt für dich«, räumte Hain geknickt ein.

»Was du nicht sa…« Der Hauptkommissar brach ab, weil das Telefon auf dem Schreibtisch seines Kollegen zu klingeln begann.

Hain nahm den Hörer ab, meldete sich und lauschte ein paar Sekunden.

»Ich komme runter und hole sie ab«, sagte er schließlich und legte auf.

»Du wirst es nicht glauben, aber am Eingang steht eine Frau, die behauptet, sie hätte wichtige Informationen im Mordfall Rühlemann für uns.« Er schwang seine Beine vom Schreibtisch und trat auf die Tür zu. »Na, dann wollen wir doch mal sehen, ob es sich um die geheimnisvolle Unbekannte handelt, mit der du vorhin am Telefon das Vergnügen hattest.«

Er verließ das Büro und es dauerte etwa fünf Minuten, bis er mit einer kleinen, pummeligen, etwa 40-jährigen Frau im Schlepptau zurückkehrte.

»Das ist Frau Simunic«, klärte er Lenz auf. »Sie arbeitet bei Everest und hat mir im Fahrstuhl schon mal erzählt, dass sie eine Kollegin von Herrn Rühlemann war.«

Die Frau nickte.

Der Leiter der Mordkommission reichte ihr die Hand und stellte sich vor.

»Guten Tag, ich bin Nadja Simunic«, erwiderte sie, und schon in diesem Augenblick war klar, dass es sich bei ihr nicht um die ominöse Anruferin handelte, denn Frau Simunic sprach mit deutlichem slawischem Akzent. Mit einer Mischung aus Neugier und Enttäuschung bot Lenz ihr einen Stuhl an und setzte sich ihr gegenüber.

»Frau Simunic, wie können wir Ihnen helfen?«

»Eigentlich ich Ihnen will helfen«, erklärte sie energisch. »Ich bin Arbeitskollegin von Bruno, also Bruno Rühlemann, und ich wissen, was *wirklich* gemacht hat bei Everest.«

Weil die Frau nicht weitersprach, sahen die beiden Polizisten sie erwartungsvoll an.

»Er spioniert, das ich ganz genau weiß.«

»Was hat er denn ausspioniert? Wissen Sie das auch?«

»Natürlich. Er Reporter und hat für Reportage gearbeitet.«

»Und woher wissen Sie das alles?«

»Hat mir erzählt. Wir beide in einer Schicht und haben immer zusammen geredet.«

»Und dabei hat er Ihnen erzählt, dass er an einer Reportage arbeitet?«

»Genau«, nickte sie. »Wollte für eine Zeitung Reportage machen.« Sie sah unsicher von einem der Beamten zum anderen, gerade so, als würde ihr etwas auf den Nägeln brennen, über das sie nicht reden konnte oder wollte.

»Und jetzt ist tot.« Wieder dieser sehr spezielle Blick. »War gutes Mensch.«

Lenz hob den Kopf und sah ihr direkt in die dunklen, ein wenig schüchtern wirkenden Augen. »Wissen Sie vielleicht noch etwas anderes, das Sie uns gern mitteilen würden, Frau Simunic?«

Sie zögerte. »Nun, ich niemand will schlecht reden …«

»Was heißt das?«

»Na ja, Bruno ist tot, und Beate …« Es entstand eine längere Pause. »Beate viel geredet über ihn. War verliebt, aber Bruno nix von ihr wissen will.«

Hain, der seinen kleinen Notizblock gezückt hatte, beugte sich nach vorn. »Welche Beate meinen Sie, Frau Simunic?«

»Beate, Beate Schreiber. Ist bei uns auf die gleiche Schicht und immer mit Bruno gefahren. Sehr, sehr verliebt in Bruno, sie hat mir erzählt.«

»Frau Schreiber ist also eine Kollegin bei Everest?«

Nadja Simunic nickte bestimmt.

»Und sie war in Herrn Rühlemann verliebt? Wusste er davon?«

»Weiß nicht. Glaube aber nicht.« Wieder zögerte sie. »Ich aus Bosnien, wissen Sie, und ich kenne Frauen, die sind sehr, sehr eifersüchtig. Und Beate eifersüchtig, immer. Wollte nicht, dass jemand anders mit Bruno redet. Hat immer gedacht, gehört ihr ganz allein.«

»Wissen Sie, wo Frau Schreiber wohnt?«

Die Besucherin nannte eine Adresse im Kasseler Westen. »Sie wohnt da, weiß ich ganz genau, weil ich sie mal zur Arbeit mitgenommen habe, als Auto von ihr kaputt war.«

»Haben Sie vielleicht auch ihre Mobilnummer?«

Wieder nickte Nadja Simunic. »Ja, habe ich.« Sie kramte in ihrer kleinen Handtasche, zog ein Notizbuch heraus und las eine Nummer vor.

Hain verglich sie kurz und bedachte seinen Chef mit einem kurzen, kaum wahrnehmbaren Blick, der ›stimmt überein‹ vermitteln sollte.

»Was wissen Sie genau über das Verhältnis von Frau Schreiber zu Herrn Rühlemann?«, wollte Lenz wissen.

»Wie ich habe gesagt, war sie super verliebt in Bruno, aber der nix wollte von ihr wissen.« Sie legte den Kopf zur Seite, die Stirn in Falten und hob dabei die Hände in die Höhe. »Wenn Sie mich fragen, war vielleicht schwul. Hat nie gesagt, aber ich glaube schon, dass er war. Hat sich vielleicht deshalb nichts gemacht aus Beate.« Erneut zögerte die leicht schwitzende Frau und wischte sich mit der rechten Hand vor dem Gesicht herum. »Beate immer ein bisschen plemplem. Immer wie nehmen Drogen, ganz durcheinander. Und dann sie hat gesagt, dass sie mit niemand teilen will Bruno.«

»Das hat sie zu Ihnen gesagt?«

»Genau. Wir beide in Pausenraum gesessen, allein, und sie wieder geredet von Bruno und die große Liebe und das alles, und dann sie gesagt, dass sie niemals mit jemand teilen will die Bruno.«

Sie sah auf ihre Armbanduhr.

»Jetzt ich muss mich auf machen, habe noch Termin bei Arzt. Und dann ich muss schlafen, habe Frühschicht.«

»Ah, Sie machen also Schichtarbeit?«

Sie sah ihn ungläubig an. »Klar, alle bei Everest machen Schichtarbeit. Geht nicht anders, glaube ich, weil Sachen werden ja immer bestellt, auch wenn Nacht ist.« Sie stand auf. »Auf Wiedersehen.«

Hain hob den Notizblock und lächelte die Frau an. »Verraten Sie mir noch, wie wir Sie erreichen können, Frau Simunic? Falls wir noch weitere Fragen haben sollten.«

Die Bosnierin griff in ihre Handtasche und reichte ihm einen Zettel, auf dem sowohl ihre Adresse wie auch eine Mobilnummer vermerkt waren. »Ich immer dabei, weil mein Deutsch nicht so gut. Und Telefonnummer immer vergessen.«

Der Oberkommissar griff sich das Papier, sah kurz darauf und legte es vor sich auf dem Schreibtisch ab. »Vielen Dank, und kommen Sie gut nach Hause.«

Zehn Minuten später hatte Hain alles über Beate Schreiber herausgefunden, was im Zentralcomputer der Polizei vermerkt war, und das war leider herzlich wenig. Sie hatte vor vielen Jahren unter Alkoholeinfluss mal ein anderes Auto angefahren und sich vom Unfallort entfernt, was ihr ein elfmonatiges Fahrverbot eingebracht hatte; sonst jedoch war ihre Weste blütenrein. Immerhin, so schien es zumindest nach einem Blick ins Melderegister, hatte Frau Simunic ihnen die korrekte Adresse der Frau mitgeteilt.

»Fahren wir hin?«, wollte der junge Polizist mehr rhetorisch von seinem Boss wissen, der nur kurz nickte und sich die Jacke überstreifte.

12

Karl Bertram schreckte ruckartig aus seinem Traum hoch, in dem es um irgendeinen lauten Knall gegangen sein musste, öffnete blinzelnd die Augen und sah sich ein wenig unsicher um, bis er wieder wusste, wo genau er war. Sein nächster Blick galt der Uhr im Armaturenbrett. Mit Entsetzen registrierte der Berufskraftfahrer, dass er entgegen seinem Vorhaben doch eingeschlafen war, dass er dadurch seine Fahrtunterbrechung auf deutlich mehr als die geforderten 45 Minuten ausgedehnt hatte und dass er demzufolge einen Zeitverlust von etwa 35 hinzunehmen hatte.

Er rechnete kurz den Mindestschnitt durch, den er jetzt trotz des miesen Wetters, das sich auch während seiner Schlafphase nicht gebessert hatte, erreichen musste und stöhnte leise auf. Ohne auch nur eine weitere Sekunde zu verlieren, drückte er auf den Anlasserknopf des Volvo, woraufhin der Motor brummend die Arbeit aufnahm. Er schaltete in den ersten Gang, sah gähnend in den Rückspiegel, startete den Scheibenwischer und rollte an. Der schwere Lkw nahm Fahrt auf, und genau in dem Moment, in dem Bertram die nächste Fahrstufe einlegen wollte, tauchte keine fünf Meter vor der Schnauze seines Brummis im Schneetreiben eine Frau auf. Der Mann hinter dem Lenkrad riss die Augen auf, trat mit voller Kraft auf die Bremse und hoffte dabei inständig, auch weil er wusste, dass sein ABS bei dieser kleinen Geschwindigkeit noch nicht arbeiten würde, dass er noch vor ihr zum Stehen kam. Als er das nach einer rabiaten Nickbewegung der kompletten Fahrerkabine erreicht hatte, öffnete er wutentbrannt die Fahrertür, stürmte auf die wie versteinert etwa 15 Zentimeter vor der Stoßstange des fahrenden Kolosses stehende Frau zu, rutschte aus, rappelte sich keuchend hoch und brüllte sie aus Leibeskräften an: »HABEN SIE EINEN DACHSCHADEN?«, wollte er hart an der Grenze zur Raserei wissen. Dann jedoch sah er zum ersten Mal direkt in ihr Gesicht, erkannte, dass sie aus mehreren Wunden am Kopf blutete, und ließ die Arme, die er wie ein Boxer angehoben hatte, langsam sinken.

»Mensch, Mädchen, was ist denn mit dir passiert?«,

fragte er konsterniert. »Du siehst ja aus, als hättest du mit einem der Klitschko-Brüder im Ring gestanden.«

Die Frau hob den Kopf, schien durch ihn hindurch zu blicken und begann, hemmungslos zu weinen.

Der von der Situation hoffnungslos überforderte Kraftfahrer sah sich kurz um, konnte jedoch im immer dichter werdenden Schneetreiben weder einen Wagen noch ein anderes Fahrzeug entdecken, zu dem die Frau gehören könnte. Also legte er dem schluchzenden Elend seinen rechten Arm um die Schulter, was sie mit einem leisen Schmerzenslaut quittierte, es sich aber gefallen ließ, und drängte sie in Richtung seiner Beifahrertür.

»Was auch immer du mir gleich erzählen wirst, du wirst es im Innern meines Lkw machen. Ja?«

Sie nickte ergeben.

»Dann komm. Hier draußen holen wir uns nur den Tod.«

Bertram schob sie langsam vorwärts, und kurz darauf hatten sie die Tür erreicht. Er bugsierte sie möglichst sanft die vier Trittstufen hinauf und auf den Beifahrersitz, warf die Tür zu und stieg auf seiner Seite ein. Nachdem er den Motor wieder gestartet und die Heizung auf volle Stufe geregelt hatte, drehte er den Kopf nach rechts und wurde fast von Schlag getroffen, denn hier, im Licht der LEDs seiner Fahrerkabine, sah die etwa 30-jährige Frau noch deutlich furchtbarer aus als draußen im Dämmerlicht des Schneetreibens.

Ihr Kopf war an mehreren Stellen aufgeplatzt und es hingen Glassplitter in ihren Haaren. An der rechten Wange war eine tiefe Platzwunde zu erkennen, das aus der Verletzung pumpende Blut sammelte sich im Kragen ihrer dünnen Jacke, deren linker Ärmel nur noch durch ein paar lose Fäden mit dem Rest des blutbeschmierten Kleidungsstücks verbunden war. Die Jeans, die sie trug, war völlig verdreckt und durchnässt, und irgendwie bekam Karl Bertram den Eindruck nicht aus dem Kopf, dass er es mit einer Landstreicherin zu tun hatte, die wohl vor ein Auto gerannt war. Einzig ihre Augen passten nicht zu dem erbärmlichen Rest. Ihre Augen hatten etwas zutiefst Gütiges, drückten allerdings auch nackte, blanke Panik aus.

Der Kraftfahrer holte tief Luft und schnappte sich den Erste-Hilfe-Kasten. Dann beugte er sich zu ihr hinüber und begann, behutsam ihre Wunden und Verletzungen zu versorgen. Immer wieder zuckte die junge Frau, wenn er ihre Haut oder die Haare berührte, doch ihr Blick und das vorsichtige Nicken mit dem Kopf gab ihm zu verstehen, dass sie es würde aushalten können.

»Mensch, Mensch, dich hat's aber richtig brutal hergerichtet«, murmelte er. »Wie ist denn das passiert?«

Die Frau hob den Kopf und wollte ihm etwas erwidern, als direkt vor dem Laster ein Polizeiwagen mit rotierendem Blaulicht anhielt. Ihr gesamter Körper verkrampfte sich schlagartig, dann duckte sie sich, sodass ihr Kopf von draußen nicht mehr zu sehen war.

»Bitte«, sagte sie leise. »Ich habe nichts verbrochen, aber ich kann nicht mit denen reden.«

Karl Bertram blickte in das Schneetreiben und auf den bunte Schatten werfenden VW Passat und überlegte, in was er hier hineingeraten war.

»Was soll …«, begann er, verstummte und schob den Vorhang, der seine Schlafstätte von der Kabine trennte, ein wenig zur Seite.

»Ist ja nun auch schon egal«, brummte er mit Blick auf

die Frau auf dem Beifahrersitz, die ihn immer noch mit flehenden Augen ansah. »Los, leg dich auf die Pritsche. Aber bleib unten, wenn du nach hinten krabbelst. Und du rührst dich erst wieder, wenn ich dir sage, dass die Luft rein ist.«

Die Frau tat genau das, was er von ihr verlangte, erreichte ihr kleines Versteck jedoch keine Sekunde zu früh, denn genau in dem Augenblick, in dem er den Vorhang wieder in seine ursprüngliche Position zurückschob, klopfte es an seiner Tür. Bertram ließ die Scheibe heruntergleiten, hob die rechte Hand über den Kopf, um sich vor den Schneeflocken zu schützen, und nickte dem mit einer starken Taschenlampe in Richtung seines Gesichts leuchtenden Polizisten zu.

»Was gibt's, Herr Wachtmeister?«, wollte er eine Spur zu freundlich wissen.

Der Uniformierte nickte zurück. »Hier hat sich vor ein paar Minuten ein schwerer Verkehrsunfall ereignet, ungefähr 200 Meter weiter hinten, an der Fußgängerbrücke. Haben Sie etwas davon mitbekommen?«

Karl Bertram schüttelte den Kopf.

»Nee, das tut mir aufrichtig leid, aber ich bin gerade erst wach geworden. Was ist denn genau passiert?«

»Da hinten ist ein Kleinwagen in den Brückenpfeiler geknallt.«

»Und, jemand verletzt?«

»Das wissen wir nicht, weil wir weder im noch um den Wagen herum jemanden gefunden haben. Offenbar hat sich die Fahrerin, wir gehen jedenfalls davon aus, dass es eine Frau war, weil das Auto auf eine Frau zugelassen ist, unerlaubt vom Unfallort entfernt.«

Der Polizist hob die Lampe und strahlte direkt in Bertrams Gesicht.

»Sie haben nicht zufällig eine Frau gesehen, die sich hier herumgetrieben hat? Muss vermutlich ziemlich übel aussehen, nach der Menge an Blut, die wir im Wagen gefunden haben.«

»Nein, mir ist niemand aufgefallen. Hat sie denn was verbrochen, außer dass sie abgehauen ist?«

»Nein, verbrochen dürfte sie eigentlich nichts haben. Nach ihr wird als Zeugin in einem Tötungsdelikt gesucht, soweit ich weiß, aber mehr kann ich dazu nicht sagen.«

»Na ja, wenn ich was sehe oder höre, dann melde ich mich bei Ihnen. Jetzt muss ich aber los, sonst kriege ich echten Ärger mit meinem Boss.«

Der Polizist schüttelte den Kopf. »Da habe ich leider ganz schlechte Nachrichten für Sie. Ungefähr einen Kilometer von hier hat ein Kollege von Ihnen seinen Sattelzug auf die Seite gelegt und blockiert die gesamte Fahrspur nach Süden. Bleiben Sie also bitte hier stehen und warten Sie, bis die Vollsperrung aufgehoben wird.«

»Und wie lang wird das dauern?«

»Wir warten auf einen Kran, aber wann der kommt, steht in den Sternen, weil auch drüben auf der A7 die Hölle los ist und alle Krankapazitäten dort gebunden sind.«

»Das klingt nicht gut.«

»Ist es auch nicht. Legen Sie sich hin und schlafen Sie, ich oder einer meiner Kollegen meldet sich bei Ihnen, wenn es weitergeht.«

»Danke.«

»Dafür nicht.«

Der Polizist ging zurück zu seinem Streifenwagen, ließ ihn an, fuhr an das Ende des Parkplatzes und stellte das Auto dort mit rotierendem Blaulicht quer.

»Scheiße«, murmelte Bertram, griff zum Telefon und wählte die Nummer seines Chefs.

Die nächsten 50 Sekunden waren nicht die reinste Freude für den Kraftfahrer aus Duisburg, doch an die Tiraden seines Bosses, wenn etwas nicht so lief, wie dieser es sich vorstellte, war er gewöhnt. Nach dem Ende des Gesprächs legte er das Telefon auf die Ablage, raffte langsam die Vorhänge vor die Windschutzscheibe und die Seitenscheibe, regelte die Standheizung ein wenig herunter und zog schließlich die Abtrennung nach hinten wieder auf.

»Vielen Dank«, murmelte die auf dem Bett sitzende, leise schluchzende Frau.

Bertram legte den Kopf schief und bedachte sie mit einem schwer zu deutenden Blick.

»Wird als Zeugin in einem Tötungsdelikt gesucht«, zitierte er die Worte des Polizisten. »Ich glaube, wir haben eine ganze Menge zu besprechen, verehrte Unbekannte.«

13

Lenz und Hain waren in einem zivilen Opel Vectra auf dem Weg zu Beate Schreibers Meldeadresse. Der Schneefall wurde immer dichter, und der längst in vollem Gange befindliche Feierabendverkehr machte ihnen das Leben auch nicht wirklich leichter.

»Alarmfahrt?«, fragte Hain von der Fahrerseite aus.

»Nee, lass das mal«, erwiderte Lenz. »Seit die Kollegen im letzten Herbst das Kind abgeräumt haben, stehen unsere Dienstherren nicht mehr auf solche Mätzchen.«

»Wie geht es dem Mädchen eigentlich?«

»Alles wieder im Lot, hat mir Uwe erst neulich erzählt. Aber knapp war es trotzdem.«

Die Polizisten sprachen über einen Vorfall ein paar Monate zuvor, als es zwei Kollegen vom Rauschgiftdezernat auf dem Weg zum Präsidium eilig hatten, in den Feierabend zu kommen. Auf der Leipziger Straße war ein Kind, das aus einer Eisdiele kam und zur Mutter auf der anderen Straßenseite wollte, direkt in den mit Blaulicht und Sirene auf den Straßenbahnschienen dahinrasenden zivilen Polizeiwagen gerannt. Objektiv war den Beamten kein Fehler nachzuweisen gewesen, was allerdings auch dem funktionierenden Corpsgeist aller beteiligten Kollegen zu verdanken gewesen war. Maria hatte sich seinerzeit über alle Maßen aufgeregt und Lenz hatte ihr hoch und heilig versprechen müssen, nie einen solchen Unsinn zu verzapfen.

Um genau 18 Uhr stellte Hain den Rüsselsheimer Dienstwagen in einer Parklücke etwa 200 Meter vor dem Haus ab.

»Ich kann mir kaum vorstellen, dass sie zu Hause sitzt und auf uns wartet«, meinte der Oberkommissar, während er den Schlüssel abzog.

»Das glaube ich auch nicht, aber wie es halt manchmal so kommt im Leben. Vielleicht haben wir ja mal so etwas wie einen Glückstag erwischt.«

»Dein Wort in Gottes Ohr.«

Fünf Minuten später standen die beiden Kripobeamten vor dem Klingelbrett des anonymen Wohnblocks und versuchten, im matten Schein einer weiter entfernten Straßenlaterne die dort befindlichen Namen zu erkennen.

»Hier«, deutete Lenz auf ein verblichenes Schild.

»T. Pertuleit/B. Schreiber. Sieht aus, als lebe sie schon mit einem Kerl zusammen, trotz der angeblichen Zuneigung zu Bruno Rühlemann.«

Hain nickte mit Blick auf die nur angelehnte Haustür. »Wenn die Sortierung stimmt, sollte es im zweiten Stock sein. Klingeln oder nach oben gehen und klopfen.«

»Lieber die zweite Variante. Wer weiß, was sich hinter ›T. Pertuleit/B. Schreiber‹ so alles verbirgt.«

»Klingt, als würdest du ein Kampflesbenkillerkommando erwarten, Paule. Und das, obwohl sie doch so verliebt in unseren Bruno gewesen sein soll.«

»Nun geh schon, du Pimmelkopp«, stöhnte der Leiter der Mordkommission auf.

Hain hatte richtig getippt, die Wohnung von ›T. Pertuleit/B. Schreiber‹ befand sich tatsächlich im zweiten Stock. Die Polizisten traten langsam an die Tür heran und lauschten ein paar Augenblicke. Von der anderen Seite drangen die Geräusche eines Livekonzertes oder etwas Ähnlichem an ihre Ohren. Lenz trat nach rechts und klingelte. Etwa 20 Sekunden darauf reckte er ein weiteres Mal den Finger nach vorn, gefolgt vom gleichen Ergebnis. Die Geräusche aus dem Wohnungsinnern veränderten sich nicht, aber es fühlte sich auch niemand bemüßigt, die Tür zu öffnen. Deswegen hob Hain den Arm und schlug ein paarmal mit der Faust gegen das dünne Türblatt.

»Polizei, bitte öffnen Sie die Tür.«

Wieder warteten sie eine Weile, doch es geschah weiterhin nichts. Der junge Polizist holte sein Mobiltelefon aus der Jacke und wischte über den Bildschirm.

»Das wäre doch gelacht«, murmelte er dabei.

Lenz, der keine Ahnung hatte, womit genau sich sein Kollege beschäftigte, sah ihm interessiert zu. Nach knapp einer Minute und einigen weiteren Eingaben nickte Hain zufrieden und legte sein rechtes Ohr direkt auf die Folierung der Tür, obwohl das absolut nicht notwendig gewesen wäre, denn auch sein Boss konnte das Läuten des Telefons in der Wohnung deutlich hören. Es klingelte neun Mal, dann knackte es in der Leitung an Hains Ohr und der Anrufbeantworter spielte eine Männerstimme ab.

›Guten Tag, Sie sind verbunden mit dem Anschluss von Thomas Pertuleit und Beate Schreiber. Wir sind gerade nicht da, Nachrichten nach dem Piep.‹

Hain drückte die rote Taste und steckte das Gerät weg. »Und jetzt?«, fragte er seinen Boss.

»Jetzt können wir die beiden zur Fahndung ausschreiben und nach Hause gehen oder wir riskieren was, gehen da rein und kriegen vielleicht einen Riesenärger.«

»Scheint wirklich der Tag der zweiten Variante zu sein«, knurrte Hain, kramte sein braunes Etui hervor, in dem sich alle benötigten Utensilien zum Picken des Schlosses vor ihm befanden, das den Zusatz ›Sicherheit‹ beim besten Willen nicht verdient hatte. Es dauerte 15 Sekunden, dann öffnete sich die Tür. Die Geräusche aus dem Innern wurden sofort lauter, offenbar handelte es sich um die Übertragung eines Fußballspiels oder eines anderen Sportereignisses.

Die beiden Kommissare tauschten einen kurzen Blick aus, worauf Hain sein Werkzeugset zurück in die Jackentasche schob und die beiden nach ihren Dienstwaffen griffen. Lenz drückte die Tür ein wenig weiter nach vorn, Hain schob sich in den Flur und versuchte, in der Dunkelheit etwas zu erkennen. Bis auf eine Tür waren alle abgehenden verschlossen, und aus dem Schlitz der angelehnten blitzten die typischen Lichtwechsel eines laufenden Fernsehers. Lenz folgte seinem Kollegen, und gemeinsam traten sie auf das Zimmer zu, in dem sich, befragte man den gesunden Menschenverstand, jemand aufhalten musste.

Genau in dieser Sekunde wurde die Fernsehübertragung unterbrochen und es wurde ebenso gespenstig dunkel in der Wohnung wie totenstill. Geistesgegenwärtig zog Hain sein Mobiltelefon wieder aus der Jacke, schaltete das LED-Blitzlicht der Kamerafunktion ein und richtete das kalte Leuchten auf die Tür.

»Wir sind von der Polizei. Machen Sie keinen Unsinn und kommen Sie mit erhobenen Händen in den Flur.«

Die beiden schoben sich, jeder mit dem Hintern an der jeweils gegenüberliegenden Wand, die letzten beiden Meter auf die Tür zu, hinter der sich nicht das Geringste regte.

»Seien Sie vernünftig und geben Sie sich zu erkennen«, rief Lenz, der die Tür erreicht hatte, doch auf der anderen Seite blieb es still.

Der Hauptkommissar nahm die Heckler & Koch P30 in die linke Hand, schob gleichzeitig den rechten Arm nach vorn und tastete mit den Fingern nach dem Lichtschalter. Als er ihn gefunden hatte, gab er seinem Kollegen ein kurzes Zeichen und bewegte den Zeigefinger nach unten. Sofort flammte eine Lampe in der Zimmermitte auf und tauchte den Raum in gleißend helles Licht. Hain hatte im gleichen Augenblick die Tür mit aller Kraft aufgestoßen und war nach vorn gestürmt. Mit federnden Bewegungen sicherte er blitzschnell zuerst den Bereich vor der Tür, dann den dahinterliegenden. Schließlich ließ er seine Waffe sinken und sah auf das Bett.

»Verdammte Scheiße«, entfuhr es ihm.

14

Moderne Lastkraftwagen gleichen im Innern schon fast kleinen Wohnmobilen. Es gibt sehr viele Annehmlichkeiten, die man von diesen kennt, im Fall von Karl Bertrams Volvo waren das zum Beispiel eine Kaffeemaschine und ein kleiner Geschirrschrank. Während die frisch gebrühte schwarze Flüssigkeit langsam in die Glaskanne rann, hatte der Kraftfahrer die Beleuchtung in der Kabine gedimmt, den Beifahrersitz in eine bequeme Position gebracht, sich gesetzt und der Frau ein Stück Kuchen aus einer Tupperdose gereicht, das sie gierig verschlang.

»Na, länger keine vernünftige Mahlzeit mehr bekommen«, versuchte er einen Witz zu machen.

»Sie glauben gar nicht, wie richtig Sie mit dieser Vermutung liegen«, erwiderte sie.

Er befüllte einen Becher mit Kaffee und reichte ihn ihr.

»Auf Milch und Zucker müssen Sie leider verzichten, so was gibt es bei mir nicht.«

»Das macht gar nichts, ich trinke ihn sowieso immer schwarz.«

»Gut. Und jetzt wüsste ich wirklich gern, mit wem ich es eigentlich zu tun habe.« Er zögerte. »Also, ich meine, wen ich vorhin ganz knapp *nicht* totgefahren habe.«

»Ich heiße Beate«, antwortete sie zwischen zwei Schlucken Kaffee und einem heiseren Husten. »Beate Schreiber, und komme aus Kassel.«

»Und was ist dir, ich meine Ihnen, passiert?«

Zum ersten Mal seit ihrem Zusammentreffen zeigte sich auf dem Gesicht der Frau so etwas wie die Andeutung eines Lächelns. »Wir können ruhig du zueinander sagen«, meinte sie mit ausgestrecktem rechten Arm.

»Klar. Ich bin der Karl.«

Und dann erzählte die junge Frau dem 53-jährigen Fernfahrer aus dem Ruhrgebiet die komplette Geschichte, die sie in den letzten Tagen erlebt hatte. Sie schilderte ihm alles ohne Vorbehalte oder etwas wegzulassen und sprach dabei ohne Punkt und Komma. Als sie bei dem Unfall keine Stunde zuvor angekommen war, liefen dicke Tränen über ihre Wangen.

»Dann kannst du eigentlich gar nichts dafür, dass du in den Brückenpfeiler geknallt bist?«

»Nein, wenn ich es dir doch sage. Das Auto hinter mir hat mich quasi da rein bugsiert.«

»Aber du meinst nicht, dass das auch dein Freund gewesen ist, oder? Ich meine, wenn er schon diesen …«

»Bruno.«

»… ja, diesen Bruno abgemurkst hat.«

»Mensch, was soll ich denn jetzt sagen? Dass der Mann,

mit dem ich die letzten Jahre unter einer Bettdecke geschlafen habe, mich ermorden oder ermorden lassen wollte?« Die junge Frau zuckte bei dem Gedanken sichtbar zusammen. »Klar, Thomas hat schon einen Hang zur Gewalttätigkeit und aufbrausend ist er alle Male, aber so was?«

»Hat er dich denn schon mal geschlagen?«

Sie zögerte und druckste dann herum.

»Also hat er es gemacht.«

»Ja, aber nur zwei oder drei Mal.«

»Jedes Mal ist ein Mal zu viel.«

»Und außerdem wüsste ich wirklich nicht, wo er so einen Wagen herkriegen sollte. Er fährt einen VW Scirocco, und das Ding, das mich von der Straße geschoben hat, war ein viel größeres Auto.« Beate machte eine kreisförmige Bewegung mit den Armen. »Mit so einem Kuhfänger vorne dran, so was kennst du doch bestimmt.«

»Ja, klar«, nickte Bertram nachdenklich. »Also wenn ich das zusammenfasse, möchte ich wirklich nicht in deiner Haut stecken, Beate. Der Typ, in den du dich gerade Hals über Kopf verknallt hast, wurde erschlagen und das auch noch von dem Kerl, von dem du dich trennen wolltest oder willst. Die Polizei sucht nach dir und vielleicht denkt sie sogar, dass du was mit dem Tod von diesem Bruno zu tun haben könntest.«

Er dachte eine Weile nach.

»Meinst du nicht, es wäre das Beste, wenn du dich zu dem Cop da vorn ins Auto setzt und ihm die gleiche Geschichte erzählst, die du mir gerade erzählt hast?«

Sie zog kopfschüttelnd die Nase hoch. »Bestimmt hältst du mich für völlig durchgeknallt, aber ich glaube, dass man mich vorhin umbringen wollte. Dass dieses Auto mich von der Straße gedrängt hat, war doch kein Zufall.«

»Der Geländewagen ist weggefahren, oder?«

»Ob er einfach so weggefahren ist, weiß ich nicht. Er war auf jeden Fall nicht mehr da, als ich aus meinem Twingo geklettert bin, deswegen nehme ich mal stark an, dass der Fahrer abgehauen ist.«

»Das würde aber bedeuten, wenn wir mal annehmen, dass der oder die dir wirklich ans Leder wollten, sie vermutlich denken, dass du bei dem Unfall ums Leben gekommen bist. Und das ist ja nun nicht das Schlechteste für dich, weil sie dich dann erst mal in Ruhe lassen.«

»Was aber wirklich nur ein ganz schwacher Trost ist, weil ja spätestens morgen früh in der Zeitung zu lesen ist, dass bei dem Unfall niemand verletzt oder getötet wurde.«

Wieder dachte Bertram eine Weile nach. »Dass es vielleicht nur ein dummer Zufall gewesen ist, ein Kerl oder eine Tussi, der oder die bei diesem Sauwetter und der glatten Straße die Kontrolle über das Auto verloren und dann Fahrerflucht begangen hat, schließt du aus?«

Beate Schreiber holte tief Luft. »Die haben mich mit aufheulendem Motor Richtung Brückenpfeiler geschoben, Karl. Wenn ich ein Problem wegen der Straße oder dem Wetter habe, werde ich doch langsamer und nicht schneller. Zumal die Straße an der Stelle da drüben ja auch nicht großartig abschüssig ist.«

»Da muss ich dir recht geben. Aber es ist halt schwer zu kapieren, dass dich jemand einfach so mal eben kaltmachen wollte.«

»Es war aber so, glaub mir.«

Karl Bertram schob seinen rechten Arm nach vorn und strich ihr ebenso sanft wie vorsichtig über die Hand. »Das mache ich, versprochen, aber die Sache an sich macht das nun wirklich nicht besser.« Er nahm einen Schluck Kaffee. »Also, du willst nicht zur Polizei gehen, und nach Hause kannst du auf gar keinen Fall mehr. Deine Karre klebt gut 200 Meter von hier völlig ramponiert am Brückenpfeiler und auf einem Kohleberg sitzt du auch nicht gerade, wenn ich richtig vermute.«

Sie schnäuzte sich und nickte ein wenig verlegen.

»Was also willst du machen?«

Beate Schreiber zuckte mit den Schultern. »Bis vor einer Stunde wollte ich, wie gesagt, zu meinen Eltern fahren, aber das kann ich jetzt auch vergessen, weil die, die mich von der Straße gedrängt haben, ja unter Umständen schon wissen, wo ich hinwollte. Ich glaube, ich …« Sie brach ab, weil sie Bertrams skeptischen Blick wahrgenommen hatte.

»Meinst du nicht, dass du da vielleicht ein klein wenig übertreibst? Nimm's mir bitte nicht übel, aber irgendwie klingt das für mich, als wäre ich geradewegs in einen Agentenfilm hineingeraten, und ich glaube einfach nicht an Verschwörungstheorien und diesen ganzen Scheiß. Und außerdem, das kommt auf jeden Fall erschwerend hinzu, sollte jemand, der offensichtlich so unbarmherzig verrotzt und erkältet ist wie du, für mindestens eine komplette Woche im Bett verschwinden und sich auskurieren. Und wenn ich *mindestens* sage, dann meine ich eher zwei Wochen.«

»Das wäre bestimmt das Vernünftigste, aber das kann ich nicht machen.« Beate zog die Nase hoch, schloss kurz die Augen und fing wieder an zu weinen. »Was genau ich machen werde, weiß ich noch nicht, aber denk doch mal ernsthaft über meine Lage nach. Mein Freund hat, und daran habe ich nicht den geringsten Zweifel, den Mann, in den ich mich verliebt hatte, umgebracht. Vielleicht hat er ja auch irgendeinen Kumpel damit beauftragt, mich von der Autobahn zu drängen, zutrauen würde ich ihm das schon, so jähzornig wie der manchmal sein kann. Und ganz hinten in meinen Kopf geistert auch irgendwie noch die Möglichkeit herum, dass er es selbst gewesen ist, und das ist wirklich alles andere als ein schöner Gedanke.«

»Erkannt hast du aber niemanden, oder?«

»Nein, ich hatte andere Sachen zu tun, als im Rückspiegel nach einem Gesicht zu suchen.«

»Das verstehe ich«, beschwichtigte Bertram seine Besucherin vorsichtig, »und ich wollte dir auch deswegen keinen Vorwurf oder so was machen.«

Er dachte eine Weile nach, drehte sich schließlich um, und sah ihr mit großem Wohlwollen direkt ins Gesicht. »Also, wenn ich die Situation richtig überblicke, bist du hier in meinem kleinen Reich im Moment am besten aufgehoben. Und was der Cop vorhin gesagt hat, hast du ja gehört. Also machen wir genau das, was er vorgeschlagen hat; wir legen uns eine Weile aufs Ohr und schauen, wann es weitergehen kann. Wenn es dann weitergeht, kommst du erst mal mit mir Richtung Süden. Von mir aus kannst du eine Zeit lang mit mir durch die Gegend ziehen, und irgendwann, da bin ich mir sicher, willst du ohnehin wieder zurück in dein altes Leben. Was hältst du von diesem Vorschlag?«

Beate, der noch immer Tränen über das Gesicht liefen, sah sich ein wenig unsicher in der Fahrerkabine um. Es war ihr anzusehen, dass sie sich mit Karl Bertrams Angebot nicht einhundertprozentig wohlfühlte.

Der Mann auf dem Fahrersitz erkannte ihre Zweifel

und fing an zu lächeln. »Ich kann mir schon vorstellen, dass du dich ein bisschen fürchtest, mit mir die Tage und vor allem auch die Nächte zu verbringen, aber du kannst versichert sein, dass ich dir mit absoluter Garantie nichts tue. Ich bin nämlich weder ein Psychopath noch ein Massenmörder, sondern nur ein zutiefst stockschwuler Brummifahrer, dessen bessere Hälfte mit Namen Norbert, ein Mitarbeiter des Ordnungsamtes Oberhausen übrigens, sich die ganze Woche und manchmal noch länger verzehrt bei dem Gedanken, wann sein Bett- und Lebensgenosse denn endlich wieder mal zu Hause vorbeikommt.«

Beate, die während der Schilderung seiner Lebensumstände fast komplett die Luft angehalten hatte, atmete ein paarmal tief ein und wieder aus. »Es fällt mir echt schwer, dir das zu glauben«, murmelte sie ein wenig verlegen. »Obwohl …«

»Glaub es einfach, ohne *obwohl* und was weiß ich noch alles«, unterbrach er sie sanft. »Vielleicht passe ich jetzt nicht direkt in dein ganz persönliches Schwulenbild, aber ich kann dir versichern, dass ich mit Frauen nicht das Geringste am Hut hab.«

»Dabei bist du doch wirklich ein absolut netter Kerl.«

»Komisch, das sagt mein Norbert auch immer.«

15

Die männliche Leiche auf dem blutbesudelten Bett hatte nach Hains Schätzung noch mindestens 33 Grad Körpertemperatur, was bedeutete, dass unter Einbeziehung der auf mittlerer Stufe laufenden Heizung der Tod höchstens drei Stunden vor dem Erscheinen der Kripobeamten eingetreten sein konnte. Dem Mann war offenbar mit einem vor dem Bett liegenden Buchenholz von etwa 40 Zentimetern Länge und ungefähr vier Zentimetern im Durchmesser mehrmals der Schädel eingeschlagen worden, zumindest stellte sich der Tathergang nach der ersten Inaugenscheinnahme so dar.

»Boah, was für eine Sauerei«, brummte Lenz.

»Und wieder ein eingeschlagener Schädel«, erwiderte Thilo Hain emotionslos, der noch immer das Mobiltelefon in der Hand hielt, mit dem er ein paar Sekunden zuvor die Kollegen verständigt hatte. Davor hatten die beiden Polizisten die Wohnung gründlich durchsucht, doch der Mörder hatte bereits vor ihrem Eintreffen die Flucht ergriffen.

»Ich bin gleich wieder da«, erklärte der Oberkommissar seinem Boss, zog sich ein paar Einweghandschuhe über und verließ das Zimmer. Es dauerte etwa zehn Sekunden, dann kehrte er mit einem gerahmten Bild in der Hand zurück, auf dem sich ein in die Kamera lachendes Paar befand.

»Das stand im Wohnzimmer, ich hatte es vorhin im Vorbeigehen gesehen«, erklärte er, schob sich neben das Bett und verglich das Foto mit dem wirklich übel entstellten Gesicht des Toten.

»Das müsste er eigentlich sein«, stellte er ein wenig unsicher fest.

Lenz setzte seine Lesebrille auf und warf ebenfalls einen Blick auf die Fotografie. »Ja, vermutlich ist er es.« Die Brille verschwand wieder im Etui.

»Meinst du, wir haben auch gleich noch die Tatwaffe im Fall Rühlemann gefunden?«, wollte Hain mit Blick auf den bis zur Hälfte mit Blut und Blutspritzern beschmierten Holzknüppel wissen.

»Durchaus denkbar. Aber zumindest das sollte relativ leicht herauszufinden sein.«

»Und was, glaubst du, wird schwerer herauszufinden sein?«

»Wo sich seine Tussi aufhält, und was sie mit der ganzen Sache zu tun hat?«

»Na ja, Paul, wenn ich jetzt einfach mal eins und eins zusammenzähle, komme ich auf eine astreine Eifersuchtstat im Fall Bruno Rühlemann und eine ebenso astreine Beziehungstat in diesem.«

»Das setzt voraus, dass alles, was diese Frau Simunic uns zu berichten gewusst hat, auch wirklich stimmt.«

Nun bedachte Hain seinen Kollegen und Freund mit einem alles andere als liebenswürdigen Blick. »Und was, größter Frauenversteher und Tussideuter auf diesem Planeten, hat dir an Nadja Simunics Auftritt nicht gefallen? Immerhin hat sie uns schnurstracks zum nächsten Opfer in diesem Fall geführt, und nur einem echten Ignoranten sollte der tiefere Sinn und die kausale Verknüpfung dieser beiden Meuchelmorde nicht auffallen.«

»Und genau darum geht es, Thilo«, sinnierte Lenz. »Das geht mir alles zu glatt, zu geschmiert bisher. Mein linkes Ei und mein sechster Sinn sagen mir, dass hier irgendwas nicht stimmt.« Er schüttelte den Kopf. »Nicht stimmen kann.«

»Auf die Sache mit den Ei und dem sechsten Sinn hast du aber nicht das Copyright, oder?«

»Nee, das ist aus einem Film.«

»Gefällt mir trotzdem. Welcher Film ist es?«

»Keine Ahnung. Irgendwas Lustiges aus Hollywood vermutlich, das ich vor unendlich vielen Jahren mal gesehen haben dürfte und von dem mir bis auf dieses Zitat nicht das Geringste in Erinnerung geblieben ist.« Der Hauptkommissar drehte den Kopf in Richtung Wohnungseingangstür, wo die ersten Kollegen auftauchten. »Wartet ihr bitte vor der Tür, bis die Spurensicherung durch ist, sonst gehen die Kollegen wieder an die Decke, und das mit Recht.«

»Holla, das sind ja Töne, die ich sonst von euch gar nicht kenne«, kommentierte Tillmann Beckert, der Leiter der Spurensicherung, den Vorstoß des Leiters der Mordkommission.

»Und ich konnte ja nicht ahnen, dass du schon wieder im Einsatz bist.«

Beckert sah sich kurz im Flur um. »Gern mache ich es nicht, das kannst du mir glauben, aber immerhin ist es hier drin deutlich angenehmer als heute Morgen in der verdammten Kälte. Und jetzt schert euch da raus, sonst gehe ich beim Anblick eurer blanken Füße tatsächlich noch durch die Decke und das wolltet ihr ja vermeiden.«

»He, he, immerhin mussten wir …«, versuchte Hain einen Einwand anzubringen, doch Lenz winkte ab.

»Lass stecken, Thilo. Wir ziehen uns was an die Füße und schauen uns mal in den anderen Räumen um, vielleicht finden wir ja einen Fingerzeig darauf, wo wir nach Beate Schreiber suchen können.«

Einen echten Hinweis fanden die beiden nicht, jedoch gab es in der Wohnung jede Menge Bilder, Fotoalben und erstaunlicherweise auch Zeichnungen, die auf ein reges Interesse der Bewohner oder zumindest des Toten, am Thema Eishockey hin deuteten.

»Unser guter Thomas scheint ein echter Fan der lokalen Eishockeytruppe gewesen zu sein«, befand Hain folgerichtig.

»Er schon, seine Freundin hingegen anscheinend gar nicht«, entgegnete Lenz. »Gehen Frauen eigentlich überhaupt zu solchen Spielen?«

»Klar, was glaubst du denn? Das ist schon längst keine reine Männerdomäne mehr. Als ich das letzte Mal in der Eissporthalle war, was zugegeben schon ein paar Jahre her ist, lief da bestimmt ein Drittel voll aufgedresste Mädels in Huskies-Trikots, und die haben richtig für Stimmung gesorgt.«

»Interessant.«

»Was mich aber wundert, ist, dass wir hier zwar jede Menge Hinweise auf sein Leben finden, Beate Schreiber aber nur auf ein paar Bildern auftaucht und sonst gar nicht.« Er griff sich eines der seltenen Objekte. »Sie ist ja nicht gerade hässlich, wenn du mich fragst. Warum also ist das so?«

»Du meinst, warum hier alles mit seinem Hobby dekoriert ist und so?«

»Genau.«

Hain zuckte mit den Schultern. »Vielleicht steht sie nicht so auf Hobbys, was weiß ich? Oder sie kann es einfach nicht leiden, auf irgendeine Weise im Mittelpunkt zu stehen.«

»Ich dachte nur, weil das halt auch ihre Wohnung ist.«

»Ich bestreite ja nicht, dass es ein wenig merkwürdig …« Der Oberkommissar brach ab, weil Dr. Franz zu ihnen trat.

»Guten Abend, die Herren«, meinte er launig. »Wenn man Ihnen den kleinen Finger in Form einer morgendlichen Leichenbegutachtung reicht, greifen Sie schon gern mal nach der ganzen Hand, was?«

»Wir hätten es auch gern anders, das können Sie mir glauben«, gab Lenz ihm nach einem kurzen Kopfnicken zur Begrüßung zu verstehen.

Der Rechtsmediziner winkte lächelnd ab. »Was haben wir denn?«

Hain erklärte ihm die Sachlage.

»Dann will ich mal gleich drangehen«, erwiderte Franz. »Ich wollte nämlich heute zeitig ins Bett, weil ich morgen in aller Herrgottsfrühe zu einem Kongress nach Berlin aufbrechen muss.«

»Na, dann alles Gute und eine schöne Zeit in der Hauptstadt.«

»Von der werde ich nicht allzu viel zu sehen bekommen, fürchte ich, so war es zumindest in den vergangenen Jahren.« Er drehte sich um und verschwand im Flur.

»Nach Berlin könnte ich auch mal wieder«, brummte Hain, »aber nicht bei dem Wetter und den Temperaturen.«

»Stimmt, das wäre eine gute …« Lenz griff nach seinem klingelnden Telefon.

»Hallo, Paul, hier ist Pia Ritter.«

Die Züge des Kommissars hellten sich auf, als er realisierte, mit wem er das Vergnügen hatte. »Hallo, Pia. Schön, mal wieder von dir zu hören.«

»Ja, finde ich auch«, erwiderte die junge Polizeimeisterin gut gelaunt, »obwohl der Anlass sicher ein angenehmerer sein könnte.«

»Was gibt es denn gar so Schlimmes?«

»Ihr habt doch die Sache mit dieser Beate Schreiber am Laufen. Und die Kollegen haben vorhin ihren Wagen gefunden.«

»Wo denn?«

»Er klebt an einem Brückenpfeiler ganz in der Nähe des Parkplatzes Sensenstein. Wenn ich es richtig verstanden habe, muss es sich um den Südspurpfeiler der Fußgängerbrücke über die A 49 handeln.«

»Und was ist mit ihr?«

»Das ist ein bisschen merkwürdig. Das Auto ist völlig zerstört, und es gibt auch Blutspuren darin, aber von ihr oder einem möglichen anderen Fahrer ist nicht das Geringste zu entdecken.«

Lenz dachte ein paar Sekunden nach. »Wir fahren hin, Pia. Und danke, dass du uns verständigt hast.«

»Gern geschehen.« Sie schien zu zögern.

»Gibt es sonst noch was?«, wollte der Hauptkommissar wissen.

»Nein … ja. Das ist das erste Mal, dass wir per Du sind am Telefon, und irgendwie muss ich mich erst daran gewöhnen, glaube ich.«

»Geht mir genauso«, gab er lachend zurück, »ist aber nicht mehr zu ändern. Bis dann also, Pia.«

»Ja, bis dann, Paul.«

»Sag nicht, dass unser Feierabend sich noch weiter in die Nacht verlegt«, brummte Hain.

»Doch, das sage ich.« Er gab die Informationen der Schutzpolizistin an seinen Kollegen weiter, der seinen Worten mit großen Augen folgte.

»Das wird ja immer doller«, stellte er schließlich fest. »Aber du hast recht, das müssen wir uns auf jeden Fall ansehen.«

Der Verkehr wurde etwa drei Kilometer vor der Unfallstelle in Richtung Bundesstraße 254 und Wabern abgeleitet. Hain hielt dem im wasserdichten, reflektierenden Mantel steckenden Uniformierten seinen Dienstausweis entgegen, der nickte und gab den Weg frei. Im wüsten Schneetreiben und mit höchstens 60 Stundenkilometern erreichten die Beamten kurz darauf die hell erleuchtete Unfallstelle.

»Warte«, meinte Hain, bevor Lenz aussteigen konnte, ging zum Kofferraum und kam mit einem Stockschirm zur Beifahrerseite. »Bitte, der Herr.«

»Wow, das nenne ich mal mitgedacht.«

»Das Kompliment würde ich gern annehmen, kann aber wirklich nichts dazu. Das Ding lag im Kofferraum und ich habe es vorhin zufällig gesehen.«

»Egal.«

Sie gingen eng nebeneinander her zu einem weiteren Kollegen, der mit einem Funkgerät in der Hand etwa 40 Meter von der Unfallstelle entfernt stand.

»Guten Abend, Kollege.«

»'n Abend, die Herren.«

Lenz wies mit ausgestrecktem Arm auf die Fahrspuren der Autobahn.

»Sagen Sie, warum ist denn nicht wenigstens eine Fahrspur offen? Das würde doch die Bergungsarbeiten überhaupt nicht behindern.«

Der Mitarbeiter der Autobahnpolizei lachte gequält auf. »Das sehe ich genau wie Sie, aber diese Sache hier ist nicht der Grund für die Vollsperrung.« Er deutete auf einen Punkt im Schneetreiben. »Einen knappen Kilometer von hier liegt ein Sattelzug quer über die Fahrbahn, und wir haben erst vor ein paar Minuten einen Kran bekommen, der ihn aufrichten kann. Wie es aussieht, bleibt die Autobahn noch den größten Teil der Nacht gesperrt, weil ein Teil der bunt verteilten Ladung aus Glas bestand und die Asphaltdecke gereinigt werden muss, bevor wir die Strecke wieder freigeben können.«

»Das erklärt natürlich alles«, gab Lenz kleinlaut zurück. »Und was genau ist hier passiert?«

»Na, wie es aussieht hat der oder die Fahrerin die Kontrolle über das Fahrzeug verloren, wie so viele seit Einsetzen des Schneefalls. Wenn ich es richtig beurteile und daran habe ich nicht den geringsten Zweifel, war die Karre deutlich zu schnell unterwegs für die Straßenverhältnisse, und den Rest sehen Sie ja.«

»Und die Person, die das Auto gefahren hat, ist abgehauen?«, wollte Hain mehr rhetorisch wissen.

Der Mann im Mantel nickte. »Er oder sie muss zwar verletzt sein, ist aber, wie Sie richtig sagen, verduftet. Wir haben natürlich die Gegend abgesucht und mit den Fahrern der Lkws gesprochen, die auf dem Parkplatz stehen und auf die Weiterfahrt warten, aber das hat nichts gebracht.«

Lenz schätzte die Strecke von der Fahrspur bis zum Brückenpfeiler ab. »Dass der Wagen ziemlich schnell gewesen sein muss, daran gibt es wohl keinen Zweifel, trotzdem kommt mir der Weg von der Bahn bis zum Pfeiler verdammt lang vor. Und eine komische Richtung ist es obendrein.«

»Ja, das hat uns auch zuerst ein wenig ratlos gemacht, aber wenn man davon ausgeht, dass er oder sie auf den Parkplatz wollte, wird ein Schuh daraus. Dann passen sowohl Richtung als auch Länge.« Er wies nach unten. »Zwischen der Fahrbahn und der Aufprallstelle ist nur die Grasnarbe, und auf der wird man bei dem Sauwetter eher schneller als langsamer, wenn man auf die Bremse tritt«, erklärte er.

»Spuren konntet ihr aber keine mehr sichern?«, wollte Hain wissen.

»Nein. Als wir hier angekommen sind, lag schon zu viel Neuschnee, da war wirklich nichts mehr zu erkennen.«

»Ja, klar.«

»Also«, mischte Lenz sich wieder ein, »egal wer das Auto gefahren hat, er muss nach dem Unfall entweder zu Fuß unterwegs gewesen sein oder er hat ein Auto angehalten und ist bei jemandem mitgefahren.«

Der Autobahnpolizist nickte.

»Zu Fuß kommt man hier eigentlich nur schlecht weg, weil es einen durchgehenden Zaun gibt, der die Fahrspuren von dem dahinterliegenden Gelände trennt. Und der oder die Fahrerin hat auf jeden Fall stark geblutet, was mich eher skeptisch werden lässt, wenn ich an die Anhalterversion denke.«

»Gut zusammengefasst«, stimmte Lenz zu. »Heißt also, dass wir auf jeden Fall eher damit rechnen, dass er oder sie den Zaun überwunden haben dürfte.«

»Da kann man drüberklettern, das geht schon«, schränkte der Mann im Mantel seine Aussage von vorher ein wenig ein.

»Dann müssen wir prüfen, ob vielleicht ein Taxi gerufen wurde. Es kann natürlich sein, dass er oder sie abgeholt wurde, aber davon gehe ich im Augenblick nicht aus.«

»Wie weit ist es bis zur nächsten Ansiedlung?«

»Ungefähr zwei Kilometer, allerdings auf der anderen Autobahnseite.«

»Und hier, auf dieser Seite?«

»Vermutlich gut drei.«

»Von dort fahren öffentliche Verkehrsmittel?«

»Ja, klar.«

»Dann müssen wir auch diese Möglichkeit in Betracht ziehen.«

»Machen Sie das, oder sollen wir uns darum kümmern, obwohl das wirklich nicht unser Job wäre?«

»Nein, lassen Sie mal. Sie haben heute Nacht sicher andere Sachen zu tun, wir übernehmen das schon.« Lenz wollte sich schon in Richtung der Unfallstelle verabschieden, hob jedoch noch einmal den Kopf und sah den uniformierten Beamten an. »Hinweise auf einen Beifahrer oder eine Beifahrerin gibt es nicht?«

»Eher nicht. Der Airbag auf der Fahrerseite hat ausgelöst, der auf der Beifahrerseite nicht. Auch sonst deutet wirklich nichts auf einen Passagier hin.«

»Vielen Dank.«

»Willst du dir wirklich die Karre aus der Nähe anschauen?«, fragte Hain ein wenig unsicher, als sie außer Hörweite des Kollegen waren. »Dann kommen wir auf jeden Fall mit triefnassen Schuhen und damit auch Füßen in Kassel an. Und so viel gibt es da doch wirklich nicht zu sehen.«

Lenz betrachtete die hell erleuchtete Szenerie vor den beiden und musste seinem Mitarbeiter zustimmen. Wenn es nach dem Unfall irgendetwas Interessantes zu sehen gegeben hätte, war es durch den dauerhaften Schneefall garantiert bedeckt worden. Auch im Innenraum lag die weiße Pracht mittlerweile zentimeterhoch, weil bis auf die Heckscheibe beim Aufprall kein Glasbauteil intakt geblieben war.

»Du hast recht«, stellte er resigniert fest. »Lass uns nach Kassel fahren, ich werde auf dem Weg dorthin alles Notwendige mit dem KDD besprechen, und dann machen wir uns nach Hause. Ich bin echt müde, und heute erreichen wir tatsächlich nichts Weltbewegendes mehr.«

»Ich kann dir gar nicht sagen, wie sehr ich dich manchmal für deine Einsicht und deine Weitsicht bewundere, mein Boss«, gab Hain deutlich zu pathetisch zu Protokoll, und auch wenn Lenz ziemlich abgespannt und müde war, konnte er auf keinen Fall die triefende Ironie in den Worten seines Mitarbeiters überhören.

16

Erich Zeislinger lehnte sich in seinem Fernsehsessel zurück, zündete sich genussvoll eine der geliebten Cohiba-Zigarren an und griff zum Telefon. Als nach dem siebten Klingelton ein Anrufbeantworter das Gespräch annahm, drückte er die rote Taste und wählte kurz darauf eine andere Nummer.

»Jelinski«, meldete sich sein Gesprächspartner, wobei im Hintergrund typische Kneipengeräusche erkennbar waren.

»Marcel, ich bin's, Erich. Wollte nur kurz hören, ob es schon etwas zu berichten gibt.«

»Du kannst es aber auch gar nicht erwarten, diesen Typen am Galgen zu sehen, mein lieber Erich«, schnarrte es Zeislinger entgegen. »Warte, ich bin gerade mit der Fraktion unterwegs, wir hatten Sitzung. Ich gehe kurz nach draußen, da spricht es sich angenehmer. Bleib dran, ja?«

»Ja, natürlich.«

Es dauerte mehr als eine Minute, bis Marcel Jelinskis Stimme wieder ertönte.

»So, jetzt bin ich draußen und wir können ungestört reden. Bist du noch da?«

»Ja, ich bin noch dran.«

»Schön. Und ich habe wirklich vielversprechende Nachrichten für dich, mein Freund«, salbaderte Marcel Jelinski los. »Es scheint, als hättest du dir den absolut richtigen Zeitpunkt für deine Kampagne ausgesucht, denn gerade heute hat dein Kommissar Lenz so richtig in die Gülle gegriffen.«

Zeislinger nahm einen tiefen Zug, paffte den Rauch aus und fing an zu grinsen. »Erzähl!«

»Es gab da bei euch oben wohl einen Mord, den dieser Lenz bearbeitet. Im Zuge der Ermittlungen ist er heute einer leitenden Angestellten von Everest feste auf die Füße getreten, die sich das allerdings nicht so ohne Weiteres gefallen lassen wollte und einen ehemaligen Studienkollegen angerufen hat, der jetzt im Wirtschaftsministerium arbeitet. Und wie es der Zufall so will, hat der mich um Rat gefragt.« Der Landtagsabgeordnete begann herzhaft zu lachen. »Ich hätte es nicht besser haben können in dem Fall, aber wie es aussieht, sind die Tage dieses Herrn als Leiter der Mordkommission im beschaulichen Kassel definitiv gezählt.«

»Mit Everest meinst du diesen Buchversender, nicht?«

»Mensch, Erich, das ist doch kein Buchversender mehr, bist du denn wirklich total von vorgestern? Die haben mittlerweile alles im Programm, was ein Mensch bestellen kann und was nicht gerade dem Kriegswaffenkontrollgesetz unterliegt. Everest ist, um es mal einfach zu sagen, nicht mehr und nicht weniger als der größte Online-Versandhändler der Welt.«

Wieder sein kehliges Lachen.

»Ihr habt doch bei euch da oben in …« Er überlegte offenbar. »Ja, jetzt weiß ich es wieder, da oben in Homberg an der Autobahn dieses riesige Logistikzentrum, und genau dort ist dieser Hauptkommissar Lenz heute vorstellig geworden. Er hat sich, wie man mir berichtet hat, ganz schön danebenbenommen, aber die genauen Hintergründe und einen schriftlichen Bericht bekomme ich erst in den nächsten Tagen. Mein Kollege, der ja übrigens, wie du dir denken kannst, vom Koalitionspartner ist, will sich den Rücken frei halten und nichts riskieren, was seiner Karriere schaden könnte. Na ja, du weißt ja, wie diese übervorsichtigen, hasenfüßigen Frischlinge so sind.«

Wieder nahm der ehemalige Oberbürgermeister einen Zug von der teuren Zigarre. »Ja, natürlich, aber das macht gar nichts. Hier geht Gründlichkeit eindeutig vor Schnelligkeit, nicht, das habe ich dir heute Morgen ja schon klar gesagt.«

»Sicher, und daran halte ich mich natürlich auch, Erich.«

»Gut zu wissen.«

Zeislinger hatte noch immer die Attitüde nicht abgelegt, ein Telefonat eher nach Gutsherrenart zu führen. Selbstverständlich mit ihm in der Rolle des Gutsherrn.

»Na, dann kümmere dich mal weiter um die Sache, Marcel, und halt mich dabei immer auf dem Laufenden, nicht.«

»Geht klar, Erich.«

Der ehemalige OB der Stadt Kassel dachte noch ein wenig über den Inhalt des Telefonats und seine Optionen nach, paffte dabei weiterhin genüsslich die Zigarre und freute sich auf den weiteren Verlauf des Abends. Was ihn allerdings noch immer oder schon wieder störte, er konnte es wirklich nicht genau sagen, waren seine eingestreuten ›nicht‹ zum Ende eines Satzes oder Halbsatzes. Jahre zuvor hatten ihn mehrere Seiten und auch seine Exfrau Maria darauf hingewiesen. Anschließend hatte er sich monatelang der Hilfe eines Sprecherziehers bedient, um diese Marotte abzulegen, aber nun war er, was das anging, völlig auf dem Rückweg. Und besonders schlimm war es, wenn er aufgeregt oder erregt war. Dann rutschte ihm dieses verdammte ›nicht‹ so häufig durch, dass er fast rasend wurde vor Zorn.

Egal, zumindest an diesem Abend sollte das nicht sein größtes Problem sein. Er warf einen Blick auf seine Armbanduhr, legte die Zigarre im Aschenbecher ab, ging ins Bad und nahm eine Medikamentenpackung aus dem Spiegelschrank. Kurz darauf hatte er eine blaue Tablette hinuntergeschluckt, die ihm, da war er hundertprozentig sicher, im weiteren Verlauf des Abends und der Nacht garantiert noch gute Dienste erweisen würde.

Eine Viertelstunde später hatte sich seine Vorfreude auf die Dinge, die ihm bevorstanden, schon so weit erkenn- und spürbar gesteigert, dass er grinsen musste. Genau in diesem Moment klingelte es an seiner Haustür. Erich Zeislinger fuhr sich noch einmal durch das langsam schütter werdende Haupthaar, atmete tief ein und ging in den Flur.

»Hallo, die Damen«, begrüßte er nach dem Öffnen der Tür zwei etwa 20-jährige, wasserstoffblonde Frauen, von denen eine durch eine kaum zu fassende Oberweite auffiel. »Kommt doch rein und legt ab, ich habe den Sekt schon auf Trinktemperatur gebracht.«

Gegen 3 Uhr verließen die beiden aus Weißrussland stammenden Prostituierten das Haus. Zu diesem Zeitpunkt hatte der ehemalige Politiker all das bekommen, für das er bezahlt hatte. Er hatte den Frauen dabei zugesehen, wie sie sich gegenseitig befriedigten, und er hatte mit jeder der beiden Sex gehabt, gleichzeitig und nacheinander. Nun lag er auf seinem Bett und blickte schläfrig, aber sehr zufrieden an die Decke.

»Ich mach dich fertig, du kleines Arschloch«, sinnierte er kurz vor dem Einschlafen leise. »Ich mach dich so fertig, dass du in keinen Schuhkarton mehr passt.«

Während er die Worte fast unhörbar ausstieß, dachte er an Hauptkommissar Paul Lenz, den er sich zum Feindbild Nummer eins auserkoren hatte. Selbstverständlich würden weitere folgen, das war so sicher wie das Amen in der Kirche, aber alles hatte seine Zeit. Zunächst war dieser Lenz dran.

»Wie eine Küchenschabe werde ich dich zertreten«, war das Letzte, was ihm durch den Kopf ging, bevor er mit einem Grinsen auf den Lippen einschlief.

17

Etwa zur gleichen Zeit wachte ein paar Kilometer Luftlinie entfernt der Mann auf, dem Zeislingers geballter Zorn galt. Hauptkommissar Paul Lenz schlich sich aus dem Bett, goss sich in der Küche ein Glas Wasser ein und setzte sich an den Tisch.

Im Gegensatz zum ehemaligen Oberbürgermeister hatte er bis zu diesem Zeitpunkt eher mäßig geschlafen, war immer wieder kurz wach geworden und hatte dazu noch ein paar elendig schlechte Träume gehabt, an deren genauen Inhalt er sich allerdings nicht mehr erinnerte. Gerade in dem Moment, als er sich wieder auf den Weg ins Schlafzimmer machen wollte, tauchte seine Frau in der Tür auf.

»Na, mein Schlafwandler, erlebst du mal wieder eine dieser speziellen Nächte?«

»Ja«, murmelte er leise. »Ist aber schon wieder gut, ich wollte gerade zurück ins Bett kommen.«

Sie ließ sich auf seinen Oberschenkeln nieder und nahm einen Schluck Wasser. »Schlechte Träume?«

Er nickte.

Maria nahm seinen Kopf in die Hände und küsste ihn sanft auf den Mund. »Kann ich was für dich tun?«

»Nein, wirklich nicht. Wir gehen zurück ins Bett, und vermutlich werde ich in zwei Minuten wieder tief und fest schlafen.«

»Wir wissen beide, dass das eine süße Lüge ist«, stellte sie nüchtern fest.

»Meinst du?«

»Ja, das meine ich. Hast du Ärger bei der Arbeit gehabt?«

»Richtigen Ärger nicht, aber ich musste mich mit Ignoranz und Hochnäsigkeit beschäftigen. Dazu kamen zwei Tote.«

»Klingt nicht nach Vergnügungssteuer.«

»War es auch nicht.« Der Hauptkommissar begann stockend, erzählte ihr im Anschluss jedoch von seinem Arbeitstag. »Und dann kam ich zu Hause an und hatte ganz vergessen, dass du auf dieser Vernissage bist. Also habe ich mir ein Brot gemacht und bin danach ins Bett gegangen. Ehrlicherweise muss ich sagen, dass ich von deiner Heimkehr nicht das Geringste mitbekommen habe.«

»Das werde ich sicher nicht bestreiten, denn du hast geschnarcht wie ein Bär im Winter.«

»Tut mir leid.«

»Das macht gar nichts, Paul. Ich war so müde, dass ich eingeschlafen bin, sobald ich neben dir gelegen habe.«

»Und jetzt habe ich dich mit meinem Schlafwandeln geweckt.«

»Ja, das hast du, aber auch das macht rein gar nichts. Ich freue mich, wenn ich für dich da sein kann, und das weißt du auch.«

Wieder nickte er. »Ja, ich weiß, und ich freue mich wirklich ganz arg darüber.«

»Gut. Und was machen wir jetzt mit der angebrochenen Nacht?«

»Wir gehen rüber ins Schlafzimmer, nehmen uns in den Arm und du erzählst mir, welche bedeutenden Zeitgenossen der Kasseler Provenienz dir auf der Vernissage begegnet sind. Das wird mich sicher so bleiern müde machen, dass ich binnen kürzester Zeit eingeschlafen bin.«

»Guter Plan.«

»Dann los.«

Ganz so schnell, wie Lenz es erwartet hatte, ging es mit dem Einschlafen doch nicht, und Maria hatte ihre Erzählung längst beendet, bevor er wieder in einen unruhigen Schlaf gefallen war.

Um 8:30 Uhr war Lenz wieder im Büro, wo Thilo Hain sein Erscheinen allerdings sehnsüchtig erwartete.

»Moin, Boss«, wurde er von ihm gut gelaunt begrüßt.

»Auch dir einen guten Morgen, mein lieber Thilo. Was in aller Welt lässt dich denn in so verdammt aufgeräumter Stimmung in den Tag gehen?«

Hain wedelte ihm mit einem DIN-A4-Blatt vor der Nase herum.

»Die gute Nadja Simunic.«

Lenz griff sich das Blatt und blickte auf das Foto einer Frau, die er noch nie zuvor gesehen hatte.

»Wer ist das?«

»Das ist die echte Nadja Simunic, und ich leiste in aller Form Abbitte bei dir. Deine Hoden und dein sechster Sinn haben dich tatsächlich nicht getäuscht.«

Der Leiter der Mordkommission goss sich einen Kaffee ein, trank einen Schluck und ließ sich in seinen Stuhl fallen.

»Es ist noch recht früh am Tag, Thilo, und meine Nacht war alles andere als prickelnd. Wenn du mir also die Ergebnisse deiner Ermittlungen in mundgerechter Form präsentieren könntest, wäre das eine große Freude für mich.«

»Das lässt sich machen«, erwiderte der Oberkommissar, nahm sich ebenfalls einen Kaffee und setzte sich. »Also, einer meiner Jungs hat einen vereiterten Zahn, weswegen du dir vorstellen kannst, dass meine Nacht ebenfalls nicht unter die Rubrik ›brauche ich immer‹ fällt. Ich habe also das traute Heim recht früh verlassen, weil Carla mit dem Kleinen heute zum Arzt wollte. Deswegen war ich schon um 6:15 Uhr hier. Und weil mir deine Worte von gestern Abend in der Wohnung dieses Thomas Pertuleit im Verlauf der Nacht immer wieder durch den Kopf gegeistert waren, habe ich mich daran gemacht, dein Gefühl entweder zu bestätigen oder zu widerlegen. Und siehe da, ich konnte es bestätigen.«

»Und wie hast du das gemacht?«

»Ja, ich muss zugeben, da war ich schon klasse«, schwadronierte der junge Polizist.

»Thilo!«

»Ruhig Blut, Großer. Also, zuerst habe ich es über die Meldedatei versucht, und das hat auch wirklich gut ausgesehen. Alles, was die Frau uns gestern erzählt hat, stimmt so weit. Nur mit dem Foto bin ich nicht recht weitergekommen, weil sie keine deutsche Staatsbürgerschaft hat und demzufolge auch kein Foto in ihrer Akte vorhanden ist.«

»Es gibt also tatsächlich eine Nadja Simunic und sie ist auch unter der Adresse gemeldet, die uns die Frau gegeben hat?«

»Genau. Auch in den einschlägigen sozialen Netzwerken ist eine Person dieses Namens nicht verzeichnet, das war nämlich mein nächster Gedanke, aber als ich dann den Namen durch eine Suchmaschine gejagt habe, bin ich fündig geworden.« Hain machte eine deutlich zu lange künstlerische Pause.

»Thilo, mach es bitte nicht so spannend.«

»Gut. Die Frau, die uns gestern auf Beate Schreiber und damit auch auf den Mord an Thomas Pertuleit aufmerksam gemacht hat, dürfte mit der echten Nadja Simunic so viel zu tun habe wie du mit einem guten Boss.« Er lachte laut auf. »Nein, Scherz beiseite, die echte Nadja Simunic ist, man glaubt es kaum, eine passionierte Keglerin. Und in diesem Zusammenhang gibt es jede Menge Fotos von ihr im Netz, auf denen sie Pokale in die Höhe stemmt und dabei in eine Kamera grinst.«

»Und du bist dir sicher, dass es sich dabei um jene Nadja Simunic handelt, für die sich unsere Besucherin gestern Abend ausgegeben hat?«

Thilo Hain nickte triumphierend. »Genau das will ich damit sagen, denn ich habe bereits mit der echten Nadja Simunic telefoniert. Ihre Stimme klingt total anders als die der Frau von gestern Abend, sie sagt, dass sie noch nie etwas mit der Polizei zu tun hatte, geschweige denn gestern Abend hier im Präsidium war. Und dass Beate Schreiber in Bruno Rühlemann verliebt war, kann sie sich überhaupt nicht vorstellen, weil die einen supereifersüchtigen Freund hat, der sie nach allen Regeln der

Kunst kleinhält. Wobei ich das jetzt mal etwas frei übersetzt habe.«

Lenz betrachtete eine Weile die Tür gegenüber und nickte dann anerkennend. »Gute Arbeit, Junge. Wirklich sehr gute Arbeit.«

»Ach was, ohne dein rechtes Ei und deinen sechsten Sinn wäre ich überhaupt nicht auf die Idee gekommen, da mal ein wenig genauer hinzusehen.«

»Es war zwar das linke Ei, aber das tut deinem Erfolg ja nun wirklich keinen Abbruch.«

»Danke.«

»War die echte Frau Simunic zu Hause?«

»Nein, ich habe sie auf dem Weg zur Arbeit erwischt. Zu Hause hatte ich nur ihre Tochter ans Rohr gekriegt, die sich gerade auf den Weg zur Schule machen wollte und sich natürlich ziemlich wunderte, mir aber trotzdem die Mobilfunknummer der Mutter gegeben hat.«

»Und die echte Frau Simunic arbeitet wirklich bei Everest?«

»Auf jeden Fall, ja. Sie war, wie gesagt, gerade auf dem Weg dorthin und ziemlich in Eile, weil sie schon sehr spät dran war.«

Wieder fixierte Lenz eine Weile die Tür, wobei er von Hain interessiert beobachtet wurde.

»Warum geht jemand ein dermaßen großes Risiko ein und drückt uns diese Räuberpistole aufs Auge, Thilo? So was macht doch nicht irgendein eifersüchtiger Gelegenheitsmörder, das ist doch eher was für eine Bande von Profis.«

»Ganz meine Meinung. Die Alte hat uns diesen ganzen Käse doch nur erzählt, damit wir Thomas Pertuleit so schnell wie möglich finden.«

Lenz nahm einen Schluck Kaffee und legte seine Beine auf dem Schreibtisch ab. »Meinst du, es gibt eine Chance dafür, dass Beate Schreiber sie instruiert hat?«

»Nein, das wäre nach meiner Meinung unlogisch. Warum sollte die das tun?«

»Ja, das stimmt. Und wenn ich alles in Betracht ziehe, was wir bis jetzt wissen, dann kann Frau Schreiber eigentlich nichts mit dem Mord an ihrem Freund zu tun haben.«

Hain hob abwehrend die Hände. »Nicht so schnell, mein Freund«, widersprach er. »Es ist zwar in Anbetracht der Sachlage wirklich nicht wahrscheinlich, aber warum rennt sie dann die ganze Zeit vor uns weg?«

»Gute Frage.« Lenz setzte gerade zu einer Erwiderung an, als das Telefon auf dem Schreibtisch klingelte und sich ein Mitarbeiter der Kriminaltechnik meldete.

»Es gibt Neuigkeiten von dem Holzprügel, mit dem das Opfer von gestern Abend erschlagen wurde«, erklärte er dem Leiter der Mordkommission.

»Die da wären?«

»An dem Ding waren die Fingerabdrücke von genau zwei Personen, nämlich die vom Opfer und die von Beate Schreiber. Es gibt, um der Wahrheit komplett die Ehre zu geben, noch einen knappen halben Daumenabdruck, aber der ist leider nicht zu verwerten. Was ich dir allerdings sicher sagen kann, ist, dass es sich nicht um die Tatwaffe im Fall Rühlemann handelt, die muss nach den Auswertungen des Labors nämlich aus Metall sein.«

»DNA?«

Der Mann von der KT stöhnte auf. »Ihr wisst doch genau, dass wir das nicht selbst machen, und diese Ergebnisse deswegen sehr viel länger dauern als der reine Fingerabdruckvergleich. Aber ich kann dir auf die Schnelle schon mal durchgeben, dass sein Blut auf jeden Fall nicht das einzige an dem Prügel war. Wir haben daneben noch tierisches sichern können, was es aber für ein Viech war, steht noch nicht fest.«

»Ein Tier?«

»Ja, ein Tier.«

»Aber wie das da drangekommen ist und warum, darüber wisst ihr noch nichts?«

»Nein.«

»Kann ich wenigstens noch im Lauf des Tages mit ersten Ergebnissen rechnen?«

Ein Stöhnen am anderen Ende der Leitung. »Paul, du gehst mir mächtig auf die Nerven mit deiner Quengelei.«

»Klar«, wiegelte der Hauptkommissar schnell ab, »ich wollte ja auch nur mal fragen. Melde dich einfach, wenn du in dieser Beziehung Neuigkeiten hast.«

Mit einem knappen »Mach ich!« beendete der Kollege das Gespräch.

Lenz legte den Hörer zurück und gleichzeitig die Stirn in Falten. »Wie es ausschaut, könnte Beate Schreiber doch die Täterin sein.« Er gab Hain einen kurzen Abriss des Telefongesprächs.

»Verdammt, das kann doch nicht wahr sein, Paul. Das passt doch alles hinten und vorn nicht zusammen.«

»Genau. Und deshalb fahren wir auch noch mal in die Wohnung und drehen dort jeden Stein um. Vielleicht …« Er brach ab, weil es an der Tür klopfte und ihr Chef, Kriminalrat Herbert Schiller, ohne auf ein Herein zu warten, eintrat.

»Wir haben Ärger, Männer«, erklärte der Vorgesetzte ohne Umschweife und mit ernstem Gesichtsausdruck.

»Lasst mal kurz hören, was sich da gestern bei Everest nach eurer Ansicht zugetragen hat.«

Lenz und Hain wunderten sich zwar über sein Ansinnen, schilderten ihm jedoch abwechselnd und in ruhigen Worten, was sich am Tag zuvor während ihres Besuches bei dem Versandhändler ereignet hatte. Nachdem sie geendet hatten, entspannten sich die Züge des Kriminalrats ein wenig.

»Genau so hatte ich mir das eigentlich auch vorgestellt, aber es gibt leider eine krachende Beschwerde beim Wirtschaftsministerium in Wiesbaden, und in der wird der Sachverhalt völlig anders dargestellt.«

»Wer genau hat sich denn beschwert?«

»Das hat mir der Staatssekretär, der mich gerade am Telefon ziemlich runtergemacht hat, nicht mitteilen wollen, und er sagt weiterhin, dass es auch völlig egal ist, von wem die Beschwerde kommt. Er hat mir allerdings erklärt, dass ihr eine leitende Mitarbeiterin von Everest zutiefst beleidigt und euch außerdem gegenüber einem Wachmann, ich zitiere: ›wie die Axt im Wald‹ benommen haben sollt.«

»Das ist totaler Quatsch, Herbert. Wir haben weder eine leitende Mitarbeiterin beleidigt, noch uns gegenüber einem Wachmann ein wie auch immer geartetes Fehlverhalten geleistet.«

»Das glaube ich euch, trotzdem sind das ernste Anschuldigungen, die da aus Homberg und letztlich auch aus Wiesbaden erhoben werden.«

Lenz hob den Kopf und sah seinen Vorgesetzten irritiert an. »Was willst du damit sagen, Herbert?«

»Dass Wiesbaden mich aufgefordert hat, euch von dem Fall abzuziehen.«

»Hör mal, das ist doch gequirlte Kacke, die da abläuft. Wir haben uns nichts zuschulden kommen lassen während der Ermittlungen, und wenn du uns, wie du sagst, wirklich glaubst, dass dem so wahr, kannst du uns nicht von dem Fall abziehen.«

Schiller wandte sich ab und betrachtete die Winterkulisse vor dem Fenster. »Mensch, Paul, du bist doch lang genug dabei, um zu wissen, wie das abläuft. Ich will euch ja auch gar nicht abziehen, aber nach außen muss es wenigstens so aussehen, als hätte ich es getan. Ihr könnt euch sicher sein, dass ich voll und ganz hinter euch stehe, aber ihr müsst auch einsehen, dass ich gewissen Sachzwängen unterliege. Und mit dem, was ich gerade mache, riskiere ich deutlich mehr, als mir lieb ist. Also werdet ihr in den nächsten Tagen nicht mehr bei Everest auftauchen und euch auch sonst ein wenig im Hintergrund halten. Offiziell leite ich selbst die Ermittlungen, und der Kollege Haberland wird den Kontakt zu Everest halten, wenn das notwendig ist.«

Der Hauptkommissar und sein Kollege tauschten einen schnellen Blick aus, der dem jeweils anderen bestätigte, mit dieser Vorgehensweise leben zu können.

»Das heißt«, hakte Thilo Hain nach, »dass wir voll im Spiel sind, uns aber aus Homberg fernhalten?«

»Haltet euch insgesamt etwas zurück, Jungs. Das ist alles, was ich verlange. Für den Rest halte ich schon die Rübe hin.«

»Das sollte gehen.«

In den nächsten 20 Minuten brachten die beiden Ermittler ihren Chef auf den neuesten Stand im Fall der beiden toten Männer.

»Dann wäre es jetzt am Dringlichsten, diese falsche

Frau Simunic zu finden. Habt ihr da schon was veranlasst?«

»Läuft«, erklärte Hain. »Ich habe mir gleich, nachdem ich herausgefunden hatte, dass sie ein Fake ist, einen Ausdruck der Kamera im Eingangsbereich besorgt und sie damit zur Fahndung ausgeschrieben.«

Lenz sah seinen Freund mehr als erstaunt an. »Deine Jungs sollten öfter vereiterte Zähne haben«, meinte er anerkennend, während Hain das Standbild auf den Monitor lud und alle drei auf das schmale Gesicht der falschen Frau Simunic starrten.

»Sehr gut getroffen«, meinte Lenz schließlich.

»Danke, das liegt aber auch an der neuen Technik, mit der wir seit ein paar Wochen ausgerüstet sind. So einfach war es noch nie, das Konterfei eines Menschen, der bei uns zu Besuch war, auf Papier zu bannen. Ich habe nicht mal eine Viertelstunde gebraucht, dann war ich damit fertig.«

»Habt ihr eine Idee, wo ihr nach ihr suchen könntet?«

»Nein. Wir fahren jetzt zunächst noch mal zur Wohnung Pertuleit/Schreiber, vielleicht haben wir da gestern irgendwas übersehen. Und auf jeden Fall werden wir später, wenn sie wieder in Kassel ist, mit der echten Frau Simunic sprechen und ihr das Bild vorlegen. Wer weiß, vielleicht hat sie ja eine Idee, um wen es sich dabei handelt.«

»Und was ist mit dieser Frau Schreiber? Hat die Fahndung bei ihr schon was gebracht?«

»Nein«, gab Hain zurück. »Weder die Abfrage bei den Taxizentralen noch die Befragung der betreffenden Busfahrer hat irgendeinen Hinweis darauf gebracht, wie sie vom Unfallort weggekommen sein könnte. Aber die Kollegen sind da auf jeden Fall noch dran.«

Herbert Schiller nickte. »Dann macht euch jetzt los. Und denkt daran, offiziell seid ihr von dem Fall abgezogen. Macht mir und euch also bitte keinen Ärger.«

»Herbert«, gab Thilo Hain grinsend zurück, »haben wir dir denn schon jemals Ärger gemacht?«

Der Kriminalrat sah ihn kurz an, holte tief Luft und setzte zu einer Erwiderung an, die er jedoch noch vor der ersten Silbe hinunterschluckte. Dann winkte er wortlos ab und verließ mit schleppenden Schritten das Büro.

18

»Immer noch nichts Neues«, erklärte Karl Bertram der Frau in der Koje über ihm nach einem kurzen Blick durch den Vorhang. »Der Polizeiwagen steht bewegungslos an der gleichen Stelle wie letzte Nacht, bloß der Cop scheint ein anderer zu sein.«

»Das heißt, dass wir weiter warten müssen?«

»Genau das heißt es. Und vermutlich dürfte mein Boss schon mit einem Herzinfarkt ins Krankenhaus eingeliefert worden sein.«

»Weil du die Sachen, die du hinten drauf hast, noch nicht ausgeliefert hast?«

»Exakt.«

Die beiden waren in der Nacht keine fünf Minuten, nachdem jeder sich in seine Koje gelegt hatte, eingeschlafen und erst kurz zuvor aufgewacht. Beate hätte gern noch ein wenig die Augen geschlossen gehalten, auch um der Realität zu entfliehen, doch Bertram hatte sie sanft geweckt.

Wie auf Bestellung meldete sich das Telefon des Kraftfahrers. Der legte den Zeigefinger der rechten Hand kurz auf seine Lippen und nahm das Gespräch an. »Ja, Chef, was gibt's?«

»Hast aber wirklich Pech gehabt, wie ich im Internet sehe«, hörte die junge Frau blechern die Stimme des Fuhrunternehmers. »Der Kollege, den es ein paar Kilometer vor dir erwischt hat, ist heute Morgen gestorben. Außerdem hat der aufgeplatzte Tank seiner Zugmaschine die komplette Fahrbahn mit Diesel vollgesaut, aber wie es aussieht, sind die Reinigungsarbeiten jetzt abgeschlossen und es geht für dich spätestens in einer halben Stunde weiter. Alles klar sonst bei dir?«

»Ja, alles klar. Ich sitze hier wie auf heißen Kohlen und warte darauf, dass es endlich losgeht.«

»Nur kein Stress, Karl, ich habe mit dem Kunden an deiner Abladestelle gesprochen. Der hat noch Luft bis morgen früh um sieben, bevor ihm die Vorräte ausgehen, und bis dahin solltest du es geschafft haben. Mach also keine Fisimatenten und bring die Fuhre wohlbehalten ans Ziel. Das ist mir viel wichtiger, als am Ende einen Fahrer oder einen Zug zu verlieren. Verstanden?«

»Ja, klar, verstanden.«

»Dann bis später. Ruf an, wenn du abgeladen hast.«

»Mach ich. Tschüss.« Bertram drückte die rote Taste an dem kleinen Gerät, das sicher noch aus dem vorigen Jahrhundert stammte, und legte es weg.

»So handzahm habe ich den noch nie erlebt«, murmelte er. »Scheint gerade so, als hätte der unter seiner harten Schale tatsächlich so was wie einen weichen Kern.«

»Das ist doch schön«, meinte Beate aufmunternd. »Du hast bestimmt gedacht, dass er dir den Kopf runterreißt wegen der Verspätung.«

»Darauf kannst du Gift nehmen, dass ich genau das erwartet habe.« Er schlüpfte kopfschüttelnd in seine Hose, befüllte die Kaffeemaschine und reichte kurz darauf seiner Mitfahrerin eine dampfende Tasse des Getränks. »Wenn der Cop klopft, musst du dich unter der Decke so klein wie möglich machen, klar? Bis dahin kannst du dich anziehen und fertig machen. Zahnbürste habe ich leider keine, aber du kannst dir wenigstens ein bisschen Zahnpasta mit den Fingern im Mund verreiben.«

Es dauerte nicht, wie von Bertrams Boss angekündigt, eine halbe Stunde, sondern nur 15 Minuten, bis ein Polizist den Kraftfahrer freundlich darauf hinwies, dass die Autobahn wieder freigegeben war.

»Bleib bitte unten, bis wir auf der Bahn sind, dann kannst du von mir aus auf den Beifahrersitz klettern«, erklärte Karl Bertram ihr, während er die Vorhänge öffnete und die von innen völlig nassen Scheiben mit einem Fensterleder trocken rieb. Fünf Minuten später rollte der schwere Lkw vom Parkplatz und schob sich langsam auf die rechte Fahrspur der A 49. Die Überholspur bot einen blütenweißen Anblick, denn sie war noch nicht vom Schnee geräumt. Nach der leichten Rechtskurve, die auf die Gudensberger Gerade hinausführte, kletterte Beate Schreiber mit wegen der strahlenden Helligkeit draußen zusammengekniffenen Augen auf den Beifahrersitz und schnallte sich umständlich an. Sie konnte kaum die Arme heben, weil ihr jeder Knochen und jeder Muskel schmerzte, und die Wunden in ihrem Gesicht kamen ihr vor, als würden sie jeden Augenblick wieder aufplatzen.

Etwa 800 Meter voraus standen mehrere Feuerwehrwagen, Polizeifahrzeuge und ein Abschleppwagen. Von dem havarierten Lkw war nichts mehr zu sehen, jedoch war die Überholspur noch immer von den Rettungsfahrzeugen blockiert. Während sie näher kamen, erkannte sie, dass der Verkehr von einem Polizisten etwa 50 Meter vor dem Abschlepper auf Schrittgeschwindigkeit abgestoppt wurde und dann erst die Unfallstelle passieren durfte. Beate sah ihren Retter panisch an, doch der schüttelte nur kurz den Kopf.

»Zu spät, das würde jetzt total auffallen. Bleib sitzen, lächle freundlich und tu so, als wärst du das netteste Mädchen auf der ganzen Welt.«

Das bin ich eigentlich, dachte Beate, schluckte, griff nach einer CD vor ihr in der Ablage und hielt sie so, als würde sie die Titel auf der Rückseite lesen. Bertram bremste gleichzeitig den Laster so weit herunter, dass der Polizist zufrieden war und sie durchwinkte, ohne den Insassen größere Bedeutung beizumessen. Während sie an den Feuerwehrfahrzeugen vorbeirollten, wo blau uniformierte am Einräumen waren, drehte sie den Kopf nach rechts und bemerkte den schwer beschädigten Geländewagen auf der Ladefläche des Abschleppwagens. Dessen in auffälligem Karomuster lackiertes Dach war eingedrückt, das Heck mindestens einen halben Meter kürzer als üblich und die Türen auf der Fahrerseite hingen irgendwie windschief in den Angeln. Einzig die Vorderseite war unversehrt, wo der Blick der jungen Frau an einem monströsen Kuhfänger hängen blieb.

»Fahr langsamer, Karl, bitte«, flüsterte sie fast flehend.

»Das kann ich nicht. Hinter uns ist ein Auto, das fährt mir garantiert drauf, wenn ich jetzt langsamer werde.«

Beate fixierte noch immer das schwarz lackierte Eisengeflecht vor dem schweren Wagen. Jetzt, da sie auf gleicher Höhe waren, stachen ihr überdeutlich die rosafarbenen Lackspuren an der Frontseite des Kuhfängers ins Auge.

Das leuchtende Rosa *ihres* Twingo!

»Nein«, murmelte sie tonlos.

»Was ist denn?«, wollte Bertram erschrocken wissen.

Es dauerte eine Weile, bis sie antworten konnte.

»Nichts, nichts, fahr bitte weiter. Ich dachte, ich hätte da an dem Auto was gesehen, aber ich habe mich getäuscht.«

Im Kopf der jungen Frau kreisten die Gedanken mit atemberaubender Geschwindigkeit. Immer wieder hatte sie den Impuls, sich umzudrehen und einen weiteren Blick auf das havarierte Fahrzeug hinter sich zu werfen, und es gelang ihr nur unter größten Mühen, dem nicht nachzugeben. Ihre Hände hatten schon beim ersten Anblick der rosa Farbsplitter angefangen zu zittern und wollten sich überhaupt nicht beruhigen.

Sie hatten das Ende der Unfallzone erreicht, und Bertram beschleunigte vorsichtig.

»Mensch, das war knapp«, brummte er. »Du bist mir ja fast kollabiert, Mädchen.«

Beate drehte sich zu ihm um und sah dem Kraftfahrer direkt in die Augen. Dabei liefen ihr erneut dicke Tränen über das Gesicht.

»Das war der Wagen, der mich von der Fahrbahn gedrängt hat«, schluchzte sie.

Der Kraftfahrer hob den Kopf und warf einen Blick in den rechten Außenspiegel. »Die Geländekarre da hinten auf dem Abschlepper?«

Beate nickte.

»Aber woher willst du das denn wissen? Es gibt doch so viele von diesen Dingern, da kannst du doch unmöglich den einen unter Tausenden herausfinden.«

Sie berichtete ihm von dem rosafarbenen Lack, den sie auf dem Rammschutz gesehen hatte, von dem Lack ihres Twingo.

»Und du bist dir da ganz sicher?«

»Absolut«, nickte die junge Frau.

Er schüttelte ungläubig den Kopf und schob den Hebel für die Scheibenwischer in die Wisch-Wasch-Position. Sofort wurde die Frontscheibe mit fein zerstäubtem Wischwasser benetzt.

»Das würde bedeuten, dass der oder die Typen, die dir ans Leder wollten, in den Unfall mit dem Kollegen da hinten verwickelt sein müssen. Wenn sie ihn nicht sogar verursacht haben.«

»Was mich wirklich nicht wundern würde«, vollendete Beate Schreiber seinen Gedanken.

»Aber das würde ja bedeuten, dass du erst mal aus dem Schneider bist, Beate. Wenn ich mir die Karre so ins Gedächtnis zurückrufe, sollten die wirklich nicht sehr gut aussehen, was nichts anderes heißt, als dass diese Arschgeigen dir im Moment wirklich nicht gefährlich werden können.«

Sie ließ seine Worte ein wenig sacken und dachte darüber nach. »Das wäre …«, wollte sie erwidern, doch Karl Bertram winkte ab und deutete nach vorn.

»Ich habe eine Idee, Kindchen. Wir fahren da vorn von der Autobahn runter und zu einem Parkplatz. Na ja, eigentlich ist es mehr so was wie ein großer Platz neben der Straße, auf jeden Fall habe ich da schon ein paarmal gepennt, als nirgendwo sonst was frei gewesen ist. Und da werde ich mal telefonieren.«

Er fädelte sich, langsam verzögernd, in die Spur der Ausfahrt Fritzlar ein, bog dann nach rechts ab und kurz darauf an der nächsten Ausfahrt Richtung Edersee. Dann jedoch bog er an der Kreuzung nicht nach rechts ab, sondern dort hin, woher sie gekommen waren, nämlich in Richtung Kassel. Keine 200 Meter später setzte er den Blinker und ließ den Lkw langsam auf einen tief verschneiten Platz rollen, der tatsächlich direkt neben der Straße lag.

Beate hatte seinem Treiben still und mit immer größer werdenden Augen zugeschaut. Bertram nickte nur, stellte den Motor des Volvo ab und zog ein buntes Heft in der Größe einer Illustrierten aus einem Fach in der Fahrertür.

»Jetzt ist es doch mal gut, so was dabeizuhaben«, murmelte er, schlug das Heft auf und blätterte suchend darin.

»Was ist das?«, wollte Beate wissen.

»Das ist eine Übersicht über alle Abschleppunternehmen in Deutschland. Außerdem stehen die Telefonnummern jeder Polizeistation und alle Feuerwehrnummern drin. Ich habe es schon ein paar Jahre im Wagen, aber eigentlich noch nie gebraucht.«

»Und was genau hast du jetzt vor?«

»Telefonieren, wie schon gesagt«, gab er mit geheimnisvollem Gesichtsausdruck zurück, fixierte mit dem rechten Zeigefinger eine Zeile und tippte die dort aufgeführte Nummer in sein vorsintflutlich wirkendes Mobiltelefon ein.

»Möller«, meldete er sich kurz darauf. »Ich habe vielleicht eine Zeugenaussage zu machen zu dem Unfall gestern Abend auf der A 49.«

Kurze Pause.

»Ja, das mache ich.«

Wieder dauerte es einen Moment, offenbar wurde er an eine andere Person weitergeleitet. Beate erhob sich gleichzeitig stöhnend vom Beifahrersitz, kletterte zu ihm hinüber und presste sich so eng es ging an ihn. Er nickte gütig, bedeutete ihr aber gleichzeitig mit an die Lippen gelegtem Zeigefinger, möglichst lautlos zu sein. Dann war die Verbindung hergestellt und er wiederholte seinen Text von vorher.

»Wie genau meinen Sie das, vielleicht eine Zeugenaussage zu machen?«, wollte eine Frau am anderen Ende der Leitung irritiert wissen. »Und welchen Unfall meinen Sie eigentlich, wir hatten nämlich gestern Abend mehrere zur gleichen Zeit im fraglichen Autobahnabschnitt.«

»Ich meine den mit dem Lkw und dem Geländewagen«, ließ der Kraftfahrer die Polizistin ausgesucht höflich wissen. »Der sich direkt an der Ausfahrt Gudensberg ereignet hat.«

»Aha. Und was genau wissen Sie darüber?«

Bertram erzählte ihr ausschweifend von seiner Nacht auf dem Parkplatz wegen der voll gesperrten Autobahn, erfand dazu eine tränendrüsige Geschichte über Stress und ganz viel Ärger mit seinem cholerischen Chef wegen der langen Standzeit und wie er am Morgen endlich wieder auf Tour gehen konnte.

»Und da sehe ich dann diesen Geländewagen auf dem Abschleppwagen stehen. Den gleichen Geländewagen, der mich ein paar Kilometer, bevor ich meine vorgeschriebene Lenkzeitpause gemacht habe, fast von der

Bahn befördert hat mit seiner brutalen Fahrweise. Und da dachte ich, dass es vielleicht von Interesse für Sie sein könnte, was ich da erlebt habe.«

»Das kann wirklich gut sein, dass Ihre Aussagen für uns von Interesse sind, Herr …?«

»Möller. Hubert Möller. Wohnhaft in Xanthen am Niederrhein.«

»Ja, Herr Möller, wäre es Ihnen denn möglich, bei uns vorbeizukommen?«

»Völlig undenkbar, so leid mir das tut. Mein Boss schmeißt mich achtkantig raus, wenn ich auch nur noch eine Minute später dran bin als nötig.«

Am anderen Ende der Leitung entstand eine Pause.

»Tja, das ist bedauerlich, aber nicht zu ändern«, fasste sie zusammen. »Hätten Sie vielleicht jetzt ein paar Minuten Zeit, um mir Ihre Informationen durchzugeben? Den offiziellen Teil können wir dann zu einem späteren Zeitpunkt an Ihrem Heimatort nachholen, wenn Ihnen das recht ist.«

»Ja, klar, das können wir gern so machen.«

Im Hintergrund raschelte nun Papier.

»So, Herr Möller, dann erzählen Sie mir mal bitte, was genau sie mit dem Geländewagen erlebt haben. Und natürlich, ob es der gleiche gewesen ist, den Sie auf dem Abschleppwagen gesehen haben.«

»Na klar war das der gleiche, da bin ich mir hundertprozentig sicher. Der war so auffällig, dass ich mich da gar nicht vertun *kann*.«

»Gut. Und der Fahrer dieses Fahrzeugs hat Sie also … gefährdet?«

»Und ob der mich gefährdet hat, das kann ich Ihnen sagen.«

Er machte eine kurze Pause und holte tief Luft.

»Das war ungefähr auf der Höhe vom VW-Werk, na ja, vielleicht einen halben Kilometer dahinter. Es war ja unheimlich glatt gestern Abend, wegen des vielen Schnees und so, und ich bin praktisch mit 20 oder 30 Sachen dahingeschlichen. Und da kommt dieser Idiot, verzeihen Sie, aber ich bin immer noch ganz aufgelöst, also da kommt dieser Idiot und will mich mit unglaublicher Geschwindigkeit überholen. Und als er direkt neben meinem Zug ist, kommt er ins Schleudern. Das geht so zack, zack, und ich sehe das im Rückspiegel und denke noch, jetzt trifft der mich gleich, aber dazu kam es dann glücklicherweise nicht, weil ich meinen Lkw, so weit es ging, nach rechts gezogen habe, um ihm Platz zu machen. Ich glaube sogar, dass er die Leitplanke geküsst hat, aber das müssten Sie selbst nachprüfen, weil beschwören kann ich es nicht. Auf jeden Fall bin ich voll ins Schleudern gekommen wegen dieses Arschs, und konnte meinen Zug gerade noch so wieder einfangen. Glauben Sie mir, ich habe mich schon im Graben liegen sehen und vielleicht sogar im Grab.«

Er machte wieder eine Pause, um Luft zu holen.

»Und Sie werden es nicht glauben, dieser Irre ist einfach weitergefahren, ohne sich auch nur nach mir umzudrehen. Einfach Vollgas und weiter, das glaubt man doch kaum, was?«

»Konnten Sie das Kennzeichen des Geländewagens erkennen?«

»Nein, das ging doch alles so furchtbar schnell, auf das Nummernschild habe ich mich da wirklich nicht konzentrieren können. Aber ich kann Ihnen auf jeden Fall sagen, dass dieser Wagen das gleiche schwarz-weiß lackierte

Dach hatte wie der, den ich vorhin auf dem Abschlepper gesehen habe, und davon gibt es doch wirklich nicht so viele, oder?«

»Sie haben also die Lackierung des Dachs genau erkannt, als er neben Ihnen war?«

»Wenn ich es Ihnen doch sage. So wahr ich hier sitze.«

»Haben Sie vielleicht auch einen der Insassen erkannt?«

»Nein, das leider nicht. Ich hatte wirklich genug mit meinem Laster zu tun in dem Moment, da konnte ich mich nicht auf Nummernschild oder Insassen konzentrieren.«

»Aber Sie können mir sicher sagen, dass der Fahrer des Wagens nach Ihrer Wahrnehmung nicht mit den Witterungsverhältnissen angepasster Geschwindigkeit unterwegs war?«

»Das kann ich sogar beschwören! So einen Rowdy habe ich schon lang nicht mehr im Straßenverkehr erlebt, das können Sie mir glauben, und ich bin wirklich viel unterwegs, wie Sie sich denken können.«

Wieder entstand eine kurze Pause.

»Sie haben den Mist… also den anderen Verkehrsteilnehmer mit dem Geländewagen doch hoffentlich blasen lassen? Der war doch bestimmt sternhagelvoll, so wie der gefahren ist. Und außerdem hat der sich doch bestimmt wehgetan, so wie sein Auto ausgesehen hat.«

»Hmm«, räusperte sich die Polizistin. »Das ist alles etwas kompliziert, Herr Möller. Wir haben nämlich niemanden in dem Fahrzeug angetroffen. Als die Kollegen am Unfallort angekommen sind, hatten sich der oder die Insassen des Geländewagens vom Unfallort entfernt.«

»Was? Das schlägt ja dem Fass den Boden aus«, empörte der vermeintliche Herr Möller sich. »Erst fahren wie die gesengte Sau und dann auch noch abhauen.« Er ließ gepresst Luft ab. »Und im Radio hieß es auch noch, dass der Kollege aus dem Lkw den Unfall nicht überlebt hat.«

»Das muss ich leider bestätigen, ja. Ihr Kollege ist heute Morgen im Krankenhaus verstorben.«

»Was für eine Sauerei«, fluchte Bertram. »Was für eine unglaubliche Sauerei. Hoffentlich finden Sie den Mistkerl, so schnell es geht, und stellen ihn wegen Mord vor Gericht. So einer darf doch nie mehr auf die Menschheit losgelassen werden.«

»Na, ja, es ist jetzt nicht unsere Aufgabe, den …«

»Ich verstehe Sie gerade ganz schlecht«, ging Bertram dazwischen. »Vielleicht gerate ich gerade in ein Funkloch.« Er nahm das Telefon vom Ohr und zog es ein paarmal über sein Sweatshirt. »Hall… Krchch.« Dann drückte er die rote Taste.

Es dauerte ein paar Sekunden, bis Beate wieder etwas sagen konnte.

»Das war ja mal eine wirklich oscarreife Vorstellung«, bemerkte Beate Schreiber schließlich.

»So, findest du?«

»Ganz ehrlich, ja.«

»Dann merkt man also noch, dass ich in der Realschule bei der Theater-AG mitgemacht habe?«

»Auf jeden Fall.«

Bertram steckte das Telefon in die Halterung über dem Armaturenbrett. »Aber wir wissen jetzt auf jeden Fall, dass der oder die Typen abgehauen sind.« Sein trauriger Blick traf Beate Schreiber. »Was für dich wohl nicht so gut sein dürfte.«

»Nein, das ist für mich ganz und gar nicht gut. Wenn

die mitkriegen, dass ich nicht tot im Auto gelegen habe, werden die garantiert weiter nach mir suchen. Und wer weiß, ob sie nicht schon wissen, dass ich bei dir im Lkw sitze. Die sind ja auch nicht auf den Kopf gefallen.«

»Na ja, zunächst haben diese Gangster mal gedacht, dass du mindestens schwer verletzt worden bist bei dem Unfall, eher sogar tot. Und dann hatten sie vermutlich selbst jede Menge mit sich zu tun. Denn unverletzt aus so einem Wrack wie dem Geländewagen da auf der Autobahn zu steigen, halte ich für ziemlich unmöglich.«

Beate wollte etwas erwidern, wurde jedoch von einem Hustenanfall geschüttelt. Nachdem der verklungen war und sie sich geschnäuzt hatte, nahm sie einen neuen Anlauf, doch Bertram kam ihr zuvor.

»Wie ich dir gestern schon gesagt habe, Beate, du gehörst wegen deiner Erkältung auf der Stelle ins Bett, und zwar für mindestens eine Woche. Und wenn ich dann noch an deine vielen blauen Flecken und die Kratzer und Wunden im Gesicht denke, könnte auch ein Besuch im Krankenhaus nicht schaden.«

Sie schüttelte matt den Kopf. »Du hast zwar recht, mit dem was du sagst, aber ich kann das im Moment nicht machen. Und auch deinen Vorschlag, dass ich erst mal mit dir fahre, kann ich nicht annehmen, so leid es mir tut, weil ich wirklich denke, dass du ein ganz feiner Kerl bist.«

»Und was schwebt dir dann vor? Willst du dich auf die Straße stellen und darauf warten, dass diese Scheißkerle kommen und ihr Werk vollenden?«

Wieder bewegte sich ihr Kopf leicht von rechts nach links. »Nein, ich werde ganz sicher nicht darauf warten, dass sie mich finden. Ich werde mir jetzt ein Taxi besorgen, nach Kassel fahren und dort zur Polizei gehen.«

Sie wischte sich eine weitere Träne aus dem Gesicht.

»Ich kann nicht mehr, und du hast bestimmt nicht unrecht, wenn du sagst, dass ich eher ins Krankenhaus als ins Bett gehöre. Aber zuerst muss ich mit der Polizei reden, vor allem muss ich ihr erzählen, was seit gestern Abend alles passiert ist. Natürlich werde ich auch über Thomas und den Knüppel berichten müssen, mit dem er Bruno erschlagen hat, aber das kann ich halt einfach nicht ändern. Und dann werde ich sehen, was auf mich zukommt und was sie mit mir machen.«

Karl Bertram presste die Lippen aufeinander und umklammerte dabei fest den kleinen Joystick, mit dem er die Gänge wechselte. »Irgendwie schön, dass du so klug und so vernünftig bist, aber irgendwie auch traurig; ich hätte dich gern ein bisschen bei mir gehabt und wäre gern so was wie dein Schutzengel gewesen. Trotzdem denke ich, dass deine Idee schlau ist, vor allem für dich und deine Überlebenschancen.«

15 Minuten später, nach einem auf beiden Seiten wehmütigen und von Tränen geprägten Abschied, stieg Beate Schreiber in den elfenbeinweißen Mercedes einer Fritzlarer Taxiunternehmung. Der höchstens 25-jährige Fahrer hatte die merkwürdige Zeremonie vor dem Lkw mit einer gewissen Skepsis beobachtet und freute sich jetzt offensichtlich auf die einträgliche Fahrt nach Kassel.

»Sie müssen sich anschnallen«, bat er seinen Fahrgast auf dem Autobahnzubringer höflich. »Sonst komme ich in Teufels Küche, wenn etwas passiert; und bei den Straßenverhältnissen ist das leider nicht auszuschließen, obwohl ich natürlich alles unternehme, damit es nicht dazu kommt.«

Beate griff matt zum Gurt und schob ihn ins Schloss.

»Vielen Dank«, kam es von der Fahrerseite. »Möchten Sie vielleicht Radio hören? Oder Musik? Ich habe allerdings nur House dabei, was anderes höre ich nicht.«

»Radio wäre schön, aber bitte keinen Hausfrauensender.«

»Nein, wo denken Sie hin? So was boykottiere ich schon aus reinem Selbstschutz. Ich will doch keinen Ohrenkrebs kriegen.«

Beate Schreiber nickte kraftlos und legte den Kopf nach rechts, während er einen geeigneten Radiosender suchte.

»Sieht aus, als hätten Sie einen Unfall gehabt«, versuchte er das Gespräch am Laufen zu halten.

»Ach, das sieht schlimmer aus als es ist«, log sie. »Ich war gestern mit meinen Patenkindern beim Schlittenfahren, und wie es aussieht, bin ich das etwas zu mutig angegangen.«

»Vom Schlitten gefallen?«

»Ja, und da war meinem Gesicht dann leider noch ein großer Stein im Weg. Aber das sieht man ja, wie Sie mir zu verstehen gegeben haben.«

»Ja, aber Sie haben recht, so schlimm ist es wirklich nicht.« Er fuhr auf den Beschleunigungsstreifen der Autobahn, schaltete schnell durch bis in den sechsten Gang, lehnte sich zurück und kam sich dabei wohl ein wenig vor wie Robert De Niro als Taxi Driver.

»Wo genau soll es denn hingehen in Kassel?«, wollte er kurz darauf wissen.

Beate hätte liebend gern einmal ein paar Minuten nicht gesprochen, antwortete ihm jedoch: »Zum Hauptbahnhof, bitte.«

»Ah, das ist gut, da kann man wenigstens parken. Manchmal wollen die Leute nämlich partout da rausgelassen werden, wo man ums Verrecken nicht anhalten kann.«

Beate legte erneut den Kopf nach rechts in der Hoffnung, er würde sie eine Zeit lang in Ruhe lassen, was schließlich auch geschah. Bei dem Gedanken allerdings, dass sie in ein paar Minuten nahezu direkt an der Stelle vorbeikommen würden, wo sie am Abend zuvor nur mit größter Mühe dem Tod entgangen war, wurde sie von einer großen Beklemmung erfasst.

Was für ein Albtraum, dachte sie mit geschlossenen Augen.

Was für ein unglaublich beschissener Albtraum.

Im Radio lief nun einer ihrer Lieblingssongs und gern hätte sie den jungen Mann neben sich gebeten, den Ton etwas lauter zu drehen, befürchtete aber, dass er dieses Ansinnen als Aufforderung verstehen könnte, sie erneut mit irgendwelchen Abstrusen Ideen zu belästigen. Also ließ sie es und spitzte ein wenig die Ohren, um den Song aus dem Singen der Winterreifen auf dem feuchten Asphalt herauszuhören.

Eine Weile schien es ihr, als würde sie gleich einschlafen, dann jedoch wurde sie von einer Frauenstimme in die Realität zurückgeholt, die mit monotonem Singsang die 11-Uhr-Nachrichten verlas. Natürlich standen die Auswirkungen der endgültigen Pleite Griechenlands, wie in den Wochen zuvor auch, im Mittelpunkt der Meldungen, doch dann wurde eine Meldung verlesen, die Beate Schreiber zusammenzucken ließ und ihr gleichzeitig den Magen umdrehte.

›Kassel: Nach Auskunft gewöhnlich gut informierter Kreise tappt die Polizei bei den Ermittlungen im Zug der beiden Morde in Kassel weiterhin im Dunkeln. Die

Ermittlungsbehörden wollten sich, auch auf Nachfrage, nicht zum Sachstand äußern, aus ermittlungstaktischen Erwägungen, wie es in solchen Momenten gern heißt. Als sicher gilt zum gegenwärtigen Zeitpunkt allerdings, dass der gestern Abend ermordet in seiner Wohnung im Kasseler Westen aufgefundene Thomas P. das Opfer einer Eifersuchtstat wurde. Nach seiner Lebensgefährtin wird mit Hochdruck, bisher jedoch erfolglos, gefahndet.‹

Beate hatte das Gefühl, dass ihr schlagartig der Boden unter den Füßen weggezogen wurde. Ihr wurde schwindelig, heiß und kalt gleichzeitig, und irgendwie verlor sie den Kontakt zur Erde. Um Fassung ringend holte sie ein paarmal tief Luft und versuchte, anschließend ihre Emotionen so weit unter Kontrolle zu bekommen, dass sie wieder halbwegs klar denken konnte.

»Das kann doch alles nicht sein«, murmelte sie tonlos. »Das kann einfach alles nicht sein!«

19

Lenz und Hain hatten gerade das Gelände des Präsidiums hinter sich gelassen, als das Telefon des Hauptkommissars sich meldete. Er zog das Gerät aus der Jackentasche und nahm das Gespräch an.

»Ja, Lenz.«

»Hallo, Paul, hier ist Maria.«

Er erschrak, weil sich ihre Stimme mehr als bedrückt anhörte. »Maria, was ist passiert? Du hörst dich ja furchtbar an.«

»So fühle ich mich auch.« Sie zögerte, während er ihr leises Weinen hören konnte.

»Maria, was ist?«

»Uwe ist tot. Er ist heute Morgen gestorben.«

Nun brauchte Lenz ein paar Augenblicke, um wieder zu Worten zu finden. »Was? Das kann doch nicht möglich sein.«

»Doch, es ist leider so. Gerade hat mich Rita angerufen und es mir erzählt.«

Wieder eine Pause, in der Lenz merkte, dass ihm die Tränen in die Augen schossen. »Aber wie konnte das denn passieren? Er war doch gestern schon wieder voll auf dem Damm.«

»Ja, das dachten zumindest alle, aber er hat heute Morgen einen weiteren Infarkt erlitten, der so gravierend war, dass er trotz aller sofort eingeleiteten Rettungsmaßnahmen daran gestorben ist.«

»Aber …«

»Ja, ich weiß, Paul, das ist nicht zu glauben und vielmehr auch kaum auszuhalten.«

»Das stimmt, da hast du recht«, erwiderte der nun hemmungslos weinende Kommissar. »Wir machen jetzt Schluss, ich kann nicht mehr sprechen. Bis heute Abend, Maria, und wenn sich Rita noch mal melden sollte, dann richte ihr bitte mein wirklich tief empfundenes Mitgefühl aus. Ich kann jetzt wirklich nicht mit ihr telefonieren.«

»Das mache ich. Vielleicht rufe ich sie einfach noch mal an, sie ist wirklich total durch den Wind, aber wer wollte ihr das verdenken.«

»Ja, mach das. Tschüss.«

Lenz ließ das Telefon einfach in den Fußraum des Mazda fallen und hob die Hände vor das Gesicht.

Sein Kollege hatte das Cabrio in eine Lücke am Straßenrand bugsiert und schaltete den Motor aus.

»Ist er wirklich tot?«, wollte er leise und sehr vorsichtig von seinem Freund und Boss wissen. Offenbar hatte er das Telefonat richtig gedeutet.

Lenz nickte, öffnete die Beifahrertür und verließ den Wagen. Am Ende des Bürgersteigs, neben dem Eingang zu einer Stadtvilla, schob er mit der rechten Hand den Schnee von einem Mäuerchen, setzte sich und starrte weinend in den grauen Himmel. Thilo Hain blickte mit leeren Augen auf Tacho und Drehzahlmesser des kleinen Japaners, ließ Lenz jedoch mit seinen Gefühlen und seinem Schmerz zunächst allein, weil er vermutete, in diesem Augenblick ohnehin nicht zu ihm vordringen zu können.

Knapp zehn Minuten später wankte der Leiter der Mordkommission auf den Mazda zu, öffnete mit zitternden Fingern die Beifahrertür und ließ sich in den Sitz fallen. Nachdem er tief Luft geholt hatte, drehte er sich zu seinem Freund und Kollegen um.

»Wir haben damals zusammen bei der Polizei angefangen«, stammelte er.

»Ja, ich weiß«, erwiderte Thilo Hain sanft.

»Und wir sind auch nach und nach zusammen die Karriereleiter hinaufgestolpert.«

Der Oberkommissar nickte.

»Uwe war …« Lenz stockte und brach in Tränen aus. »Das kann doch alles nicht wahr sein«, murmelte er.

Hain hätte gern etwas Tröstendes gesagt, doch im fiel ganz und gar nichts ein, deshalb schwieg er einfach und legte Lenz die Hand auf die Schulter. So saßen die beiden etwa eine Minute da, während jeder seinen Gedanken und Erinnerungen nachhing. Dann schluckte der Hauptkommissar deutlich hörbar und atmete erneut tief und schwer ein.

»Ich kann jetzt auf keinen Fall irgendwo hinfahren und mich auch definitiv nicht um einen Mordfall kümmern, Thilo. Ich werde mir ein Taxi nehmen und nach Hause fahren.«

»Klar, das ist auf jeden Fall in Ordnung. Ruf mich an, wenn du was brauchst, ich werde jetzt erst mal zurück ins Präsidium fahren. Vielleicht nehme ich mir auch für den Rest des Tages frei, ich weiß es aber noch nicht. Wenn es geht, arbeite ich noch was, wenn nicht, dann nicht.«

Lenz griff nach dem Türöffner, lehnte sich jedoch wieder zurück in den Sitz. »Mensch, Thilo, 52 ist doch kein Alter, um zu sterben.«

»Das wissen wir beide, Paul, aber das hilft ihm nichts mehr. So leid es mir und uns auch tut, aber Uwe hat von dieser Aussage nichts mehr. Er hat nichts mehr davon, weil es ihn eben, so beschissen das auch ist, erwischt hat.«

Für einen Moment war Lenz erbost über die Aussage seines Mitarbeiters, doch dann erschloss sich ihm der tiefere Sinn und er verstand, worauf Thilo hinauswollte.

»Ja, du hast recht«, stimmte er schließlich nach einer längeren Bedenkzeit zu. »Wir können, nein, ich kann jetzt noch so sehr lamentieren, aber das hat wirklich nicht die geringste Bedeutung. Wir wissen nicht, wann es so weit ist, und das ist auch gut so. Mach's gut, wir sehen uns spätestens morgen früh im Büro.« Damit öffnete er die Tür und verließ den Wagen. Hain blieb noch eine Weile sitzen und sah ihm nach, bevor er den Motor startete und davonfuhr.

»Hallo, Paul«, wurde der Hauptkommissar etwa 20 Minuten später von Maria begrüßt. Die beiden nahmen sich im Flur ihrer Wohnung in den Arm und verharrten so ein paar Minuten nahezu regungslos. Dann streichelte sie ihm sanft über den Nacken.

»Lass uns rübergehen, ja?«

»Ja, klar. Es hilft ja nichts, hier im Flur herumzustehen.«

Sie nahm ihren Mann an der Hand und führte ihn ins Wohnzimmer, wo sie sich in die Ledercouch sinken ließen.

»Hast du mit Rita gesprochen?«, wollte er wissen.

Maria rückte ein wenig zur Seite, zog ihn zu sich heran und bugsierte seinen Kopf behutsam in ihren Schoß. »Sie ist unterwegs, vermutlich im Krankenhaus. Ich habe mit Nadine gesprochen und sie gebeten, dass Rita uns bitte noch mal anrufen soll.«

Sie sprach von der älteren Tochter von Uwe und Rita Wagner.

»Wie geht es Nadine und Bettina?«

»Die sind bestimmt genauso fertig wie Rita und wir auch, denke ich.«

»Klar, wer will es ihnen verdenken.«

Sie streifte über seine Haare. »Nadine erscheint mir, vielleicht auch wegen ihres Medizinstudiums, gefasster als Rita, wenn ich das kurze Gespräch mit ihr jetzt so Revue passieren lasse. Mit Bettina habe ich nicht gesprochen, aber für dieses Papakind wird das sicher brutal schwer.«

»Meine Güte, das ist wohl wahr. Wenn ich überlege, wie eng Uwe und sie waren.«

Es vergingen mehr als zwei Stunden, während der Lenz die meiste Zeit über in seinen Erinnerungen an den Freund kramte. Es fiel ihm der erste gemeinsame Urlaub in Südfrankreich ein, in dem der VW Käfer des späteren Pressesprechers einen kapitalen Motorschaden erlitt, ein freundlicher Werkstattbesitzer in Biarritz jedoch für genau 100 Mark einen gebrauchten eingebaut hatte. Sie waren in den folgenden Jahren noch mehrere Mal bei dem Mann mit der Baskenmütze gewesen und hatten ihm immer nordhessische rote Wurst mitgebracht, die er während der Arbeit an dem deutschen Dauerläufer zu schätzen gelernt hatte.

Maria erwies sich, wieder einmal, als gute Zuhörerin, auch weil sie wusste, wie nah der Tod des Freundes ihrem Mann ging. Manchmal, wenn Lenz die Tränen über die Wangen rannten, drückte sie ihn etwas fester an sich, doch die meiste Zeit stellte sie ihm einfach ihr Ohr zur Verfügung und folgte kommentarlos seinen Erzählungen.

»Wir haben uns sogar mal richtig heftig gestritten. Wegen einer Frau.«

»Ist das nicht fast normal unter Freunden, dass so etwas mal vorkommt?«

»Ob das normal ist, kann ich dir nicht sagen, wir jedenfalls haben mehr als einen Monat kein Wort miteinander geredet.«

»Wow, das klingt ja wirklich interessant. Magst du mir was darüber erzählen?«

Der Polizist nickte. »Es war im zweiten Jahr der Ausbildung, irgendwann im Sommer. Uwe hatte sich schrecklich in eine Kollegin verliebt, leider ich genauso. Zuerst haben wir natürlich gedacht, dass uns das nichts anhaben könnte, aber als sie sich dann für mich entschieden hat, war er richtig fertig. So hatte ich ihn bis dahin noch nicht erlebt, er war wirklich nicht mehr wiederzuerkennen.«

»Wie genau hat sich das geäußert?«

»Ja, wie äußert sich das, wenn man bis über beide Ohren verliebt ist? Er hat rumgeschrien und mir sogar eine Ohrfeige verpasst, aber es hat alles nichts genützt. Sie hatte sich für mich entschieden, und er musste damit leben.«

»Wie kam euer Verhältnis wieder auf die Reihe?«

»Das war eigentlich ganz einfach. Nach nicht einmal vier Wochen hat sie sich für den nächsten entschieden, einen aus dem Ausbildungsjahrgang über uns. Und wie es so kommt, war Uwe zuerst ziemlich schadenfroh, bevor er mich in meinem endlosen Liebeskummer getröstet hat.«

»Wie alt wart ihr da?«

»Keine 20.«

»Ui, dann war das vermutlich ein kaum auszuhaltender Liebeskummer, oder?«

»Das war damals wirklich schwer für mich, aber Uwes Witze und sein Gefrotzel haben mir gut geholfen.«

Er dachte eine Weile nach.

»Na ja, das Gefrotzel und die Witze kamen, nachdem wir uns zur Versöhnung so dermaßen besoffen haben, dass ich bis heute keine belastbare Erinnerung an den Abend und die Nacht habe.«

»Auch eine Art der Problembewältigung.«

»Und sicher nicht die Schlechteste.«

Gegen 16:45 Uhr wurde es draußen langsam dunkel, und Lenz und Maria lagen noch immer auf der Couch. Zwei Stunden zuvor hatte sie ihnen einen kleinen Snack gemacht, doch es schien, als würde es ihm guttun, einfach über seinen toten Freund zu sprechen. Maria hatte zwar das Gefühl, nun wirklich auch die kleinste Kleinigkeit aus dem Leben der beiden Männer zu wissen, doch das störte sie überhaupt nicht. Als Lenz gerade dabei war, ihr zu erzählen, mit welcher Methode er und Uwe Wagner bei der Abschlussprüfung, nun ja, betrogen hatten, klingelte das Telefon.

»Das wird Rita sein«, mutmaßte er und drückte die grüne Taste.

»Ja, Lenz.«

»Hallo, Paul, hier ist Thilo.«

»Ja, Thilo, was gibt's?«

»Wie geht es dir?«

»Wie soll es mir gehen? Gut ist wirklich was anderes, aber passt schon. Ohne Maria wäre es sicher deutlich unangenehmer. Wie ist es bei dir?«

»Ich hatte auch Feierabend gemacht und war zu Hause, aber das Genöle des Kleinen wegen seines Zahns ging mir echt auf die Nerven, das habe ich heute nicht ausgehalten. Und weil Carla gesehen hat, dass es besser wäre, wenn ich abhauen würde, hab ich das gemacht und bin doch wieder ins Büro gefahren. Und hier habe ich mich noch mal mit Bruno Rühlemanns Computer beschäftigt, und was soll ich sagen, ich habe ein paar Sachen gefunden, die wirklich sehr interessant für uns sein könnten.«

»Was meinst du?«

»Darüber will ich am Telefon lieber nicht reden, Paul. Wir besprechen das, wenn wir beide wieder hier sind.«

»Ist das nicht ein bisschen viel Geheimniskrämerei, Thilo?«

»In diesem Fall leider nicht, glaub mir.«

»Klingt auf jeden Fall interessant. Meinst du, dass es heute noch sein muss?«

»Gut wäre es schon, aber ich kann auch verstehen, wenn du heute deine Ruhe haben willst. Es reicht bestimmt auch, wenn wir uns morgen früh treffen.«

»Du machst es aber wirklich spannend, Junge.«

»Es ist auch spannend, Paul, es ist sogar überaus spannend.«

»Na gut, dann warte mal kurz, Thilo.« Lenz schloss für einen Moment die Augen und dachte nach. Dann wandte er sich an Maria. »Meinst du, ich kann noch mal für eine Stunde oder zwei ins Büro fahren? Thilo hat was auf der Pfanne, das er für unheimlich wichtig hält.«

Sie nickte. »Natürlich, warum nicht.«

»Gut, ich komme«, ließ der Hauptkommissar seinen Kollegen wissen. »Gib mir eine halbe Stunde, ich will mir vorher wenigstens noch mein verheultes Gesicht ein wenig waschen.«

Aus der halben Stunde wurde knapp eine, weil Lenz es vorzog, noch unter die Dusche zu gehen. Maria brachte ihn zum Präsidium und fuhr im Anschluss zu ihrer Galerie, wo sie noch etwas umräumen wollte. Auf dem Weg nach oben, zu seinem Dienstzimmer, ging der Hauptkommissar an vielen Kollegen vorbei, die ihm mit traurigen Gesichtern zunickten und so ihre Anteilnahme ausdrückten. Überall im gesamten Haus war bekannt, dass

Lenz und Wagner seit vielen Jahren enge Freunde gewesen waren, und jeder der Kollegen konnte sich vorstellen, wie es dem Leiter von K11 zumute war.

»Das, was du jetzt präsentierst, sollte schon ein ziemlicher Treffer sein«, begrüßte Lenz seinen Mitarbeiter mit hängenden Schultern.

»Das ist ein Treffer, Paul, und ich glaube sogar, dass es ein echter Volltreffer ist.« Hain deutete zuerst auf das Laptop, das er in Bruno Rühlemanns Haus sichergestellt hatte, und danach auf einen der beiden Stühle, die er vor dem Schreibtisch aufgestellt hatte.

»Setz dich, schnall dich an und genieß die Fahrt«, sagte er, und obwohl Lenz wirklich nicht nach Lachen zumute war, huschte ihm ein leichtes Grinsen über das Gesicht. Dann jedoch wurde er wieder ernst.

»Kein schmückendes Beiwerk bitte, Thilo. Ich will die Fakten, die du zusammengetragen hast, sonst nichts. Wenn das gut ist, was du mir zeigst, gehe ich mit einem besseren Gefühl nach Hause als vorhin, wenn nicht, lasse ich mich heute Abend bis zur Dachkante volllaufen.«

Der Oberkommissar bewegte die Maus neben dem Gerät ein paarmal hin und her und deutete danach auf den Monitor. »Rechne mal verschärft damit, dass du den Abend als Abstinenzler zubringen wirst.« Sein rechter Zeigefinger wies auf die Betreffzeile einer E-Mail. »Ich hatte Rühlemanns Mailverkehr bisher ein wenig stiefmütterlich behandelt, was sich beinahe als schwerer Fehler herausgestellt hätte. Was du hier siehst, ist der Austausch mit einem, wie ich vermute, Informanten, um den sich der gute Bruno wirklich sehr bemüht hat. Also um dessen Informationen, um präzise zu sein. Aber lies einfach selbst.«

Bruno Rühlemann an Captainamerica22:

Sehr geehrter Captainamerica22,

ich habe Ihre E-Mail-Adresse von einem gemeinsamen Freund erhalten. Sie kennen ihn gut, er bittet mich, Ihnen auszurichten, dass sein zitronengelbes Porsche-911-Cabriolet(G-Modell), das er 2010 aus den Vereinigten Staaten importiert hat, seit letztem Sommer fertig restauriert ist, und ihm das Fahren damit sehr viel Vergnügen bereitet.

Zu meiner Person:

Ich bin ein renommierter Journalist, Sie können meine Veröffentlichungen und alles, was es über mich zu sagen gibt, im Internet erfahren. Sollte Bedarf an weiteren Informationen zu meiner Person bestehen, bin ich sehr gern bereit, Ihnen diese in einem Gespräch zu liefern.

Ich arbeite zurzeit an einem Buchprojekt, das sich mit dem Onlinebuchhändler Everest beschäftigt. Unser gemeinsamer Freund hat mir anvertraut, dass Sie eine Leitungsfunktion innerhalb der Everest-Abteilung mit dem Namen White Operations innehatten oder -haben, von der ich, um der Wahrheit die Ehre zu geben, noch nie gehört habe. Deshalb bitte ich Sie, natürlich unter Wahrung jeglicher Diskretion und vollständigem Informantenschutz, um ein persönliches Treffen.

In der Hoffnung auf eine positive Reaktion von Ihnen verbleibt mit freundlichen Grüßen

Bruno Rühlemann

Lenz hob den Kopf und sah Thilo Hain forschend an.

»Hast du schon herausgefunden, was sich hinter diesen White Operations verbirgt?«

»Nein. Es gibt weder auf Deutsch noch auf Englisch den kleinsten Hinweis, um was es sich dabei handeln könnte.« Er bewegte die Maus erneut ein wenig. »Lies erst mal den kompletten Schriftwechsel, dann reden wir weiter.«

Captainamerica22 an Bruno Rühlemann:

Hallo, Herr Rühlemann,

und herzlichen Dank für Ihre Mail. Leider kann ich Ihnen, was die von Ihnen beschriebene Everest-Abteilung angeht, nicht weiterhelfen. Sie sind offenbar einer Fehlinformation aufgesessen, eine derartige Abteilung ist mir jedenfalls nicht bekannt.

Mit freundlichen Grüßen
XXX

Bruno Rühlemann an Captainamerica22:

Lieber Herr XXX,

ich vermute, dass es für Sie nicht einfach ist, über White Operations zu sprechen. Zwischenzeitlich habe ich allerdings aus einer anderen Quelle erfahren, dass Sie tatsächlich seit 2012 mit der Leitung genau dieser Abteilung betraut sind. Auch wurde mir eidesstattlich versichert, mit welchen Aufgaben sich White Operations beschäftigt hat. Aus diesem Grund bitte ich Sie noch einmal um ein persönliches Gespräch.

Mit freundlichen Grüßen
Bruno Rühlemann

Captainamerica22 an Bruno Rühlemann:

Hallo, Herr Rühlemann,

wenn Sie tatsächlich zu wissen glauben, um was es bei White Operations geht, sollte Ihnen auch klar sein, dass Sie niemanden, und hier meine ich ganz klar niemanden, auf der ganzen Welt finden werden, der mit Ihnen über diese definitiv nicht existierende Abteilung innerhalb Everest sprechen wird. Deshalb verschonen Sie mich bitte mit weiteren Kontaktversuchen.

XXX

Bruno Rühlemann an Captainamerica22:

Sehr geehrter XXX,

ich komme, trotz der Ihrer Mail deutlich zu entnehmenden Ablehnung, noch einmal auf mein Anliegen zurück.

Mittlerweile wurde mir von mehreren unterschiedlichen Quellen bestätigt, dass und in welchem Zeitraum Sie White Operations geleitet haben und vermutlich immer noch leiten.

Ich bin fest entschlossen, die Bedeutung und die Aufgabenstellung dieser Abteilung in meinem Buch zu beschreiben, also wäre es doch eher von Vorteil für Sie, wenn Sie meine Informationen bestätigen oder dementieren können.

Ich bitte Sie also noch einmal ganz eindringlich, mit mir zu sprechen.

Mit freundlichen Grüßen
Bruno Rühlemann

Captainamerica22 an Bruno Rühlemann:

Wie aus meiner letzten Mail klar hervorgegangen ist, will ich keinen weiteren Kontakt mit Ihnen!

Wenn Sie der Meinung sind, dass Sie sich mit Dingen beschäftigen müssen, die sicher eine Schuhnummer zu groß sind für Sie, dann ist das Ihre Sache, aber lassen Sie mich mit diesem Unsinn in Ruhe.

Ich werde, und das bringe ich jetzt noch einmal ganz deutlich zum Ausdruck, niemals mit Ihnen sprechen. Wenn Sie mich trotzdem noch ein weiteres Mal zu kontaktieren versuchen, werde ich überaus ungemütlich, und was das für Sie bedeutet, muss ich sicher nicht näher beschreiben.

Lassen Sie mich einfach in Ruhe!

XXX

»Das war's«, bemerkte Hain leise und legte seine Füße auf dem Schreibtisch ab. »Und wenn du jetzt nicht sagst, dass wir es hier mit einem echten Volltreffer zu tun haben, gehe ich sofort nach Hause und fange morgen bei irgendeinem Wachschutzunternehmen an.«

»Klasse, vielleicht vermieten die dich ja an Everest weiter.«

»Das wäre was, ja.«

Der Hauptkommissar knetete eine Weile seine Handknochen, die dabei erbärmlich knackten. »Nein, aber mal ganz im Ernst, wir haben es hier mit einem potenziellen Tatverdächtigen zu tun, der uns gleich noch sein mögliches Motiv gratis dazu liefert.«

»Leider gibt es keine Möglichkeit, über die Mails selbst an ihn heranzukommen, das habe ich alles schon durchprobiert. Offenbar kommuniziert er ausschließlich über

Wegwerf-Mailadressen, das kann man gut an den immer wechselnden Anschriften erkennen.«

»Bliebe aber immer noch der Mann mit dem gelben Porsche.«

»Stimmt, und auch in dieser Richtung bin ich schon aktiv geworden. Laut KBA gibt es in Deutschland 76 Porsche 911 des beschriebenen Modells in Gelb, wobei es aber sein kann, dass es viel mehr oder auch weniger sind, weil diese Dinger ja praktisch bei jeder Restauration, und die kommen öfter vor, als man denkt, mit einem neuen Lack versehen werden können.«

»Aber Rühlemann schreibt doch ganz explizit, dass der Mann mit seinem zitronengelben Porsche durch die Gegend fährt.«

»Deshalb habe ich ja auch schon die KBA-Abfrage durchlaufen lassen. Die Halter sind über die gesamte Republik verteilt, nur im Großraum München ist eine deutliche Häufung, nämlich gleich elf Stück, feststellbar.«

»Das Auto und der zugehörige Halter bringen uns also auf die Schnelle nicht weiter«, resümierte Lenz.

»Das sehe ich genauso, leider. Wir können nicht durch die Republik fahren und jeden dieser Menschen fragen, ob sie jemanden kennen, der bei Everest die Abteilung White Operations geleitet hat. Und wenn wir doch den richtigen herausgefunden hätten, würde der uns garantiert anlügen. Also ist das zwar ein Weg, aber aus meiner Sicht kein praktikabler.«

»Das sehe ich genauso.«

»Bliebe also herauszufinden, was es mit dieser Abteilung auf sich hat. Die Mails dieses Captainamerica22-XXX klingen auf jeden Fall sehr interessant.«

»Wenn ich einfach so mal spinnen dürfte, würde ich glatt sagen, dass wir es dabei mit einer nicht ganz offiziellen, vermutlich sogar eher sehr diskreten Seite von Everest zu tun haben.«

»Könnte es sein, dass diese Frau Schreiber für die Abteilung White Operations arbeitet?«

»Darüber habe ich auch schon nachgedacht, glaube es aber nicht. Vielleicht sollten wir eher die falsche Nadja Simunic in diese Richtung einordnen, wenn denn wirklich etwas an der Sache dran sein sollte.«

Lenz dachte eine Weile nach.

»Arbeit lenkt ganz schön von der Scheiße ab, die das Leben für einen bereithält, was?«

»Absolut, ja. Ich fand es auch besser, mich hier im Präsidium herumzutreiben, als zu Hause Trübsal zu blasen.« Der Oberkommissar klappte das Laptop zu. »Trotz der Tatsache, dass ich bei der Auswertung der E-Mail-Adressen nicht weitergekommen bin, werde ich das Ding mal in die Kriminaltechnik bringen. Wer weiß, vielleicht haben die ja noch die eine oder andere Möglichkeit, von der ich nichts weiß.«

»Gute Idee. Und wenn du Lust hast, fahren wir danach noch bei der echten Frau Simunic vorbei, vielleicht weiß sie ja was über diese ominöse Abteilung White Operations.«

»Lust habe ich schon, muss aber auf jeden Fall vorher noch eine Kleinigkeit essen.«

»Dann nichts wie los, Hunger habe ich nämlich auch.«

20

Beate Schreiber wälzte sich stöhnend auf dem Bett. Ihr Gesicht spannte wie ein straffes Segel, in ihrem Kopf hämmerte es unaufhörlich, und alle ihre Muskeln im Oberkörper schmerzten bei jeder noch so kleinen Bewegung. Seit sie sich den Schlüssel für diese kleine Wohnung bei ihrer Freundin Julia geholt hatte und um kurz nach 13 Uhr hier angekommen war, versuchte sie zu schlafen, doch es wollte ihr einfach nicht gelingen. Immer wieder schreckte sie hoch und stöhnte dabei laut auf, jedes Husten brachte sie nahezu an den Rand des Wahnsinns, und mittlerweile hatte sie zu allem Übel auch noch Fieber. Wenn sie sich jemals in ihrem Leben verzweifelt gefühlt hatte, so war das ganz sicher nichts im Vergleich zu dem, was sie gerade durchlebte.

Immerhin hatte sie ein Dach über dem Kopf. Julia hatte sich dieses Liebesnest für die heimlichen Stunden mit ihrem Geliebten, einem ebenfalls verheirateten italienischen Restaurantbesitzer, vor etwas mehr als einem Jahr zugelegt, und Beate war über alle Maßen froh, dass sie nun hier unterschlüpfen konnte.

Die Fahrt nach Kassel war, wie sie es dem distanzlosen Taxifahrer angekündigt hatte, am Hauptbahnhof zu Ende gegangen. Von dort war sie, vor Schmerzen fast weinend, über die gesamte Friedrich-Ebert-Straße bis zum Bebelplatz gegangen. Julia war entsetzt gewesen ob ihres Aussehens und noch entsetzter, als sie erfuhr, was sich seit dem vergangenen Morgen alles ereignet hatte.

Immer wieder im Verlauf des Nachmittags hatte die junge Frau kurz davor gestanden, einfach die 110 zu wählen und der Person am anderen Ende der Leitung zu erzählen, wo sie sich aufhielt und abgeholt werden könnte. Und jedes Mal hatte sie geschaudert bei dem Gedanken, für lange Zeit im Gefängnis zu landen; im Gefängnis zu landen für eine Tat, die sie gar nicht begangen hatte. Während sie etwa eine Stunde vor sich hin döste, war ihr auf einmal durch den Kopf gegangen, dass sie die Mörderin von Thomas sein könnte. Dass sie ihn umgebracht hatte, weil er Bruno das Leben genommen hatte, und dass sie die Tat einfach verdrängt, ganz nach hinten in ihr Gedächtnis geschoben hatte. Doch als sie daraufhin hochschreckte, war ihr klar geworden, dass das nur eine Halluzination war. Zu gern hätte sie sich mit irgendjemandem besprochen, am liebsten natürlich mit Bruno, aber …

Sich der Polizei stellen, wollte sie nicht, aber so, wie es jetzt war, konnte es natürlich auch nicht weitergehen. Nach ihr wurde gesucht. Das war spätestens seit den Nachrichten im Radio klar. Und sie hatte keine Ahnung, wie sie mit der Situation umgehen sollte.

Wenn es jemanden gäbe, den ich fragen könnte?

Aber wer sollte das sein?

In einem Kriminalfilm hatte sie einmal gesehen, dass ein Mann in einer ähnlichen Situation sich der Hilfe eines Rechtsanwalts bedient hatte. Der war in seinem Namen zur Polizei gegangen und hatte so etwas wie Verhandlungen geführt. Aber welchen Anwalt sollte sie fragen, sie kannte gar keinen. Allerdings, da war doch mal der junge Jurist gewesen, der sie damals aus dem Verfahren wegen der blöden Fahrerflucht ziemlich gut herausgehauen hatte. Escheberg, Jan Escheberg. Aber der kannte sich wahrscheinlich nur in Verkehrsrecht aus, und das war gerade nicht ihr Problemgebiet, obwohl ihr Twingo an einem Brückenpfeiler zwischen hier und Fritzlar sein Leben ausgehaucht hatte.

Und bezahlt ist er auch noch nicht gewesen, dachte sie mit einer gehörigen Portion Sarkasmus.

Die junge Frau richtete sich langsam auf, griff nach ihrem neuen Telefon und wollte ins Internet, was ihr jedoch nicht gelang, weil sie das Gerät noch nicht dafür eingerichtet hatte. Etwa zehn Minuten später war das erledigt und sie konnte sich einloggen.

›Jan Escheberg, Rechtsanwalt‹, las sie kurz darauf. ›Spezialisiert auf Verkehrsrecht und Strafrecht.‹

Na, wenn das mal keine glückliche Fügung ist.

Sie klickte die angezeigte Nummer und drückte auf das Wählen-Symbol. Nach dem zweiten Ton wurde abgehoben und die Stimme einer Frau erklang.

»Kanzlei Escheberg, Baruk, guten Tag.«

»Guten Tag. Kann ich bitte mit Herrn Escheberg sprechen?«

»Um welche Angelegenheit handelt es sich denn?«

»Ich war vor ein paar Jahren mal seine Mandantin und bräuchte vielleicht wieder seine Hilfe.«

»Und wie ist Ihr Name?«

Beate überlegte fieberhaft, ob sie der Frau ihren richtigen Namen sagen sollte, aber wenn nicht ihr, wem dann?

»Schreiber. Beate Schreiber«, erklärte sie bestimmt.

»Warten Sie bitte einen Moment, ich stelle Sie zu Herrn Escheberg durch.«

»Jan Escheberg, guten Tag«, kam es nach ein paar

Sekunden, die durch Dudelmusik überbrückt worden waren.

»Hallo, Herr Escheberg, hier spricht Beate Schreiber. Sie werden sich bestimmt nicht an mich erinnern, aber wir hatten schon mal das Vergnügen in einem Fall von Fahrerflucht, die ich begangen hatte.«

»Ach, die Frau Schreiber sind Sie«, platzte es erfreut aus dem Juristen heraus. »Klar erinnere ich mich, es kommt schließlich nicht jeden Tag vor, dass eine Mandantin von mir den VW Phaeton des VW-Werksleiters anbumst.« Er lachte laut auf, was bei Beate zu einer schlagartigen Stimmungsaufhellung führte. »Und, wieder was passiert im Straßenverkehr?«

Sie schluckte. »Nein, diesmal ist es etwas ganz anderes, Herr Escheberg.«

Stille in der Leitung.

»Ja, was denn?«

»Ich werde als Mörderin verdächtigt, aber ich habe wirklich nichts getan, das verspreche ich Ihnen.«

»Als Mörderin? Das klingt, als würden Sie tatsächlich juristischen Beistand benötigen, und zwar sehr fundierten. Sind Sie in Kassel?«

»Ja, ich bin in der Wohnung einer Freundin.«

»Gut.«

Es raschelte im Hintergrund. Offenbar kramte der Anwalt nach einem Blatt Papier.

»Um jeglichem Ungemach aus dem Weg zu gehen, werde ich mich zu Ihnen begeben. Dann erzählen Sie mir alles, und wir werden entscheiden, wie es weitergeht. Sagen Sie mir bitte die Adresse?«

Beate nannte ihm Straße, Hausnummer und den Namen am Klingelschild.

»Gut, mein Navigationsgerät wird wissen, wo das ist. Wir sehen uns spätestens in einer halben Stunde. Und bis dahin bleiben Sie bitte in der Wohnung und sprechen mit keinem Menschen. Und falls, aus welchem Grund auch immer, die Polizei auftauchen sollte, halten Sie es genauso. Sagen Sie einfach, dass Sie meine Mandantin sind, und verlangen Sie, mich zu sprechen. Und äußern Sie sich auf keinen Fall zur Sache, auch wenn Ihnen das von denen geraten wird. Haben Sie das verstanden?«

»Ja.«

»Also, dann bis gleich.«

»Ja, bis gleich. Und vielen Dank, Herr Escheberg. Vielen, vielen Dank.«

Nachdem Beate Schreiber das Gespräch beendet hatte, ließ sie sich erschöpft zurück aufs Bett fallen und starrte eine Weile in die Dunkelheit. Eigentlich hätte sie gern geweint, und es wunderte sie auch, dass sie es nicht tat, aber es wollten einfach keine Tränen mehr aus ihren Augen treten. Es fühlte sich an, als wäre die Zeit zum Weinen abgelaufen. Und zum ersten Mal, seit sie am Tag zuvor von Brunos Haus weggefahren war, keimte so etwas wie Hoffnung in ihr auf.

Und während sie noch immer einen imaginären Punkt an der Decke fixierte, tauchten vor ihrem geistigen Auge Bilder von dem Abend mit Bruno bei dem Italiener auf. Wie er sich ihr in seiner entwaffnenden Art offenbart hatte. Wie sie gleichzeitig begeistert und verängstigt davon war. Und, wie sie sich auf ein neues Leben, ein Leben mit Bruno, gefreut hatte.

Und nun war er tot.

Wieder wunderte sie sich, dass keine Tränen kamen, aber ein wenig erklärte sie sich das auch mit den Verletzungen in ihrem Gesicht. Vielleicht war dadurch etwas mit dem Stoffwechsel oder der Psyche oder sonst was durcheinandergekommen.

Kurz darauf war sie ein wenig eingenickt. Im Halbschlaf war Bruno noch immer greifbar. Es war, als würde sie von ihm träumen und dabei genau wissen, dass er nicht mehr lebte und dass alle Träume mit ihm Makulatur waren. Dann schlief sie tatsächlich für ein paar Minuten ein und schreckte erst wieder hoch, als es an der Tür klingelte. Weil sie keinerlei Zeitgefühl hatte, griff sie zu ihrem Telefon und sah nach, wie lang es her war, dass sie mit Escheberg telefoniert hatte.

Elf Minuten. Das kann er unmöglich sein.

Vorsichtig ließ sie das rechte Bein über die Bettkante gleiten, schob das linke nach und erhob sich schwankend. Dann trat sie auf den kurzen Flur, ging langsam in Richtung Tür, näherte sich unsicher dem Spion und lugte nach draußen. Dort jedoch war es stockdunkel. Sie trat zurück, schaute ein weiteres Mal durch den Spion und wäre fast nach hinten umgekippt, als es laut gegen die Tür hämmerte.

»Polizei, aufmachen«, rief eine Männerstimme.

Beate presste sich mit dem Rücken gegen die Wand hinter ihr und wagte kaum, zu atmen.

Wieder ein lautes Pochen.

»Öffnen Sie die Tür, Frau Schreiber, wir wissen, dass Sie in der Wohnung sind. Ersparen Sie sich und uns weitere Unannehmlichkeiten und kommen Sie mit uns aufs Revier. Wir haben nur ein paar Fragen an Sie.«

In Beates Kopf schlugen die Gedanken ein wie Blitze. Sie dachte an Eschebergs Aufforderung, mit niemandem zu sprechen, bevor er …

Erneut schlug der Mann krachend gegen die Tür, was in ihrem Kopf wie die Explosion einer Bombe klang.

Sie war versucht, zur Klinke zu greifen und einfach die Tür zu öffnen, doch noch während sie diesen Gedanken aus ihrem Kopf zu verbannen versuchte, wurde er von einem anderen überlagert.

Woher können die eigentlich wissen, wo ich bin?

Außer Julia gab es niemanden, der ihren Aufenthaltsort kannte, und die würde garantiert dichthalten, selbst wenn man sie foltern würde.

Jan Escheberg.

Nein, das konnte unmöglich sein. Das war ein Anwalt, der durfte sie bestimmt schon rein rechtlich gar nicht verraten.

Das Pochen wurde immer fordernder.

Beate hätte am liebsten laut geschrien, dass die Männer vor der Tür sich gefälligst gedulden sollen, weil ihr Anwalt gleich ankommen würde, doch sie schwieg weiterhin mit stockendem Atem.

Nun wurde draußen gemurmelt und kurz darauf drangen metallische Geräusche an ihr Ohr. Jemand machte sich offenbar am Schloss zu schaffen.

Panisch erinnerte sie sich, dass sie eine Sicherheitskette neben der Tür gesehen hatte, als sie in die Wohnung gekommen war. Mit zitternden Fingern griff sie dorthin, wo sie das kurze Gliederband vermutete. Es knackte viel zu laut, als Beate die Kette zu fassen bekam und aus der Halterung riss, woraufhin die Metallgeräusche an der Tür verstummten.

»Los, machen Sie auf, Frau Schreiber. Das hat doch alles keinen Sinn, was Sie da machen. Wenn Sie nicht unverzüglich öffnen, werden wir die Tür aufbrechen.«

Nun konnte Beate durch den kleinen Spion in der Tür sehen, dass draußen auf dem Flur die Beleuchtung eingeschaltet wurde. Sofort raffte sie sich auf und brachte ihr rechtes Auge in Position.

Direkt vor der Tür standen zwei Männer in Lederjacken. Einer der beiden trug eine blaue Baseballkappe, der zweite war deutlich größer und hatte schütteres Haar.

»Was machen Sie denn hier für einen Lärm?«, hörte Beate wie durch Watte eine vermutlich ältere Frau fragen.

Die beiden Männer drehten sich in ihre Richtung und sahen sie ernst an.

»Das ist eine Polizeiaktion. Wir sind von der Polizei, behindern Sie bitte nicht unsere Arbeit.«

Ich kenne zwar nicht viele Polizisten, dachte Beate, *aber ihr beiden seht für mich nicht wie echte Polizisten aus.*

»Aber die Frau, die da wohnt, ist doch gar nicht zu Hause. Was hämmern Sie also so an der Tür herum?«

»Woher wollen Sie denn wissen, dass sie nicht zu Hause ist?«

»Weil ich bei ihr die Blumen gieße und sie mir immer genau erzählt, wann sie da ist und wann nicht. Und im Augenblick ist sie ganz sicher nicht hier.«

»Es geht ja auch gar nicht um die Wohnungseigentümerin. Wir sind auf der Suche nach einer anderen Frau und ganz sicher, dass sie sich hier aufhält. Wir haben außerdem schon Geräusche von drinnen gehört, also gehen Sie jetzt zurück in Ihre Wohnung und lassen uns bitte unseren Job machen.«

Die beiden warfen, soweit Beate das beurteilen konnte, der Frau noch ein paar böse Blicke zu, was schließlich zum Erfolg verhalf. Sie ging zurück in ihre Wohnung.

Sofort drehten sich beide um. Der Größere blickte auf, hob seinen Arm und streckte seine Hand so weit nach vorn, dass Beate nichts mehr durch den Spion erkennen konnte. Dann wieder metallische Geräusche vom Schloss her.

»Ich weiß, wer Sie in Wirklichkeit sind«, schrie Beate plötzlich in die Dunkelheit ihrer Flurseite, ohne auch nur im Ansatz zu wissen, warum sie es tat. »Ich habe Sie gestern Abend erkannt, als Sie mich von der Straße gedrängt haben.«

Die kratzenden Geräusche am Schloss verstummten, draußen wurde wieder etwas gemurmelt, bevor die Hölle über die junge Frau hereinbrach.

21

»Nadja und Bianca Simunic, hier ist es«, wies Lenz seinen Kollegen auf eines der vielen Klingelschilder im Eingang des Wohnblocks im Kasseler Stadtteil Waldau hin. Der Leiter der Mordkommission drückte auf die Klingel und wartete, während Hain sich Schnee von den Hosenbeinen klopfte.

»Ja, bitte«, kam es krächzend aus dem Lautsprecher.

Lenz trug sein Anliegen vor.

»Ja, meine Mutter ist zu Hause. Sie hat sich zwar vorhin hingelegt, aber das macht nichts, weil sie sowieso schon längst aufgestanden sein wollte. Kommen Sie hoch in den sechsten Stock, aber nehmen Sie nicht den Aufzug, der bleibt bei ungefähr jeder zweiten Fahrt stecken.«

Noch bevor Lenz ein Wort des Dankes erwidern konnte, brach die Verbindung ab und der Türsummer wurde gedrückt. Durch den sechsten Stock waberte ein verführerischer Duft nach frisch gekochtem Essen, der tatsächlich aus der Wohnung kam, auf die sie zusteuerten. In der geöffneten Tür wartete ein etwa 18-jähriges Mädchen.

»Ich bin Bianca Simunic«, antwortete sie, nachdem Lenz sich und seinen Kollegen vorgestellt hatte. »Und meine Mutter ist auch gleich da, sie wirft sich nur noch ein bisschen Wasser ins Gesicht.« Sie machte die Tür frei, ging vor den Kripobeamten her in die Küche und wies auf die um einen Tisch gruppierten Stühle.

»Bitte, setzen Sie sich. Kann ich Ihnen etwas anbieten, einen Tee vielleicht? Ich habe gerade eine Kanne gemacht.«

»Tee wäre topp«, gab Hain freundlich zurück, und auch sein Boss nickte erfreut.

Kurz darauf trat eine etwas verschlafen aussehende, jedoch sehr herzlich wirkende Frau in die Küche und stellte sich als Nadja Simunic vor. Die Tochter reichte jedem eine Tasse und die beiden Polizisten erklärten der Frau die Hintergründe ihres Besuchs. Lenz übernahm den Part, sie über Bruno Rühlemanns Tod, von dem sie noch nichts wusste, und seine eigentliche Rolle bei Everest zu informieren. Danach berichtete sein Kollege ihr vom Besuch der falschen Nadja Simunic im Präsidium, dem Mord an Thomas Pertuleit und dem Verschwinden von Beate Schreiber. Die Frau war zunächst geschockt, dann jedoch schüttelte sie immer wieder ungläubig den Kopf.

»Der Bruno war ein guter Kerl«, teilte sie den Polizisten akzentfrei und mit tiefer Stimme mit, nachdem Hain seine Erläuterungen beendet hatte. »Und es ist für mich kaum vorstellbar, dass er tot ist.« Sie nahm einen Schluck aus der Tasse. »Ich habe auf der Rückfahrt von der Arbeit zwar im Radio gehört, dass es hier in Kassel zwei Tote gegeben hat, aber ich konnte doch nicht ahnen, dass ich beide auch noch kenne.«

»Sie kannten auch den Freund von Frau Schreiber?«

»Ja, natürlich. Ich war sogar ein paarmal bei denen zu Hause, aber warm geworden bin ich mit Thomas nie. Das ist … war ein ganz komischer Typ, so einer, den ich längst hochkant zur Tür hinausgeworfen hätte.«

»So wie Papa«, steuerte Bianca von der anderen Tischseite ohne jeglichen Vorwurf oder Häme bei.

»Ja, wie dein Vater. Der ist auch so ein Kaliber, das man besser von hinten sieht als von vorn, und bei dem man sich leider irgendwann fragen muss, was um alles in der Welt man an dem mal gefunden hat.«

»Können Sie Ihr Bild von Herrn Pertuleit ein wenig präzisieren?«

»Natürlich, gern. Er hat keine Achtung vor Beate gehabt, nicht ein bisschen. Er hat immer das gemacht, wonach ihm der Sinn gestanden hat, aber wenn Beate und ich mal einen Abend miteinander verbringen wollten, ist er total ausgerastet und hat sie verdächtigt, sich mit einem anderen treffen zu wollen, was wirklich Quatsch gewesen ist. Beate ist eine viel zu treue Seele, wenn Sie mich fragen, und das habe ich ihr auch mindestens tausend Mal gesagt, aber sie hatte einfach Angst vor dem Typen. Und die war auf jeden Fall berechtigt, weil ihm schon das eine oder andere Mal die Hand ausgerutscht ist.«

Sie stellte ihre Tasse vor sich ab und schüttelte dabei den Kopf.

»Nein, das nehme ich zurück, das stimmt so nicht. Ihm ist nicht die Hand ausgerutscht, das so zu nennen, verharmlost es auf eine Art, die mir nicht gefällt. Hand-Ausrutschen, das klingt, als wäre es ein liebevoller Klaps auf den Hintern, aber das stimmt einfach nicht. Wenn ich es richtig ausdrücken wollte, dann müsste ich sagen, dass Thomas Beate geschlagen hat, und das mehr als ein Mal.«

»Hat sie Ihnen das erzählt?«

»Das auch, ja, aber zwei oder drei Mal musste man gar nicht darüber sprechen, da hat ein einfacher Blick in ihr Gesicht völlig ausgereicht.«

Sie sah nacheinander den Polizisten direkt in die Augen.

»Jeder Mensch hat das Recht auf körperliche Unversehrtheit, was natürlich auch für Thomas gegolten hat. Aber es hat auch für Beate gegolten, und darüber hat er sich überaus großzügig hinweggesetzt.«

Wieder ein durchdringender Blick.

»Und ob Ihnen das jetzt gefällt oder nicht, aber sein Tod geht mir wirklich nicht nah. Ich mache mir ernsthafte Sorgen um Beate, das ja, aber nicht um Thomas, das war kein guter Mensch.«

»Warum machen Sie sich um Frau Schreiber Sorgen?«

»Weil das alles für ein Sensibelchen wie Beate bestimmt ganz schwer auszuhalten ist, und sie außerdem garantiert nicht weiß, wo sie jetzt hin soll.«

Lenz legte die Stirn in Falten und erwiderte dabei den Blick der Frau.

»Wir ermitteln, wie das von uns erwartet wird, natürlich in alle Richtungen, und da ist es selbstverständlich, dass wir auch eine eventuelle Tatbeteiligung von Frau Schreiber ins Auge fassen müssen.«

Nadja Simunic lachte laut auf. »Kennen Sie Beate?«

»Nein.«

»Sehen Sie. Wenn Sie sie kennen würden, käme so eine Aussage über sie auf keinen Fall infrage. Beate würde lieber selber sterben, als jemandem auch nur ein Haar zu krümmen.«

Der Hauptkommissar nickte. »Wir werden Ihre Anmerkung bei unseren weiteren Ermittlungen im Hinterkopf behalten.«

»Und jetzt«, kramte Hain einen Zettel aus seiner Jackentasche, »möchte ich Ihnen gern ein Bild zeigen, Frau Simunic.« Er faltete das DIN-A4-Blatt auseinander und legte es vor der Frau auf den Tisch. »Kennen Sie diese Frau?«

Sie beugte sich nach vorn und betrachtete eingehend das Bild. »An irgendwen erinnert mich die Frau, aber das könnte auch eine Schauspielerin in einem Film gewesen sein.«

»Bei Everest haben Sie sie aber noch nicht gesehen?«

Nadja Simunic stöhnte auf. »Bei Everest laufen so viele Leute herum, die dazu auch noch fast im Monatsrhythmus wechseln. Nein, in diesem Zusammenhang kann ich mich wirklich nicht an sie erinnern.«

Wieder traf der forschende Blick der Frau die Polizisten.

»Aber ich stelle mir schon die Frage, was um alles in der Welt jemanden dazu bringt, sich als eine andere Person auszugeben, noch dazu mitten in einem Polizeipräsidium? Und da will ich jetzt mal gar nicht davon sprechen, dass diese Frau *mich* in etwas hineingezogen hat, in das ich ganz sicher nicht hineingehöre.«

Hain schüttelte den Kopf. »Dass Sie die Frau nicht kennen, heißt noch lange nicht, dass *Sie ihr* unbekannt sind. Die hat ihre Rolle perfekt gespielt und hatte jede Menge Hintergrundinformationen. Da war nichts improvisiert, davon bin ich fest überzeugt.«

»Wusste sie auch, dass Bruno gar kein echter Picker, sondern ein Journalist war?«

»Das hat sie zumindest uns gegenüber verlauten lassen, ja.«

»Was dann aber nichts Gutes zu bedeuten hat, oder?«

Die beiden Polizisten schwiegen.

»Na ja, die Frage könnte ich mir eigentlich auch selbst beantwortet haben«, setzte sie leise und dabei herzhaft gähnend hinzu.

»Müde?«, wollte Lenz wissen.

Nadja Simunic lachte laut auf. »Müde, das bin ich, ja. So ein Arbeitstag bei Everest geht nicht spurlos an einem vorbei, das können Sie mir wohl glauben. Aber im Augenblick ist es wirklich schlimm, weil wir total unterbesetzt sind.«

»Ach komm, Mama«, mischte sich ihre Tochter ein, »du siehst auch nicht besser aus, wenn in der Abteilung alle Stellen besetzt sind. Und über die Weihnachtszeit wollen wir mal besser gar nicht reden.«

»Was geschieht denn zu Weihnachten?«, wollte Hain wissen.

»In der Vorweihnachtszeit macht meine Mutter Überstunden wie eine Weltmeisterin. Und freie Tage sind eigentlich komplett gestrichen.« Sie wandte sich direkt an ihre Mutter. »Komm, erzähl den beiden doch mal, wie scheiße du dich gefühlt hast zwischen den Jahren. Wie du kaum noch kriechen konntest, weil dir die Knochen so wehgetan haben.«

Nadja Simunic nickte. »Ich bin nun mal die Königin im Verdrängen, Bianca, das weißt du, aber du weißt auch, dass es uns ohne meinen Job bei Everest deutlich schlechter gehen würde.« Sie atmete schwer ein und wieder aus. »Klar würde ich liebend gern wieder als Buchhändlerin arbeiten, aber mit arbeitslosen Buchhändlern kannst du hier in der Gegend die Straßen pflastern.«

»Sie sind Buchhändlerin?«

»Keine ausgebildete, aber ich habe 16 Jahre in einer Buchhandlung gearbeitet und bin mir sicher, dass ich einer Buchhändlerin mit Abschluss qualitativ nicht groß nachstehe.«

»Und Sie haben Ihren Job verloren?«

»Ja, natürlich.«

Die Züge der Frau wurden traurig. »Es ist die klassische Geschichte. Seit einigen Jahren verschiebt sich auch wegen Everest immer mehr Umsatz in den Online-Markt. Und das hat wiederum dafür gesorgt, dass die großen Filialisten unserer Branche mit immer größeren Läden in die Innenstädte zogen. Dass das ein Fehler war, haben sie längst schmerzlich erfahren müssen. Aber das nützt dem klassischen Buchhandel, der dutzendweise verdrängt wurde, jetzt rein gar nichts mehr. Diese Läden wurden geschlossen und sie werden wohl nie mehr wieder öffnen.«

»Und dann sind Sie ausgerechnet bei Everest gelandet, denen Sie praktisch den Verlust Ihres Jobs zu verdanken hatten?«, wollte Thilo Hain erstaunt wissen.

»Ich habe mich lange gewehrt, aber irgendwann habe ich einfach aufgegeben und mich beworben, wie die Arbeitsagentur es von mir verlangt hat. Es hat gerade mal drei Tage gedauert, dann hatte ich dort einen Job.« Sie lachte sarkastisch. »Man könnte glatt sagen, dass ich wieder mit Büchern handle, aber leider ist es einfach nicht so.«

»Was genau machen Sie dort?«

»Im Moment bin ich Packerin, aber die meiste Zeit habe ich als Pickerin zugebracht.«

»Worin liegt genau der Unterschied?«

»Die Packerin«, mischte Bianca sich erneut ein, »kommt mit krummem Rücken und völlig zerschundenen Händen von der Arbeit nach Hause, wohingegen die Pickerin nicht mehr laufen kann wegen ihrer müden Beine, aber den krummen Rücken hat sie immerhin auch.«

»Bianca!«

»Herrgott, ist doch wahr.«

»Ich kann auch wieder zum Arbeitsamt gehen, dann müssen wir allerdings zurück zu den Margarinebroten und in Zukunft wieder auf Kino und solche, auch von dir gern genommen Extras, verzichten.«

»Das ist unfair, Mama.«

»Ach, das ist jetzt also unfair?«

»Wenn ich es richtig verstanden habe«, mischte sich

Lenz ein, der damit ein wenig die Wogen zu glätten versuchte, »dann bringt die Pickerin der Packerin die Waren, die in den Versand gehen?«

»Ach, wenn es doch so einfach wäre«, meinte Nadja Simunic mit resignierter Stimme. »Ein Picker läuft mit einem Scanner in der Hand herum und sammelt die Aufträge, also die einzelnen Bestellungen, ein, legt sie in seinem Rollwagen ab und macht sich dann auf den Weg zum nächsten Pick. Gemeinerweise sagt ihm das Display des Geräts in seiner Hand sekundengenau, wie viel Zeit er dafür brauchen darf, weil der Computer das schon für ihn ausgerechnet hat. Mal sind es acht Sekunden, wenn man in den vierten Stock hochmuss auch mal 44, aber trödeln darf man in keinem Fall, sonst gibt es einen Anschiss vom Vorgesetzten. Manchmal war ich am Ende einer Acht-Stunden-Schicht 19 Kilometer gelaufen, das meiste davon mit irgendwas in der Hand, manchmal natürlich auch mit etwas Schwerem. Und Bianca hat schon recht, das macht einen auf die Dauer echt fertig.«

Sie trank einen Schluck Tee, bevor sie ihren für Lenz und Hain überaus interessanten Vortrag fortsetzte.

»Der Packer hat die Aufgabe, die einzelnen Positionen einer Bestellung in den passenden Karton zu legen und ihn zu verschließen. Weil erstens meistens keine Handschuhe da sind und zweitens die Kanten der Kartons sehr scharf sind, kommt man oft mit ziemlich zerschundenen Händen von der Arbeit nach Hause. Und wenn man dann noch weiß, dass es für jeden Ausfall wegen Krankheit Minuspunkte gibt, weil kranke Mitarbeiter ja den Ertrag schmälern, und weil man Krankheit irgendwie als …«

Sie zögerte.

»Na ja, ich glaube sagen zu können, dass man bei Everest Krankheit wirklich als Pflichtverletzung ansieht. Wenn du dich krankmeldest, und geht es dir auch noch so dreckig, verletzt du deine Pflichten Everest gegenüber.«

»Aber das ist doch überhaupt nicht mit dem deutschem Arbeitsrecht vereinbar«, empörte sich Hain.

»Das sage ich ja auch immer«, stimmte Bianca zu, »aber meiner Mutter ist da wirklich nicht zu helfen.«

»Klar ist bei Everest vieles nicht mit deutschem Arbeitsrecht vereinbar, aber wenn ich mich beschwere, bin ich morgen raus. Und das kann ich mir nicht leisten und will ich einfach nicht riskieren.«

»Die haben«, nahm Bianca Simunic den Faden nach einer kurzen Pause wieder auf, »einen Kollegen von Mama mal gekündigt, nur weil er eine Woche krank gewesen ist. Das muss man sich mal vorstellen.«

»Das stimmt doch so gar nicht, Bianca. Hör bitte auf, solche Sachen in die Welt zu setzen.«

»Wie war es denn wirklich?«, wollte Lenz wissen.

»Mein Kollege wurde tatsächlich entlassen, nachdem er eine Woche krank gewesen ist, aber er hat sich auch noch andere Sachen zuschulden kommen lassen.«

»Was denn?«

»Zum Beispiel hat er während der Arbeitszeit mit einer Kollegin geredet, und das wird nun mal nicht so gern gesehen. Und er hat zweimal einfach nur rumgestanden, was auch ziemlich verpönt ist, zumal der Vorgesetzte in den Aufzeichnungen des Scanners immer genau sehen kann, ob man in Bewegung ist oder nicht.«

Hain schüttelte den Kopf. »Sie dürfen nicht mit Kollegen sprechen?«

»Während der Arbeitszeit nicht, nein.«

»Und wenn Sie einfach mal stehen bleiben, um sich einen Moment zu erholen, dann kriegen Sie gleich einen Anschiss?«

»So könnte man es nennen, ja.«

»Und wenn Mama zur Pause gehen will, muss sie vorher durch eine Sicherheitsschleuse, wo natürlich immer total viele Leute anstehen, und so bleibt ihr von einer halben Stunde Pause, die sie pro Tag eigentlich hätte, nicht mal die Hälfte übrig.«

Das Mädchen sah seine Mutter angriffslustig an.

»Stimmt doch, Mama, oder?«

»Ja, schon, aber das ist ja auch nicht immer so. Manchmal kann ich ganz entspannt zur Pause gehen und muss nicht an der Schranke warten. Aber meistens esse ich sowieso nur ein schnelles Brötchen im Stehen, das reicht schon.«

»Vielleicht hängt es ja auch damit zusammen, dass du auf den Gong warten musst, der dir das Entfernen vom Arbeitsplatz erlaubt, und dass du schon wieder dort stehen musst, wenn der Gong die Sklaven zum Arbeitsbeginn treibt, oder?«

Nadja Simunic hob den Kopf und bedachte ihre Tochter mit einem Blick, den die sofort verstand.

»Alles klar, ich bin ja schon ruhig.«

»Bianca«, wandte die Everest-Mitarbeiterin sich wieder an die Polizisten, »will um jeden Preis die Welt verändern und am liebsten zum Guten. Und da kommt ihr ein Unternehmen wie Everest natürlich gerade recht. Aber es ist nun mal nicht alles schwarz oder weiß, das wird sie im Lauf ihres Lebens sicher noch einsehen müssen.«

Sie unterdrückte mit vor den Mund gehaltener Hand ein Gähnen.

»Aber Sie sind ja eigentlich nicht gekommen, um sich die Tiraden meiner Tochter oder mein Everest-Leid anzuhören.«

»Ach, das macht wirklich gar nichts«, beruhigte Lenz die Frau. »Wenn man als Außenstehender durch einen Mitarbeiter mal ein wenig Einblick bekommt, schadet das ganz sicher nicht.« Der Hauptkommissar massierte sich ein wenig die kalten Finger.

»Wie lang sind Sie eigentlich schon bei Everest?«, wollte Thilo Hain wissen.

»Im Mai werden es vier Jahre. Ich gehöre wohl schon zu den Dinosauriern, was die Betriebszugehörigkeit angeht.«

»Dann wissen Sie wahrscheinlich mehr über Everest als viele Ihrer Kollegen?«

»Wie meinen Sie das?«

»Na ja, Sie haben schon mehrere Abteilungen durchlaufen, waren Packerin und Pickerin und vermutlich haben Sie viele Menschen kommen und gehen sehen.«

»Das kann man so sagen, ja.«

»Haben Sie schon einmal etwas von einer Abteilung gehört, die White Operations genannt wird?«

Nadja Simunic hob den Kopf und sah den Polizisten fragend an. »Wie soll das heißen?«

»White Operations.«

Sie dachte angestrengt nach. »Wir haben jede Menge englische oder amerikanische Bezeichnungen für alles und jedes, aber eine Abteilung White Operations kenne ich wirklich nicht. Was genau sollen die denn machen?«

»Das wissen wir noch nicht und haben gehofft, Sie könnten uns ein wenig weiterhelfen.«

Die Everest-Mitarbeiterin schüttelte den Kopf.

»Nein, da muss ich Sie leider enttäuschen.«

»Macht nichts. Ihre Informationen waren trotzdem sehr wichtig für uns.«

»Wenn Sie das sagen.«

»Ja. Und jetzt lassen wir Sie allein und hoffen, dass Ihr Abendessen so gut schmeckt, wie es riecht.«

»Davon können Sie auf jeden Fall ausgehen«, teilte Bianca ihm überzeugt mit. »Das habe ich gekocht, und was ich koche, schmeckt immer. Oder, Mama?«

»Absolut, ja.«

Lenz und Hain standen auf, reichten den Frauen die Hand, bedankten sich noch einmal und verließen die Wohnung.

»Vielleicht werde ich mal mit Carla sprechen, ob wir in Zukunft wieder mehr den stationären Handel unterstützen«, meinte Thilo, als sie vor dem Haus angekommen waren. »Was die Frau erzählt hat, treibt einem ja die Tränen in die Augen.«

Lenz sah seinen Freund und Kollegen resigniert an und zog dabei die Schultern hoch. »Meinst du nicht, dass der Versuch, ein besserer Mensch zu werden, ein bisschen spät kommt?«

»Auf gar keinen Fall, du alter Grantler. Besser heute damit anfangen als nächstes Jahr oder am Ende vielleicht nie. Sei ruhig pessimistisch, aber jede Veränderung braucht einen Anfang. Und den werde ich machen, und ich werde sogar meine Frau davon überzeugen, mitzumachen. Wenn ich der erzähle, unter welchen Bedingungen die Everest-Mitarbeiter malochen müssen, steht die garantiert direkt neben mir. Argumentativ, meine ich. Also bildlich gesprochen.«

»Bildlich gesprochen?«

Hain holte tief Luft, gerade so, als würde sein Manifest zum Everest-Boykott noch ein wenig weiter gehen, blies es jedoch ab und deutete auf den Mazda.

»Lass uns Feierabend machen, Paul. Ich bin fest davon überzeugt, dass mein Bedarf an Arbeit, Drama und Tragik für heute gedeckt ist.«

»Wenn das mal kein Motto für den Rest des Tages ist«, erwiderte Lenz, schob den Kragen seiner Jacke hoch und hielt auf den kleinen Japaner zu.

22

In Beate Schreibers Kopf dröhnten die Schläge und Tritte der beiden Männer gegen die Tür wie Kanonenschüsse, obwohl sie sich mit den Händen die Ohren zuhielt. Sie stand etwa zwei Meter vom Eingang entfernt im noch immer völlig dunklen Flur und konnte vor Anspannung kaum Luft holen. Seit sie den beiden Männern vor der Tür ihren Bluff entgegengeschleudert hatte, wüteten sie noch mehr und setzten alles daran, in die Wohnung einzudringen. Es kam Beate wie ein Wunder vor, dass es ihnen noch nicht gelungen war. Sie trat ein paar Schritte nach vorn, bewegte die Hände vom Kopf weg und berührte zitternd das kalte, sich wieder und wieder unter der Gewalt der Männer biegende und ächzende Holz. Dann wurde es für einen Moment totenstill. Sofort kam bei ihr die Hoffnung auf, sie könnten von ihrem Vorhaben abgekommen sein. Doch dieser Lichtblick währte nur sehr kurz, denn einer oder sogar beide hatten lediglich Anlauf genommen, um sich gegen die Tür zu werfen.

Holz splitterte.

Beate riss die Hände zurück und fiel mit einem lauten Schrei in den Flur. Noch bevor sie sich wieder hochgerappelt hatte, ertönte ein weiterer dumpfer Schlag. Nun hatte die Tür dem brachialen Druck der beiden Männer nichts mehr entgegenzusetzen. Es gab einen letzten Knall, und der komplette Eingang mitsamt ein paar Teilen der Zarge flogen an der erneut entsetzt aufschreienden Beate in den Flur. Schlagartig wurde es hell, und sie erkannte einen Mann im Eingang, der sich seine offensichtlich schmerzende Schulter rieb.

Beate Schreiber erwartete einen sofortigen Angriff, doch es geschah nichts. Sie hob zitternd den Kopf und erkannte, dass sich ein dritter Mann zu den beiden gesellt hatte, der wie ein Irrer auf sie einschrie und dabei leidenschaftlich gestikulierte. Dann trat einer der Angreifer nach vorn und wollte dem neu hinzugekommenen einen Schlag versetzen, doch dieser duckte sich geschickt weg und wich auch dem nächsten Hieb gekonnt aus. Dann ging er seinerseits zum Angriff über und deckte den ersten mit ein paar gezielten Schlägen ein, doch der andere, der bisher passiv in der nicht mehr vorhandenen Tür gestanden hatte, mischte sich nun in den Kampf ein und schickte ein paar Tritte in Richtung des dritten Manns.

Dann jedoch, wie auf Kommando, ließen die beiden die Arme sinken, umkurvten den verdutzt dreinschauenden Gegner und verschwanden aus Beates Sichtfeld.

Das ist doch … Jan Escheberg!

»Frau Schreiber«, kam es wie durch Watte bei ihr an. »Hallo, Frau Schreiber, können Sie mich hören?« Der Rechtsanwalt war über die Reste der Tür zu ihr getreten und beugte sich zu ihr hinunter.

Sie nickte wie in Trance, hob die Arme und wollte sich von ihm hochhelfen lassen, doch eine schlagartig einsetzende Ohnmacht durchkreuzte diesen Plan für ein paar Sekunden.

»…allo. Aufwachen.«

Sie bemerkte, dass jemand ihr unter den Po und unter die Schultern griff und sie hochhob.

»Nein, es geht schon«, murmelte sie.

»Na, da bin ich mir aber ganz und gar nicht sicher, dass das geht«, erwiderte eine Männerstimme. »Wir wollen doch nicht, dass …«

Die Stimme brach ab und wurde von einer weiblichen ersetzt.

»Hallo, soll ich die Polizei rufen? Die haben ja hier gehaust wie die Vandalen.«

Beate glaubte, die Stimme der Frau, die vorhin auf dem Flur mit den beiden Männern gesprochen hatte, zu erkennen.

»Nein, vielen Dank, das habe ich schon erledigt. Am besten gehen Sie wieder in Ihre Wohnung, aber halten Sie sich zur Verfügung, die Polizisten wollen Sie sicher als Zeugin befragen.«

»Das mache ich, gern sogar. Diese beiden Strolche, ich

weiß gar nicht, was ich dazu sagen soll. Wenn ich Ihnen nicht helfen kann mit der Frau, gehe ich wieder rüber und warte, bis ich gerufen werde.«

»Sehr gut, vielen Dank.«

Beate öffnete die Augen und sah Jan Escheberg ins Gesicht.

»Hallo, guten Abend. Sie können mich jetzt runterlassen, ich kann bestimmt wieder laufen.«

»Das sah eben aber ganz und gar nicht so aus, Frau Schreiber. Und wenn Sie mich fragen, sollten Sie jetzt in aller Schnelle ein paar Sachen einpacken und mit mir zusammen von hier verschwinden. Mein Trick mit der selbst gerufenen Polizei wird sicher nicht lang unentdeckt bleiben, und solang ich nicht weiß, was hier eigentlich los ist, will ich Sie ungern in den Händen der Staatsmacht wissen.«

Sie sah ihn mit großen Augen an.

»Lassen Sie uns von hier abhauen, bitte. Wir können uns um alles kümmern, aber nicht jetzt. Jetzt müssen wir sehen, dass wir hier schleunigst das Weite suchen.«

»Ja, da haben Sie vermutlich recht. Aber was ist mit den beiden Kerlen, die versucht haben, hier reinzukommen?«

»Die hatten offenbar noch weniger Lust auf die Polizei als Sie, so sah ihr überstürztes Verschwinden zumindest aus. Aber das soll jetzt nicht unsere Sorge sein. Kann ich Sie wirklich runterlassen?«

Ein kurzes Nicken, dann stand Beate wieder auf ihren eigenen Füßen.

»Und jetzt die Sachen gepackt und raus hier.«

Keine zwei Minuten nach diesem Satz saßen die beiden in Jan Eschebergs Wagen und rollten vom Parkplatz vor dem Haus auf die Straße. Die junge Frau hatte ihre Handtasche auf dem Schoß, sah den Juristen ein wenig abwesend an und schüttelte dabei den Kopf.

»Das mit den beiden, das haben Sie wirklich gut gemacht«, meinte sie leise. »Ich hätte nicht gedacht, dass ein Rechtsanwalt es mit zwei Gangstern von deren Kaliber aufnehmen könnte.«

»Na, so schwere Jungs waren das vielleicht gar nicht. Kannten Sie sie?«

»Nein. Aber vielleicht ja doch, ich weiß es nicht so genau.«

»Egal, das besprechen wir alles später.« Er beugte sich nach vorn und wollte auf eine Taste in der Mittelkonsole drücken, überlegte es sich jedoch anders und zog den Arm zurück. »Nach dem, was ich gerade da oben erlebt habe, würde ich Sie gern erst mal in einem Hotel unterbringen, zumindest für diese Nacht. Ich habe gute Kontakte zu einer wirklich guten Herberge, würde dort ein Zimmer auf den Namen meiner Kanzleimitarbeiterin nehmen und Sie dann einfach ausschlafen lassen. Sie sehen nämlich aus, als könnten Sie eine Dusche und eine Nacht ohne Störungen wirklich gut gebrauchen. Wäre das für Sie in Ordnung?«

»Sehr gern, ja.«

Sein Arm fuhr wieder nach vorn und bediente nun die Taste, mit der er die Heizung auf volle Leistung herauf regelte.

»Dann werden wir es so machen. Und morgen früh komme ich zu Ihnen und dann sehen wir weiter. Wenn ich richtig liege, dürften wir eine ganze Menge zu besprechen haben, bevor wir wissen, wie wir weiter vorgehen werden.«

Escheberg rief das Hotel an, ließ sich mit dem Manager verbinden, bestellte telefonisch das Zimmer und beendete das Gespräch nach ein paar wirklich ernst gemeinten Worten des Danks.

»Es ist aber auch kein Problem für mich, das mit dem Gespräch gleich zu machen«, ließ Beate ihn matt wissen.

»Das, liebe Frau Schreiber, glaube ich Ihnen jetzt mal einfach nicht. Wenn ich mir Ihr Gesicht so anschaue, dann könnte ich glatt zu dem Schluss kommen, dass Sie in eine richtig deftige Rauferei verwickelt gewesen sein könnten. Und Ihre nicht zu überhörende Erkältung dürfte auch nicht zu einem ausgeglichenen Allgemeinzustand beitragen.«

Er schüttelte energisch den Kopf.

»Nein, wir machen es bitte so, wie ich es vorgeschlagen habe. Und Sie können auch sicher sein, dass niemand weiß, wo ich Sie hinbringen werde, weil ich bis zum Hotel genau darauf achten werde, dass uns niemand folgt. Und unter dem Namen meiner guten Frau Baruk wird Sie ganz, ganz sicher niemand im Hotel vermuten.«

»Das ist wirklich lieb von Ihnen.«

»Sehr gern. Natürlich bin ich mehr als gespannt, was Sie mir morgen alles erzählen werden, doch das halte ich auch noch ein paar Stunden aus. Viel wichtiger ist, dass wir Sie gut und unbeschadet durch die Nacht bekommen.«

Der Jurist schaltete wegen des wiedereinsetzenden Schneefalls den Scheibenwischer ein.

»Und wenn Sie darauf bestehen, setze ich Ihnen einen Aufpasser oder Leibwächter vor die Tür.«

Beate dachte eine Weile nach. »Nein, ich denke, dass

ich mich auch so sicher fühle und keinen Leibwächter brauche. Aber vielen Dank für das Angebot.«

*

Am nächsten Morgen wachte Beate um kurz vor sieben auf. Escheberg hatte abends darauf bestanden, in einer Apotheke noch ein Multipräparat gegen Erkältung zu kaufen, weil es, wie er sagte, bei ihm gut wirken würde und er überzeugt sei, dass auch sie damit gut schlafen würde. Und er hatte recht behalten, denn nach einer ausgiebigen Dusche und der Einnahme von 30 Millilitern des grünlich schimmernden Sirups war sie keine Viertelstunde später eingeschlafen und hatte traumlos und ohne jegliche Schwierigkeiten durchgeschlafen. Nun lag sie in dem nach frischer Hotelbettwäsche duftenden Bett und streckte sich, was noch immer mit ziemlichen Schmerzen verbunden war. Unter der Dusche hatte sie am Vorabend zum ersten Mal ihren gesamten Körper untersucht und war auf eine ganze Menge an blauen, gelben und dunkelroten Flecken gestoßen. Über ihrer linken Schulter spannte sich ein breiter und schmerzender, dunkelblauer Streifen bis hinunter zu ihrem Busen, vermutlich vom Sicherheitsgurt verursacht. Und beide Vorderseiten der Oberschenkel waren ebenfalls bunt gemustert und schmerzten schon beim genaueren Hinsehen. Ihr Gesicht und die Kopfhaut spannten ebenfalls, wobei sich auf den offenen Wunden schon dicke Schorfschichten gebildet hatten.

Sie schloss die Augen und holte tief Luft.

Vermutlich wäre sie jetzt nicht mehr am Leben, wenn nicht Jan Escheberg im richtigen und wirklich auch letzten Moment auf die Bildfläche getreten wäre. Dann hätten die beiden Männer sie vermutlich getötet oder zuerst entführt und dann getötet oder irgendwas in die Richtung.

Beate dachte an den Tag, an dem sie mit Bruno verabredet gewesen war. Wie sie sich zu Hause für den Abend fertig gemacht hatte, wie sie, schon ein wenig aufgeregt, zu diesem italienischen Restaurant gefahren war, und wie sie den Abend mit ihm verbracht hatte. Das alles war noch nicht lang her, und doch kam es ihr vor, als läge es unfassbar weit hinter ihr, gerade so, als wäre sie nun in einem anderen Leben angekommen. Ein Leben, das bedroht war und in dem sie sich komplett allein zurechtfinden musste.

Unvermittelt tauchte vor ihrem geistigen Auge Thomas auf. Thomas, mit dem sie so viele Jahre zusammen war und dessen Tod sie so merkwürdig unbeteiligt bleiben ließ.

Vielleicht, weil ich sowieso lieber mit Bruno gelebt hätte?

Sie setzte sich mühsam und stöhnend auf und schüttelte den Kopf.

Nein, das mit Thomas war schon viel zu lang nicht mehr schön gewesen. Da hätte ich eigentlich vor ein paar Jahren die Notbremse ziehen können. Oder müssen.

Sie zuckte zusammen, weil neben ihr auf dem Nachtschränkchen ihr Telefon schrill klingelte. Seit sie es gekauft hatte, war sie noch nicht dazugekommen, den Klingelton zu ändern.

»Ja?«, meldete sie sich vorsichtig, obwohl sie mit Escheberg verabredet hatte, dass der sie um diese Zeit anrufen konnte.

»Na, ausgeschlafen?«

»Ja, und, was viel wichtiger ist, durchgeschlafen.«

»Klasse. Jetzt müssen Sie sich aber aus dem Bett bewegen, weil ich in einer Viertelstunde vor der Tür stehe. Wir haben heute eine Menge zu erledigen.«

»So, was denn?«

»Das besprechen wir ganz sicher nicht am Telefon. Ziehen Sie sich an, ich bin gleich da.«

»Ja, das mache ich.«

Der Jurist klopfte tatsächlich genau 15 Minuten darauf an der Hoteltür. Beate, die sich zwischenzeitlich im Bad fertig gemacht und angezogen hatte, ließ ihn ins Zimmer, bot ihm einen Platz an dem kleinen Schreibtisch an und setzte sich dann ebenfalls. Escheberg stellte seine Tasche ab und kramte eine Kladde daraus hervor.

»So, als erstes müssen wir jetzt ein wenig Buchführung machen. Das lässt sich leider nicht vermeiden.« Er legte ihr ein vorbereitetes, beschriebenes Blatt zur Unterschrift hin. »Es geht hier um die anwaltliche Vollmacht. Die ist für meine Arbeit von elementarer Bedeutung. Einfach kurz durchlesen und unterschreiben.«

»Das haben wir beim letzten Mal doch auch machen müssen«, erinnerte Beate sich.

»Stimmt. Aber da waren die erhobenen Vorwürfe doch eher Bagatellen, verglichen mit dem, was jetzt im Raum steht.«

Die junge Frau sah ihn irritiert an. »Wissen Sie schon mehr als gestern Abend?«

»Ja. Ich habe einen Freund bei der Polizei, den habe ich heute Morgen in aller Herrgottsfrühe angerufen. Viel konnte er mir nicht erzählen, aber das, was er zu berichten wusste, klingt ungemütlich. Aber lassen Sie sich jetzt bitte nicht schocken, solange keine der im Raum stehenden Vorwürfe bewiesen ist, gelten Sie als unschuldig.«

»Aber es ist richtig, dass die Polizei nach mir fahndet, oder? Im Radio habe ich das gehört.«

Escheberg winkte ab. »Das entspricht den Tatsachen, ja. Aber ich brauche jetzt erst einmal alles chronologisch und will wissen, in welchem Verhältnis Sie zu einem gewissen Bruno Rühlemann standen. Im Zusammenhang mit dessen Tod wird nämlich auch nach Ihnen gesucht.«

Beate schossen sofort die Tränen in die Augen. »Wegen Bruno?« Sie wischte sich mit einem Papiertaschentuch die feuchten Stellen von den Wangen, holte tief Luft und erzählte dem Juristen all das, was sie in den letzten 48 Stunden erlebt hatte. Sie ließ nicht das kleinste Detail aus. Nach 40 Minuten kam sie zum Ende.

»Und jetzt sitze ich hier in diesem Hotel und hoffe, dass Sie mir aus diesem Schlamassel heraushelfen können.«

»Wow«, entfuhr es Escheberg. »Wenn ich Sie nicht kennen würde, Frau Schreiber, würde ich das soeben Gehörte vermutlich alles ein wenig infrage stellen. Aber weil wir schon einmal miteinander zu tun hatten und ich Sie damals als ehrliche und integre Person kennengelernt habe, und weil ich außerdem gestern Abend Zeuge dieser brutalen Attacke gegen Sie wurde, glaube ich Ihnen jedes einzelne Wort. Und ich bin davon überzeugt, dass diese Erlebnisse für Sie zutiefst belastend gewesen sind und auch jetzt noch sind.«

Beate Schreiber sah den Anwalt mit großen Augen an. »Belastend trifft es schon ganz gut, aber vielleicht doch nicht so ganz hundertprozentig richtig. Ich bin zwei Mal fast umgebracht worden, mein ganzer Körper ist von oben bis unten grün und blau, mein Gesicht bietet einen ziemlich jämmerlichen Eindruck, und die Polizei sucht mich wegen Mordes an meinem Freund und vielleicht auch noch an dem Mann, in den ich mich gerade ziemlich doll verliebt hatte. Ich für meinen Teil würde das eher als *komplett im Arsch* bezeichnen.«

23

Lenz legte den Telefonhörer zur Seite und sah Maria ernst an. »Die Beisetzung ist für Dienstag nächster Woche angesetzt«, erklärte er ihr, griff zu der Kaffeetasse auf dem Tisch und trank einen großen Schluck.

»Das ist aber noch ganz schön lang«, erwiderte Maria erstaunt.

»Ja, aber Uwe wollte gern verbrannt werden, und die Kremierung ist vorher nicht machbar.«

»Ach so. Das wusste ich nicht.« Sie lehnte sich an seine Schulter und strich ihm sanft über den Rücken. »Wie ist das eigentlich bei dir, Paul? Wir haben da, glaube ich, noch nie drüber gesprochen, aber das Thema ausklammern, bis es zu spät ist, sollten wir vielleicht auch nicht.«

»Komisch, dass du das sagst, aber ich habe mir in der letzten Nacht da so meine Gedanken drüber gemacht.

Natürlich hängt das sicher mit Uwes Tod zusammen, aber du hast recht, dass wir dem Thema auf Dauer nicht ausweichen können und das auch nicht sollten.«

»Und, was ist bei deiner nächtlichen Auseinandersetzung mit der Problemstellung Tod herausgekommen?«

»Ich will, wie Uwe, verbrannt werden. Und ich möchte dass die Urne in irgendeinem Wald verbuddelt wird. Da gibt es doch mittlerweile solche Angebote, du hast bestimmt auch schon davon gehört.«

»Klar, so etwas gibt es sogar hier in der Gegend. Und die Idee finde ich ausgesprochen charmant. Wenn es dir nichts ausmachen würde, kann ich mir sogar vorstellen, direkt neben dir *verbuddelt* zu werden.«

»Nein, ganz sicher macht mir das nichts aus.«

»Dann sollten wir uns bei Gelegenheit mal darum kümmern. Wenn ich es richtig im Kopf habe, kauft man sich bei Lebzeiten einen Baumteil und kann dann immer schon mal hinfahren, um sich dort umzuschauen, wo die Ewigkeit auf einen wartet.«

Lenz drehte den Kopf in ihre Richtung und fing an zu grinsen. »Kaum halb acht, und schon philosophisch? So kenne ich dich ja gar nicht.«

»Das sollte nicht philosophisch klingen, wirklich nicht, aber im Angesicht des Todes kann man schon mal die größere sprachliche Keule schwingen. Was meinst du?«

»Eindeutig ja.« Er nahm noch einen Schluck Kaffee, machte sich sanft von ihr frei und stand auf. »Ich muss los, Thilo wartet vermutlich schon auf mich.«

Maria hielt ihren Mann am Hemd fest. »Wollen wir heute Abend etwas gemeinsam unternehmen? Vielleicht Kino oder etwas in der Art?«

»Ganz gern. Ich bin im Augenblick für alles zu haben, was mich vom Leben und vom Tod ablenkt.«

»Dann müsstest du es nur schaffen, zur richtigen Zeit zu Hause zu sein.«

»Was wäre nach deiner Meinung denn die richtige Zeit?«

»Lass mich überlegen. Duschen, umziehen, kurz durch die Maske, dann los. Also später als sieben solltest du hier nicht eintreffen.«

»Muss ich denn unbedingt auch noch durch die Maske?«, stöhnte er gekünstelt auf.

»Auf jeden Fall, sonst drehen sie dir am Ende noch eine Seniorenkarte an im Kino. Und das wäre der totale Super-GAU für dein Ego, wenn du mich fragst.«

»Na, dann frage ich dich halt besser nicht.«

Sie zog ihren Mann zu sich herunter und küsste ihn zärtlich auf den Mund. »Also, halten wir sieben fest?«

Er nickte. »Wenn nichts dazwischenkommt, und das kann, wie du weißt, immer passieren.«

»Da kommt heute nichts dazwischen«, zischte sie mit weit aufgerissenen Augen.

Gut 20 Minuten nach dem Abschied von seiner Frau betrat der Leiter der Mordkommission sein Büro. Nebenan war Thilo Hain an der Tastatur seines Computers beschäftigt. Lenz steckte den Kopf durch die Verbindungstür.

»Moin, Thilo. Alles klar?«

»Ja, bis auf die Tatsache«, erwiderte sein Freund und Kollege, »dass die Sitten hier total beim Teufel sind und anscheinend jeder zum Dienst kommt, wann es ihm Spaß macht.«

»Das trifft ja zum Glück auf mich nicht zu. Ich schiebe eine knappe Million Überstunden vor mir her und müsste, wenn es danach ginge, eigentlich bis zum Beginn der Pension gar nicht mehr hier auflaufen.«

Hain sah auf und lachte laut los. »Der war gut, ehrlich.«

»Danke. Und wo wir gerade bei faulen Polizisten sind. Was treibst du eigentlich schon wieder hier?«

»Ich …« Der junge Oberkommissar setzte sich aufrecht, stoppte sein Lachen und setzte einen ernsten Gesichtsausdruck auf. »Als ich heute Morgen hier reinkam, habe ich allen Ernstes gedacht, ich gehe zuerst mal auf einen Kaffee bei Uwe vorbei, und es hat wirklich eine volle Sekunde gedauert, bis mir klar wurde, dass ich das nie mehr machen werde. Und ob du es glaubst oder nicht, der Gedanke hat mir voll die Tränen in die Augen getrieben.«

»Ging mir fast genauso«, erklärte Lenz. »Bei mir war es auf dem Weg vom Parkplatz zum Haus, aber die Gedanken waren ziemlich gleich.« Er holte tief Luft und gab seinem Kollegen den Termin der Beerdigung weiter.

»Das wird garantiert die größte Trauerfeier seit Menschengedenken«, mutmaßte Hain. »Der Uwe hat so viele Leute gekannt und war mit so vielen befreundet. Und wenn nur jeder zweite Kollege kommt, müssen die auf dem Friedhof vermutlich eine Tribüne aufstellen.«

»Da könntest du recht haben, Thilo. Aber viel lieber wäre es uns allen vermutlich, wenn er weiterhin für guten Kaffee am Morgen und gute Laune für den Rest des Tages sorgen könnte.«

»Wenn wir uns das Datum unseres Abgangs aussuchen könnten, wäre es ziemlich voll auf der Welt, Paul.«

»Da wiederum hast jetzt du …« Hains Computer

unterbrach Lenz und meldete den Eingang einer Nachricht. Der Oberkommissar wandte sich wieder zur Seite und sah auf den Monitor. »Darauf habe ich gewartet, und das hat mich auch schon den ganzen Morgen beschäftigt.« Er deutete auf den von ihm geöffneten Anhang einer Mail, wo das Gesicht der falschen Frau Simunic sichtbar wurde.

»Ich habe doch im letzten Herbst diese Weiterbildung in Wiesbaden gemacht, du erinnerst dich wahrscheinlich.«

»Klar. Ich hatte eine komplette Woche meine Ruhe.«

»Solche Gemeinheiten überhöre ich grundsätzlich. Aber um beim Thema zu bleiben, da war ein Kollege von Europol dabei, mit dem ich an einem Abend essen und danach einen Trinken war. Dieser Kerl, ein echt liebenswerter Holländer mit Namen Kim, hat mir damals seine Karte gegeben und mir erklärt, dass er der Herr über viele, viele Millionen Datensätze in der größten europäischen Datenbank für Menschen ist, die in ihren jeweiligen Herkunftsländern oder auch anderen Ländern der Europäischen Union bei den Ermittlungsbehörden auffällig geworden sind. Und an Kim habe ich letzte Nacht denken müssen, als mir durch den Kopf ging, dass eine unserer wenigen Spuren im Fall Rühlemann/Pertuleit diese falsche Frau Simunic ist. Und dann habe ich ihm vorhin einfach mal das Bild gemailt.«

Er las den Inhalt der Mail, die in Englisch verfasst war.

»Der Abgleich hat ergeben, dass es eine große Übereinstimmung mit einer gewissen Gordana Vucevic gibt.«

Wieder las er einen Absatz.

»Und diese Frau Vucevic lebt nach den Eintragungen in seiner Datenbank in Stuttgart.«

»Immer wieder erstaunlich, was die moderne EDV zu leisten imstande ist, Thilo.«

»Das stimmt. Aber im Hintergrund brauchen wir immer noch Menschen wie mich, die aufgrund ihrer Genialität dafür sorgen, dass die längst vorhandenen Informationen auch in der richtigen Weise miteinander verknüpft werden.«

»Sag mal, geht's vielleicht noch ein bisschen eingebildeter?«

»Ginge schon, braucht's aber nicht, um dich ein bisschen zu ärgern.«

»Schön zu hören. Und jetzt mach mir mal einen Ausdruck des Datensatzes, damit wir parallel arbeiten können.«

»Gut. Du übernimmst die Hotels in Kassel, während ich mich um solche Dinge wie Kreditkartendaten kümmere. Einverstanden?«

»So machen wir es.«

Die nächsten beiden Stunden brachte Lenz mit dem systematischen Abtelefonieren aller Hotels in Kassel zu. Und von einem Anruf zum nächsten schwand seine Hoffnung, die Frau über diese Schiene finden zu können. Zeitgleich beackerte sein Kollege alle legalen, halblegalen und auch weniger seriösen Kanäle, um an so viele Informationen über Gordana Vucevic zu gelangen wie möglich. Es dauerte etwas, bis er überhaupt einen Treffer landen konnte, ein Bankkonto auf ihren Namen bei einer kleinen Privatbank in Baden-Württemberg. Über diese, den zentralen BKA-Computer und eine weitere Anfrage in Den Haag bei Kim, hatte er schließlich die Nummer einer in Kroatien ausgegebenen Kreditkarte erfahren.

»Bingo«, rief er seinem Boss durch die offene Tür zu, doch *Bingo* war damit noch lange nicht erreicht.

Er informierte Lenz über seinen zwischenzeitlichen Erfolg und hörte sich die Klagen seines Vorgesetzten an, dessen Telefonmarathon weitaus weniger Erfolg vorzuweisen hatte.

Es dauerte noch eine weitere Stunde und zwei juristisch eher bedenkliche, aber erfolgreiche Manöver, dann hatte der Oberkommissar eine Übersicht der bis vor zwei Tagen aufgelaufenen Kreditkartenbuchungen.

»Du kannst aufhören«, schrie er nun in den Nebenraum. »Ich habe das Hotel gefunden, in dem die Dame logiert.«

Lenz sprang auf, dehnte sich kurz den krummen Rücken, ging zu Hain und schlug ihm anerkennend auf die Schulter. »Gut gemacht, Thilo. Wirklich gut.«

»Wenn mich jemand fragen sollte, wie ich letztlich an die Daten gekommen bin, würde ich Stein und Bein schwören, dass ich einfach nur geraten habe, aber vermutlich wird es ja ohne diese Rückfragen abgehen.«

»Und wenn nicht, dann lassen wir uns gemeinsam rausschmeißen und gründen eine private Detektei. *Lenz & Hain, private Ermittlungen*, was hältst du davon?«

»Wenn ich wählen kann, dann bleibe ich beim Land Hessen und den üppigen Pensionsbezügen, die irgendwann auf meinem Konto einlaufen. Und auf das Überführen von untreuen Ehemännern oder das Suchen nach vermissten Kötern hatte ich noch nie wirklich Lust.«

»Schöne Ansprache, aber in welchem Etablissement ist die Dame denn nun abgestiegen?«

»Im La Bohème. Dort, wo wir letztes Jahr wegen der acht toten Herzspezialisten ermittelt haben.«

»Ich kann mich nur zu gut erinnern. Und da hat sie sich eingemietet?«

»So sagen es zumindest ihre Kreditkartenbuchungen. Ob sie noch dort ist, kann ich daran leider nicht erkennen, aber es könnte durchaus sein.«

»Also verlieren wir am besten keine Zeit und fahren sofort hin.«

Lenz sah seinen Freund und Kollegen grinsend an. »Wenn du es nicht vorgeschlagen hättest, wäre es auf jeden Fall meine nächste Idee gewesen.«

Vor dem La Bohème im Kasseler Süden knatterte ein kleiner Schneeräumtraktor vor ihnen über den Bürgersteig, sodass die beiden Polizisten kurz warten mussten, bevor sie in die großzügige Halle treten konnten. Seit den Ereignissen des letzten Jahres hatten die Betreiber das Hotel bis auf die Zimmer komplett renoviert und damit für eine wesentlich freundlichere Farbauswahl gesorgt. Alles war deutlich heller und damit um vieles freundlicher geworden. Auch an der Anmeldung mussten die Kommissare kurz warten, dann wandte sich eine junge Frau zu ihnen und fragte nach ihren Wünschen. Beide hielten die Dienstausweise hoch und nickten zur Begrüßung.

»Wir sind auf der Suche nach einer Frau. Sie heißt Gordana Vucevic und wohnt unseren Ermittlungen nach seit ein paar Tagen hier.«

Die ein wenig verstört wirkende Mitarbeiterin des Hotels atmete hektisch und griff zum Telefonhörer. »Ich bin ganz neu hier und so etwas hatte ich leider noch nicht. Wenn Sie bitte einen ganz kurzen Moment warten, ich rufe nur kurz unseren Manager an und vergewissere mich, wie ich mit dieser Situation umgehen soll.«

»Das brauchen Sie nicht«, beschied Lenz der Rezeptionistin, »*wir* hatten schon öfter solche Situationen und wissen, wie es geht.«

»Aber …«

Der Hauptkommissar nickte ihr aufmunternd zu, woraufhin sie den Hörer auf die Gabel zurücksinken ließ.

»Wenn Sie meinen.«

»Ja, wir meinen, Frau Rüttgers.«

Er deutete auf den Monitor rechts von ihr.

»Vucevic. V U C E V I C, Vorname Gordana.«

Sie wandte sich der Tastatur zu und gab den Namen ein. »Tatsächlich, wir haben eine Frau Vucevic. Sie hat auch noch nicht ausgecheckt.«

»Seit wann genau ist sie hier?«, wollte Hain wissen.

»Seit vier Tagen. Sie wohnt in der Gebrüder-Grimm-Suite.«

»Ist die groß?«

»Nicht wirklich. Mehr so mittel, wenn Sie mich fragen.«

»Und sie ist allein bei Ihnen abgestiegen?«

»Ja, Frau Vucevic ist allein bei uns.«

»Und sie ist auf ihrem Zimmer?«

»Das nehme ich an, ja. Unser System zeigt jedenfalls nichts Gegenteiliges an.«

»Und wenn Sie uns dann bitte noch erklären, wie wir zur Gebrüder-Grimm-Suite kommen?«

Die blau gekleidete Frau wies auf die Fahrstühle. »In den dritten Stock, dann links und immer der Beschilderung nach. Kann man gar nicht verfehlen.«

Lenz warf einen Blick auf das Namensschild am Revers ihres Sakkos und reichte ihr eine Visitenkarte.

»Eine Bitte noch, Frau Rüttgers. Keinen Anruf für Frau Vucevic in den nächsten 30 Minuten, absolut und ohne Ausnahme keinen. Und falls die Dame zufällig bei Ihnen vorbeikommt, weil sie das Haus verlassen oder auschecken will, erwarte ich einen kleinen Hinweis von Ihnen. Geht das in Ordnung?«

»Natürlich, ja.«

Frau Rüttgers machte zwar einen sehr unglücklichen Eindruck, doch Lenz war sich sicher, dass er sich auf sie verlassen konnte.

»Vielen Dank. Wir kommen auf jeden Fall wieder bei Ihnen vorbei, wenn wir das Haus verlassen.«

Sie verzichtete auf eine Replik, nickte nur kurz, schluckte und wandte sich einem Ehepaar zu, das am anderen Ende des Tresens wartete.

Die beiden Polizisten drehten sich um und hielten auf die Fahrstühle zu. Obwohl der Hauptkommissar sich vor der Tür positionierte, schob sein Kollege ihn sanft, aber bestimmt, zur Seite.

»Bewegung ist keine Frage des Alters, du Sack, deswegen nimmst du die Treppe.«

»Irgendwann knalle ich dich wirklich mal ab, Thilo«, brummte Lenz grinsend und machte sich auf den Weg zum Treppenhaus. Auf dem Weg nach oben drückte er in jedem Stockwerk auf den Anforderungsknopf für den Lift, aber als er im dritten Stock ankam, stand sein Kollege schon mit süffisantem Gesichtsausdruck neben einer anderen Lifttür.

»Dieser Trick war doch schon im alten Rom alt, auf den fallen nicht mal mehr meine beiden Jungs rein.«

»Arschloch.«

Die Gebrüder-Grimm-Suite war tatsächlich einfach zu finden und lag am Ende eines langen Flurs. Am Türknauf hing ein längliches Hinweisschild mit der Aufschrift ›Bitte nicht stören‹. Gegenüber waren zwei weitere Zimmertüren, offenbar auch zu Suiten, denn der Abstand zwischen den Türen betrug jeweils mehr als acht Meter. Lenz trat an das komplett verglaste Ende des Flurs und sah hinaus. Dort war hinter dem Store eine Feuerleiter aus verzinktem Stahl zu sehen, doch die Tür, die hinausführte, war mit einem Notfallsystem verbunden, das ein eventuelles Öffnen sofort weiterleitete.

Der Hauptkommissar zog seine Waffe aus dem Holster, drehte sich zu Hain, der schon an der Tür Aufstellung genommen hatte, nickte ihm zu, während sein Kollege mit ebenfalls schussbereiter Waffe klopfte. Es vergingen etwa 15 Sekunden, dann wiederholte der Polizist den Vorgang.

Nach weiteren zehn Sekunden ertönte gedämpft eine Frauenstimme. »Was wollen Sie denn, ich habe doch extra das Bitte-nicht-stören-Schild rausgehängt?«

Lenz und Hain nickten sich zu. Das war ohne Zweifel die Stimme der Frau, die sie im Präsidium als Nadja Simunic aufgesucht hatte. Auffallend war allerdings, dass der Dialekt, mit dem sie dort gesprochen hatte, nur noch zu erkennen war, wenn man um ihn wusste.

»Hier ist der stellvertretende Hotelmanager«, log Hain mit leicht verstellter Stimme. »Es tut mir aufrichtig leid, aber es gibt ein kleines Problem mit Ihrer Kreditkarte, Frau Vucevic. Wenn Sie kurz öffnen, können wir das innerhalb von Sekunden klären.«

»Mit meiner Kreditkarte? Was sollte denn mit meiner Kreditkarte nicht in Ordnung sein?«

»Die Kreditkartenfirma hat bei uns im Hotel angerufen und mir erzählt, dass in den letzten Tagen mit Ihrer Karte gleichzeitig in Kassel und in Seattle in den Vereinigten Staaten Transaktionen getätigt wurden. Ich bin mir zwar absolut sicher, dass Sie die rechtmäßige Eigentümerin der Karte sind, muss aber darauf bestehen, mir kurz ein Personaldokument zeigen zu lassen.«

»In Seattle? Das kann doch unmöglich sein.«

»Das denke ich ja auch, aber meine Anweisungen sind wirklich eindeutig.«

Es vergingen ein paar Sekunden, bevor die Frau antwortete: »Ich bin gerade aus der Dusche gekommen und weder angezogen noch geschminkt. Warten Sie bitte unten an der Rezeption, ich mache mich gleich fertig und komme dann mit meinem Reisepass dort vorbei.«

Hain warf seinem Boss einen schnellen Blick zu, der nur kurz nickte.

»Das ist eine wunderbare Idee, Frau Vucevic, so machen wir es. Ich werde unten auf Sie warten. Und danke, dass Sie sich die Zeit nehmen.«

»Aber ja doch«, kam es nun genervt von der anderen Seite. »Es ist ja schließlich auch in meinem Interesse. Also, bis gleich dann.«

»Ja, bis gleich«, flötete der Polizist, trat neben Lenz an den Notausgang und schob die Pistole zurück.

»Die wird stiften gehen wollen«, flüsterte er seinem Boss ins Ohr.

»Worauf du einen lassen kannst. Und wir werden sehen, wie wir das verhindern können«, erwiderte Lenz und verstaute seine Waffe ebenfalls wieder.

Hain warf einen Blick auf die Tür. »Am besten wäre es, wenn wir die Tür mit richtig Wucht nach innen schieben, sobald sie den Sperrriegel geöffnet hat. Dann fliegt sie mit vollem Speed zurück in die Suite und wir müssen sie einfach nur noch vom Boden aufsammeln.«

»Keine schlechte Idee. Allerdings könnten wir auch

warten, bis sie auf den Flur getreten ist, und sie dann einfach festnehmen.«

»Und was machst du, wenn als Erstes das böse Ende einer Handfeuerwaffe zu sehen ist? Dann bist du mit deiner schönen Alternatividee ziemlich in den Arsch gekniffen.«

»Auch wieder wahr. Aber was machst *du*, wenn sie die Tür mit richtig Schmackes nach hinten zieht und anschließend in das vermutlich rechts danebenliegende Bad tritt? Dann segeln wir mit vollem Elan an ihr vorbei in die Bude und sie haut einfach ab.«

»Ach, hör doch auf. Das würde ja bedeuten, dass sie mit einem Angriff rechnet, und das glaube ich einfach nicht. Nein, wir machen es genau so, wie ich es vorgeschlagen habe.«

Lenz machte eine gleichgültige Miene. »Wenn du meinst. Du bist immerhin derjenige, der als Erster hinter ihr her sprinten muss, wenn sie uns verlädt.«

»Als ob das was aufsehenerregend Neues für mich wäre«, ätzte Hain sarkastisch zurück, trat erneut an die Tür und legte das rechte Ohr an die Folierung, zog den Kopf jedoch schnell wieder zurück, weil im gleichen Moment die direkt gegenüberliegende Tür geöffnet wurde und ein Mann mit einem Aktenkoffer in der rechten Hand auf den Flur trat.

»Guten Morgen.«

»Guten Morgen«, erwiderten Lenz und Hain gleichzeitig.

Er trat auf den Flur und war im Begriff die Tür hinter sich zu schließen, als er sich zunächst an die Brust griff, dann an die Stirn und schließlich laut zu lachen begann.

»Was man nicht im Kopf hat, muss man in den Füßen haben«, erklärte er aufgeräumt. »Jetzt habe ich doch tatsächlich mein Mobiltelefon vergessen. Und ohne das ist man heutzutage doch nur noch ein halber Mensch.«

Lenz nickte und sah ihm dabei zu, wie er wieder in seinem Zimmer verschwand und sich die Tür langsam und fast lautlos ins Schloss schob.

24

Herbert Schiller wollte gerade sein Büro verlassen, als das Telefon auf dem Schreibtisch klingelte. Der Kriminalrat griff nach dem Hörer und ließ sich auf der Vorderkante der Holzplatte nieder.

»Ja, Kriminalrat Schiller.«

»Innenministerium Wiesbaden, Ministerialdirektor Justus von Überlingen. Guten Morgen, Herr Kriminalrat Schiller.«

Der Polizist hätte sich dafür ohrfeigen können, statt einfach das Büro verlassen zu haben, ans Telefon gegangen zu sein.

»Guten Morgen, Herr Ministerialdirektor …? Ich habe leider Ihren Namen nicht richtig verstanden.«

»Justus von Überlingen.«

»Ah, ja. Also, was kann ich für Sie tun, Herr von Überlingen?«

»Zunächst einmal muss ich Sie bitten, meinen Anruf sehr diskret zu behandeln, Herr Schiller. Wir beide könnten in Teufels Küche geraten, wenn bekannt wird, was ich Ihnen gleich mitzuteilen habe.«

Nun legte sich seine Wut und Herbert Schiller wurde sogar ein wenig neugierig. Mit einem schnellen Schritt trat er um den Schreibtisch herum, öffnete leise eine Schublade, kramte einen kleinen Kassettenrecorder heraus und schaltete ihn ein.

»Das klingt ja außerordentlich spannend«, gab er danach reserviert zurück. »Und ich hoffe, dass ich Ihren Vorstellungen gerecht werde und Ihnen helfen kann.«

»Behandeln Sie diesen Anruf mit der gebotenen Diskretion, das ist mein Hauptanliegen. Über den Rest werden wir uns schon einig.«

Der Kriminalrat hob den rechten Arm und schob das kleine Gerät zwischen den Hörer und sein Ohr. »Ich wüsste nicht, warum ich das nicht zusagen sollte, wenn Sie mich darum bitten, Herr von Überlingen. Also, worum geht es?«

»Um Ihren ersten Hauptkommissar und Leiter von K11, einen gewissen Paul Lenz.«

»Ja«, machte Schiller, nachdem von Überlingen nicht weitergesprochen hatte.

»Na ja, der Mann ist doch wohl nicht weiter als Leiter eines solch bedeutsamen Kommissariats tragbar, oder?«

»Nun, diese Idee ist mir bis jetzt eigentlich nicht gekommen. Warum gehen Sie also davon aus, dass dem so sein könnte?«

»Nun, wir haben in den letzten Tagen ernstzunehmende Hinweise darauf bekommen, dass es sich bei Herrn Lenz um einen hochgradig aggressiven und gleichzeitig auch noch psychotischen Mann handelt, dessen Impulskontrolle darüber hinaus sehr zu wünschen übrig lässt.«

»Woran genau machen Sie diese doch sehr schwerwiegenden Vorwürfe fest, Herr Ministerialdirektor? Immerhin arbeite ich seit einigen Jahren mit dem Kollegen Lenz zusammen und komme zu einem völlig anderen Urteil.«

»Uns wurden, wie gesagt, in den letzten Tagen mehrere Beschwerden über Kommissar Lenz zugetragen. Und wenn ich mir nur einmal sein Auftreten gegenüber einer leitenden Mitarbeiterin eines großen Logistikunternehmens anschaue, dann ist das doch nicht mehr mit den Anforderungen an einen leitenden Beamten des Landes Hessen vereinbar.«

»Was mich ein wenig verwundert, ist, dass ich einen vergleichbaren Anruf schon gestern Morgen erhalten habe, da jedoch von einem Kollegen von Ihnen aus dem Wirtschaftsministerium. Wer führt denn nun die Feder in der Kampagne gegen meinen Hauptkommissar Lenz, das Wirtschaftsministerium oder Sie?«

Es entstand eine bedrohliche Stille in der Leitung.

»Herr Schiller«, erwiderte von Überlingen schließlich unwirsch, »es gibt weder eine Kampagne gegen *Ihren Hauptkommissar Lenz* noch ist es eine Frage, wer sich um seine wirklich nicht zu tolerierenden Verfehlungen kümmert. Das ist nämlich ganz klar sein Dienstherr, und damit wir.«

Wieder gab es eine längere Pause.

»Und was genau wollen Sie jetzt von mir?«, wollte Schiller keinesfalls weniger angefressen wissen.

»Sie müssen den Mann aus dem Verkehr ziehen«, forderte der Ministerialbeamte energisch. »Sie müssen ihn aus dem Verkehr ziehen, und das so schnell wie möglich. Am besten natürlich mit sofortiger Wirkung.«

»Hm«, machte Herbert Schiller nach einer Weile des Nachdenkens. »Ganz abgesehen von jeder inhaltlichen Bewertung würde eine solche Bitte normalerweise doch eher vom Landespolizeipräsidenten an mich weitergereicht werden, meinen Sie nicht?«

»Das kann schon sein, aber der Herr Innenminister ist über den Vorgang unterrichtet und hat darum gebeten, die Sache erstens in aller Stille und zweitens mit allem Nachdruck zu verfolgen und zu einem Abschluss zu bringen. Was das bedeutet, muss ich Ihnen ja sicher nicht näher erklären, oder?«

»Nein, eigentlich nicht. Aber wenn Sie mich hier in aller Form und unter dem Deckmantel der Verschwiegenheit bitten, einen erfolgreichen und hochgradig seriösen Polizisten mal gerade so eben zu entsorgen, dann kann ich darüber eigentlich nur herzhaft lachen.«

Pause.

»Herr Schiller«, bediente sich von Überlingen nun eines ganz anderen, viel jovialeren Tons. »Wir beide sind doch nur ausführende Organe, wir können da doch gar nichts mitbestimmen. Sehen Sie, mein Staatssekretär hat von seinem Minister die Order bekommen, dass dieser Kommissar Lenz wegmuss, und daran halten wir beide uns. Und es wäre für Sie sicher nicht die schlechteste Variante, wenn Sie diese Anweisung ohne große Nachfragen ausführen würden.«

»Es tut mir nicht einmal leid, das sagen zu müssen, Herr von Überlingen, aber ich kann eine derartige Forderung auf keinen Fall umsetzen. Ich habe mit Hauptkommissar Lenz ein ausführliches Gespräch über die fragliche Situation bei Everest in Homberg geführt, und sowohl er als auch sein Mitarbeiter Hain haben mir versichert, dass an den erhobenen Vorwürfen nicht das Geringste dran ist.«

»Nun, dann wissen Sie vielleicht noch nicht, dass die beiden neben der leitenden Mitarbeiterin eine weitere Angestellte des Unternehmens Everest beleidigt haben, und diese ausdrücklich wegen ihres Migrationshintergrunds. Die Dame ist Mexikanerin und hat eine eidesstattliche Versicherung abgegeben, die mir selbstverständlich vorliegt und in der sie vorbringt, dass sowohl der Hauptkommissar Paul Lenz als auch sein Kollege, Oberkommissar Thilo Hain, sie wegen ihrer Herkunft, ihrer Rasse und auch ihrem Aussehen auf übelste Weise beleidigt haben.«

Nun brauchte Herbert Schiller eine Pause.

»Und deshalb«, fuhr der Ministerialdirektor schließlich fort, »können Sie sich vermutlich auch vorstellen, dass wir sehr daran interessiert sind, den Mann möglichst still und heimlich loszuwerden. Niemand hier im Ministerium und vermutlich auch bei Ihnen im Präsidium kann irgendein Interesse daran haben, wegen dieser Sache einer wochenlangen Medienkampagne ausgesetzt zu sein, oder irre ich mich da?«

»Ganz gewiss nicht«, bestätigte der Kriminalrat. »Und wie genau wollen Sie in dem Zusammenhang mit dem Kollegen Hain verfahren? Sollen wir den auch möglichst still und leise loswerden?«

»Im Fall des Herrn Hain werden wir andere Maßnahmen einleiten, auch wegen des Alters dieses Mitarbeiters, die allerdings zum jetzigen Zeitpunkt noch hinten anstehen müssen. Zunächst einmal ist der Fall Lenz von deutlich größerer Bedeutung.«

»Also Lenz muss gehen und Hain darf bleiben. Und das für die gleiche angebliche Verfehlung?«

»Nun machen Sie die Sache doch nicht komplizierter, als sie ohnehin schon ist, Herr Schiller«, schrie von Überlingen nun fast. »Ich habe Ihnen gesagt, was wir erwarten, und Sie sollten mir im Gegenzug einfach nur bestätigen, dass mein Wunsch bei Ihnen auf fruchtbaren Boden fällt.«

»Ihr Wunsch, mein lieber Herr Ministerialdirektor, fällt keinesfalls *auf fruchtbaren Boden*, ganz im Gegenteil. Außerdem kann ich mir überhaupt nicht vorstellen, wie Sie sich die Umsetzung Ihres Wunsches in der Praxis ausmalen. Soll ich zu ihm gehen und ihm sagen, dass er mit sofortiger Wirkung vom Dienst suspendiert ist und sich die Begründung bei einem Ministerialdirektor mit Namen von Überlingen in Wiesbaden abholen kann?«

»Nein, das geht natürlich auf gar keinen Fall, Herr Kriminalrat«, gab der Mann aus der Landeshauptstadt leise zurück. »Aber wenn wir schon einmal darüber sprechen, kann ich Ihnen durchaus erklären, wie wir uns das Ausscheiden von Herrn Lenz vorstellen.«

»Ich kann es kaum erwarten, Ihre Einlassungen zu hören«, erwiderte Schiller sarkastisch.

»Nun, wir stehen in Kontakt mit ein paar Medizinern, bei denen wir Hauptkommissar Lenz vorstellen könnten. Meines Erachtens wäre in diesem Fall am ehesten eine Persönlichkeitsstörung zu vermuten, deshalb denke ich, dass wir ihn zu einem Psychiater schicken sollten. Wie gesagt, wir haben ein paar sehr erfahrene Ärzte, die schon öfter für uns gearbeitet haben und wissen, worauf es bei einem vom Ministerium beauftragten Gutachten ankommt.«

»Sie wollen also den Mann allen Ernstes für verrückt erklären lassen?«, fragte Kriminalrat Herbert Schiller leise zurück.

»Ach was, wir wollen ihn doch nicht für verrückt erklären lassen. Wo denken Sie hin? Nein, das Einzige, worum es geht, ist eine gewisse Dienstunfähigkeit. Oder, besser gesagt, eine komplette Dienstunfähigkeit.«

»Und ich dachte ernsthaft, das Land Hessen hätte nach dem doch recht ähnlich klingenden Skandal mit den vier Steuerprüfern vor ein paar Jahren die Nase voll von solchen Eskapaden.«

»Aber das kann man doch gar nicht vergleichen«, protestierte von Überlingen halbherzig. »Die Sache damals und die heute sind doch zwei Paar völlig unterschiedliche Schuhe.«

»Das könnte Ihnen so passen«, erklärte Schiller dem Ministerialbeamten bedrohlich leise. »Meine Männer sind gute Männer, die Tausende von Überstunden vor sich herschieben und niemanden beleidigen, schon gar nicht rassistisch. Mit dieser getürkten eidesstattlichen Versicherung können Sie sich gern den ... Mund abwischen, wenn Ihnen das weiterhilft, aber ich werde keinen meiner Mitarbeiter wegen dieser fadenscheinigen, völlig irren Begründungen vom Dienst suspendieren.«

Er holte tief Luft.

»Und wenn Ihnen meine Antwort nicht gefällt, *Herr von Überlingen*, dann rate ich Ihnen, sich an den Dienstweg zu halten. Ich bin mir sicher, ich werde von Ihnen hören, aber Sie können sich ebenso sicher sein, dass Sie dann auch von mir hören werden. Und was Sie da zu hören bekommen, wird Ihnen irgendwie bekannt vorkommen, es wird Sie nämlich garantiert an unser heutiges Gespräch erinnern. Haben wir uns verstanden?«

»Das haben Sie nicht gewagt?«, murmelte von Überlingen fassungslos. »Das wagen Sie nicht.«

»Lassen Sie es besser nicht darauf ankommen«, zischte der Kriminalrat und warf wütend den Hörer auf die Gabel.

25

Thilo Hain stand noch immer in der gleichen Haltung vor der Tür und wartete darauf, dass sie geöffnet wurde und er sich mit voller Wucht dagegen werfen konnte. Dann jedoch hob er den Kopf und presste erneut das rechte Ohr dagegen.

»Völlige Stille«, erklärte er seinem Boss leise.

Lenz trat neben ihn und lauschte ebenfalls einen Moment.

»Übers Fenster kann die nicht abhauen, oder?«, wollte er flüsternd wissen.

»Nein, die Hauswand ist glatt wie ein Kinderpopo, da geht nichts.«

Der Hauptkommissar streckte sich und klopfte gegen

die Tür. »Machen Sie bitte die Tür auf, Frau Vucevic, sonst müssen wir uns gewaltsam Zutritt verschaffen.«

Nach einer Weile des erfolglosen Wartens traten die beiden Kripobeamte zurück auf den Flur.

»Und nun?«, wollte Hain wissen.

»Nu gehst du runter zu Frau Rüttgers und holst uns eine Zutrittskarte. Wenn sie Zicken macht, bedroh sie von mir aus mit deinem Schießeisen, aber komm bloß nicht ohne das Ding zurück.«

»Du hast Nerven«, gab der Oberkommissar zurück, drehte sich um und ging mit schnellen Schritten Richtung Treppe. Lenz zog seine Waffe aus dem Holster, lehnte sich mit dem Rücken an die gegenüberliegende Wand und wartete. So stand er etwa eine Minute da, als ihm der Hotelgast einfiel, der ein paar Minuten zuvor auf den Flur getreten war und offenbar etwas vergessen hatte. Und noch während er an den zugegeben etwas merkwürdigen Auftritt des etwa 40-jährigen Mannes dachte, kam sein Kollege um die Ecke und stürmte auf ihn zu. In der rechten Hand hielt er triumphierend eine etwa scheckkartengroße Plastikkarte.

»War gar kein Problem«, keuchte er. »Frau Rüttgers war sehr entgegenkommend, nachdem ich ihr meine Knarre unter die Nase gehalten hatte.«

Sein Chef hob den Kopf und wollte etwas sagen, ließ es jedoch und zog die Karte durch den Schlitz des Lesegeräts direkt neben der Tür. Zeitgleich konnten die beiden Kommissare ein leises Klacken hören, und die bis zu diesem Moment rot leuchtende LED wechselte auf Grün. Hain griff nach seiner Waffe, drückte die Klinke herunter und schob die Tür auf.

»Frau Vucevic, wir wissen, dass Sie hier sind, und es

gibt keine Möglichkeit, das Zimmer zu verlassen. Bitte machen Sie keinen Unsinn und kommen Sie uns mit erhobenen Händen entgegen.«

Hain hatte nun die Tür komplett geöffnet und konnte in den vom Licht an der Decke hell erleuchteten Flur sehen. Am Ende gab es eine Tür, die vermutlich in das Wohnzimmer der Suite führte. Direkt links von den Beamten war das Bad, nur matt erleuchtet vom Ablicht der Flurbeleuchtung. Hain griff mit einer schnellen Bewegung nach links, schaltete das Licht ein und stellte fest, dass sich dort niemand aufhielt. Um sicherzugehen, schnellte er kurz hoch, warf auch noch einen Blick in die Badewanne und zog dann den Kopf wieder zwischen die Schultern. Im Anschluss schloss er die Tür zum Flur und bewegte sich auf die dahinterliegende Tür zu. Lenz sicherte seinen Kollegen in alle Richtungen, während der die etwas schmalere Tür aufriss und mit der Waffe im Anschlag nach vorn schnellte. Auch hier gab es außer einem einsamen WC-Becken nichts Aufregendes zu sehen. Beide wandten sich ab und nahmen hintereinander Kurs auf die einzig verbliebene Tür. Dort machte der Oberkommissar nicht viel Federlesen, schwang das Holzblatt mit viel Schwung auf und drang selbst mit einer leichtfüßigen Drehung in den dahinterliegenden Raum ein.

Die Gebrüder-Grimm-Suite war wirklich nicht besonders groß – Bad, Toilette und ein Raum, in dem die beiden Polizisten nun mit schussbereiten Waffen standen. Neben dem Bett mit dem zerwühlten Laken stand ein kleiner Schreibtisch und ein großer Schrank. Die sich daran anschließende Wand wurde von einem bodentiefen Fenster dominiert, deren Tür sich leicht im kalten Wind hin und her bewegte.

»Der älteste Trick der Welt«, flüsterte Hain und deutete auf den Schrank. »Kommen Sie raus, los«, forderte er dann laut.

Die beiden traten nach vorn, zogen nacheinander alle drei Türen auf und starrten höchst irritiert in die allesamt leeren Abteile.

»Verdammt«, brummte Lenz, stürmte auf das Fenster zu, riss die Tür komplett auf und sah nach rechts und links.

»Unmöglich«, rief er gereizt. »Sie kann unmöglich hier raus abgehauen sein.«

Um ganz sicher zu sein, beugte er sich über das gut hüfthohe Geländer und sah noch einmal in beide Richtungen.

Und nun fiel ihm auf, dass es einem halbwegs gut trainierten und dazu noch gehetzten Menschen durchaus möglich sein konnte, von diesem Austritt auf den nächsten zu gelangen und von dort in das angrenzende Hotelzimmer. Er zog den Oberkörper zurück, rannte auf den Flur und dort direkt in die Arme des Hotelgastes von gegenüber. Der Mann wirkte nun ernster als zuvor und sah Lenz direkt in die Augen. Was nicht zu der ganzen Szene passen wollte, war die Glock 32 in seiner rechten Hand, die er auf den Polizisten richtete.

»Waffe runter«, forderte er unmissverständlich.

»Das Gleiche könnte ich auch sagen«, kam es von der Gebrüder-Grimm-Suite, wo Hain mit schussbereiter Pistole in der Tür stand und den Mann auf der anderen Flurseite ins Visier nahm.

»Eine klassische Pattsituation, würde ich sagen«, bewertete der Mann mit der Glock leise die Lage.

Lenz ließ seine Waffe sinken und sah seinem Gegenüber dabei in die Augen. Was ihn mehr als verunsicherte war das große runde Loch im Kaliber .357, an dem er vorbeisehen musste.

»Jetzt bleiben wir alle mal vernünftig und machen keinen Quatsch«, gab er übertrieben langsam von sich und nahm den Blick dabei nicht von dem Mann. »Und besonders Sie sollten sich genau überlegen, was Sie tun.«

»Ich werde zunächst Sie erschießen und dann Ihren Kollegen«, erwiderte der völlig ruhig.

»Das könnte in die Hose gehen, mein Freund«, gab Hain ebenso gelassen zurück. »Weil mein Finger sich schon bedenklich krumm anfühlt.«

Lenz konnte trotz der rotzig vorgetragenen Worte die Anspannung in der Stimme seines Kollegen hören. Dann fing er langsam an zu zittern. Er konnte es weder steuern noch beenden, er zitterte einfach.

In diesem Moment geschah etwas Merkwürdiges. Der Mann mit der Glock drehte langsam seinen Körper und nahm nun Hain ins Visier. Nahezu gleichzeitig wurde die Zimmertür neben der Gebrüder-Grimm-Suite geöffnet. Ein weiterer Mann mit einer Waffe in der rechten Hand trat langsam auf den Flur, in seinem Rücken folgte Gordana Vucevic, ebenfalls bewaffnet.

»Jetzt, würde ich sagen, sollten wir uns alle vernünftig benehmen und keinen Quatsch machen«, sagte der Mann mit der Glock sarkastisch.

Lenz, dessen Zittern sich etwas legte, hob langsam seine Waffe, drehte ebenso bedächtig seinen Oberkörper und zielte auf den Mann etwa drei Meter von ihm entfernt. So standen die vier Männer nun mit schussbereiten Waffen voreinander, jeder gleichzeitig Bedroher und Bedrohter, und keiner wagte auch nur mit den Augen zu blinzeln. Einzig Gordana Vucevic hielt ihren Revolver mit dem Lauf nach unten gerichtet, was sich jedoch jeden Moment ändern konnte, und damit auch das aktuell bestehende Gleichgewicht des Schreckens.

»Nehmen Sie Ihre Waffen herunter, los«, forderte der Mann mit der Glock energisch.

»Nicht mal, wenn Sie mich auf den Knien darum bitten würden«, gab Lenz ruhig zurück. Er konnte den Mann leicht versetzt hinter sich nur noch aus den Augenwinkeln sehen, aber er wusste, dass er sich auf Thilo verlassen konnte.

»Beim Sterben versucht halt jeder der Letzte zu sein«, ertönte es nun hinter Lenz.

Es war wie immer. Bei Thilo Hain würde man das lose Mundwerk irgendwann separat beerdigen müssen.

»Wie es aussieht, können wir die Situation nicht so einfach auflösen, meine Herren«, bemerkte der Mann mit der Glock. »Wir drei werden uns also jetzt langsam von hier verabschieden. Wir gehen über den Flur und bis zur Treppe, dann hinunter zur Halle. Wenn Sie dort ein Blutbad vermeiden wollen, sollten Sie uns unbehelligt aus dem Hotel verschwinden lassen, ansonsten werden wir jeden erschießen, der uns über den Weg läuft.«

»Daraus wird nichts«, beschied der Leiter der Mordkommission ihm mit ruhiger Stimme.

»Was spricht aus Ihrer Sicht dagegen?«

»Weil wir die Guten sind und die Bösen auf keinen Fall so einfach davonkommen lassen.«

»Was ist mit Ihrem Appell an die Vernunft von vor einer Minute?«

»Ich hab's mir anders überlegt«, erwiderte der Polizist, ließ seine Waffe ein paar Millimeter sinken und zog den Abzug durch.

Der Schuss, der sich löste, warf den Mann, auf den Lenz gezielt hatte, direkt auf die hinter ihm stehende Frau, die einen kurzen Moment taumelte, dann ihre Waffe hochriss und den Polizisten ins Visier nahm. Im gleichen Augenblick drückte der Mann mit der Glock ab, doch Hain hatte sich schon zur Seite geworfen, zog im Fallen den Abzug seiner HK P30 durch und traf seinen Widersacher direkt in den Unterleib. Der Mann klappte zusammen und verlor dabei seine Waffe aus der Hand.

Ein weiterer Schuss dröhnte dumpf über den Flur und sowohl Lenz als auch Hain wussten, dass er aus einem Trommelrevolver kam, einem Trommelrevolver, wie ihn Gordana Vucevic in der Hand hielt. Beide warfen sich in die Türöffnungen zu den Zimmern und machten sich so klein wie möglich, während die Frau dem zuerst getroffenen Mann auf die Beine half und ihn Richtung Treppe zerrte. Der stöhnte dabei auf, bemühte sich jedoch, ihr zu folgen.

Wieder zwei in schneller Folge von Gordana Vucevic abgegebene Schüsse jeweils in Richtung von Lenz' und Hains Deckung, dann waren die beiden am Durchgang angekommen und hielten auf die Treppe zu. Der Mann war offenbar von Lenz an der Schulter getroffen worden, denn er hielt sich mit der rechten Hand das linke Schlüsselbein.

Direkt nachdem die beiden aus dem Sichtfeld der Polizisten verschwunden waren, sprang Hain auf und kickte die Glock des Dritten ein paar Meter in den Flur und aus dessen Reichweite. Dann wollte er zu seinem Telefon greifen, doch Lenz hielt seins bereits in der Hand und wählte.

»Ich bin eindeutig zu alt für so eine Scheiße«, brummte er, während er das Gerät zum Ohr führte.

*

Peter Bracht, unter diesem Namen hatte sich der von Hains Kugel im Unterleib getroffene und schwer verletzte Mann im La Bohème eingemietet, lag auf einer Trage und wurde von einem Notarzt und einem Rettungssanitäter versorgt. Die beiden arbeiteten routiniert und ohne jegliche Hektik, obwohl klar war, dass die Verletzung lebensbedrohlich sein musste.

»Können wir mit ihm sprechen?«, wollte Lenz wissen.

»Auf keinen Fall«, erwiderte der Arzt. »Wir sind froh, wenn wir ihn auf dem Weg zum Krankenhaus nicht verlieren, und das werde ich auf keinen Fall dadurch gefährden, dass Sie unbedingt mit ihm reden müssen.«

Der Kommissar zog die Schultern hoch und wollte sich ohne weitere Worte abwenden, als hinter ihm der Mann auf der Trage zu murmeln anfing und mit der rechten in seine Richtung wies.

»Meint der mich?«, wollte Lenz wissen.

»Sieht so aus«, stimmte der Rettungsassistent zu.

Nun wurde aus dem Heben der Hand ein Winken. Der Leiter der Mordkommission trat auf den Verletzten zu und beugte sich zu ihm hinunter.

»Was wollen Sie?«

»Klonfeuge«, röchelte der Mann.

»Klonfeuge? Was soll das sein?«

Ein mattes Kopfschütteln.

»Klon... Kronheuge.«

Lenz hatte keine Ahnung, was der Kerl, der ihn vor nicht einmal einer Viertelstunde noch eiskalt und ohne jegliche Empathie behandelt hatte, von ihm wollte.

»Versuchen Sie es mal langsam und deutlich, vielleicht klappt es ja dann.«

»Kronz…euge.«

Nun huschte ein Grinsen über das Gesicht des Polizisten. »Sie wollen sich als Kronzeuge zur Verfügung stellen, habe ich das richtig verstanden?«

Er nickte hastig.

»Na, dann lassen Sie mal was hören. Zum Beispiel, wo wir nach den anderen beiden Strolchen suchen können.«

Ein mattes Abwinken. »Vergessen … Sie die beiden. Ich kann … Ihnen … bei … etwas viel … Bedeutsamerem … weiter…helfen.«

»So? Und was soll das sein? Wissen Sie die Lottozahlen vom nächsten Wochenende?«

Wieder winkte der Mann ab, diesmal aber mehr unwirsch. Dann reckte er die blutverschmierte rechte Hand nach vorn und versuchte, Lenz am Revers zu sich heranzuziehen. Zunächst sträubte der Kripomann sich dagegen, doch der Verletzte besaß überraschend viel Kraft. Also gab Lenz nach, folgte dem Zug und bugsierte sein Ohr direkt an den Mund seines Gegenübers.

»Na, dann, ich höre.«

»Everest.«

»Ja, und weiter?«

»White Operations«, bekam er kaum verständlich ins Ohr gestöhnt. »Ich … kann Ihnen … alles … über White Operations … sagen.«

»Na, wenn das mal nicht der Beginn einer wunderbaren Freundschaft ist«, brummte der Hauptkommissar und wollte sich aufrichten, doch der Zug an seinem Revers ließ nicht nach. »Noch was?«, wollte er ein wenig teilnahmslos wissen und schob sein Ohr wieder vor den Mund des angeschossenen Mannes. »Ja? Kommt da noch was?«, fragte er, nachdem sich einige Sekunden nichts getan hatte.

Pause, dann ein fast hysterisches Nicken. »Ich brauche … Zeugenschutz. Das ist …«

Lenz ließ dem Mann Zeit.

»Das … ist … ganz wichtig … bitte. Ich … bitte Sie.«

Der Griff am Revers verstärkte sich noch einmal.

»Bitte. Bitte!«

»Jetzt bleib mal ruhig, Mann, und sieh zu, dass du Gevatter Sensenmann wieder von der Schippe hüpfst, sonst kannst du dir dieses ganze Gebittel und Gebettel nämlich sonst wohin schmieren. Also, wir sehen uns nach deiner, wie ich hoffe, erfolgreichen Operation im Krankenhaus.«

Er stand auf und wandte sich an die Besatzung des Notarztwagens.

»Der Kerl scheint echt wichtig für uns zu sein, und es wäre wirklich schön, wenn er überleben würde.«

»Das brauchen Sie uns nicht extra zu sagen«, beschied ihm der Notarzt gereizt. »Und wenn Sie gestatten, würden wir ihn jetzt gern ins Klinikum fahren. Er braucht nämlich, um überleben zu können, den von Ihnen beschriebenen operativen Eingriff wirklich dringend.«

»Ich wollte Ihnen nicht zu nahe treten, wirklich nicht«, machte Lenz auf einsichtig, schob sich an den beiden vorbei und ging auf die Gebrüder-Grimm-Suite zu, in der sein Kollege ein paar Minuten zuvor verschwunden war.

Schon mit dem Öffnen der Tür hörte er aus der Toilette das gequält klingende Würgen seines Kollegen.

»Oh Mann, Thilo, kann ich irgendetwas für dich tun?«

Es dauerte eine Weile, bis Hain antwortete. »Nein. Lass mich einfach mal ein paar Minuten in Ruhe.«

»Klar. Wenn du das so willst, klar, keine Frage.« Der Hauptkommissar trat in das große Zimmer und sah sich um. Frau Vucevic hatte bei ihrer überstürzten Flucht nichts mitgenommen, zumindest stand ein großer Hartschalenkoffer im mittleren Schrankfach. Darüber füllten Unterwäsche, Hosen und Oberbekleidung mehrere Fächer aus.

Im rechten Teil hingen einige Hosenanzüge auf Bügeln. Lenz zog ein paar Einweghandschuhe über und durchsuchte die Wäschestücke. Dann öffnete er den Koffer und sah hinein.

Darin befanden sich ein kleines, batteriebetriebenes Uhrenradio, eine elektrische Zahnbürste und ein Dildo, vermutlich ebenfalls batteriebetrieben, den der Polizist jedoch nicht anrührte.

Im Badezimmer fand er eine weitere elektrische Zahnbürste, ein komplettes Set zur Aufhübschung einer Frau mittleren Alters und verschiedene Düfte. Weiterhin eine Packung Tampons und mehrere kleine Behälter mit flüssiger Seife und Shampoo, offenbar vorgesehen für das Handgepäck in Flugzeugen.

Lenz ging zurück in das große Zimmer und sah sich erneut um. Außer den schon beschriebenen Dingen gab es nichts weiter zu sehen. Daraufhin trat er erneut an den Schrank, zog den Koffer heraus und stellte ihn auf dem Boden ab. Mit spitzen Fingern tastete er Boden und Deckel ab, doch er fand nichts von Belang. Er widmete sich eine Weile der Stoffbespannung – mit dem gleichen Ergebnis. Gerade als er das Gepäckstück wieder zusammenklappen wollte, fiel ihm am unteren Rand der Schale eine kleine Nut auf, die er bei einem solchen Koffer noch nie gesehen hatte. Neugierig beugte er sich nach unten und nahm die eigentlich winzige Öffnung näher in Augenschein.

»Hm«, machte er erstaunt, kramte sein Taschenmesser hervor, steckte die Klinge in das kleine Loch und hebelte ein wenig daran herum. Zunächst geschah nicht viel, dann jedoch löste sich ein Teil der eigentlich einteiligen Schale und es entstand ein etwa 15 Zentimeter langer Schlitz.

Aus dem Bad drangen noch immer jämmerliche Brechlaute an sein Ohr. Mit hastigen Bewegungen zog Lenz die Klinge des Taschenmessers nach unten, hebelte erneut und wieder öffnete sich ein Stück der Schale. Damit war der Spalt nun groß genug, dass er mit Anstrengung zwei Finger hineinschieben konnte, und als ihm das gelungen war, riss er mit voller Kraft die beiden Hälften auseinander. Nach einem lauten, knarzenden Geräusch flogen mehrere Dinge über den Boden.

Der Kommissar war bei der Aktion nach hinten umgekippt, rappelte sich jedoch schnell wieder auf und griff sich eins der Teile, die in der Gegend herumgeflogen waren. Er hob es hoch und riss, als er erkannt hatte, um was es sich handelte, die Augen weit auf.

In seiner Hand hielt er einen amerikanischen Reisepass. Nach und nach griff er sich die anderen vier Dokumente, mit einer Ausnahme allesamt Reisepässe der verschiedensten Länder der Erde. Bei der Ausnahme handelte es sich um einen deutschen Personalausweis, ausgestellt auf den Namen Nadja Simunic und versehen mit dem Bild von Gordana Vucevic.

»Was …?,« murmelte der Leiter der Mordkommission, doch er beendete den Satz nicht, weil Thilo sich neben ihn geschoben hatte und den Fund mit ähnlich großen Augen musterte wie er. Lenz reichte die kleine Karte in seiner Hand nach oben und schüttelte dabei den Kopf.

»Das nenne ich mal wirklich durchdacht«, bestaunte Hain die Konstruktion des Koffers, nachdem er den Personalausweis zurückgereicht hatte. »Da kommt kein Mensch drauf, wenn du mich fragst.«

»Ganz richtig. Und wir können ab jetzt davon ausgehen, dass wir es im Fall des toten Journalisten mit echten Profis zu tun haben, und im Fall Thomas Pertuleit mit an Sicherheit grenzender Wahrscheinlichkeit ebenso.«

Hain nickte, zog sich Einweghandschuhe über und nahm nacheinander die einzelnen Reisepässe in die Hand. Jeder war auf einen anderen Namen ausgestellt, trug aber immer das Foto von Gordana Vucevic.

»Die sehen alle täuschend echt aus, Paul. Wenn ich nicht halbwegs sicher wüsste, dass es Fälschungen sind, würde ich es vermutlich nicht mal bemerken.«

Er tütete die Dokumente in einen Klarsichtbeutel ein und betrachtete erneut den Koffer.

»So was kriegst du nicht beim Kofferdealer an der Ecke gemacht«, stellte er nach einer weiteren, eingehenden Überprüfung fest. »Das hat ein echter Spezialist gemacht, der genau wusste, worauf es ankommt.«

»Ja, sieht irgendwie nach Schlapphutarbeit oder so etwas aus.«

»Geheimdienst?«

»Ja, das meine ich.«

Der Oberkommissar richtete sich schwankend auf. »Mann, mir geht es echt nicht gut«, brummte er schwach, bewegte sich ein wenig nach vorn, ließ sich auf dem Stuhl nieder und sah abwesend aus dem Fenster.

»Noch immer nicht alles wieder klar mit dir, Thilo?«, wollte sein Boss wissen.

»Doch, schon, ja.« Der junge Oberkommissar hob den Kopf. »Oder besser nein, irgendwie ist gar nichts klar. Leider.«

»Was ist denn da vorhin mit dir passiert, als du auf dem Klo warst?«

»Was passiert ist? Wir wären beide vorhin beinahe in die ewigen Jagdgründe eingegangen, das ist passiert. Dass ich mir danach die Seele aus dem Leib gekotzt habe, war eine einfache Stressreaktion, nicht mehr, und für die ich mich auch nicht schäme.«

»Ja, das glaube ich auch, und ich denke auch nicht, dass du dich dafür schämen musst.«

Es entstand eine kurze Pause. Beide sahen aus dem Fenster. Draußen hatte es wieder angefangen zu schneien, und die Flocken wurden im auffrischenden Wind hin und her geschleudert.

»Kannst du mir sagen, warum du geschossen hast?«, wollte Hain wissen.

Lenz dachte eine Weile nach, bevor er zu einer Antwort ansetzte. »Weil wir in dieser abgefuckten Situation den aktiven Part behalten mussten, Thilo. Wir waren in Bedrängnis, und der einzige Weg, da rauszukommen, war, die Initiative zu ergreifen.«

»Du hattest kurz zuvor noch gezittert wie Espenlaub, Paul, deshalb konnte ich es kaum glauben, als du abgedrückt hast.«

»Auch da kann ich dir nicht widersprechen. Aber glaub mir bitte, dass jede Regung und jede Handlung rein intuitiv passiert ist. Wir hatten drei Knarren gegen uns, und das hätte wirklich ganz, ganz böse ausgehen können. Also dachte ich, dass es besser wäre, das Patt wiederherzustellen.«

»Damit hast du aber bewusst in Kauf genommen, dass der Kerl mit der Glock mich abserviert.«

»Ich wusste, dass du dich direkt mit meinem Schuss in Deckung begeben würdest, und das war ja offenbar auch so.« Der Hauptkommissar holte tief Luft. »Ich weiß, dass ich uns in ziemliche Gefahr gebracht habe, Thilo, aber das Risiko wäre andersherum noch viel größer gewesen, davon bin ich überzeugt.«

»Wirklich?«

»Ganz ehrlich, ja.«

Wieder gab es eine längere Pause.

»Ich habe das Gleiche gedacht wie du, mich aber nicht getraut, einfach so den Abzug zu drücken. Warum, kann ich dir nicht sagen, aber es hat einfach nicht geklappt.«

Lenz war von der Aussage seines Kollegen ein wenig irritiert, ließ es sich jedoch nicht anmerken. »Seien wir froh, dass es so ausgegangen ist«, gab er stattdessen zurück.

»Ja, seien wir froh. Läuft die Fahndung?«

»Ja, alles, was laufen und fahren kann, ist auf der Suche nach den beiden. Die kommen nicht weit.«

Er drehte sich um und berichtete seinem Mitarbeiter und Freund von dem Angebot des verletzten Dritten.

»Wie? Er hat von sich aus White Operations ins Spiel gebracht? Du hast ihn nicht danach gefragt oder so was?«

»Nein, ich schwör's dir. Er hat es aus freien Stücken gesagt.« Lenz dachte eine Weile nach.

»Das macht mich jetzt wirklich ein bisschen stutzig, Paul.«

»Warum?«

»Weil wir mit ganz wenigen Leuten über diese Everest-Abteilung gesprochen haben, darum. Und die, mit denen wir geredet haben, können eigentlich gar nichts mit den dreien zu tun haben.«

Nun hing jeder der beiden eine Weile seinen Gedanken zu Hains These nach.

»Das würde ja bedeuten, dass …«, wollte Lenz etwas dazu sagen, brach seinen Satz jedoch ab. »Es würde auf jeden Fall nichts Gutes bedeuten«, stellte er schließlich fest.

»Wo du recht hast, hast du recht.«

»Meinst du, die echte Nadja Simunic hat uns verladen?«

»Wäre als letzter Gedankengang schon möglich, würde ich aber eher nicht vermuten.«

»Was vermutest du denn?«

»Ich kann es dir nicht sagen, Paul.« Der junge Polizist drehte sich um und warf einen weiteren Blick auf die eingetüteten Reisedokumente und den als diskretes Transportbehältnis umgebauten Koffer. »Aber irgendwie habe ich den Eindruck, wir sind da in eine viel größere Geschichte hineingeraten, als wir denken.«

»Und wie …?«

Der Leiter der Mordkommission brach ab, weil sein Telefon sich meldete.

»Ja, Lenz.«

»Hier spricht Rechtsanwalt Jan Escheberg. Guten Tag, Herr Kommissar.«

Lenz kramte in seinem noch immer im Notlaufmodus arbeitenden Gehirn nach dem Namen des Juristen, war sich jedoch schnell sicher, ihn noch nie gehört zu haben.

»Ja, Herr … Escheberg, wie kann ich Ihnen helfen?«

»Vielleicht müssen Sie mir gar nicht helfen, vielleicht kann ich *Ihnen* ja ein wenig helfen.«

Der Polizist hatte nicht die geringste Lust auf dieses Spiel, deshalb wurde sein Tonfall mit jedem weiteren Wort gereizter.

»Hören Sie, Herr Escheberg, ich möchte nicht unhöflich sein, aber ich bin mit einem sehr wichtigen Fall beschäftigt. Wenn Ihr Anliegen also ein wenig Zeit hat, würde ich Sie bitten, mich in der nächsten Woche erneut zu kontaktieren.«

»Das kann ich mir kaum vorstellen, ich bin nämlich der Rechtsbeistand von Beate Schreiber. Und der Name dürfte Ihnen ganz sicher etwas sagen.«

Es dauerte ungefähr zwei Zehntelsekunden, dann hatte Lenz den Namen Schreiber zur Gänze auf dem Schirm und riss die Augen auf. »Sie sind der … Rechtsbeistand von Beate Schreiber? Und wo hält sich Frau Schreiber auf?«

»In meiner Obhut. Allerdings ist Sie bereit, vollumfänglich mit Ihnen zu kooperieren.«

»Ui, das ist ja mal eine überraschend gute Nachricht. Sie wissen schon, dass Frau Schreiber im Zusammenhang mit zwei Mordfällen gesucht wird, in dem einen übrigens als Hauptverdächtige.«

»Das ist sowohl mir als auch meiner Mandantin bekannt, und es dürfte Sie auch sicher nicht verwundern, wenn ich Ihnen versichere, dass Frau Schreiber nicht die Täterin ist, für die sie offenbar gehalten wird.«

Lenz dachte ein paar Augenblicke nach. »Na, wenn das so ist, dann packen Sie Ihre Frau Mandantin doch am besten gleich ins Auto und bringen sie ins Präsidium. Ich bin in etwa einer halben Stunde da, wenn Sie auf mich warten müssen, lassen Sie sich einen Kaffee servieren und beraten sich noch ein wenig mit Ihrer Mandantin, das dürfte sicher nicht schaden.«

Er wollte das Gespräch beenden, hob das Gerät jedoch noch einmal ans Ohr und schob einen letzten Satz nach.

»Und es kann auch nicht schaden, wenn Frau Schreiber ein bisschen Wäsche zum Wechseln und eine Zahnbürste mitbringt, mit dem Haftrichter ist bei Mordverdacht wahrlich nicht gut über eine Kaution zu verhandeln.«

Damit brach er das Gespräch endgültig ab und warf das Gerät achtlos auf den Tisch.

»Ist es wirklich das, was ich vermute?«, wollte sein Kollege wissen.

»Genau das. Beate Schreiber wird uns im Präsidium erwarten, zusammen mit ihrem Anwalt Jan Escheberg. Kennst du den?«

Hain schüttelte den Kopf. »Nie gehört.«

»Na, irgendwie scheint ja jetzt Bewegung in die Sache zu kommen. Wir haben einen Aussagewilligen, der sich offenbar mit diesen ominösen White Operations auskennt, wir haben zwei Flüchtige, deren Ergreifung nur eine Frage der Zeit sein dürfte, und wir haben Zugriff auf die Hauptverdächtige im Mordfall Pertuleit, die uns vermutlich obendrein auch noch ein wenig im Fall Rühlemann weiterhelfen kann. Wenn das mal kein ...« Der Hauptkommissar brach ab, weil ein hustender, keuchender und mit den Armen wedelnder Uniformierter in der Tür auftauchte.

»Kommen Sie schnell, Herr Kommissar, unten vor der Tür ist gerade auf den verletzten Mann geschossen worden, bevor er ins Krankenhaus gebracht werden konnte.«

26

Die beiden Polizisten mussten sich zunächst einen Weg durch die Phalanx der Gaffer bahnen, die sich vor dem Eingang des Hotels in mehreren Reihen hintereinander aufgestellt hatten, dann noch die uniformierten Kollegen bitten, sie passieren zu lassen, bis sie vor dem Notarztwagen standen, in dem der Mann mit dem vorläufigen Namen Peter Bracht ins Klinikum hätte gebracht werden sollen. Auf der hinteren Einstiegsleiste saß der Notarzt, mit dem Lenz ein paar Minuten zuvor leicht aneinandergeraten war. Seine Uniform war auf der Vorderseite mit Blutspritzern übersät. Über ihm kniete der Rettungsassistent, dessen Gesichtsfarbe mit dem fallenden Schnee konkurrierte.

»Was ist passiert?«, wollte Lenz so vorsichtig wie möglich von dem Arzt wissen.

Der holte tief Luft und wischte über sein rechtes Auge. »Wir hatten ihn ja relativ stabil, aber als wir hier unten ankamen, ist er bewusstlos geworden und sein Blutdruck ist massiv abgesackt. Also haben wir versucht, ihn zunächst wieder ein wenig zu stabilisieren, damit er für den Transport bessere Chancen hat. Als er im Auto lag, haben wir mit unserem Programm angefangen, und das hat auch wirklich gut funktioniert. Nach drei, vier Minuten war er wieder so weit hergestellt, dass wir bedenkenlos ins Klinikum hätten fahren können.« Er wischte sich erneut über die Wange. »Mein Rettungsassistent wollte noch etwas vom Beifahrersitz nach hinten holen, hat dafür die Seitentür geöffnet, ist ausgestiegen, und direkt in dem Moment, in dem er die Beifahrertür in der Hand hatte, ist der Kopf des Patienten einfach ... geplatzt.« Der Mann in der roten Uniform sah die beiden Polizisten erschüttert an. »Es war, als wäre er regelrecht explodiert.«

Lenz konnte die Fassungslosigkeit in jeder Bewegung und mit jeder Silbe des Mediziners wahrnehmen.

»Aber es war ein Schuss, da sind Sie sicher?«

»Ja. Er hat ihm den Kopf auseinandergerissen, ist danach durch die Seitenwand ausgetreten und hat dort ein immer noch 30 Zentimeter im Durchmesser großes Loch hinterlassen. Ich war bei der Bundeswehr und habe in Afghanistan und im Irak viele Schussverletzungen gesehen, aber das hier toppt alles. Die Munition, die der Schütze verwendet hat, ist garantiert von der Genfer Konvention und der Haager Landkriegsordnung geächtet, sonst wäre diese brutale Zerstörungskraft nicht möglich gewesen.«

»Kann sein. Das werden wir alles noch genau untersuchen«, gab Lenz zurück. »Ihnen beiden ist aber nichts passiert, oder?«

»Physisch nicht, nein«, antwortete der Notarzt, »aber Sie können sich sicher vorstellen, dass es psychisch schon sehr belastend ist, wenn einem der Kopf eines Menschen praktisch unter den Händen weggeschossen wird.«

»Das kann ich, ja. Und wenn Sie möchten, können Sie und Ihr Kollege sich jetzt gern abholen lassen oder sich sonstwie von hier entfernen. Wenn wir noch Fragen haben, melden wir uns bei Ihnen. In Ordnung?«

»Ja, das ist gut.«

»Ach, eine Frage noch«, blieb Hain kurz stehen. »Haben Sie den Schuss auch gehört oder nur seine Wirkung wahrgenommen?«

»Nein, gehört habe ich gar nichts. Dazu muss ich zwar sagen, dass wir hier drinnen ganz gut von Außengeräuschen abgeschirmt sind, auch wenn die Seitentür offen steht, aber einen Knall hätte ich bestimmt gehört, wenn es denn einen gegeben hätte. Aber das glaube ich, wie gesagt nicht.«

»Und etwas gesehen in der Richtung, aus der geschossen wurde, haben Sie auch nicht?«

Der Arzt schüttelte befremdet den Kopf. »Nachdem ich realisiert hatte, was da passiert sein musste, habe ich sofort den Kopf eingezogen und mich in die hinterste Ecke geworfen. Und wie Sie sich vorstellen können, hatte ich dabei anderes zu tun, als mich darum zu kümmern, wer, warum und woher es jemand auf uns abgesehen hatte.«

Die beiden Polizisten nickten ihm zu, gingen um die rechte Heckklappe herum und besahen sich die Seite des Krankentransporters. Dort stand die Klappe ebenfalls offen, was für einen freien Durchblick bis zur Trage sorgte, auf dem, abgedeckt mit einem weißen Tuch, die Leiche von Peter Bracht lag.

»Schafft die Leute hier weg«, rief Lenz einer Gruppe

Uniformierter mit Blick auf etwa ein Dutzend Gaffer direkt hinter ihm zu, die den Zugang zum Notarztwagen blockierten. »Und sorgt bitte dafür, dass hier Sichtblenden aufgestellt werden. Ich will nämlich nicht, dass morgen in jeder Zeitung des Landes ein Bild hiervon zu sehen ist.«

Ein kurzes Nicken, dann begann die Räumung.

Hain hatte schon damit begonnen, den möglichen Schusskanal nachzuvollziehen. Er kniete neben der Austrittsöffnung in der Seitenwand und versuchte, eine Linie aus der Mitte des Kreises und der Stelle, an dem der Kopf gelegen haben musste, herzustellen.

Lenz war an der offen stehenden Seitentür in der gleichen Angelegenheit unterwegs, nur in der anderen Richtung. Nach ein paar kleinen Winkelkorrekturen ging er um das Auto herum, kreuzte den Bürgersteig, kämpfte sich durchs Gebüsch und kam schließlich an der rechten Wandseite des Hotels an. Dort hatte, in etwa 1,30 Meter Höhe, das tief ins Mauerwerk eingedrungene Projektil ein imposantes Loch hinterlassen.

»Ich habe den Standort des Schützen ziemlich gut einkreisen können«, informierte der nun auf dem Bürgersteig stehende Hain seinen Boss und deutete auf ein etwa 70 Meter entferntes Haus hinter dem Notarztwagen. »Von dort, vermutlich aus dem ersten oder zweiten Stock, muss der Schuss gekommen sein. Und ich habe so nebenbei auch noch einen Daumenabdruck unseres Toten gescannt und nach Wiesbaden geschickt, verbunden mit der Bitte um möglichst rasche Bearbeitung.«

»Das nenne ich mal Einsatz«, bestätigte Lenz mit einem Blick auf die Häuserzeile, auf die sein Kollege gewiesen hatte. »Meinst du, sie sind noch da?«

»Eher nicht, aber wenn wir nicht nachsehen, werden wir es nicht erfahren.«

»Dann nichts wie hin«, erwiderte der Hauptkommissar und kämpfte sich zurück auf den Bürgersteig. »Um das, was hier in der Wand steckt, können sich die Kollegen kümmern.«

Die beiden rannten los, umkurvten den Rettungswagen, der mittlerweile von einem Dutzend Uniformierter abgeschottet wurde, überquerten die Straße und hielten auf den hinter einem Kinderspielplatz liegenden Wohnblock zu. Dort angekommen drehte Hain sich kurz um und deutete auf den zweiten Eingang von rechts.

»Hier muss es sein.«

Sie sahen nach oben, wo im zweiten Stock eines der Fenster nicht komplett geschlossen war und stürmten auf die Haustür zu.

»Drück einfach alle Klingeln«, forderte Lenz seinen Kollegen auf.

Kurz darauf wurde der Türsummer ausgelöst, denn eine Gegensprechanlage gab es hier nicht. Der Oberkommissar drückte die Tür nach innen, ließ seinen Chef passieren und folgte ihm. Gemeinsam schoben sie sich mit gezogenen und nach vorn gehaltenen Waffen auf die Treppe zu, stiegen sie langsam und vorsichtig hinauf und kamen etwa eine Minute später im zweiten Stock an, wo Hain sich sofort nach links wandte.

»Es muss die hintere Tür sein«, flüsterte er Lenz zu, holte tief Luft und setzte sich in Bewegung. Der Leiter der Mordkommission hielt sich versetzt hinter ihm, immer bereit, dem Kollegen Deckung zu geben.

In der Mitte der rostrot gestrichenen, sehr fragil und dünn wirkenden Tür, neben der sich Hain rechts und

Lenz links aufbauten, hing ein verblichenes Namensschild, aus dem hervorging, dass hier jemand mit dem Namen ›Serdaroglu‹ sein Zuhause hatte.

»Rein oder auf die Hilfe des MEK bauen?«, wollte Hain leise von Lenz wissen.

»Rein, Thilo. Von mir aus durch die geschlossene Tür, aber ich will nicht auf das MEK warten.«

»Leise oder laut?«

»Laut, das sag ich doch!«

Hain nahm Anlauf und trat mit voller Wucht genau auf den Punkt neben der Klinke. Das Türblatt riss krachend auseinander, wobei gleichzeitig die Befestigungen an der Zarge aufsprangen und alles gemeinsam in den sich anschließenden Flur flog. Lenz sicherte seinen Kollegen, der sich einen Weg über die Türtrümmer bahnte und auf die erste, in Richtung Hotel weisende Zimmertür zustrebte.

Im Innern der Wohnung roch es ein wenig muffig, und überall auf dem Flur standen irgendwelche Kartons, Kisten und Tüten herum. Hain hatte die Tür jetzt erreicht, drückte die Klinke herunter und schob sie nach vorn. Lenz stand dabei mit dem Rücken zur Wand und beobachtete gleichzeitig die anderen, ebenfalls geschlossenen Zugänge zu den weiteren Zimmern. Sein Kollege betrat langsam in den etwa zwölf Quadratmeter großen Raum, in dem ein altes Ehebett, ein Schrank und zwei Nachtkästchen standen. Das Bett war gemacht, aber auch hier wimmelte es vor Kartons und Kisten.

Der Oberkommissar vergewisserte sich, dass niemand im Raum war, ging langsam zurück und folgte Lenz, der sich auf den nächsten zum Hotel hinweisenden Raum zubewegte. Hier befand sich in der Mitte der Tür eine große Milchglasscheibe, durch die Helligkeit in den Flur gelangte. Die beiden Polizisten verständigten sich mit ein paar Gesten, wer vorangehen und wer sichern würde, dann drückte Lenz die Klinke nach unten, stieß die Tür mit einer schnellen Bewegung nach vorn und drang in den Raum – das Wohnzimmer – ein.

Auch dieser Raum war Sekunden später gesichert sowie kurz danach die anderen Räume. Als die Beamten wieder im Wohnzimmer angekommen waren, traten sie an das leicht im Wind schwingende Fenster. Lenz ging in die Knie, verfolgte eine gedachte Linie von der Fensterbank nach vorn und konnte, wenn auch nur sehr unscharf, sowohl die durchschlagene Rettungsmobilwand wie auch das Einschussloch in der Hotelfassade erkennen.

»Du hast recht, wahrscheinlich wurde von hier geschossen«, bemerkte er leise und kam wieder hoch.

»Was denn nun, Paule? Hab ich recht und es wurde von hier auf ihn geballert, oder habe ich recht und es wurde *wahrscheinlich* von hier auf ihn geballert?«

»Verdammte Mimose«, brummte Lenz, steckte seine Dienstwaffe zurück in den Holster und ging erneut in die Knie. »Mein lieber Thilo, du hast eindeutig recht, mit an Sicherheit grenzender Wahrscheinlichkeit wurde von hier oben auf den Mann im Rettungswagen geschossen.« Damit griff er nach seinem Telefon und wollte eine Nummer wählen, wurde jedoch von einem leisen Stöhnen aus Richtung des Flurs eingebremst.

Die beiden Polizisten sahen sich fragend an, traten skeptisch aus dem Zimmer und blickten in Richtung des Eingangs, aus der zweifelsfrei die Laute kamen. Zu sehen war niemand, doch nun bewegte sich der größte

Überrest der eingetretenen Tür ein wenig und das Ächzen wurde lauter.

Hain hatte die Situation als Erster erfasst, sprang nach vorn, hob die leichte Holzplatte an und schob sie zur Seite. Darunter kam der Körper eines klein gewachsenen, alten Mannes zum Vorschein.

»Herrje, das muss der Hausherr sein«, rief Hain, während Lenz das Telefon schon am Ohr hatte und nach einem Notarztwagen und den Kollegen der Spurensicherung telefonierte.

Herr Serdaroglu war im ersten Moment nicht wirklich Herr seiner Sinne und in seinem Gesicht zeichneten sich deutlich Spuren einer kurz zuvor erlittenen Misshandlung ab. Er konnte den Beamten unter starken Schmerzen und in gebrochenem Deutsch schließlich erklären, dass sein Name Kemal Serdaroglu war und ihn jemand ein paar Minuten zuvor überfallen hatte.

»War der Mann allein oder war er in Begleitung einer Frau?«, wollte Hain wissen.

»Keine Frau, nur Mann«, kam es von unten zurück. »Klingelt, ich mache auf, dann schlägt er mich in Gesicht, ohne sagen etwas. Ich falle zurück, will hoch, dann treten nach mir.«

Es fiel Herrn Serdaroglu sichtbar schwer zu sprechen. Er hielt ein paar Sekunden inne, holte dabei rasselnd Luft und schüttelte gleichzeitig den Kopf.

»Treten nach mir altes Mann an Boden.«

»Was ist dann passiert?«

»Dann ich weiß nix mehr. Bewusstlos. Ich wach werden mit Tür über mir.«

»Ja, das mit der Tür, das waren wir«, gestand Hain leise. »Wir konnten ja nicht ahnen, dass Sie dahinterliegen.«

Der alte Mann winkte ab und holte erneut tief Luft. »Macht nichts. Ist böser Mann weg?«

»Ja, der ist weg.«

Lenz ging ins Schlafzimmer, holte ein Kissen vom Bett und legte es ihm unter den Kopf.

»Hatte der Mann, der Sie geschlagen hat, etwas dabei? Einen Koffer vielleicht oder eine größere Tasche?«

»Ich weiß nicht. Ich nicht viel gesehen. Tür aufmachen, dann er schieben mich zurück und schlagen. Nichts reden oder sagen, einfach nur schlagen. Einfach altes Mann schlagen.«

»Das ist wirklich schlimm, aber gleich kommt ein Arzt, der sich um Sie kümmern wird. Bis dahin sollten Sie sich schonen und ab jetzt einfach nichts mehr reden. Ja?«

Ein Nicken.

Es dauerte tatsächlich keine Minute mehr, bis die Besatzung eines Notarztwagens in der Wohnung eintraf und sich um den bemitleidenswerten alten Mann kümmerte. Die beiden Polizisten sahen sich nach deren Ankunft noch ein wenig in der Wohnung um, aber es gab, zumindest mit ihren Möglichkeiten betrachtet, nicht das Geringste zu sehen. Lenz zog sich in der kleinen Küche einen Stuhl heran und ließ sich darauf nieder.

»Vermutlich ist er reingekommen, hat seine Waffe vorbereitet, angelegt, geschossen und ist im gleichen Atemzug auch schon wieder abgehauen.«

»Und zum ersten Mal dürfte er das auch nicht gemacht haben, denn auf diese Entfernung so einen Schuss hinzulegen, das ist schon was für echte Spezialisten.«

»Definitiv, ja. Er wusste, von wo er das beste Schussfeld hat, und er wusste auch, dass er nicht mehr als einen, vielleicht höchstens zwei Versuche haben wird. Aber das hat ihm ja gereicht, wie wir leider feststellen mussten.« Der Hauptkommissar kratzte sich hörbar am Kinn. »Und dann war das garantiert keine Allerweltsknarre, mit der er geschossen hat, sondern vermutlich ein echtes Scharfschützengewehr. Und so was hat der Kerl dann auch noch im Auto liegen oder wo immer er es gelagert hatte. Immerhin ist er ja nicht damit aus dem Hotel spaziert, wie wir wissen.«

Im Hausflur wurden Stimmen laut. Kurz darauf tauchten Herbert Schiller und Bernd Haberland in der Tür auf. Nach einer knappen Begrüßung machte sich der junge Kollege daran, im Haus nach möglichen Beobachtungen oder Zeugen des Vorfalls mit Herrn Serdaroglu zu fragen, während Lenz die Details ihres Einsatzes im Hotel und später in der Wohnung, in der sie sich nun befanden, darlegte. Im Anschluss an ein paar Rückfragen berichtete der Kriminalrat den Kollegen von seinem Telefonat mit Ministerialdirektor von Überlingen vom Innenministerium in Wiesbaden. Die Gesichter der beiden Ermittler wurden während der Schilderung ihres Chefs immer länger, doch als Schiller zum Schluss gekommen war, hellten sich ihre Mienen langsam auf.

»Und das hast du ihm wirklich genau so gesagt?«, wollte Thilo Hain skeptisch wissen. »Ganz ohne Angst davor, dass er mit der Kavallerie kommt und dich übelst in die Mangel nimmt?«

»Ich scheiß auf die Kavallerie«, gab Schiller trocken zurück. »Das sieht der Landespolizeipräsident, mit dem ich deswegen natürlich schon telefoniert habe, übrigens ganz genauso.«

»Du hast mit ihm … telefoniert? Ich wusste gar nicht, dass man den einfach so anrufen kann?«

»Das kann man auch nicht *einfach so*, aber wenn man der Taufpate seines erstgeborenen Sohnes ist, klappt das schon ganz geschmeidig.«

Nun sahen Lenz und Hain ihren Vorgesetzten wirklich überrascht an.

»Mensch, Herbert, was hast du denn noch alles für Überraschungen auf der Pfanne? Taufpate beim großen Guru, wie bist du denn dazu gekommen?«

»Wir haben vor vielen, vielen Jahren gemeinsam bei unserem Haufen angefangen, sind bei den ersten gewesen, die an der Startbahn West Dienst schieben mussten, was wirklich verbindet. Und seitdem sind wir echt gute Freunde. Ich wurde Pate bei seinem Simon, und er hat im Gegenzug das Gleiche bei meinem Stefan gemacht. Das ist eigentlich die ganze Geschichte.«

Er schnaufte durch und ließ dabei seinen Blick schweifen.

»Und diese Arschgeigen stehen euch da drüben mit Knarren gegenüber und schießen danach von hier aus ihren eigenen Leuten den Kopf weg?«

»Genau in dieser Reihenfolge«, bestätigte Hain. »Und zwischendrin schlagen sie, zumindest einer davon, einem alten Türken fast den Schädel ein, nur um in eine gute Schussposition für den finalen Treffer am nicht mehr benötigten Kollegen zu kommen.«

»Oder am Kollegen, der zu einer Gefahr wegen Geschwätzigkeit werden könnte.«

»Vielleicht auch das«, bestätigte Lenz den Einwand des Kriminalrats.

»Und jetzt sollten wir zurück ins Hotel gehen und uns dort mit den Mitarbeitern unterhalten, vielleicht ist dem einen oder anderen ja was aufgefallen, das uns …« Er brach ab und nahm sein klingelndes Telefon zur Hand. »Ja, Thilo Hain.«

Der junge Oberkommissar hörte eine Weile aufmerksam zu.

»Das heißt, wir kriegen absolut keine Informationen zur Person?«, wollte er schließlich wissen, bevor er wieder ein wenig seinem Gesprächspartner lauschte. »Na, wenn das so ist, dann können wir daran nichts ändern. Danke auf jeden Fall für die schnelle Erledigung.« Er beendete das Telefonat und sah seine Kollegen erbost an. »Alle Daten, die den Kerl mit der weggeschossenen Birne betreffen, sind in Wiesbaden und vermutlich auch auf der gesamten restlichen Welt gesperrt.«

»Wie, gesperrt?«, wollte Lenz wissen.

»Na, wie kann man *gesperrt* verstehen, Paule? Gesperrt heißt, dass wir keine Infos zu ihm kriegen, und basta. Der Kollege in Wiesbaden meint, dass so was manchmal vom BND initiiert wird, es könnten aber auch der Militärische Abschirmdienst oder der Verfassungsschutz dahinterstecken. Auf jeden Fall haben oder besser hatten wir es mit einem Burschen zu tun, dessen Personendaten in irgendeiner Form wichtig oder schützenswert sind.«

»Ich fasse dann mal zusammen«, meinte Lenz nach einer kurzen Pause. »Wir sind direkt bei uns im Präsidium von einer Tussi verladen worden, bei der wir jetzt mehrere sehr gut gemachte Reisepässe unterschiedlichster Ausgabenationen gefunden haben, und die uns, zusammen mit ein paar Kumpels, vor nicht einmal einer Stunde fast die Lichter ausgeblasen hätte. Einer dieser Kumpels bläst mit einer Präzisionsflinte, wie zu vermuten steht, seinem Kollegen von hier aus das Lebenslicht aus und verduftet anschließend. Und über den Strolch mit dem

Kopfschuss kann unser System leider nichts ausspucken, weil seine Daten aus nicht näher dargelegten Gründen gesperrt sind.« Er schlug sich mit der flachen Hand an die Stirn. »Und, um das Chaos perfekt zu machen, habe ich die gute Beate Schreiber und ihren Advokaten total vergessen, die vermutlich längst im Präsidium hocken und sich fragen, ob wir wirklich absolut kein Interesse daran haben, die Morde an Bruno Rühlemann und Thomas Pertuleit aufzuklären.«

27

Bis ins Präsidium hatten Beate Schreiber und Jan Escheberg es zu diesem Zeitpunkt noch nicht geschafft, weil der Jurist sich ausführlich mit seiner Mandantin besprochen hatte und im Anschluss zu einer kurzen Visite in seiner Kanzlei gebeten worden war, wo ein Mandant auf ihn wartete, der in der Nacht mit dem Auto eine Frau angefahren hatte und sich nicht ohne juristischen Beistand den Ermittlungsbehörden stellen wollte. Escheberg, der den Mann kannte, konnte ihn an einen Kollegen in der gleichen Straße verweisen, allerdings nicht ohne ihm zu versprechen, dass er dort in genauso guten Händen sein würde wie bei ihm. Dann hatte der Anwalt ein paar Unterlagen zusammengepackt, sich von seiner Mitarbeiterin verabschiedet und die im Wartezimmer sitzende Beate Schreiber abgeholt. Gemeinsam waren sie mit dem Fahrstuhl zur Tiefgarage gefahren.

»Meinen Sie wirklich, dass ich ins Gefängnis muss?«, wollte sie wissen, während sie auf seinen VW Passat zugingen.

»Das ist schwer zu sagen, Frau Schreiber. Alles steht und fällt mit der Aussage Ihres Fernfahrers, den wir allerdings erst einmal finden müssen. Weiterhin wissen wir noch nicht die genaue Tatzeit beim Mord an ihrem Freund, die natürlich von ebenso großer Bedeutung ist. Wie die Sache im Mordfall Rühlemann aussieht, wird sich zeigen, allerdings dürfen wir nicht aus den Augen lassen, dass Ihr Alibizeuge, also Ihr Freund, nicht mehr zu Ihren Gunsten aussagen kann.« Er öffnete den Wagen und hielt ihr die Beifahrertür auf.

»Wie Sie das gerade gesagt haben, klingt das wirklich nicht sehr gut für mich.«

»Jetzt machen Sie sich mal keinen Kopf. Die Polizei ist immerhin am Ermitteln, und vielleicht haben die längst etwas herausgefunden, was für Sie spricht oder Sie entlastet.«

Beate ließ sich stöhnend auf den Beifahrersitz fallen. »Klingt nach ganz schön vielen Vielleichts, wenn Sie mich fragen.«

Escheberg lachte laut auf. »So ist das nun mal in der Jurisprudenz. Auf See und vor Gericht sind Sie in Gottes Hand, wie man so schön sagt, aber so weit sind wir ja zum Glück noch nicht.«

Damit warf er die Tür ins Schloss, ging um den Wagen herum und stieg ebenfalls ein.

»Aber ich kann und will Ihnen nicht verschweigen, und das habe ich auch bis jetzt nicht gemacht, dass Ihnen womöglich ein paar Tage Untersuchungshaft bevorstehen. Allerdings werden wir, sollte es tatsächlich so weit kommen, mit allen Mitteln, die uns zur Verfügung stehen, dagegen vorgehen.«

Sie sah sich abwesend in der hell erleuchteten, nicht sehr großen und spärlich besetzten Tiefgarage um. »Es ist bestimmt eine dumme Frage, aber waren Sie schon mal im Gefängnis?«

»Herrje, ich war schon so oft im Gefängnis, dass ich irgendwann das Zählen der Tage aufgegeben habe.« Er startete den Motor, untermalt von seiner ansteckenden, Vertrauen einflößenden Art zu lachen. »Allerdings habe ich noch nie eine Nacht dort verbracht, sondern war immer spätestens nach dem Abendbrot draußen, danach wollen meine Mandanten nämlich keinen Anwaltsbesuch mehr, zumindest glaube ich das felsenfest.«

»Ach, als Anwalt, das zählt für mich nicht.«

»Na ja«, erwiderte er, immer noch lachend, »mehr kann ich Ihnen leider nicht bieten.« Damit legte er den Rückwärtsgang ein, bugsierte das Auto aus der Parklücke und fuhr langsam auf die Ausfahrt zu. Im gleichen Augenblick rollte eine große, alte Mercedes-Limousine auf sie zu. Deren Fahrer hatte ebenfalls aus einer Parklücke zurückgesetzt, dann jedoch nicht den Weg zur Ausfahrt eingeschlagen, sondern fuhr direkt auf sie zu.

»Verdammt, was macht der denn? Die Ausfahrt ist in der entgegengesetzten Richtung.«

Beate Schreiber, die noch immer über den Anwalt und seine Gefängniserfahrungen nachdachte, hob den Kopf und betrachtete die Situation vor sich.

»Vielleicht kennt er sich hier nicht …«, wollte sie sagen, doch schlagartig kamen die Erinnerungen an ihren Unfall hoch und sie fing an zu schreien.

»Weichen Sie aus, bitte, der will uns rammen. So machen Sie doch, bitte!«

Jan Escheberg war beileibe kein Anhänger irgendwelcher Verschwörungstheorien und so hielt er es auch in diesem Moment. Zumindest für eine oder zwei Zehntelsekunden. Dann riss er das Lenkrad nach links, sein Passat streifte dabei einen Betonpfeiler, und wuchtete den Wagen zurück in die Parkreihe. Als er nach rechts sah bemerkte er mit Schrecken, dass der Fahrer des Mercedes abgebremst hatte, den Rückwärtsgang eingelegt und mit quietschenden Reifen auf dem Rückweg zur Ausfahrt war. Nun hatte sich auch die Sache mit der Verschwörungstheorie erledigt, was dazu führte, dass der Angriff auf seine Mandantin vom Vorabend vor seinem geistigen Auge aufgeführt wurde.

»Festhalten«, rief er, doch seine Beifahrerin presste sich mit beiden Händen die Ohren zu und konnte ihn deswegen unmöglich hören.

Krachend schrammte er am nächsten Betonpfeiler vorbei, trat das Gaspedal voll durch und nahm dabei aus dem Augenwinkel wahr, dass der Mercedes, der etwa drei Meter von ihm entfernt war, das Gleiche vorhatte wie er, dabei aber wegen der Rückwärtsfahrt leicht ins Schleudern geriet und deshalb etwas Geschwindigkeit verlor. Escheberg drückte das Gaspedal noch fester ins Bodenblech, was jedoch nichts weiter brachte, dachte kurz darüber nach, in den zweiten Gang zu schalten, verwarf die Idee und konzentrierte sich darauf, vor seinem Kontrahenten in die enge Auffahrt zur Ausfahrt einzubiegen.

Noch 15 Meter, und es sah gut aus für die Wolfsburger Mittelklasse.

Noch zehn Meter.

Plötzlich gab es eine Explosion, gefolgt von einem weiteren Knall. Gleichzeitig wurde der Passat auf der Vorderachse sehr unruhig, und Beate Schreiber neben ihm schrie gellend auf. Ihr Blick war auf den Mercedes gerichtet, aus dem ein Mann sprang und mit einer großen, klobigen Pistole auf den Passat zielte.

»Scheiße«, brüllte Escheberg, trat mit beiden Füßen gleichzeitig auf die Bremse und knallte wegen des zerschossenen rechten Vorderreifens mit dem rechten Kotflügel voll in den nächsten Stützpfeiler. Wieder knallte es laut, diesmal ausgelöst durch die aufspringenden Airbags, doch darauf konnte und wollte der Jurist keine Rücksicht nehmen. Er knüppelte den Schalthebel knirschend in den Rückwärtsgang, trat erneut aufs Gas, wunderte sich, dass sein Auto überhaupt noch fuhr und schoss kerzengerade auf die etwa 40 Meter hinter ihnen liegende Wand zu. Kurz davor bremste er hart ab, lenkte ein und machte dabei aus der eckigen Grundform hinten links eine eher runde. Knirschend schob sich der Passat rückwärts an der Wand entlang, bis Escheberg schließlich brutal bremste und nach rechts sah. Dort saß, noch immer die Hände auf den Ohren, seine Mandantin. Doch viel bedeutsamer waren die Männer im Mercedes, die es jetzt allerdings nicht mehr eilig zu haben schienen, denn der Wagen rollte enervierend langsam auf sie zu.

»Wir müssen hier raus«, brüllte der Rechtsanwalt Beate Schreiber an, während er mit der linken Hand die Seitenscheibe der Fahrertür herunterfahren ließ. Dann griff er zu seinem Schlüsselbund, zog es aus dem Zündschloss, schob den Arm nach draußen, wo genau in Griffweite die Klinke zur Treppenhaustür zu tasten war. So schnell er konnte, öffnete er das Schloss und drückte die Tür nach innen auf. Er löste den Sicherheitsgurt, tat das Gleiche für seine Beifahrerin und schwang sich durch die offene Scheibe mit dem Oberkörper zuerst nach draußen. Beim Hochziehen der Beine verhakte er sich im Lenkrad, blieb im schlaff herunterhängenden Airbag hängen, befreite sich wieder und rollte sich ab. Mit einem schnellen Blick erfasste er, dass der Mercedes noch höchstens acht Meter von ihnen entfernt war, griff panisch in den Innenraum des Passat, bekam Beate Schreibers Arm zu fassen und zog die junge Frau so energisch wie nötig und gleichzeitig so behutsam wie möglich aus der Öffnung in der Fahrertür. Sie schrie dabei gellend auf, was vermutlich darauf zurückzuführen war, dass die Abteilung ›behutsam‹ ein klein wenig hinter ›energisch‹ zurückstehen musste.

Beate Schreiber stürzte mit dem Oberkörper zuerst aus dem Fenster, schlug hart mit dem Kopf auf dem Betonboden auf und wurde sofort bewusstlos.

Der Jurist warf einen kurzen Blick über das merkwürdig hochstehende Dach des Passat, wo er die beiden Männer mit gezückten Waffen auf jenes automobile Wrack zukommen sah, das ein paar Minuten zuvor noch sein gerade einmal zwei Monate altes Dienstfahrzeug gewesen war. Er griff nach Beate Schreibers Handgelenken und riss sie über die Metallschwelle der Feuerschutztür, was die Frau mit einem lauten, gequälten Stöhnen quittierte.

Der erste Schuss, der die Beifahrerscheibe durchschlug, klatschte mit einem hässlichen Geräusch hinter ihm in die Wand, der zweite kam so nah an seinem Ohr vorbei, dass er glaubte, ein Zischen gehört zu haben. Dann jedoch lag er auf dem Boden, beugte sich kurz hoch, zog den Schlüssel aus dem Schloss, warf mit einer energischen Bewegung die Tür zu und im Anschluss sich selbst über die wimmernde Frau neben ihm.

Vor der Tür konnte er metallene Geräusche hören, war sich jedoch nicht sicher, ob ihm nicht sein Gehirn aufgrund der letzten Sekunden einen Streich spielte.

»Mir tut der Kopf weh«, kam es von unten, während der Anwalt nach seinem Telefon tastete und die 110 wählte.

»Das wird gleich besser«, beschied er der Frau leise, während er krampfhaft darüber nachdachte, ob sie gleich besser den Fahrstuhl oder die Treppe nehmen sollten.

»Hier Rechtsanwalt Dr. Escheberg«, schrie er ins Telefon, noch bevor die Diensthabende Beamtin auch nur mehr als eine Silbe hätte sagen können, dann nannte er laut, langsam und deutlich seine Adresse. »Auf mich wurde geschossen, und es gibt mehrere Verletzte. Und vermutlich werden die Täter weiterhin versuchen, meine Mandantin und mich umzubringen.«

Die Frau am anderen Ende der Leitung wiederholte die Adresse.

»Richtig, ja. Und machen Sie schnell, bitte, ich muss nämlich jetzt auflegen und sehen, dass ich aus der unmittelbaren Schusslinie komme.«

Er hätte seine Situation nicht besser beschreiben können, denn in diesem Moment durchschlugen die ersten Kugeln die Feuerschutztür. Sie waren ein wenig zu hoch angesetzt, doch das konnte sich jederzeit ändern. Escheberg robbte sich von der Frau herunter, stand auf, griff wieder nach ihren Handgelenken, zog sie hoch und warf sie sich über die Schulter. Keuchend wackelte er los, und noch bevor er den ersten Schritt vollendet hatte, traf eine Kugel genau die Stelle, an der die beiden keine fünf Sekunden vorher gelegen hatten.

»Verdammte Scheiße«, murmelte der Anwalt, »wo zum Teufel bin ich denn hier nur reingeraten?«

Mit dieser Frage im Kopf rannte er, immer noch stark schwankend, auf die Treppe zu, nahm – mit einer Hand sich am Geländer hochziehend – manchmal zwei Stufen auf einmal und kam schließlich etwa 40 Sekunden später im dritten Stock an, wo sich sein Büro befand. Er holte tief Luft, warf sich die noch immer bewusstlose Frau auf die andere Schulter, drückte vorsichtig die Klinke herunter und lugte auf den Flur. Hier oben schien alles ruhig zu sein, was jedoch auch an dem hochflorigen Teppichboden liegen konnte, der jegliches Geräusch perfekt dämpfte.

Mit ein paar schnellen Schritten überbrückte er die etwa acht Meter zum Kanzleieingang, drückte die Glastür nach vorn, schob sich selbst und seinen Ballast hinterher und trabte auf die neben der kleinen Theke stehende Sitzgruppe zu. Dort ließ er, beobachtet von der völlig konsterniert und mit weit aufgerissenen Augen dastehenden Elena Baruk, Beate Schreiber in den Doppelsitzer gleiten.

»Ich brauche den Schlüssel, sofort«, schrie er seine Mitarbeiterin an. Die jedoch bewegte sich keinen Millimeter, sondern beobachtete immer noch ausschließlich sein Handeln.

»Deinen Schlüssel, Elena, ich brauche deinen Schlüssel.«

»In der Tasche«, murmelte sie, beugte sich nach unten und reichte ihm ihren Schlüsselbund.

Escheberg griff danach, rannte zur Tür, verriegelte alle

drei Schlösser und flitzte anschließend zurück zu den beiden Frauen.

»Wir sind erst sicher, wenn die Polizei da ist«, hauchte er Elena Baruk kaum vernehmbar zu.

»Ja, klar, wir sind erst sicher, wenn die Polizei da ist«, wiederholte die etwa 40-jährige Frau seinen Satz komplett, wobei er das Gefühl hatte, dass sie nichts von dem verstand, was sie sagte.

Dann ertönte leise die Glocke des Lifts, zwei Männer traten langsam an die matte Glastür und klopften dagegen.

»Hier ist die Polizei. Wir sind gerufen worden, weil es hier ein Problem geben soll.«

28

Lenz und Hain hatten von Herbert Schiller zum Abschied den eindeutigen Auftrag bekommen, sich wieder voll und ganz und ohne jegliche Zurückhaltung um die Mordfälle Rühlemann und Pertuleit zu kümmern.

»Wollen wir doch mal sehen, wie weit diese Sesselfurzer aus Wiesbaden zu gehen bereit sind, wenn es eng wird«, hatte der Kriminalrat verkündet, sich in seinen Dienstwagen geschwungen und war davongefahren.

Die beiden Kommissare waren noch immer ziemlich angefressen über die Nachricht, dass über den Mann mit dem weggeschossenen Denkapparat jegliche Informationen gesperrt worden waren.

»Jetzt müssen wir mal in die Puschen kommen und uns anhören, was diese Frau Schreiber zu erzählen hat«, drängte Lenz seinen Kollegen, einen Zahn zuzulegen, was wegen des einsetzenden Berufsverkehrs und der noch immer chaotischen Straßenzustände nahezu unmöglich war.

»Schneller würde es nur mit Lalülala über die Straßenbahnschienen gehen, aber da bist du ja kein Freund von«, gab der Oberkommissar zurück, wechselte die Fahrspur und wurde von einer Frau im SUV, die er kurzerhand ausgebremst hatte, genervt angehupt.

»Ich rufe mal im Präsidium an und erkläre den Kollegen, dass wir noch eine Viertelstunde brauchen und dass sie die beiden bitte wie VIP-Gäste behandeln sollen.«

»Du glaubst also nicht mehr ernsthaft, dass diese Frau Schreiber für einen oder im Extremfall sogar zwei Morde verantwortlich ist?«

»Was soll ich sagen?«, fragte Lenz zurück, während er nach seinem Telefon griff. »Wenn ich mir die ganze Sache so anschaue, dann hat die Perle in der ganzen Konstellation doch eigentlich gar keinen Platz, oder?«

»Eigentlich nicht, nein«, bestätigte sein Freund.

Der Hauptkommissar drückte eine Kurzwahltaste, war gleich darauf mit dem Revier verbunden und trug dem Kollegen am anderen Ende sein Anliegen vor. Jedoch musste er überrascht zur Kenntnis nehmen, dass weder eine Frau Schreiber noch ein Rechtsanwalt Escheberg auf ihn wartete. Und da war sich der Beamte im Präsidium ganz sicher, denn er ging seine Buchführung gleich zweimal hintereinander durch.

»Nein, Paul, die sind und waren nicht hier«, stellte er schließlich fest.

Dann wurde im Hintergrund Gemurmel laut.

»Warte mal, der Kollege Schimmel hier glaubt, dass er was zu deiner Sache beitragen kann. Ich … Moment bitte.«

Es gab ein Knacken, dann wurde die Verbindung gehalten. Nach ein paar Sekunden meldete sich besagter Kollege Schimmel.

»Ja, Herr Lenz, ich bin sicher, dass ich Ihnen da helfen kann«, meinte er im Brustton der Überzeugung. »Wir hatten nämlich vor ein paar Minuten einen Notruf, der aus der Kanzlei dieses Rechtsanwalts Escheberg kam. Wir haben ein MEK hingeschickt, weil der Mann glaubhaft versichern konnte, dass auf ihn geschossen wird, und das scheint sich auch bestätigt zu haben. Ich weiß es zwar noch nicht hundertprozentig genau, aber es hat wohl in der Tiefgarage eine Schießerei stattgefunden.«

»Was für ein Wahnsinn«, murmelte der Kommissar, ließ sich die Adresse durchgeben und bedankte sich. »Das glaubst du jetzt nicht, Thilo.«

Dann unterrichtete er seinen Kollegen über die neuesten Entwicklungen und dirigierte ihn zu der Kanzlei des Rechtsanwalts.

Vor dem Haus parkten mehrere zivile Limousinen des MEK mit verdunkelten Scheiben rundum, in die gerade die mit Gesichtsmasken vor allzu neugierigen Blicken geschützten Mitglieder der Spezialabteilung einstiegen. Lenz sprang aus dem Wagen, während Hain nach einer Parkmöglichkeit suchte, und trat auf den Leiter der Abteilung zu. Er ließ sich in aller Kürze darüber informieren, was sich in der Tiefgarage abgespielt hatte.

»Und deshalb war die Show längst beendet, als wir hier angekommen sind«, schloss er.

»Weil die beiden Männer, die es auf Escheberg und Schreiber abgesehen hatten, längst über alle Berge waren?«

»Genau«, bestätigte der Einsatzleiter. »Wobei da bestimmt ein heißer Tanz gewesen wäre, wenn ich mir so anschaue, mit was die ausgerüstet gewesen sein müssen.« Er bildete mit Daumen und Zeigefinger einen Kreis. »Die Löcher, die in der Feuerschutztür zwischen Tiefgarage und Treppenhaus zu sehen sind, stammen nicht von irgendwelcher 08/15-Munition, da bin ich mir absolut sicher, und ich bin wirklich gespannt, was die Jungs von der Spurensicherung da aus der Wand kratzen. Wäre übrigens schön, wenn du mir darüber Bescheid geben würdest, weil es mich wirklich interessiert.«

Lenz nickte.

»Wie es aussieht, sind sie mit einem Wagen abgehauen, den sie oben in Reserve stehen hatten. Unten in der Tiefgarage haben wir einen ziemlich übel aussehenden Passat vorgefunden, der offenbar dem Anwalt gehört, und einen alten Daimler, der, nach Aussage des Hausherrn, dazu benutzt wurde, seinen nagelneuen VW in die ewigen Jagdgründe zu schicken, und möglichst ihn und seine Mandantin gleich hinterher.«

Lenz zögerte einen Moment. »Aber die Sache sieht für dich koscher aus, oder?«

»Wie meinst du das?«

Wieder ein kurzes Überlegen. »Na ja, ich meine, ob es ausgeschlossen ist, dass die beiden das Ganze fingiert haben könnten.«

Der Einsatzleiter lachte laut auf. »Fingiert? Möglich, aber dann hätten sie mindestens ein komplettes Filmteam gebraucht und einen Waffenmeister und ein paar Stuntfahrer und was weiß ich noch alles. Nee, Paul, die Sache hat genau so stattgefunden, wie sie es mir geschildert haben und es dir auch gleich erzählen werden. Ich bin zwar auch ein misstrauischer Hund, aber an dieser Geschichte ist nichts verschoben, das glaub mir mal.«

»Sind die beiden in Ordnung?«

»So würde ich das nicht nennen, aber wenigstens leben sie, was man schon mal als echten Erfolg für sie werten kann. Die Frau sieht ziemlich mitgenommen aus, aber da sind auch ein paar Vorverletzungen inkludiert. Und der Herr Jurist scheint irgendwann einmal ein Date mit einem Schutzengel gehabt zu haben, der ist nur ein bisschen verkratzt worden bei der Sache.«

Lenz gab dem Mann vom MEK noch ein paar detaillierte Informationen über die Ereignisse im und um das Hotel La Bohème mit, dann trennten sich die beiden Kriminalbeamten voneinander.

›Ziemlich mitgenommen‹ beschrieb das, was Lenz und Hain ein paar Minuten später von Beate Schreiber zu sehen bekamen, erschreckend genau. Vor der auf einem Stuhl sitzenden Frau stand ein Notarzt und legte einen Verband an ihrem Kopf an.

»Das ist garantiert eine sehr schwere Gehirnerschütterung, deshalb würde ich Sie am liebsten direkt mit ins Krankenhaus nehmen«, erklärte er ihr.

»Daraus wird leider nichts«, mischte sich Lenz von der Seite ein und stellte sich und seinen Kollegen vor. Im gleichen Augenblick trat ein weiterer Mann zu den vieren.

»Jan Escheberg, guten Tag«, erklärte er heiser.

»Guten Tag, Herr Escheberg«, erwiderte der Hauptkommissar. »Schön, Sie so relativ unversehrt zu sehen.«

»Na, da machen Sie sich mal nicht zu viele Hoffnungen, Herr Kommissar. Mich hat es ganz schön erwischt, sagt der Arzt. In der Hauptsache am Rücken, ich kann mich kaum bewegen. Aber ich will mich wirklich nicht beklagen, es hätte deutlich schlimmer kommen können.«

Er machte eine einladende Armbewegung und deutete auf eine Tür hinter sich.

»Wollen wir in mein Büro gehen, da sind wir ungestört.«

»Gern.«

Hain wandte sich an den Notarzt. »Wir müssen Ihre Patientin mal für eine Weile entführen, Doc.«

»Sehr ungern«, gab der Mediziner mit verkniffenem Gesichtsausdruck zurück.

»Ach, das klappt schon, oder was meinen Sie, Frau Schreiber?«

Die junge Frau nickte matt. »Ja, es wird schon gehen. Ich will doch auch, dass dieser Albtraum ein Ende hat.«

Der Arzt wandte sich der Frau zu und sah sie streng an. »Aber wenn Ihnen übel wird oder schwindelig oder Sie plötzlich Doppelbilder sehen, hören Sie sofort auf und legen sich hin, das müssen Sie mir versprechen. Ich möchte nämlich nicht, dass da etwas zurückbleibt, nur weil wir hier Unsinn gemacht haben.«

»Ich verspreche es hoch und heilig.«

»Gut.«

Kurze Zeit später saßen die vier in Jan Eschebergs Büro. Kaffee oder ein anderes Heißgetränk gab es nicht, weil Elena Baruk, die gute Seele der Kanzlei, mit zitternden Händen und völlig von der Rolle im Archiv saß und gegen eine nicht enden wollende Übelkeit ankämpfte.

»So, nun lernen wir uns also endlich persönlich kennen, Frau Schreiber«, eröffnete Lenz so freundlich wie möglich das Gespräch.

»Ja. Wenn es nach mir gegangen wäre, hätte ich auch auf das Kennenlernen verzichten können, aber dazu ist es ja nun zu spät.«

»Ich will mich hier gleich mal einschalten, bevor wir zum offiziellen Teil übergehen«, ging der Jurist mit Blick auf Lenz dazwischen. »Meine Mandantin weiß über den Verdacht, dem sie ausgesetzt ist, aber ob sie vollumfänglich bereit ist zur Aussage, lassen wir erst einmal offen.«

Der Hauptkommissar hob den Kopf, bedachte Escheberg mit einem schwer zu identifizierenden Blick und holte tief Luft. »Ich will Ihnen, nach dem, was Sie beide durchgemacht haben, jetzt nicht zu nahe treten, aber meiner und auch der Tag meines Kollegen ist ebenfalls nicht gerade nach unserer Vorstellung verlaufen. Wenn es Ihnen also wirklich lieber sein sollte, verlegen wir die Befragung auf morgen oder übermorgen, was allerdings zur Folge hätte, dass wir Frau Schreiber zunächst vorläufig festnehmen müssten. An uns soll das nicht liegen, wie Sie sich denken können.«

Escheberg war sich über die mehr oder weniger offen ausgesprochene Drohung im Klaren, hatte ihr jedoch nichts bis gar nichts entgegenzusetzen. Deshalb warf er seiner Mandantin einen kurzen, fragenden Blick zu, den sie mit einem Nicken beantwortete.

»Gut, dann wollen wir uns darauf einigen, dass meine Mandantin in vollem Umfang Ihre Fragen beantworten wird.«

»Das hört man gern«, gab Hain zurück, zückte sein Telefon, schaltete die Aufnahmefunktion ein und legte es auf den Tisch. Escheberg tat das Gleiche.

Dann bat der Oberkommissar die Frau, ihnen zunächst alles zu schildern, was in irgendeiner Form mit ihrem Verhältnis zu Bruno Rühlemann stand. Diese Ausführungen dauerten eine knappe Dreiviertelstunde, dann wandte sich die Befragung Thomas Pertuleit zu. Auch hier gab Beate Schreiber bereitwillig und sehr präzise Auskunft.

»Das heißt, als Sie die gemeinsame Wohnung verließen, hat er noch gelebt«, wollte Lenz wissen.

»Ja, klar. Er hat auf dem Bett gelegen und Eishockey geschaut, oder er war gerade eingeschlafen, so genau weiß ich das nicht mehr.« Sie zog die Nase hoch. »Und als mir klar wurde, dass ich gerade den Holzstock in der Hand gehalten hatte, mit dem Thomas Bruno erschlagen hat, da wollte ich einfach nur noch raus aus der Wohnung.«

»Sie sagen das zwar mit richtig viel Überzeugung, Frau Schreiber, aber was das angeht, muss ich Sie widerlegen. Ihr Freund hat Bruno Rühlemann nicht erschlagen, zumindest sicher nicht mit dem Holzstock, mit dem er später höchstwahrscheinlich selbst erschlagen wurde.«

Beate Schreiber schluckte, sah von einem Polizisten zum anderen und warf dann ihrem Anwalt einen hilflosen Blick zu. »Aber ich habe doch das Blut daran gesehen. Und er war am Abend vorher viel später nach Hause gekommen als normal. Da habe ich … da war ich dann fest davon überzeugt, dass er Bruno und mich gesehen oder irgendwie sonst von unserem Abendessen und der Zeit danach im Auto erfahren hatte.«

»Das würde aber bedeuten, dass er gewusst haben müsste, wo Herr Rühlemann zu Hause war, und das wussten selbst Sie zu diesem Zeitpunkt noch nicht, wenn ich Ihre Schilderungen von eben richtig verstanden habe.«

»Ja, das stimmt«, quälte sich die Frau mit dem Gedanken, einem Irrtum aufgesessen zu sein. »Aber es hätte doch sein können, dass er uns gesehen hat, Bruno nachgefahren ist und ihn dann erschlagen hat.«

»Das ist nicht zu 100 Prozent auszuschließen, aber ich persönlich glaube nicht daran, dass Ihr Freund etwas mit dem Mord an Bruno Rühlemann zu tun hat.«

»Also sind Sie der Meinung, dass meine Mandantin etwas damit zu tun hat?«, wollte Escheberg wissen. »Dass sie Herrn Rühlemann vor seinem Haus erschlagen hat?«

Der Hauptkommissar schüttelte den Kopf. »Ich will mich jetzt nicht zu weit aus dem Fenster lehnen, Herr Escheberg, aber wir haben Hinweise darauf, dass es bei den beiden Morden, zumindest aber bei dem an Herrn Rühlemann, um eine völlig andere Motivlage geht, als wir bisher vermutet haben.«

»Interessant. Und welche *Motivlage* konkret meinen Sie?«

»Sehen Sie es uns nach«, mischte Hain sich ein, aber darüber möchten wir aus ermittlungstaktischen Erwägungen zum jetzigen Zeitpunkt Ihnen gegenüber keine Informationen preisgeben.«

»Aha, die berühmten *ermittlungstaktischen Erwägungen* mal wieder«, erwiderte Escheberg mit triefender Ironie.

»Ja.«

»Wie lange«, wandte Lenz sich wieder der Frau direkt zu, »arbeiten Sie schon bei Everest?«

Sie überlegte und zählte mit den Fingern die Jahre ab. »Seit knapp sechs Jahren.«

»Da haben Sie sicher viele Leute kommen und gehen sehen?«

»Millionen, glaube ich.«

»Und haben Sie in dieser Zeit einmal etwas von einer Abteilung namens White Operations gehört?«

»Bei Everest?«

Der Hauptkommissar nickte.

»Nein. Wer oder was soll das sein?«

»Das wissen wir nicht. Wir wissen zwar, dass Herr Rühlemann einen potenziellen Informanten bekniet hat, mit ihm darüber zu sprechen, aber mehr leider nicht.«

»Und da kann ich Ihnen definitiv keine Hilfe sein, weil ich erst am Abend seines Todes davon erfahren habe, dass Bruno gar kein echter Picker ist, sondern ein Journalist, der an einem Buch über Everest arbeitet.«

»Und er hat auch an dem Abend nicht über eine Abteilung White Operations mit Ihnen gesprochen?«

»Nein, da bin ich mir ganz sicher.«

»Gut, dann können wir das nicht ändern. Ich würde jedoch gern noch einmal auf Ihren Unfall zurückkommen. Bitte schildern Sie ihn uns diesen doch noch einmal.«

»Aber das habe ich doch gerade schon gemacht.«

»Ich weiß, aber vielleicht ergeben sich noch Fragen, die bisher einfach untergegangen sind.«

Die Frau seufzte, berichtete jedoch noch einmal und sehr detailliert von dem Crash.

»Und Sie sind sich sicher, dass der große Wagen, den Sie am nächsten Tag auf dem Abschleppauto gesehen haben, der war, der Sie von der Straße gedrängt hat?«

Wieder erzählte sie von der fast einmaligen Farbe ihres Twingo und den dazu passenden rosa Spuren an den Kuhfängern des Geländewagens.

»Das hilft uns auf jeden Fall weiter. Wie es aussieht, wurde der Wagen ja sichergestellt, und wir werden ihn uns auf jeden Fall genauer ansehen.«

»Hilft das, mich zu entlasten?«, wollte sie schnell wissen.

»Wenn auch erst mal nicht direkt, so könnte es auf jeden Fall ein Indiz zu Ihrer Entlastung sein.«

»Heißt das, meine Mandantin ist nicht mehr Ihre Hauptverdächtige in einem oder den beiden Mordfällen?«

»Das habe ich damit nicht zum Ausdruck bringen wollen. Aber wir ermitteln, wie gesagt, auch noch in andere Richtungen.«

»Heißt das, ich muss jetzt erst mal nicht ins Gefängnis?«, wollte Beate Schreiber aufgeregt wissen.

Lenz und Hain sahen sich kurz an.

»Zunächst einmal können Sie auf freiem Fuß bleiben, wenn auch unter dem Schutz eines Kollegen«, antwortete der junge Oberkommissar ihr. »Aber das kann sich auch schnell ändern, wenn wir zu der Erkenntnis kommen, dass sich Ihre Tatbeteiligung doch verifizieren lässt.«

»Na, da muss ich mir ja keine Gedanken mehr machen«, gab sie schnell zurück, »weil ich damit absolut nicht das Geringste zu tun habe.«

Du glaubst nicht, Mädchen, wie sehr ich dir das glaube, dachte Lenz, sprach es jedoch nicht aus.

»Aber ich hätte trotzdem noch eine Frage«, meldete er sich stattdessen erneut zu Wort.

»Kennen Sie eigentlich Captain America?«

Escheberg warf dem Polizisten einen Blick zu, der an Irritation kaum zu toppen war. »Was meinen …?«, brabbelte er schließlich.

»Ja, klar kenne ich Captain America«, fiel Beate Schreiber ihm ins Wort. »Mein Neffe ist totaler Fan von ihm, und ich war vor ein paar Jahren auch mit ihm im Kino, als der Film anlief. Warum wollen Sie das wissen?«

»Was ich eigentlich meinte, ist etwas anderes. Gab oder gibt es bei Everest jemanden, der sich Captain America nennt? Oder der sich in irgendeiner Form als Fan von Captain America zu erkennen gegeben hat?«

Sie überlegte eine Weile. »Nein, da fällt mir wirklich niemand ein.«

»Na ja, war auch nur so ein Gedanke.«

»Und wie geht es jetzt weiter?«, wollte Escheberg wissen.

»Eigentlich ganz einfach. Ihre Mandantin wird sich morgen bei uns im Präsidium einfinden, von uns aus spricht nichts gegen juristischen Beistand, wenn Sie dabei sein wollen, und wird ihre Erklärungen von heute noch einmal offiziell zu Protokoll geben. Des Weiteren wird sie die Stadt nicht verlassen und uns melden, wo sie sich aufhält, wenn das nicht ihre bisherige Wohnung sein sollte, weil wir einen engmaschigen Personenschutz für sie organisieren werden.«

»Nein, in meine alte Wohnung will ich im Moment garantiert nicht«, erklärte Beate Schreiber energisch.

»Sie«, fuhr der Oberkommissar in Richtung des Juristen fort, »malen ihr bitte in allen Farben aus, was passiert, wenn sie sich nicht an unsere Anweisungen hält oder glaubt, aus dem Personenschutz ausbüchsen zu müssen. Und vergessen Sie nicht, ihr zu skizzieren, wie unglaublich schön ein Aufenthalt in der JVA Wehlheiden zwecks einer gepflegten Untersuchungshaft ist. Und wo wir gerade dabei sind, wollen Sie auch für eine gewisse Zeit Polizeischutz?«

»Nein, das halte ich nicht für nötig. Wir werden uns ganz stringent an Ihre Anweisungen halten und keinen Unsinn machen. Was mich persönlich betrifft, so glaube ich, dass ich nur ein Kollateralschaden war, in der Hauptsache richtete sich die Attacke ja gegen Frau Schreiber. Wann sollen wir morgen da sein?«

»Um 10 Uhr reicht.«

»Bis dahin.«

»Ja, bis dahin.«

Damit standen die beiden Beamten auf, verabschiedeten sich und strebten auf die Tür zu. Als Hain schon draußen war und Lenz gerade den Raum verlassen wollte, fiel Beate Schreiber etwas ein, denn sie bat, den Leiter der Mordkommission noch einen Moment zu warten.

»Ich erinnere mich gerade an etwas, das vielleicht wichtig sein könnte, Herr Kommissar«, erklärte sie mit noch immer deutlich spürbarer Erleichterung, dass ihr die Untersuchungshaft erspart geblieben war. »Wir haben mal eine Party gefeiert, eine Faschingsparty, um genau zu sein, da ist ein ehemaliger Kollege von mir bei Everest als Captain America verkleidet gekommen. Und wenn ich mich recht erinnere, hat er mir damals voller Stolz erzählt, dass er alle Ausgaben der Comics in einer bestimmten Auflage habe. Und dass die richtig was wert sein sollen, er sie aber niemals und für kein Geld der Welt verkaufen würde.«

»Das könnte für uns interessant sein«, gab Lenz zurück. »Um wen hat es sich dabei gehandelt?«

»Es war ein Amerikaner, eigentlich ein ziemlich hohes Tier bei Everest, der nur auf die Party eingeladen worden war, weil er ein Techtelmechtel mit einer Kollegin von mir angefangen hatte. Und dann war er eines Tages weg, und niemand hat je wieder ein Wort von ihm gehört.«

»Können Sie sich an seinen Namen erinnern?«

»Ich weiß nur, dass er Jerome hieß. Jerome irgendwas, aber das Irgendwas weiß ich nicht mehr, wenn ich es denn jemals gewusst haben sollte.«

»Und die Kollegin, mit der er das Techtelmechtel hatte? Arbeitet die noch bei Everest?«

»Nein, die wurde kurz nach der Faschingsparty entlassen. Ich habe sie mal zufällig in der Stadt getroffen, aber ihr ist es wohl nicht so gut ergangen. Ich glaube, sie lebt mittlerweile von Hartz IV.«

»Aber ihren Namen wissen Sie noch, oder?«

»Ja, natürlich, immerhin haben wir mehr als zwei Jahre zusammen gearbeitet. Sie heißt Barbara Winter und wohnt in Waldau, ich glaube, in der Waldemar-Petersen-Straße.« Sie dachte einen Moment nach und nannte die Hausnummer.

»Danke, Frau Schreiber. Und jetzt legen Sie sich am besten ins Bett und schlafen sich mal richtig aus.«

»Das mache ich, ganz sicher. Ich weiß zwar noch nicht, in welches Bett ich mich lege, aber dass ich ausschlafen werde, weiß ich genau.«

»Und wenn es morgen 11 Uhr wird, ist es auch nicht schlimm, wir sehen das in Ihrem Fall jetzt nicht so eng.«

»Vielen Dank.«

29

»Hut ab, auf die Captain-America-Nummer wegen des E-Mail-Accounts wäre ich jetzt nicht gekommen«, lobte Hain seinen Boss ein wenig zu überschwänglich.

»Und deshalb meinst du, dass wir auf keinen Fall mehr heute Abend noch nach Waldau fahren sollten, um diese Frau Winter nach ihrem Ex-Lover Jerome irgendwas zu befragen.«

»Ja, das meine ich ganz bestimmt, Paul. Ich bin seit der frühesten Frühe auf den Beinen, wurde mit einer Schusswaffe bedroht, habe selbst auf einen Menschen geschossen und bin sowohl mental wie auch geistig völlig im Dutt.«

»Und das willst du mir dadurch beweisen, dass du sowohl mental wie auch geistig völlig im Dutt bist?«, spielte Lenz auf den offensichtlichen Blödsinn seines Kollegen an.

»Siehst du. Jetzt fällt es mir auch auf, was für einen Scheiß ich rede.« Er steckte den Schlüssel ins Zündschloss und startete den Motor. »Ab in den Feierabend. Morgen ist auch noch ein Tag, und den wollen wir uns nicht dadurch versauen, dass wir das heute schon erledigen, was eigentlich für ihn bestimmt ist.«

Lenz musste kurz nachdenken, um halbwegs zu verstehen, wovon sein Freund sprach. »Gut, wir machen einen Deal. Nur kurz bei Frau Winter hallo sagen und sie fragen, was aus ihrem Jerome geworden ist, danach gehen wir mit dem normalen Umweg über das Präsidium sofort in den von dir so vehement geforderten Feierabend.«

»Och nö«, stöhnte der Oberkommissar auf. »Das kenne ich doch von dir. ›Nur mal kurz hallo sagen‹ und so weiter. Und wenn sich durch dieses Hallo-Sagen irgendwas ergibt, willst du es garantiert heute Abend noch erledigen.«

»Nein, Thilo, ich versprech's dir in die Hand, diesmal nicht. Hallo sagen, aufschreiben was sie zu sagen hat, und Feierabend.«

»Versprochen, ehrlich?«

»Beim Leben meiner …«

»Hör auf mit diesem Schwachsinn«, ging Hain dazwischen, legte den ersten Gang ein und fuhr los.

Die angegebene Adresse gehörte nicht zu den besseren in Kassel, sondern bestand aus einem mehr oder weniger heruntergekommenen Sechzigerjahre-Wohnblock, vor dessen Eingang Überreste von ausgeschlachteten Fahrrädern unter einer dicken Schneehaube auf den vermutlich nie auftauchenden Schrotthändler warteten. Darum herum lag ein ansehnlicher Haufen Papiermüll mit dem Geschwungenen M-Logo eines international tätigen Hamburgerbraters.

»Nett hier«, meinte Hain ironisch.

»Komm, du bist doch nur angepisst, weil du noch nicht auf dem Heimweg sein kannst.«

Der Oberkommissar betrachtete den Müllhaufen vor seinen Füßen. »Soso, du meinst also, wenn ich nicht deswegen angepisst wäre, würde ich dieses Idyll hier als übriggebliebenes Kunstwerk aus vergangenen Documenta-Zeiten ansehen?«

»Vielleicht, ja.«

»Vollspacken.«

Sie gingen auf die Tür zu und suchten das danebenliegende Klingelbrett nach dem Namen ›Winter‹ ab.

»Hier«, deutete Hain auf ein verblichenes Schild im oberen Drittel und fuhr den Zeigefinger aus.

Es dauerte ein paar Sekunden, dann ertönte die dunkle Stimme einer Frau. »Ja, was ist denn?«

»Guten Abend. Mein Name tut nichts zur Sache, aber ich bin von der Kriminalpolizei Kassel. Wir haben ein paar Fragen an Sie wegen eines ehemaligen Techtelmechtels bei Everest und würden uns freuen, wenn Sie uns kurz in Ihr hoffentlich muckelig angewärmtes Domizil bitten würden.«

Lenz hatte vorübergehend den Eindruck, in einem überaus schlechten, zumindest jedoch definitiv im falschen Film gelandet zu sein, doch Hain hatte genau die Worte auch in die Sprechanlage geflötet, die an seinen Ohren angekommen waren.

»Was wollen Sie?«, kam es nun mit bleischwerer Zunge und sehr verwirrt aus dem Lautsprecher.

Der Hauptkommissar schob seinen breit grinsenden Mitarbeiter zur Seite. »Lenz, Kripo Kassel. Wir würden Ihnen gern ein paar Fragen stellen zu einem Mann, mit dem Sie nach unseren Informationen einmal …«

»Gegangen sind«, flüsterte Hain prustend.

»… mit dem Sie einmal liiert gewesen sind.«

»Was soll ich mit dem gemacht haben?«

»Das war mal Ihr Freund. Ihr Partner.«

»Und wer soll das sein?«

»Es geht um einen gewissen Jerome.«

»Ach du Scheiße, hören Sie mir bloß auf mit dem.«

Pause.

»Hat er was angestellt, oder warum fragen die Bu… warum will die Polizei was über ihn wissen?«

»Soweit wir wissen, hat er nichts angestellt. Wir suchen ihn als Zeugen.«

Wieder eine Pause.

»Na, dann kommen Sie mal hoch. Vierter Stock, aus dem Fahrstuhl raus rechts und die zweite Tür links. Aber halten Sie Ihre Dienstausweise gut sichtbar an den Spion, sonst lass ich Sie auf keinen Fall in meine Wohnung.«

»Das machen wir.«

Die Beamten mussten eine Weile mit den kleinen Plastikkarten in den hochgereckten Händen warten, bevor sich Barbara Winter hinter der Wohnungseingangstür meldete.

»Das scheint so weit in Ordnung zu sein«, kam es dumpf und leicht lallend von der anderen Seite, bevor sie öffnete. Sofort schlug den Polizisten eine geballte Ladung Pfefferminzaroma entgegen.

»Guten Abend«, begrüßte Lenz die Frau noch einmal.

»Ja, guten Abend. Kommen Sie rein, aber wundern Sie sich nicht, bei mir ist nämlich nicht so richtig aufgeräumt. Ich bin krank und kann mich ganz schlecht bewegen.«

Was den Flur betraf, stimmte ihre Aussage nicht hundertprozentig. Dafür umso mehr was das Wohnzimmer anbelangte. Sie wies auf eine verschlissene Couch und ließ sich selbst auf der anderen Seite des mit Zeitschriften und leeren Getränkeflaschen vollgemüllten Tischs nieder. Lenz konnte eine deutliche Vorliebe bei ihr für günstigen deutschen Weinbrand aus den Beständen des Albrecht-Discounts erkennen.

»So, und nun sagen Sie mir noch mal, was genau Sie von mir wollen.«

»Unser Anliegen bezieht sich auf einen, wie wir vermuten, ehemaligen Freund von Ihnen. Sein Vorname ist Jerome, den Nachnamen hoffen wir von Ihnen zu erfahren.«

»Jerome«, paraphrasierte sie mit schwerer Zunge, aber merkwürdig beseelt, und ihre aktuelle Haltung zur verblichenen Liebschaft schien sich in der letzten Minute deutlich verändert zu haben. »Jerome Carter, so heißt er mit ganzem Namen. Das wollten Sie doch wissen, oder?«

»Und Sie waren mal … zusammen mit Herrn Carter?«

»Wenn Sie das so nennen wollen, ja, dann waren wir tatsächlich mal *zusammen*.«

Bei jedem Wort der Frau verließ eine kaum auszuhaltende Pfefferminzwoge ihren Rachen. Offenbar hielt sie es mit der bei vielen alkoholkranken Menschen verbreiteten Annahme, dass in hohen Dosen eingesetztes Pfefferminz auch die übelste Fahne zu überdecken imstande sein müsste.

»Dürfen wir erfahren, wann das war?«

»Vor vier Jahren. Und um es mal ganz klar zu sagen, wir waren nie offiziell ein Paar. Das hätte er sich gar nicht leisten können, da wäre er nämlich seinen Job schneller los gewesen, als er hätte ›papp‹ sagen können. Und außerdem hat er Frau und Kind zu Hause.«

»Aha. Und wie kommen Sie darauf, dass er seinen Job verloren hätte, wenn das mit Ihnen publik geworden wäre?«

»Na, was denken Sie denn? Der Manager und die kleine Pickerin? Das hätten die bei Everest nicht geduldet, niemals.« Sie rülpste leise. »Haben sie ja auch nicht.«

Lenz und Hain gaben ihr ein wenig Zeit.

»Wie dürfen wir das verstehen?«, hakte der Oberkommissar schließlich nach.

»Na, so wie ich es sage. Sie haben ihm die Pistole auf die Brust gesetzt, also entweder ich oder sein Job, als sich das mit uns irgendwie den Weg in die obere

Etage gebahnt hatte. Da hat er schon genau gewusst, was er zu tun hatte, das können Sie mir glauben. Und eine Woche später hatte ich obendrauf meine Kündigung in der Tasche.« Sie schielte mit gierigem Blick auf den rostbraunen Rest in einer der Flaschen vor sich, zögerte jedoch. »Und gefunden habe ich seitdem auch nichts mehr, wie Sie sehen können. Jetzt bin ich Hartzerin und sammle an besseren Tagen noch die eine oder andere Pfandflasche, damit ich mir hin und wieder auch mal was Gesünderes zu essen leisten kann.« Wieder ein Aufstoßen. »Aber ich schweife ab. Was genau wollten Sie noch mal wissen?«

»Ist Herr Carter denn wieder nach Amerika zurückgegangen?«

»Wie, nach Amerika zurückgegangen? Der hat noch nie in Amerika gelebt, soweit ich weiß. Der ist ein reinrassiges Besatzungskind. Also jetzt nicht mehr vom Krieg oder so, aber aus der Zeit, als die Amerikaner hier noch Garnisonen hatten. Sein Vater war in Bad Hersfeld stationiert, hat seine Mutter in einem Amischuppen hier in Kassel kennengelernt, dem ›Last Penny‹, und vermutlich beim ersten Mal gleich geschwängert. Na, immerhin hat er sie geheiratet, hat aber nicht gehalten, das Ganze. Als Jerome fünf oder sechs war, ist er nach drüben abgehauen, der Mister Carter senior.«

»Und Jerome Carter lebt immer noch in Deutschland?«

»Aber klar lebt der in Deutschland, sogar ganz hier in der Nähe. Ist, wie ich schon gesagt habe, verheiratet und hat ein Kind, aber bei mir meldet er sich nicht mehr. Wahrscheinlich bin ich ihm nicht mehr gut genug. Zum Ficken war ich das, aber dann …«

Der Blick des Hauptkommissars fiel auf ein Foto in der Schrankwand, das die Frau mit einem Mann zeigte. Sie sah darauf sehr hübsch und gepflegt aus. »Ist das zufällig Herr Carter, der Mann da auf dem Foto mit Ihnen?«

»Nein, das ist sein Nachfolger. Hat aber auch nicht lange gehalten.«

»Wann wurde das Bild aufgenommen?«

»Vor gut drei Jahren, warum?«

Lenz verzichtete darauf, der Frau seine Bestürzung über ihren offensichtlich rasenden Verfall näher darzulegen. »Ein Bild von Herrn Carter haben Sie nicht zufällig?«, fragte er stattdessen.

Sie schüttelte den Kopf. »Wo denken Sie hin? Das hätte er nie zugelassen, sich mit mir fotografieren zu lassen. Niemals. Schon wegen Everest und so nicht, und wegen seiner Frau erst recht nicht.«

»Aber er arbeitet noch bei Everest, oder?«

»Ob er das immer noch macht, weiß ich nicht. Aber damals hat er es gemacht, ja. Er ist dann mal eine Zeit lang abgetaucht, aber soviel ich weiß, ist er immer noch bei diesem Ausbeuterhaufen.«

»Warum Ausbeuterhaufen?«

Sie lehnte sich zurück, holte tief Luft, bedachte den Weinbrandrest in der Flasche mit einem erneuten sehnsüchtigen Blick, blieb allerdings weiterhin standhaft. »Ach, das weiß doch mittlerweile jedes Kind, dass die bei Everest die Arbeiter mit Hochdruck verschleißen. Jeder wird ausgepresst bis auf den letzten Blutstropfen, und wenn er leer und ausgesaugt ist, wird er entsorgt. Das war damals so, und das ist heute noch genauso oder noch viel schlimmer.« Sie wies auf den alten Röhrenfernseher in der Schrankwand. »Können Sie zweimal die

Woche im Fernsehen eine Sendung drüber sehen, mindestens. Aber solange die Leute so bequem sind und immer weiter da bestellen, wird sich daran garantiert nichts ändern.«

Lenz warf erneut einen Blick auf das Foto von ihr und fragte sich, ob sie damals auch schon so exzessiv getrunken hatte. »Können Sie uns sagen, wo Herr Carter wohnt?«

»Klar. Der hat zusammen mit seiner hübschen Gattin und seinem hübschen Sohn ein überaus hübsches Haus in Vellmar. Und wenn er nicht gerade wieder, wie das früher öfter vorgekommen ist, für Everest in der Welt herumjettet, werden Sie ihn garantiert dort finden, er ist nämlich nach eigenem Bekunden ein echter Familienmensch.« Sie lachte hämisch auf. »Zumindest dann, wenn er nicht gerade mit anderen Frauen in der Weltgeschichte herumvögelt.«

»Das ist ja interessant«, meinte Hain schnell. »Herr Carter ist also viel für seinen Arbeitgeber unterwegs, also auch international?«

»Klar, der war doch mehr unterwegs als hier, da können Sie sich drauf verlassen, wenn ich Ihnen das sage. Immer irgendwo auf Achse, der gute Jerome.«

Nach der Art zu urteilen, wie die Frau den Namen ihres ehemaligen Lovers aussprach, würde sie ihm garantiert alles verzeihen, was er ihr offenbar angetan hatte, wenn er eines Tages mit einem Strauß Blumen vor der Tür stünde und sie um Verzeihung bitten würde. Vermutlich sogar auch ohne die Blumen.

»Haben Sie die genaue Adresse für uns?«

»Klar. Mühlenweg 154, Vellmar. Brauchen Sie auch die Postleitzahl?«

»Nein, das geht ohne«, bedankte der Hauptkommissar sich und warf seinem Kollegen einen fragenden Blick zu.

»Ja, ich hätte noch eine Frage«, nahm der den Ball auf. »Was genau macht Herr Carter eigentlich bei Everest? Er ist so etwas wie ein Manager, das habe ich verstanden, aber da gibt es ja hunderte verschiedene Bereiche, in denen ein Manager tätig sein kann. Wissen Sie, was er genau gemacht hat oder macht bei Everest?«

Erneut trafen ihr Blick und der Weinbrand sich, und nun hatte sie keine Chance mehr gegen die Gismos in ihrem Hirn. Sie griff zu einem auf dem Tisch stehenden Glas, füllte es bis zur Mitte auf und kippte die Flüssigkeit gierig herunter.

»So, jetzt geht's mir besser«, bekundete sie, nachdem das Glas wieder auf der Tischplatte stand. »Und ja, ich bin eine verkommene alte Alkoholikerin, die das Saufen nicht sein lassen kann.« Ihre Augen scannten die Gesichter der beiden Polizisten ab in der offensichtlichen Hoffnung auf einen Widerspruch, doch der kam nicht.

»Es gibt gute Angebote der Krankenkassen«, gab Hain ihr zu verstehen, »und auch die Caritas und die anderen Hilfsorganisationen bieten in dieser Richtung jede Menge an.«

Frau Winter winkte ab. »Das habe ich alles schon durch«, lallte sie. »Zwei Entziehungskuren haben aber nichts genützt. Keine vier Wochen, und ich war wieder drauf. Sie glauben gar nicht, wie glücklich Alkohol macht. Das glauben Sie nicht.«

»Wir waren stehen geblieben bei der Frage, was für eine Funktion Herr Carter bei Everest hat. Manager, ja, aber was genau managt er? Wissen Sie das?«

Sie nickte. »Ich weiß mehr, als ich eigentlich wissen dürfte, das kann ich Ihnen sagen. Aber ich darf nicht darüber reden, das hat er mir jedes Mal eingebläut, wenn wir … Na ja, ist jetzt auch egal.«

»Ja?«

»Ich habe irgendwann mal ein Telefongespräch mitgekriegt, als er gedacht hat, ich würde schon schlafen. Da habe ich noch in der Innenstadt gewohnt, wissen Sie, aber die Wohnung musste ich aufgeben und in die hier ziehen, wegen dem Jobcenter und so. Und da ging es um seinen Job und das, was er zu tun hatte, und ich habe halt Sachen gehört, die ich nicht hätte hören sollen. Wie gesagt, er dachte, dass ich schlafen würde.«

»Und was haben Sie gehört?«

»Er hat mit jemandem darüber geredet, dass ein Mitarbeiter Ärger machen würde und dass man bei dem andere Saiten aufziehen müsste. Da ging es auch um zusammenschlagen und solche Sachen.«

»So, so, zusammenschlagen. Herr Carter ist also kein Betriebswirt oder Jurist oder so was? Er ist eher ein Manager für das Zusammenschlagen von Mitarbeitern?«

»He, das haben jetzt Sie gesagt«, rief sie empört. »Ich habe nur gemeint, dass es in diesem Telefonat um einen Mitarbeiter ging, bei dem andere Saiten aufgezogen werden sollten. Ich weiß das ja nicht, aber vielleicht hatte er es ja auch verdient.«

»Aber …«, wollte Hain sie mit ihren eigenen Worten konfrontieren, doch sein Boss winkte ab.

»Mein Kollege wollte Ihnen auch keinesfalls zu nahe treten, Frau Winter. Wir haben Sie schon ganz richtig verstanden.«

Für einen Moment hatte Thilo Hain den Eindruck,

dass der Leiter der Mordkommission ihr gleich tröstend über den Schädel streicheln würde.

»Und wir verstehen auch, wenn da bei Ihnen noch ganz hinten versteckte Gefühle für Herrn Carter da sein sollten. Man kann eine Person, die man mal geliebt hat, nicht so einfach vergessen, und dafür haben wir natürlich auch vollstes Verständnis.«

Hain riss die Augen auf und bedachte seinen Kollegen und Freund mit einem höchst verwirrten Blick.

»Aber trotzdem«, ließ der sich überhaupt nicht beirren, »trotzdem muss ich noch mal auf das Betätigungsfeld von Herrn Carter bei Everest zurückkommen. Er war also so etwas wie ein Sicherheitsmitarbeiter, wenn ich Sie richtig verstanden habe?«

Sie sah ihn länger mit ihren glasigen Augen an. »Ja, aber nicht so einer wie diese Penner, die immer am Eingang herumstehen, nicht so einer. Er hat mir mal gesagt, dass er sich mehr um das große Ganze zu kümmern habe, ja das war es, was er gesagt hat. Um das *große Ganze* hat er sich zu kümmern. Und dazu war er ja auch praktisch prädessi… präddess…«

»Sie meinen, er war dafür prädestiniert?«

»Genau, das war er dafür. Er hatte ja zwölf Jahre beim Bund gemacht und war da so was wie ein Einzelkämpfer gewesen.« Ihr Blick wurde noch verschwommener. »Der hatte Muskeln an Stellen«, kiekste sie, »da wusste ich noch nicht mal, dass es die Stellen überhaupt gibt, kann ich Ihnen sagen. Muskeln, so weit das Auge gereicht hat.«

Wieder ein Rülpser.

»Und wenn dann bei Everest mal einer vermöbelt werden musste, dann musste das halt sein. Ist zumindest meine Meinung. Da gab es natürlich auch Leute, die haben es ja direkt darauf angelegt, wissen Sie. Wollten einen Betriebsrat gründen und so was, das geht bei denen halt nicht.«

»Aber wenn es einen Betriebsrat gegeben hätte, wäre es vielleicht mit Ihrer Kündigung nicht so leicht gewesen für Everest?«

Sie schloss kurz die Augen und dachte nach. »Das kann sein, ja, so hab ich das eigentlich noch nie gesehen. Aber nun ist es ja zu spät, was?«

»Davon ist auszugehen, ja.« Lenz ließ sich ein wenig Zeit mit seiner nächsten Frage. »Von einer Abteilung mit dem Namen White Operations haben Sie bei Everest nie gehört, nehme ich an?«

Ihre flackernden Augen bemühten sich, die Stirn des Polizisten zu fixieren. »Wie soll das heißen?«

»White Operations.«

Denkpause.

»Nein, und wenn Sie mich verhaften, aber von so etwas habe ich wirklich damals nichts gehört. Was soll das denn sein?«

»Das wüssten wir selbst gern, Frau Winter.«

»Nein, und noch mal nein, ich kenne das nicht.«

»Ach, bevor ich es vergesse, Herr Carter soll ja ein echter Fan von der Comicfigur Captain America gewesen sein. Wissen Sie etwas darüber?«

Nun hellte sich ihr Gesicht deutlich auf. »Ob ich was darüber weiß? Klar weiß ich was darüber. Was genau wollen Sie wissen? Dass Jerome alles weiß über diesen Kerl und dass er, zumindest hat er mir das erzählt, zu Hause Hunderte von Modellen des Typs rumstehen hat? Oder dass er mal mit einer Unterhose im Captain-America-Design bei mir aufgekreuzt ist.« Sie sah die Beamten erwartungsvoll an.

»Nein, das reicht schon. Wir wussten bisher nur, dass er ein echtes Captain-America-Kostüm besitzt.«

»Eins? Der hat vermutlich einen ganzen Schrank voll, wenn Sie mich fragen.«

»Ja, das haben wir ja jetzt ausgiebig gemacht und damit Ihre Zeit in Anspruch genommen.«

Die beiden Polizisten standen auf.

»Wir bedanken uns ganz herzlich für Ihre Mitarbeit und wünschen Ihnen noch einen schönen Abend.«

Barbara Winter erhob sich ebenfalls und ging vor ihnen zur Tür. »Und wenn Sie ihn sehen und vielleicht einen kurzen Moment allein mit ihm sind, würden Sie ihm dann ausrichten, dass er noch immer einen festen Platz in meinem Herzen hat? Und dass er immer kommen kann, ich würde ihm nie die Tür weisen. Nie. Obwohl er wirklich nicht nett zu mir gewesen ist damals.«

»Das machen wir, versprochen.«

30

»Heilige Scheiße, wir sollten jeden Tag mit dem Gedanken aufstehen, dass es uns richtig, richtig gut geht, Thilo.«

Lenz ging vor seinem Kollegen her auf die Eingangstür des Hauses zu.

»Komisch, genau das Gleiche habe ich gerade auch gedacht.«

»Hast du das nicht mal vier Jahre alte Foto von ihr gesehen? Da glaubst du nicht, dass es die gleiche Frau ist.«

»Ja, der Alkohol macht die Leute alt, faltig und wirr im Hirn. Alt war sie eigentlich noch nicht so richtig, aber sie sah definitiv so aus, faltig schon, und dass sie wirr im Hirn ist, konnte man gut am Ende sehen, als sie uns gebeten hat, ihrem Ex-Stecher diesen vollkommenen Blödsinn auszurichten.«

Der Hauptkommissar zog die Tür auf und trat hinaus in die kalte Winternacht. »Aus ihrer Sicht ist das kein Blödsinn, Thilo. Die glaubt wirklich an das, was sie gesagt hat. Alkohol hat nämlich auch Auswirkungen auf die Selbstwahrnehmung, und das nicht zu knapp.«

»Aber sie wusste immerhin, dass sie eine alte verkommene Alkoholikerin ist.«

»Komm, Junge, da wollte sie doch nur hören, dass wir das anders sehen. Und jetzt ab zum Auto, kurz am Präsidium vorbei, um zu schauen, ob die Fahndung nach unseren beiden Hotelgästen schon was ergeben hat, und danach so schnell wie möglich ab nach Hause und ins Körbchen.«

Hain verlangsamte seinen Schritt und blieb schließlich ein paar Meter hinter seinem Boss stehen.

»Was ist, bist du am Boden festgefroren?«

»Das nicht gerade, aber ich habe gerade gedacht, wenn wir erst morgen zu diesem Carter fahren, dann ist er mit an Sicherheit grenzender Wahrscheinlichkeit an der

Arbeit, und wenn wir es jetzt machen, erhöht das unsere Chance, mit ihm sprechen zu können, vermutlich dramatisch.«

Lenz drehte sich um und trat ein wenig auf der Stelle. »Das ist aber jetzt nicht der junge Kollege Hain, der schon nicht mehr hierher fahren wollte, oder?«

»Ich meine das ernst, Paul. Nur kurz vorbeifahren, paar Worte wechseln und *danach* ab ins Heiabettchen.«

»Wir müssen auf jeden Fall noch mal ins Präsidium, da kommen wir definitiv nicht dran vorbei.«

»Das machen wir ja, aber Vellmar liegt doch eigentlich direkt auf dem Weg.« Der junge Polizist musste selbst über diesen Blödsinn grinsen.

»Also gut, wir geben deiner Neugier eine Chance, Thilo. Aber wirklich nur kurz und wenn das mit irgendwelchen Kalamitäten verbunden sein könnte, lassen wir es und erledigen es morgen.«

»Genau so machen wir es, mein alter Freund und Kupferstecher.«

Die Straßen waren immer noch verstopft, weil der Schneefall in der letzten Stunde eher stärker als schwächer geworden war. Hain fuhr sehr vorsichtig, konnte allerdings nicht verhindern, dass der Mazda ein ums andere Mal leicht um die Hinterachse wurde.

»Hast du keine Sandsäcke mehr im Kofferraum liegen?«, wollte Lenz mit um den Haltegriff geschlungenen Händen wissen.

»Doch, klar, sonst hätten wir garantiert noch viel mehr Spaß miteinander, der kleine Japaner und ich.«

»Du kannst Witze machen.«

Es dauerte mehr als eine Dreiviertelstunde, dann hatten sie den Mühlenweg in Vellmar, einer Kleinstadt direkt hinter der nördlichen Kasseler Stadtgrenze, erreicht und rollten an den schneebedeckten Grundstücken vorbei. Neben der Straße türmte sich die weiße Pracht.

Lenz deutete auf ein hell erleuchtetes Gebäude.

»Da ist die Nummer 122, es dauert also noch ein bisschen.«

Hain gab vorsichtig Gas und steuerte das Cabrio an den teilweise mit mehr als einem halben Meter Schnee bedeckten Karossen am Straßenrand vorbei, deren Konturen längst nicht mehr zu erkennen waren. Dann hatten sie die Nummer 154 erreicht.

»Fahr vorbei und lass uns erst mal einen Blick auf die Bude werfen.«

»Schon klar.«

Das Haus, in dem Jerome Carter nach Auskunft seiner ehemaligen Geliebten lebte, war zweigeschossig und gehörte eher zu den größeren in der Straße.

»Ganz schön wuchtig für drei Leute, was«, meinte der Hauptkommissar.

»Vielleicht haben sie ja ein Stockwerk vermietet, wer weiß?«

Vor der Doppelgarage stand ein vom Schnee befreiter Kombi, der allem Anschein nach erst vor Kurzem benutzt worden war. Auch der Bürgersteig war schneefrei und anscheinend mit Streusalz behandelt worden. Hinter zwei Fenstern im Erdgeschoss war Licht zu sehen, genauso wie in einem Zimmer im Obergeschoss.

»Es ist auf jeden Fall jemand zu Hause«, stellte Hain zufrieden fest, ließ den Japaner etwa 300 Meter weiter ausrollen und wendete.

»Direkt vorm Haus?«

»Klar, warum nicht?«

»Ich würde gern ein paar Meter weiter weg parken. Warum, kann ich dir nicht sagen, ist einfach so.«

»Du bist der Fahrer«, gab Lenz zurück. »Wenn du das so willst, dann mach es so.«

Sie rollten erneut langsam am Haus vorbei, dann verzögerte der Oberkommissar sanft und stoppte. Gemeinsam verließen die beiden Polizisten den Wagen und gingen langsam auf das Grundstück zu.

»Nette Wohngegend«, konstatierte Hain. »Ich glaube, ich war noch nie hier in der Ecke.«

»Ich auch nicht, Thilo. Aber wenn ich mich so umsehe, dann kann ich das auch verstehen. Das ist eine Vorstadtsiedlung für gut situierte Menschen, die in der Regel wenig bis gar nichts mit dem Verbrechen zu tun haben, zumindest nicht aktiv.« Er stellte den Kragen seines Mantels hoch. »Vielleicht gibt es hier mal einen Einbruch oder so was, aber für uns und unser Metier hält eine Gegend wie diese wirklich nichts parat, das unsere Aufmerksamkeit erregen könnte.«

»Das Böse ist immer und überall«, zitierte sein Kollege die Textzeile eines Songs aus der Zeit der Neuen Deutschen Welle, und beide mussten dabei grinsen.

An der Haustür hing ein aus englischen oder amerikanischen Filmen bekannter Klopfer, den Hain wie ein kleiner Junge mehrmals anhob und niedersausen ließ, was jedes Mal ein lautes, hämmerndes Geräusch an der Tür und vermutlich auch im Innern hervorrief.

»Jetzt wissen Sie auf jeden Fall, dass wir da sind«, kommentierte Lenz sein Tun.

Kurz darauf wurde durch die Verglasung Licht sichtbar, und eine Frau öffnete die Tür. »Ja, bitte?«, wollte sie freundlich von den Polizisten wissen.

Der Leiter der Mordkommission stellte sich und seinen Kollegen vor und fragte nach dem Hausherrn.

»Mein Mann ist leider nicht zu Hause«, gab sie mit einem ernst gemeinten Schulterzucken zurück und warf einen Blick auf ihre Armbanduhr. »Aber er müsste eigentlich jeden Moment zurückkommen, er wollte nur etwas in Kassel erledigen. Vielleicht verzögert sich seine Ankunft etwas wegen des schlechten Wetters, aber keinesfalls um mehr als eine Viertelstunde.« Sie sah zuerst Lenz und danach Hain an. »Ich hoffe, mein Mann hat keine Probleme. Dürfen Sie mir sagen, warum Sie mit ihm sprechen wollen?«

»Aber ja, das ist kein Geheimnis«, klärte Hain die Frau ebenso freundlich auf. »Es geht um seine Arbeit, also eigentlich gar nichts Persönliches.«

»Ach, es ist gut, das zu hören. Ich hatte für einen Moment schon ein wenig Sorge, als Sie mir Ihre Dienstausweise gezeigt haben.«

»Nein, nein, es gibt nicht den geringsten Grund, sich Sorgen zu machen«, ergänzte Lenz, wobei er nicht davon überzeugt war, dass seine Annahme stimmte.

»Also, dann kommen Sie doch herein und warten hier …« Sie brach ab, weil sich ein etwa sechsjähriger Junge von hinten an sie herangeschlichen hatte, ihren rechten Oberschenkel umfasste und daran vorbei die Polizisten anstarrte.

»Hallo, wer bist du denn?«, wollte Hain feixend wissen.

Alexandra Carter sah nach unten und nickte aufmunternd. »Na, sag den Männern mal, wie du heißt. Oder hast du Angst?«

Er schüttelte langsam den Kopf.

»Klar, solang der Papa nicht da ist, bist du doch mein Beschützer, stimmt's?«

Sein nun folgendes Nicken hätte nicht energischer sein können.

»Na, siehst du. Und ein Beschützer sagt auch seinen Namen, oder?«

»Jerome.«

»Richtig, Jerome. Genau wie dein Papa.« Sie drängte den Jungen zur Seite, bat die Beamten in die Diele und von dort in die riesige Küche. »Unser Leben spielt sich meistens in der Küche ab, deswegen biete ich Ihnen gleich auch hier einen Platz an. Wenn mein Mann kommt, können Sie ja gern in sein Arbeitszimmer gehen. Möchten Sie etwas trinken? Ich habe gerade eine Kanne Tee gemacht, der wärmt Sie ein wenig auf.«

»Gern«, antworteten beide wie aus einem Mund und setzten sich. Frau Carter nahm zwei Teebecher aus dem Schrank, füllte sie auf und stellte sie jeweils vor Lenz und Hain ab.

Der Junge ließ während der gesamten Zeit die beiden Besucher nicht eine Sekunde aus den Augen.

»Na, Jerome, was willst du denn mal werden?«, versuchte Hain es mit der Erwachsenen-Kind-Standardfrage und nippte an seinem Tee.

»Das Gleiche wie mein Papa.«

»So, und was macht dein Papa?«

Jerome sah auf, wandte den Blick zu seiner Mutter, rannte auf sie zu und versteckte sich erneut hinter ihrem Oberschenkel, diesmal dem linken.

»Na sag doch den beiden netten Männern, was der Papa arbeitet, Jerome.« Sie blickte wieder zu ihm hinunter und machte dabei eine auffordernde Geste, die das Kind jedoch ignorierte.

»Der Papa ist ein Manager bei Everest, stimmt's?«

Er nickte.

»Und was genau managt Ihr Mann dort?«, wollte Lenz wissen.

»Oh, je, da fragen Sie aber die Richtige«, hob sie entschuldigend die Schultern. »Irgendwas im Controlling, aber was genau, das habe ich offen gesagt nie richtig verstanden.«

»Ah, also ein Mann der Zahlen?«

»Ja … vermutlich. Wie gesagt, wir reden nicht viel über Jeromes Arbeit. Er ist auf jeden Fall viel unterwegs, zu viel für meinen Geschmack natürlich, aber das ist nun einmal der Preis, den wir für unser schönes Leben bezahlen müssen.«

»Ja, wie das mit den modernen Arbeitsplätzen so ist«, stimmte Hain ihr zu. »Aber wenn ich mich hier so umsehe, lohnt es sich am Ende doch wirklich.«

»Ja, auf jeden Fall. Uns mangelt es an nichts und wir sind wirklich eine glückliche, kleine Familie.« Wieder wandte sie den Blick nach unten. »Stimmt's, Jerome? Wir sind eine glückliche, kleine Familie, die sich in sechs Monaten um einen weiteren kleinen Mr. Carter erweitert.«

Er nickte fröhlich.

»Dann unseren herzlichen Glückwunsch«, meinte Lenz.

»Ja, vielen Dank, wir freuen uns auch sehr.«

»Stammen Sie eigentlich auch aus Nordhessen, Frau Carter?«, wollte Hain nach einer kurzen Pause wissen.

»Nein. Ich bin aus Franken, aus Würzburg, um genau zu sein. Hört man das denn gar nicht mehr?«

»Also mir wäre es nicht aufgefallen, ganz ehrlich nicht.«

»Und ich dachte, ich würde immer noch ganz arg fränkeln.«

»Nein, wirklich nicht.«

»Ach, da machen Sie mich ja regelrecht glücklich, wenn Sie das so …«

Von der Haustür wurden Geräusche hörbar.

»Da kommt mein Mann schon, sehen Sie. Da hat es ja gar nicht so lang gedauert wie befürchtet.«

Jerome junior ließ seine Mutter los und rannte an den Polizisten vorbei Richtung Flur. Dort betraten, wie es schien, mehrere Personen das Haus.

»Wir haben Gäste, Liebling, bitte krieg keinen Schrecken«, kam es von dort, dann ertönte das freudige Gequieke des Kindes, das seinem Vater offenbar auf den Arm gesprungen war.

»He, Großer, nun lass mich doch wenigstens mal den Mantel ausziehen.«

Die Stimme von Jerome Carter klang dunkel, gütig und gleichzeitig sehr energisch.

»Wir haben auch Gäste, Schatz«, rief Alexandra Carter ihrem Mann zu.

»Gäste?« Seine Stimmlage hatte sich mit dem einen Wort komplett verändert. »Wer besucht uns denn, Jerome?«, wollte er nun wieder im alten Tonfall von seinem Kind wissen.

»Zwei Männer«, brabbelte es von draußen.

»Soso, zwei Männer. Dann lass den Papa mal in die Küche gehen, damit er sich die Männer ansehen kann.«

Es folgte ein leises Flüstern, das man in der Küche jedoch nicht verstehen konnte, dann betrat ein mindestens 1,90 Meter großer Hüne den Raum und ließ routiniert den Blick kreisen. Direkt in seinem Rücken befanden sich ein Mann und eine Frau, zwischen denen der Junge stand und mit den Armen wedelte. Die beiden Polizisten sahen in die Gesichter der beiden und hatten nicht den geringsten Zweifel, ihnen am Nachmittag gegenübergestanden zu haben. Nun ließ der Mann hinter Jerome Carter seinen rechten Arm in der Brusttasche verschwinden und behielt sie dort. Lenz hatte keinen Zweifel, was er nun in der Hand hielt, sah kurz zu Hain, der ebenfalls den Oberkörper fixierte. Dann ließ die Frau den Arm des mittlerweile weinenden und strampelnden Jungen los, der sofort auf seine Mutter zustürmte und sich hinter ihr versteckte. Die beiden Polizisten hatten sich während des gesamten Auftritts keinen Millimeter bewegt.

»Jerome, was hat das zu bedeuten?«, wollte Frau Carter leise wissen. »Wen hast du da in unser Haus gebracht?«

»Das ist nicht wichtig, Liebling. Nimm den Jungen und packt ein paar Sachen zusammen. Wir müssen für eine Weile verreisen.«

Sie sah ihn mit weit aufgerissenen Augen an. »Ich … wir können nicht verreisen, Jerome. Ich bin schwanger, hast du das vergessen?«

»Bleib ganz ruhig. Alles wird wieder gut. Bis du so weit bist, ist alles wieder in Ordnung, glaub mir.«

Während die beiden miteinander sprachen, ließen sich Lenz und Hain und der Mann und die Frau hinter Carter nicht eine Sekunde aus den Augen.

»Was heißt *eine Weile*, Jerome?«, wollte Alexandra Carter nach ein paar Sekunden des Nachdenkens wissen.

»Wir werden vermutlich nicht in dieses Haus zurückkommen.«

»Aber das will ich nicht. Ich möchte hier wohnen bleiben, bei unseren Nachbarn und unseren Freunden.«

Jerome Carter griff nun ebenfalls langsam in seine Jacke, ließ aber die Hand dort, ohne etwas zu unternehmen.

»Wir können das jetzt nicht diskutieren, Liebling. Geh also bitte nach oben, pack ein paar Sachen zusammen und warte im Flur auf mich.«

Sie wandte den Blick zu Lenz und Hain. »Und was wird mit den beiden Polizisten passieren?«

»Das lass meine Sorge sein, und jetzt geh. Bitte!«

»Nein. Weder Jerome noch ich werden irgendwo hingehen, solange wir nicht wissen, was hier eigentlich gespielt wird. Sag uns endlich, was das für Leute hinter dir sind, und sag mir, warum du sie gerade in dem Augenblick in unser Haus bringst, in dem die Polizei etwas von dir will?«

»Nun«, mischte Lenz sich ein, der den Kopf gedreht hatte und die Frau ansah, »vermutlich sollen Sie packen gehen, weil Ihr Mann seine Zelte in Deutschland abbrechen muss, und mit ihm Sie und Ihr Sohn.« Er drehte sich erneut um und wandte sich Carter zu. »Korrigieren Sie mich, Herr Carter, wenn ich mich irre, aber vermutlich werden Sie in den Vereinigten Staaten landen und dort mit einer neuen Identität ein neues Leben beginnen. Stimmt's?«

Bevor der Everest-Mitarbeiter zu einer Erwiderung ansetzen konnte, griff sich Alexandra Carter ihren Sohn, umklammerte ihn und warf ihrem Mann einen stechenden Blick zu. »Ich gehe nicht von hier weg, und schon gar nicht nach Amerika, und das weißt du auch ganz genau, Jerome. Wenn du gehen musst, dann geh, aber wir bleiben hier.«

»Wenn ich gehe und du hier bleibst, Alexandra, wird Jerome auf jeden Fall mit mir gehen, das musst du wissen. Also kannst du dich entscheiden, mit mir und dem Jungen zu gehen oder allein hier zu bleiben.«

»Ich gebe dir Jerome nicht, absolut nicht. Und das ist auf keinen Fall verhandelbar. Lieber arbeite ich bei Aldi an der Kasse, um uns durchzubringen, als mit dir irgendwo in Amerika zu leben.« Alexandra Carter klang auf einmal sehr klar und sicher.

»Ich habe leider nicht mehr die Zeit, darüber mit dir zu streiten, Liebes, also entscheide dich jetzt. Mit mir und dem Jungen irgendwo anders oder allein hier in Deutschland.«

Lenz hörte dem Treiben aufmerksam zu und sah in diesem Konflikt die einzige Chance, mit halbwegs heiler Haut aus der Situation herauszukommen. Der Mann und die Frau hinter Carter hatten nichts zu verlieren, und wenn man dem Everest-Manager genau zuhörte, war es auch bei ihm nicht großartig anders.

»Haben Sie eigentlich Ihren Mitarbeiter im Krankenwagen so kaltblütig erschossen?«, fragte er Carter direkt.

Der Hüne sah gelangweilt auf die Polizisten herab, antwortete jedoch nicht.

»Vielleicht sollten Sie Ihrer Frau wenigstens erklären, warum sie so überstürzt ihr Heim und damit ihr bisheriges Leben verlassen muss? Sagen Sie ihr, dass Sie für Everest die Drecksarbeit machen, die auch beinhaltet, dass unliebsame Journalisten mundtot gemacht werden, oder, noch schlimmer, gleich ermordet. Bekennen Sie sich dazu, dass Ihr Job darin besteht, rund um die Welt aufmüpfige Everest-Mitarbeiter zusammenzuschlagen, zu diffamieren oder zu töten. Los, sagen Sie …!«

Das letzte Wort des Satzes konnte der Hauptkommissar nicht mehr aussprechen, weil Jerome Carter auf ihn zugehechtet war und ihm mit der rechten Faust mitten ins Gesicht schlug. Lenz sackte im Stuhl zusammen und hielt sich die blutende Nase.

Hain hatte einen Wimpernschlag lang daran gedacht, sich auf Carter zu stürzen, unterließ jedoch mit Blick auf dessen Mitstreiter jegliche Aktivität.

»Jerome, was tust du?«, wollte eine völlig konsternierte Alexandra Carter von ihrem Mann wissen. »Ich erkenne dich nicht mehr wieder.«

Carter schnaufte, erwiderte ihren Blick und wandte sich an die Frau im Eingang. »Bring die beiden nach oben. Sie sollen ein paar Sachen einpacken und geh dann mit ihnen raus zum Kombi. Dort wartet ihr auf uns.«

»Nein, das mache ich nicht«, schrie Frau Carter. »Ich werde Vellmar und die Gegend nicht verlassen, und schon gar nicht mit einem Gangster, der du offenbar zu sein scheinst.«

»Du weißt nicht, was du redest«, fuhr er seine Frau an. »Was willst du denn hier machen, völlig allein und mittellos? Denk bloß nicht, dass du weiter meine Kreditkarten benutzen kannst, wenn Jerome und ich weg sind. Und ja, du hast die letzten Jahre mit einem *Gangster* zusammengelebt, und wenn ich mich hier so umschaue, dann waren das wohl nicht deine schlechtesten Jahre.«

»Aber ich wenn ich gewusst hätte, womit du dein Geld verdienst … dass du anderen Menschen Schaden zufügst oder sie …«

Carter trat auf seine Frau zu und entriss ihr den Jungen. Der Kleine sah völlig verstört von einem Elternteil zum anderen. »Schluss. Wenn du nicht willst, dann eben nicht.«

Er wandte sich wieder an seine Begleiterin.

»Fessle und kneble sie, dann wirf sie in den Keller. Die

Bullen haben garantiert Handschellen dabei, die du für sie benutzen kannst. Lass unsere Freunde von der Exekutive aber hier oben, ich bin noch nicht ganz sicher, was wir mit ihnen machen werden.«

»Sie meinen, Sie sind sich noch nicht sicher, ob Sie uns am Leben lassen können oder töten müssen«, brummte Hain mehr sauer als bestürzt.

»Richtig, ja. Das haben Sie gut erkannt.«

Lenz hob den Kopf. Sein Hemd war mittlerweile im Brustbereich komplett mit Blut beschmiert. »Tja, wo ist nur der edle Captain America geblieben, der sich für die Schwachen einsetzt und die Gerechtigkeit?«, wollte er zynisch wissen.

Carter ließ sich davon nicht beeindrucken und sah dabei zu, wie seine Frau mit dem Kabel der Küchenmaschine gefesselt und mit einem Frotteehandtuch geknebelt wurde. Sie ließ sich das mit weit aufgerissenen Augen und völlig wehrlos gefallen, behielt ihren Ehemann dabei jedoch ständig im Blick. Dann brachte die Frau sie in den Keller, während der kleine Jerome sich hinter seinem Vater in Deckung begab. Carter hatte sich inzwischen die Waffe von seinem Komplizen geben lassen und hielt die beiden Polizisten in Schach, während ihnen die Waffen abgenommen und sie nach Handschellen durchsucht wurden.

»Die haben keine dabei, weder der eine noch der andere«, stellte der Mann enttäuscht fest.

»Macht nichts. Ich habe Kabelbinder im Keller, warte, ich hole sie.«

Damit drückte Jerome ihm die Waffe in die rechte Hand, machte sich von dem Jungen los und verließ die Küche. Im Ausgang begegnete er seiner Komplizin und passierte sie ohne ein Wort. Sie betrat den Raum, bemerkte, dass die Polizisten noch nicht gefesselt waren, und sah ihren Mitstreiter fragend an.

»Sie haben keine Handschellen dabei. Jerome ist im Keller, um Kabelbinder zu besorgen.«

Ein leises »gut« war alles, was ihr dazu einfiel.

»Das heute Mittag war eine reife Leistung, alle Achtung«, streute Hain ein vergiftetes Lob ein. »Wie Sie dem im Wagen liegenden Kollegen einfach so die Rübe weggeschossen haben, das hätte nicht jeder hingekriegt.«

Keiner der Angesprochenen würdigte ihn auch nur eines Blickes.

»Lass stecken, Thilo, die sind ein bisschen maulfaul, die beiden. Schnell mit der Knarre bei der Hand, aber nicht sehr unterhaltsam.«

»Ja, das kann schon sein. Vielleicht sollten wir ihnen sagen, dass es ziemlich ruhig ist draußen, und dass vielleicht die Schüsse, mit denen sie uns erledigen wollen, von einem achtsamen Nachbarn gehört werden könnten.«

Wie, um seine Worte zu konterkarieren, zog der Mann einen klobigen, glänzenden Metallzylinder aus der Jackentasche und schraubte ihn auf seine Waffe. Der Schalldämpfer zierte nun das vordere Ende der Pistole. »Noch Fragen?«

Der Oberkommissar versuchte, seinen aufkeimenden Schluckimpuls möglichst zu unterdrücken, was ihm jedoch nicht gelang.

»Damit wäre das ja wenigstens geklärt«, brummte er eine Weile später.

»Ja«, gab die Frau zurück. »Und damit sollte jegliche Konversation auch …« Sie brach erschrocken ab, weil irgendwo im Haus ein Schuss abgefeuert worden war. »Shit, was war das?«, schrie sie.

Die beiden sahen sich beunruhigt an. Dann ein weiterer Schuss, und nun war deutlich zu vernehmen, dass die Geräusche aus dem Keller kamen.

»Jerome?«, rief die Frau aufgeregt. »Jerome, was ist los da unten?«

Sie verließ die Küche, ging langsam und mit vorgehaltener Waffe über den Flur und kam schließlich an der weiß lackierten Tür an, die hinunter in den Keller führte. Lenz hatte freien Blick und konnte jede ihrer Bewegungen von seinem Platz aus verfolgen.

»Jerome?«, schrie sie nun fast hysterisch. »Nun sag doch verdammt noch mal etwas.«

Vorsichtig und mit spitzen Fingern griff sie zur Klinke, drückte sie langsam herunter und zog die Tür in den Flur. Direkt in den Augenblick, in dem sie den Kopf nach vorn schob und nach unten sehen wollte, knallte der nächste Schuss. Sie drehte sich nach rechts weg, fiel auf die Knie und versuchte aus dem Schussfeld zu krabbeln.

»Shit, da schießt jemand auf mich. Das kann doch nur seine verdammte Frau sein.«

Der Angesprochene stieß den kleinen Jerome zur Seite, der sich sofort in eine Ecke verkroch, hob seine Waffe und richtete sie auf Hain, der die Augen schloss und tief Luft holte.

»Kannst du runtergehen und nachsehen, was da los ist?«

Sie stöhnte auf. »Das habe ich ja versucht, aber mehr als einen Streifschuss am rechten Oberarm hat es mir nicht eingebracht. Was sollen wir machen?«

Schweigen in der Küche.

»He, ich rede mit dir.«

»Ich überlege.«

In diesem Moment trafen sich die Blicke der Polizisten, ein kurzes Nicken und beide sprangen gleichzeitig von ihren Stühlen auf. Mit gellenden Schreien warfen sich auf den gerade nicht sehr intelligent wirkenden Mann mit der schallgedämpften Waffe in der Hand etwa drei Meter von ihnen entfernt. Seinem Gesicht zu urteilen hatte er in diesem Sekundenbruchteil nicht mit einem Angriff gerechnet, denn er machte keinerlei Anstalten, sich zu wehren. Lenz riss ihn um, versuchte dabei, ihm die Waffe aus der Hand zu schlagen, während sein Kollege den anderen Arm zu fassen versuchte. Sie wälzten sich über den Küchenboden, bis der Oberkommissar Zugriff auf jene Stelle bekam, wo er durch ein beherztes Zusammendrücken einen geradezu unmenschlichen Schmerz bei dem Mann auslöste. Der bäumte sich unter dem Griff von Hain wie ein waidwundes Tier, ließ die Waffe fallen und schrie dabei gellend auf. Lenz drehte sich nach rechts und wollte sich die Pistole greifen, doch ein lautes Knacksen direkt vor seinem Kopf ließ ihn herumwirbeln. An der Stelle, von der das Geräusch kam, hatte sich die Frau aufgebaut und zielte mit ihrer Waffe direkt auf seinen Kopf.

»Er soll ihn loslassen, sofort«, zischte sie und drückte ihm, um ihrer Forderung mehr Ausdruck zu verleihen, das Ende des Laufs direkt an die Stirn.

Lenz spürte das kalte Metall und wollte etwas zu seinem Kollegen sagen, doch der hatte die Situation schon erfasst und seinen Widersacher losgelassen.

»Netter Versuch«, sagte sie emotionslos.

Ihr Begleiter rollte sich, befreit vom Schraubstockgriff des Polizisten, zur Seite und fasste sich stöhnend zwischen die Beine. Um seinen Mund war Speichel zu sehen, und sein Gesicht war kreidebleich. Die Frau nahm seine

Pistole vom Boden auf, trat ein paar Schritte zurück, legte sie auf den Tisch und betrachtete danach eingehend ihre Verletzung am Oberarm.

In diesem Augenblick ertönten mehrere Schüsse, doch diesmal kamen sie nicht aus dem Keller, sondern sonderbarerweise von draußen. Irgendwer ballerte hinter dem Haus in der Gegend herum.

»Los, wir müssen hier raus«, schrie sie den Mann an, der noch immer zusammengekrümmt auf dem Boden lag und wimmerte.

»Los, steh endlich auf!«

Langsam schien ihm zu dämmern, dass sie das Haus der Carters verlassen mussten. Er erhob sich schwerfällig und trat Hain mit voller Wucht zwischen die Beine. Der junge Polizist hatte instinktiv versucht, die Knie anzuziehen, konnte jedoch den Treffer in seine Weichteile nicht verhindern.

»Und jetzt knall die beiden ab«, murmelte er der Frau zu.

»Ich will sie nicht abknallen. Wir wissen nicht, was mit Jerome ist, und wir wissen nicht, was genau er mit ihnen vorgehabt hat. Außerdem reicht es mir für heute wirklich mit diesem ganzen Scheiß.«

»Vielleicht sollten wir miteinander reden, Frau Vucevic«, schlug Lenz nun vor. »Wir haben alle Ihre Pässe im Hotel sichergestellt, wir wissen, wer Sie sind, wir kennen Ihr Gesicht und wir haben dieses Land für Sie so dicht gemacht, dass Sie es auf keinen Fall verlassen können. Reden Sie mit uns, und wir legen bei Gelegenheit ein gutes Wort für Sie ein.«

Sie sah ihn verächtlich an. »Was hätten Sie mir schon anzubieten?«

»Du hast recht, wir müssen hier raus«, ging der Mann dazwischen.

»Warte.«

»Worauf?«

»Du sollst warten, habe ich gesagt!«

Offenbar war er es gewohnt, Befehle von ihr entgegenzunehmen, denn er stöhnte zwar auf, erwiderte aber nichts.

Lenz hob den Kopf und sah der Frau, die er für Gordana Vucevic hielt, direkt in die Augen. »Kronzeugenregelung, Zeugenschutzprogramm, neue Identität, ich biete Ihnen alles, was für Sie die einzig realistische und verbleibende Option ist. Dafür erzählen Sie uns im Gegenzug alles über White Operations und die Morde an Bruno Rühlemann und Thomas Pertuleit.«

Sie schüttelte den Kopf. »Das kann ich nicht machen«, setzte sie leise hinzu. »Das würde ich keinen Tag überleben. Sie haben heute hautnah mitbekommen, was mit Menschen geschieht, die über White Operations reden wollen.«

»Woher wissen Sie eigentlich, dass er mit uns reden wollte?«

»Komm jetzt, Charlotte«, ging ihr Begleiter wieder dazwischen. »Wir haben keine Zeit mehr.«

Sie bedachte ihn mit einem eiskalten Blick. »*Sei endlich ruhig!*«

»Hören Sie auf meinen Kollegen, Frau Vucevic«, versuchte Hain nun die Frau zu bestärken. »Ein besseres Angebot wird Ihnen in diesem Leben nicht mehr gemacht werden.«

»Ich will zu meiner Mama«, kam es nun ganz leise von rechts, wo der kleine Junge immer noch zusammengekauert auf dem Boden vor dem Geschirrspüler lag.

Lenz hob den Kopf und nickte ihr aufmunternd zu. »Legen Sie die Waffe weg und ergeben Sie sich, dann wird auch dem Kind hoffentlich nichts geschehen. Und …« Der Hauptkommissar brach ab, weil Gordana Vucevic sich mit einer schnellen Bewegung nach rechts gewandt und ihre Waffe hochgerissen hatte. Dort stand ihr Partner, der sich langsam und von ihr zunächst unbeobachtet zum Küchentisch geschlichen hatte und gerade im Begriff war, nach seiner mit dem Schalldämpfer versehenen Waffe zu greifen.

»Lass es bleiben!«, schrie sie.

Der Mann dachte nicht daran, ihrer Anweisung Folge zu leisten. Sein scheinbar wieder erholter Körper schnellte nach vorn, seine rechte Hand griff nach der Waffe und im Anschluss rollte er sich unter den Küchentisch. Im gleichen Moment schoss die Frau auf ihn, danach in schneller Folge noch zwei weitere Male. Lenz und Hain machten sich so klein wie möglich und rissen die Arme über den Kopf. Der Mann unter dem Tisch zielte, drückte ab und erwischte Gordana Vucevic am rechten Schienbein. Sie taumelte zurück, fiel nach hinten und schlug mit dem Kopf hart gegen die Arbeitsplatte. Im Fallen gab sie drei weitere Schüsse ab, die erst nach einer Weile im Raum verhallten. Danach kehrte eine beängstigende Stille ein, die von ihrem leisen Keuchen abgelöst wurde. Der Mann verharrte nun bewegungslos unter dem Küchentisch, doch sein Körper war auf merkwürdige Weise verdreht und die klobige Waffe lag neben seiner bewegungslosen, schlaff herunterhängenden rechten Hand.

Lenz drehte den Kopf und warf einen besorgten Blick auf den Jungen, der seine Hände immer noch auf die Ohren presste und dabei in Embryonalhaltung vor der

Geschirrspülmaschine lag und leise vor sich hin wimmerte. Dabei hob und senkte sich sein Brustkorb mit einer Geschwindigkeit, die auf einen Pulsschlag von mindestens 200 Schlägen in der Minute hindeutete.

»Sie haben mich überzeugt, ich nehme Ihren Deal an«, stöhnte Gordana Vucevic und schob ihre Waffe in Richtung der Polizisten. Lenz griff danach und nahm sie in die Hand.

»Als erste vertrauensbildende Maßnahme könnten Sie mir erzählen, wer die beiden Männer umgebracht hat. Und wer der Schütze von heute Nachmittag gewesen ist.«

Sie holte tief Luft. »Rühlemann geht auf das Konto von Carter, das ist sein ureigenstes Metier. Der Lover dieser Frau wurde von ihm erschlagen.« Damit wies sie auf den regungslosen Mann unter dem Tisch. »Und die Sache von heute Nachmittag war auch sein Job.«

»Und Sie haben wohl immer nur Händchen gehalten, oder was?«

»Nein, das beileibe nicht. Aber ich habe immerhin niemanden ermordet.«

»Aber beauftragt, egal ob mit Mord oder nicht, wurde das immer von Everest, oder was?«

Wieder presste Gordana Vucevic hektisch Luft in ihre Lungen. »Das ist alles viel komplizierter, als Sie glauben«, erwiderte sie. »Aber vielleicht sollten wir wirklich zuerst einmal versuchen, lebend aus dieser Situation hier herauszukommen.«

»Auch keine schlechte Idee«, meinte Lenz, sprang auf und kniete sich neben Jerome Carter den Jüngeren. Als er sah, dass der Junge körperlich komplett unversehrt war, strich er ihm sanft über die Stirn.

»Ich schaue jetzt nach, wo deine Mami steckt, Jerome. So lang bleibst du hier liegen, ja?«

Ein kurzes, verängstigtes, kaum wahrnehmbares Nicken folgte.

»Gut.«

Nach einem Seitenblick zu seinem Mitarbeiter, der noch immer unter dem Tritt in seine Weichteile litt und torkelnd auf die Beine zu kommen versuchte, rannte der Hauptkommissar auf den Flur, wo die Waffen der Polizisten auf einem Glastisch lagen. Er nahm seine hoch und steckte die der Frau in seinen Hosenbund. Dann rannte er zurück und reichte Hain dessen Dienstwaffe.

»Wir müssen nachsehen, was da im Keller passiert ist, Thilo, und warum vorhin von draußen Schüsse zu hören waren«, sagte er leise. »Einer von uns muss da runter, der andere sollte draußen nachsehen.«

Hain nickte und deutete auf die Kellertür. »Ich nehme den Keller, du …« Er stoppte seinen Satz und spitzte die Ohren. Irgendwo in der Ferne waren die Sirenen mehrerer Polizeiwagen zu hören. »Wenn das mal keine Musik in unseren Ohren ist«, stöhnte er.

»Wir haben keine Zeit, auf die Kollegen zu warten, Thilo. Wenn dieser Carter noch lebt, ist er eine wandelnde Zeitbombe. Und wenn nicht, müssen wir uns schnellstens um seine Frau kümmern. Also, los!«

»Gehen Sie«, forderte die Frau sie von links auf, die dabei war, sich hochzurappeln. »Gehen Sie, ich passe auf den Jungen auf.«

Die beiden Polizisten stimmten sich durch einen kurzen Blick ab und wollten die Küche verlassen, doch ihre Bewegungen erstarrten schlagartig, nachdem sie Jerome Carter in der Tür erblickten. Der gesamte Oberkörper des Mannes war blutüberströmt und in seinem Gesicht war ein diabolisches Grinsen erkennbar. In der rechten Hand hielt der Mann einen Gegenstand, an dem er nun etwas abriss und das Teil auf den Küchentisch warf, wo es mit einem metallischen Geräusch liegen blieb.

Lenz wollte seinen Augen nicht glauben. Carter hielt über seinem Kopf eine Handgranate, deren Sicherungsstift er soeben entfernt hatte.

»Jerome, komm her zu mir«, rief er seinem Jungen zu. »Los, beeil dich, komm her.«

Der Kleine stand schlotternd vor Angst auf und bewegte sich mit Trippelschritten auf seinen Vater zu, der seine Augen dabei nicht von den drei anderen Personen im Raum ließ. »Gut gemacht, kleiner Mann«, keuchte der Everest-Manager, dem das Sprechen offensichtlich sehr schwerfiel, und nahm das Kind an die Hand. »Die Mama ist draußen irgendwo, vielleicht ja drüben bei Metzers. Geh doch rüber und sag ihr, dass wir noch kurz hier bleiben und dann auch nach drüben kommen.«

Das Heulen der Sirenen war jetzt deutlich stärker zu vernehmen. Es konnte nicht mehr lang dauern, bis die Streifenwagen vor dem Haus ankommen würden.

»Und warum kommst du nicht mit, Papa?«

»Papa muss noch ein paar Sachen mit den Leuten hier besprechen, ja? Wir sehen uns gleich drüben bei Metzers.«

»Aber komm doch mit, bitte.«

Über das Gesicht des Mannes lief eine Träne. »Das geht nicht, Jerome. Und jetzt sei ein braver Junge und geh los. Und sag Mami, dass ich sie ganz toll lieb habe, ja?«

»Das mache ich, ja.«

Damit ließ der Knirps den Arm seines Vaters los und rannte aus dem Haus.

»Und jetzt zu uns, Mäuschen«, starrte er die Frau an. »Du weißt genau, was bei uns auf illoyales Verhalten steht, oder?«

Sie sah ihn kopfschüttelnd an. »Es ist vorbei, Jerome. Du kannst uns alle hier töten, aber es wird mit White Operations nicht weitergehen, dazu wissen die Behörden mittlerweile viel zu viel über uns.«

»Quatsch. Die beiden Bullen werden das, was sie wissen, mit in den Tod nehmen. Und weitere Informationen hat niemand.«

»Dann lass es uns hinter uns bringen«, erwiderte sie matt.

Lenz, der noch immer mit der Waffe auf Carter gerichtet da stand, berechnete ihre Chancen, mit halbwegs heiler Haut aus der Sache herauszukommen. Wenn er den Mann erschießen würde, taxierte er sie auf weniger als zehn Prozent. Eine Handgranate des Typs M67, wie sein Gegenüber sie entsichert in der Hand hielt, hatte nach dem Loslassen des Federbügels eine Auslösezeit von etwa vier Sekunden, viel zu wenig, um nach einem gezielten Schuss noch aus dem Raum verschwinden und sich in Sicherheit bringen zu können.

»Für Sie gilt das Gleiche wie für Ihre Komplizin«, wandte Lenz sich deshalb an Carter. »Kronzeugenregelung, Zeugenschutzprogramm, neue Identität, alles, was …«

»Sie langweilen mich«, wurde er von dem Mann in der Tür unterbrochen. »Sie langweilen mich, weil Sie gar nicht wissen, wovon Sie hier eigentlich reden.«

»Und was meinen Sie, worüber wir hier reden? Über vier oder wer weiß wie viele Morde, für die Sie verantwortlich sind!«

Der Hauptkommissar holte schwer Luft.

»Dass Bruno Rühlemann Ihnen hätte gefährlich werden können, das steht, aus Ihrer Sicht betrachtet, auf dem einen Blatt, aber warum die Mordversuche an Beate Schreiber und der Mord an ihrem Freund? Die beiden hatten mit der ganzen Sache doch nicht das Geringste zu tun.«

Carter hob den Kopf und betrachtete die Handgranate in seiner Hand. Mit ein wenig Fantasie hätte man den Blick durchaus als anschwärmend bezeichnen können.

»Wir machen keine Gefangenen, Herr Polizist. Es war davon auszugehen, dass dieser Journalist mit der Frau über seine Recherchen und Erkenntnisse gesprochen hat, und die mit ihrem Freund, also …«

»Also mussten die beiden auch weg? Einfach so?«

»Wenn Sie so wollen, ja.«

»Sie sind ein verdammtes Dreckschwein, Carter.«

»Da will und werde ich Ihnen keinesfalls widersprechen. Aber was sollen solche Beleidigungen in dieser Situation noch? Es ist vorbei, und es ist gut, dass es vorbei ist.«

Damit bewegte er mit schmerzverzerrtem Gesicht, dennoch völlig ruhig den rechten Arm nach vorn und ließ die Granate auf den Tisch rollen. Sie tippte zweimal auf und fiel direkt vor den Polizisten auf den Boden. Lenz hatte zwar öfter in Filmen, auch in Lehrfilmen der Polizei, gesehen, dass man Handgranaten einfach wieder zurückwerfen konnte, doch in einem Haus wie diesem war das auf keinen Fall angeraten. Also drückte er sich mit dem rechten Fuß vom Boden ab und stürmte auf Carter zu, der noch immer den Weg nach draußen mit seinem Körper versperrte. Im Kopf des Polizisten war nichts weiter als die nackte Panik, alles wurde nun gesteuert vom reinen Überlebenswillen. Schon mit dem zweiten Schritt feuerte er auf Carter, doch sein Schuss war nicht der erste, der den Mann traf, denn Thilo Hain schien die gleiche Idee gehabt zu haben. Die in schneller Folge abgegebenen Schüsse der Beamten warfen den White-Operations-Leiter nach hinten und ließen ihn, vermutlich längst tot, auf den Flur stürzen. Lenz und Hain sprangen über ihn hinweg und rannten weiter vorwärts. An der offen stehenden Kellertür sprangen sie nach rechts und ließen sich ohne jegliche Rücksicht auf Verletzungen oder sonstige Blessuren einfach die Treppe hinunterfallen.

Das Letzte, was sie vor der ohrenbetäubenden Detonation hörten, war ein lang gezogener, gellender Schrei von Gordana Vucevic, deren Beinverletzung ihr den raschen Abgang offenbar unmöglich gemacht hatte. Dann wurde es dunkel um die Polizisten herum, Sekundenbruchteile später war alles voller Staub, und als Lenz wieder zu Atem kam, stellte er mit Verblüffung fest, dass er nahezu unverletzt geblieben war und dass er seinen Kollegen an der Hand hielt.

31

»Wer ist hier der Verantwortliche?«, wollte ein untersetzter, etwa 50-jähriger Mann wissen, der sich mit einer hochgehaltenen Plastikkarte in der Hand durch die Absperrungen geschoben hatte.

»Das bin ich«, brummte Lenz genervt. Er hatte für diesen Tag genug von Klugscheißern und Korinthenkackern.

»Meier, Militärischer Abschirmdienst«, gab der höchstens 1,60 Meter große Mann knapp von sich.

»Lenz, Kripo Kassel«, stellte der Leiter der Mordkommission sich ebenso kurz vor.

Herr Meier nickte und wies auf den Trümmerhaufen, der bis vor einer knappen Stunde das Wohnhaus der Familie Carter gewesen war. Im Untergeschoss zur Straße hin klaffte ein großes Loch, über dem die Reste des ersten Stocks regelrecht bedrohlich wirkten.

»Das alles hier ist mit sofortiger Wirkung zur militärischen Sperrzone erklärt.«

»Hmm«, machte der Hauptkommissar ein wenig zu demonstrativ gelangweilt. »Warum das denn?«

»Sie haben nicht die Befugnis, darüber informiert zu werden.«

»Ach so, ich habe wahrscheinlich nur die Befugnis, mir von irgendwelchen Irren, die vermutlich auf Ihrer Lohnliste stehen, den Arsch wegschießen oder wegbomben zu lassen?«

Herr Meier hob die Augenbrauen, schwieg jedoch.

»Und dann sind Sie wahrscheinlich auch dafür verantwortlich, dass man über diese Gangster keine Informationen bekommt, weil Sie alles über sie haben sperren lassen.«

»Es geht hier um eine Sache von nationalem Interesse. Also verschonen Sie mich mit Ihrem Geseiere.«

Lenz und Hain, die mit den Rücken an einem Notarztwagen lehnten, sahen sich kurz an.

»Wenn das hier alles militärisches Sperrgebiet ist«, meinte der Hauptkommissar, »und Sie uns sowieso nichts …« Er brach ab, weil sich ein großer SUV dem abgesperrten Gelände näherte.

Meier sah zu ihm und setzte sich in Bewegung. Kurz darauf kam er mit drei Männern und einer Frau im Schlepptau an den beiden Polizisten vorbei, schenkte ihnen jedoch keine Beachtung, sondern informierte seine Begleiter über etwas im Zusammenhang mit den Ereignissen im Haus.

»Wir sind raus«, erklärte eine bekannte Stimme hinter den Kripobeamten. Diese drehten sich um und sahen Herbert Schiller näher kommen.

»Das da sind Mitarbeiter des Verfassungsschutzes, und Meier vom MAD habt ihr ja schon kennengelernt. Also lasst uns hier abhauen.«

»Aber das kann doch alles nicht wahr sein, Herbert. Wir reißen uns den Arsch auf, um zwei Morde aufzuklären, und wenn es so weit ist, kommen die Jungs mit den Sonnenbrillen und erklären, dass wir den Spielplatz räumen müssen?«

»Genau so ist es, Paul. Und diesmal sind mir wirklich die Hände gebunden.«

»Das fass ich nicht.«

Schiller machte eine Kopfbewegung, die ausdrückte, dass sie ihm folgen sollten, doch Lenz schüttelte den Kopf.

»Ich stelle keinen Unsinn an, versprochen, aber ich will mich noch mal kurz mit Frau Carter unterhalten.« Er deutete auf einen anderen Rettungswagen. »Sie und ihr Kind werden da drin behandelt; ich rede kurz mit ihr und bin in fünf Minuten bei euch.«

Schiller nickte und entfernte sich zusammen mit Thilo Hain. Der Leiter der Mordkommission stapfte durch den frischen Schnee, hatte kurz darauf den Notarztwagen erreicht und klopfte an der Tür.

»Ja, bitte?«, ertönte eine Männerstimme aus dem Innern.

Lenz öffnete die Tür und sah in den hell erleuchteten Innenraum, wo ein Sanitäter verschiedene Utensilien wegräumte. Alexandra Carter saß, eingehüllt in eine graue Wolldecke, am Ende der eingeschobenen Trage. Der Kopf der Frau war dick verbunden, ihr Sohn lag schlafend auf ihrem Oberschenkel.

»Ich würde mich gern kurz mit Frau Carter unterhalten«, erläuterte Lenz dem Mann in Blau sein Anliegen. Der warf einen Blick zu der Frau, die sanft nickte.

»Allein, wenn das möglich ist«, setzte der Hauptkommissar hinzu.

»Ja, klar«, verstand er sofort, warf eine unbenutzte Verpackung zurück in eine Wanne und sprang aus dem Wagen.

»Wie geht es Ihnen?«, wollte der Polizist wissen.

»Wie geht es jemandem, der gerade gezwungen war, auf seinen Mann zu schießen und dessen Leben seit einer Stunde komplett in Trümmern liegt?«

»Nicht wirklich gut, nehme ich an.«

Sie drückte ihr jetzt erwachtes, aber völlig abwesend und apathisch dreinblickendes Kind an sich.

»Nein, nicht wirklich gut.«

»Hatten Sie irgendeine Ahnung, was Ihr Mann wirklich bei Everest gemacht hat?«

Alexandra Carter schluckte. »Wenn ich darüber spreche, mache ich mich womöglich zur Mitschuldigen. Deshalb …«

»Alles, was wir hier in diesem Wagen besprechen, bleibt unter uns, das verspreche ich Ihnen«, wurde sie von Lenz unterbrochen.

»Vielleicht haben Sie ja ein Tonband mitlaufen?«

»Dann würde ich Ihnen nicht dieses Versprechen geben.«

Sie überlegte eine Weile. »Ja, vielleicht ist es an der Zeit, mit ein wenig Vertrauen in die Menschen anzufangen.«

»Das hatten Sie bisher nicht?«

»Nein, nicht wirklich.«

»Aber Sie wussten Bescheid?«

Ein angedeutetes Nicken. »In unserem Keller gibt es einen Stahlschrank, zu dem nur Jerome einen Schlüssel hatte, zumindest am Anfang. Irgendwann hatte ich die Gelegenheit, mir einen Zweitschlüssel dafür anfertigen zu lassen, und die habe ich wahrgenommen.«

»Was befindet sich in diesem Schrank?«

»Unterlagen. Und die Waffe, mit der ich auf ihn geschossen habe, lag darin.«

Lenz dachte an die Leute, die vermutlich gerade dabei waren, sich über diesen Schrank herzumachen. »Wie konnten Sie das tun? Sie waren immerhin gefesselt?«

»Nicht wirklich. Ich war schon auf dem Weg in den Keller in der Lage, das Kabel zu lockern. Nachdem die Frau mich allein gelassen hatte, war der Rest ein Kinderspiel.«

»Wie meinen Sie das?«

»Ich habe den Schlüssel zu dem Stahlschrank immer schon in einem alten Glas liegen gehabt. Es war wirklich nicht schwer, mich zu befreien und an die Waffe zu gelangen.«

»Aber sie hatten nicht viel Zeit.«

»Sie hat gereicht, wie Sie gesehen haben.«

»Also kam Ihr Mann die Treppe herunter und Sie haben auf ihn geschossen?«

»Genau so, ja.«

»Kein Wort, kein Zögern?«

»Nicht im Geringsten. Ich wollte meinen Sohn behalten, dafür hätte ich getötet.«

»Und wie ging es weiter?«

»Ich dachte wirklich, dass ich Jerome getötet hätte, aber ich habe mich davor gefürchtet, nach oben zu gehen. Und als sich dann jemand genähert hat, habe ich einfach um die Ecke geschossen, was ja auch funktioniert hat. Dann wollte ich zur Hintertür hinaus, aber im Umdrehen stand auf einmal Jerome vor mir und hat mich mit einem Schraubenschlüssel auf den Kopf geschlagen. Ich konnte nicht anders, ich musste einfach noch einmal schießen. Danach wollte ich nur noch raus und hab dann die Hintertür genommen, wusste aber nicht, was ich dort machen sollte, also habe ich so lang in die Luft geschossen, bis keine Munition mehr da war. Und ob Sie es glauben oder nicht, danach habe ich mich einfach in den Schnee fallen lassen und so lang nur noch geweint, bis mein Nachbar gekommen ist und mich in sein Haus geholt hat. Dort haben wir dann gemeinsam die Polizei gerufen.«

»War die Handgranate, die Ihr Mann benutzt hat, auch in diesem Stahlschrank?«

»Das kann ich Ihnen nicht sagen, weil ich nicht weiß, wie eine Handgranate aussieht. Da lagen viele Sachen, die ich nicht kannte, also könnte auch eine Handgranate darunter gewesen sein.«

»Was ist mit den Unterlagen aus dem Schrank? Sind die alle noch dort?«

Sie nickte vorsichtig.

»Gibt es … Kopien?«

Nun sah es so aus, als würde Alexandra Carter kurz die Luft anhalten, dann nickte sie wieder, aber ganz, ganz vorsichtig und sehr langsam.

»Meinen Sie, wir könnten uns diese Kopien mal gemeinsam ansehen?«

Sie zuckte mit den Schultern. »Vielleicht stehen ja Dinge in diesen Unterlagen, die Sie gar nicht sehen wollen?«

»Das würde ich gern entscheiden, wenn ich sie gesehen habe.«

Eine Weile sprach keiner der beiden etwas, und es war nur das Atmen der drei zu hören.

»Wir werden sehen. Wenn ich Ja dazu sage, werden Sie es erfahren.«

Lenz nickte, weil er wusste, dass er keine andere Chance hatte. »Natürlich.« Dann wandte er sich zum Gehen, drehte sich jedoch noch einmal der Frau zu. »Wie ist das, wenn man erfährt, dass der Mann, mit dem man sein Leben verbringt, ein Mörder ist?«

»Am Anfang schlimm, sehr schlimm. Aber bei mir liegt das schon so weit zurück, dass ich mich kaum daran erinnern kann. Und mit der Zeit verblasst der Gedanke daran einfach.«

»Hmm, das klingt interessant. Ich wünsche Ihnen eine gute Nacht, Frau Carter, und ich würde mich wirklich freuen, wenn wir Ihre Kopien mal gemeinsam durchsehen könnten.«

»Wir werden sehen, wie gesagt.«

EPILOG

Lenz, Maria, Thilo, dessen Frau Carla und Herbert Schiller standen dicht gedrängt im strömenden Regen auf dem Kasseler Westfriedhof. Ein paar Meter vor ihnen der Sarg, in dem Uwe Wagner seinen letzten Weg antrat. Etwa 500 Leute hatten sich versammelt, um dem verstorbenen Pressesprecher des Polizeipräsidiums Nordhessen und Freund von Lenz die letzte Ehre zu erweisen.

Im Prasseln des Regens waren die Worte des Grabredners kaum zu verstehen, was dem Leiter der Mordkommission jedoch nicht das Geringste ausmachte. Immer wieder tauchten Bilder aus dem gemeinsamen Leben der beiden vor seinem geistigen Auge auf, und immer rannen ihm dabei Tränen über die Wangen. Maria, selbst am Weinen, drückte ihn fest an sich und sah ihn dabei so aufmunternd wie möglich an.

Zwanzig Minuten später war der Sarg im hüfthoch stehenden Wasser des Grabes verschwunden. Die meisten Besucher hatten eine Schaufel Erde in das Loch fallen lassen und waren im Anschluss mit schnellen Schritten zum Ausgang gehastet. Lenz hatte sich von Wagners Witwe, die noch ein wenig allein sein wollte, verabschiedet und war nun ebenfalls auf dem Weg zu seinem Wagen. In seinen Schuhen stand das Wasser und sein Rücken fühlte sich völlig durchnässt an. Kurz vor der Treppe zum Parkplatz trat ihm ein in Loden gekleideter Mann in den Weg.

»Hauptkommissar Lenz?«

»Wer will das wissen?«

»Mein Name ist von Überlingen. Ministerialdirektor von Überlingen.«

»Ach, das ist ja interessant. Waren Sie auch ein Bekannter des Verstorbenen?«, wollte der Hauptkommissar mit vor Ironie triefendem Unterton wissen.

Von Überlingen holte tief Luft und beugte sich nach vorn. »Ich müsste Sie kurz sprechen. Allein.«

Lenz wies auf Herbert Schiller. »Hatte nicht Kriminalrat Schiller schon das Vergnügen, sich mit Ihnen auseinandersetzen zu dürfen? Vielleicht ist er der bessere Ansprechpartner.«

»Seien Sie kein Idiot, Lenz. Ich will nur mit Ihnen sprechen, mit sonst niemandem.«

Sein Blick traf sich mit dem der ihn interessiert musternden Maria.

»Bitte!«, setzte er energisch hinzu.

Der Polizist bedachte den politischen Beamten aus Wiesbaden mit einem argwöhnischen Blick. »Gut«, erwiderte er schließlich. »Ich gebe Ihnen fünf Minuten. Was Sie in dieser Zeit nicht gesagt haben, wird mich für den Rest meines Lebens nicht mehr interessieren.«

Danach wandte er sich an seine Frau.

»Ich bin gleich wieder bei dir, Maria. Warte bitte auf mich, es wird nicht lang dauern.«

Sie antwortete mit einem liebevollen Lächeln und drückte seine Hand. »Pass auf dich auf, ja?«

»Das mache ich, versprochen.«

Kurz darauf hatten der Kommissar und der Ministerialdirektor einen Abstand zwischen sich und die Gruppe um Maria gebracht, der eine diskrete Unterhaltung möglich machte.

»Also, warum wollen Sie mit mir sprechen, und nicht mit meinem Boss?«

»Weil Sie der Mann sind, der als Letzter mit Frau Carter gesprochen hat.«

Lenz sah ihn perplex an.

»Was meinen Sie mit *als Letzter*?«

»Damit meine ich, dass die Frau seit zwei Tagen unauffindbar ist. Wie vom Erdboden verschluckt, zusammen mit ihrem Kind.«

Der Polizist pfiff durch die Zähne. »Und das kommt Ihnen natürlich ziemlich ungelegen, weil die Dame möglicherweise über Informationen verfügt, deren Veröffentlichung für Sie und Ihre Behörde höchst unangenehm ausgehen könnte.«

»Das werde ich weder bestätigen noch dementieren, aber ich muss wissen, was Sie beide noch zu besprechen hatten an dem Abend vor ihrem Haus.«

»Wir haben so über dies und das geredet, was ich jedoch inhaltlich nicht allzu hoch hängen würde, weil Frau Carter gerade dem Tod von der Schippe gesprungen war und dazu noch irre Ängste um das Leben ihres Sohnes hatte ertragen müssen.«

»Einer der vor Ort Anwesenden Beamten des Verfassungsschutzes hat mir gegenüber erklärt, dass sie zu Ihnen etwas von Kopien irgendwelcher Dokumente erwähnt hat, die sich angeblich im Keller des zerstörten Hauses befunden haben sollen.«

»Was für Dokumente?«

Von Überlingen trippelte von einem Fuß auf den anderen.

»Das unterliegt strengster Geheimhaltung, leider. Also, was ist mit Kopien?«

»Ich kann mich nicht erinnern, mit Frau Carter über irgendwelche Kopien gesprochen zu haben.«

»Hören Sie auf, Spielchen zu spielen, Lenz. Ich bin absolut sicher, dass Sie mehr wissen, als Sie hier zugeben.«

Der Leiter der Mordkommission sah zur Uhr. »Noch drei Minuten, Herr von Überlingen«, brummte er. »Wenn bei diesem Gespräch noch etwas herauskommen soll, müssen Sie langsam anfangen, Tacheles zu reden.«

Der Mann aus Wiesbaden schluckte. »Kann ich mich darauf verlassen, dass Sie alles, was ich Ihnen sage, absolut vertraulich behandeln werden?«

»Ich bin an einen ähnlichen Diensteid gebunden wie Sie, also …«

»Wir haben ein ernsthaftes Problem«, räumte von Überlingen nach einer kurzen Bedenkzeit ein. »Es gibt eine Abteilung in unserem Haus, die sich in den letzten Jahren ein wenig, sagen wir mal, selbstständig gemacht hat. Sie hat die Zusammenarbeit mit unseren Freunden jenseits des großen Teichs ein wenig zu intensiv betrieben.«

»Von welchen *Freunden* genau sprechen Sie?«

»Das tut wirklich nichts zur Sache, Herr Lenz. Viel wichtiger ist, dass es im Zuge dieser Zusammenarbeit auch zu intensiver Wirtschaftsspionage und Wirtschaftsunterstützung gekommen sein könnte. Verstehen Sie mich bitte nicht falsch, die besagte Abteilung hat viel zur Sicherheit des Landes Hessen und der Bundesrepublik Deutschland beigetragen, sehr viel, aber eben, besonders im letzten Jahr, ein sehr spezielles Eigenleben entwickelt.«

»Soll heißen, dass die Leute dieser ominösen Abteilung den *Freunden jenseits des großen Teichs* ein wenig zur Hand gegangen sind, wenn es darum ging, Probleme von deren Hals zu schaffen. Und dass diese Probleme auch die Probleme von großen Unternehmungen wie zum Beispiel Everest gewesen sein können, wenn ich Sie richtig verstehe.«

Von Überlingen räusperte sich verlegen. »Das könnte der Realität recht nahe kommen, ja.«

»Und Teil dieser Realität könnte auch Mord und Totschlag sein, oder?«

»So weit würde ich jetzt nicht gehen.«

Lenz holte tief Luft. »Und jetzt haben Sie auf einmal tierische Angst, dass Alexandra Carter von den inkriminierenden Dokumenten, die ihr toter Mann offensichtlich hinterlassen hat, Kopien gezogen haben könnte. Und weil Sie keine Möglichkeit mehr sehen, an die Frau heranzukommen, versuchen Sie es bei mir.«

»Sie haben an dem Abend ein längeres Gespräch mit ihr geführt, also ist mein Vorstoß doch mehr als verständlich.«

»Ja, vielleicht«, erwiderte Lenz und knöpfte seinen Mantel zu. »Aber mit mir können Sie, was das angeht, nicht rechnen. Und Sie können schon allein deshalb nicht mit mir rechnen, weil ich es wirklich genieße, so ein Arschloch wie Sie mal richtig schwitzen zu sehen. Ich genieße es außerordentlich, einen normalerweise so großkotzigen Kerl wie Sie mal so richtig in der Bredouille zu sehen.«

»Sie machen sich, wenn Sie das durchziehen, höchst einflussreiche Feinde, Herr Lenz.«

Der Hauptkommissar lächelte knapp. »Das glaube ich Ihnen sogar, Herr von Überlingen. Aber was soll mir schon passieren?« Er zog ein kleines Aufnahmegerät aus der Manteltasche, hielt es hoch und spielte dem Ministerialbeamten die erste Minute dessen Telefonats mit Herbert Schiller vor. »Wenn Sie eine Abschrift wünschen, lassen Sie es mich wissen, ja?«

Von Überlingen sah ihn aufgebracht an, drehte den Kopf und blickte zu Schiller, der ihm ebenso freundlich zuwinkte wie Maria, Thilo und Carla. »Sie werden das nicht veröffentlichen, Lenz. Das wagen Sie nicht.«

»Ach, ich sicher nicht, ich bin für so was einfach nicht gemacht; ich meine die ganze Öffentlichkeit und das alles. Aber ich kenne ein paar Journalisten, die sich garantiert wie die Löwen auf eine Story wie diese stürzen, glauben Sie mir.«

Von Überlingen trat so dicht an Lenz heran, dass der dessen mundwassergeschwängerten Atem riechen konnte. »Sie lassen sich da auf etwas ein, das mindestens ein paar Schuhnummern zu groß ist für Sie, das sollten Sie wissen.«

»Ja, ja, dessen bin ich mir bewusst. Aber was kommt denn nach Ihren Drohungen, Herr von Überlingen? Was kommt bei einem Mann wie Ihnen nach den Drohungen, wenn Sie merken, dass die nicht zünden? Sie bemerken gar nicht, wie armselig Sie sind, wenn man Ihnen das Drohen und Aufplustern und das alles wegnimmt.«

Wieder fiel der Blick des Polizisten auf seine Uhr.

»Oje, jetzt haben wir schon überzogen«, murmelte er süffisant. »Wenn weiter nichts mehr wäre, würde ich Sie jetzt verlassen. Und vergessen Sie nicht, dass ich Sie an den Eiern habe. Ziemlich, ziemlich fest sogar.«

»Damit kommen Sie nicht durch, Sie Bastard.«

Lenz drehte sich wortlos um und ging mit langsamen Schritten davon. Das Letzte, was von Überlingen von ihm hörte, war ein leises Lachen.

Ein paar Minuten danach saß Paul Lenz neben Maria auf dem Beifahrersitz ihres Wagens.

»Wirklich alles in Ordnung?«, wollte sie erneut wissen.

»Voll und ganz, ja. Ich muss nur noch ein kurzes Telefonat führen.«

»Ich weiß.«

Er tippte eine längere Nummer, die er von einem Blatt ablas, in das Display und nahm das Gerät ans Ohr. »Ja, Lenz«, sagte er, nachdem seine Gesprächspartnerin sich gemeldet hatte. »Haben Sie alles so gemacht, wie wir es besprochen haben?«

»Ja. Ich war bei einem Anwalt und habe das, worum es geht, dort hinterlegt. Ab jetzt kann ich nur abwarten, was passiert.«

»Machen Sie sich keine Sorgen, solange sich an der jetzigen Situation nichts ändert, sind Sie und Ihr Junge in Sicherheit.«

»Das hoffe ich. Und wenn es sich wirklich einmal ändern sollte, werden Sie als Erster informiert. Auch das habe ich veranlasst.«

»Gut. Ich drücke Ihnen die Daumen für die Zukunft.«

»Danke, Herr Kommissar. Und leben Sie wohl.«

»Sie auch, Frau Carter.«

ENDE

MATTHIAS P. GIBERT
Müllhalde

978-3-8392-1596-8 (Paperback)
978-3-8392-4481-4 (pdf)
978-3-8392-4480-7 (epub)

»Lenz und Hain stecken bis zum Hals in jenem Müll, den ein ermordeter Kasseler Immobilienhai hinterlassen hat.«

Aus der Fulda wird die Leiche des verhassten Kasseler Immobilienentwicklers Dominik Rohrschach gefischt. Die Kommissare Paul Lenz und Thilo Hain finden heraus, dass er pleite war und sich absetzen wollte. Zudem wollte er seine exzellenten Verbindungen ins Rathaus offenbar dazu nutzen, eine riesige Menge Sondermüll loszuwerden, die ihn bei einem Immobilienprojekt behinderte. Mit dem Verschwinden seines Ansprechpartners bei den Stadtreinigern nimmt der Fall eine dramatische Wendung …

Das Neueste aus der Gmeiner-Bibliothek

Unser Lesermagazin

Bestellen Sie das kostenlose Krimi-Journal in Ihrer Buchhandlung oder unter www.gmeiner-verlag.de

Informieren Sie sich ...

www ... auf unserer Homepage:
www.gmeiner-verlag.de

@ ... über unseren Newsletter:
Melden Sie sich für unseren Newsletter an unter www.gmeiner-verlag.de/newsletter

f ... werden Sie Fan auf Facebook:
www.facebook.com/gmeiner.verlag

Mitmachen und gewinnen!

Schicken Sie uns Ihre Meinung zu unseren Büchern per Mail an gewinnspiel@gmeiner-verlag.de und nehmen Sie automatisch an unserem Jahresgewinnspiel mit »mörderisch guten« Preisen teil!

GMEINER SPANNUNG

WWW.GMEINER-VERLAG.DE
Wir machen's spannend